ELLA SIMON

Ein Gefühl
wie warmer Sommerregen

Buch

Alis Rivers hat endlich so etwas wie Glück gefunden. Sie liebt ihren Job bei der südwalisischen Seenotrettung in Tenby – das Gefühl der Freiheit, das sie nur verspürt, wenn sie auf einem Boot über die Wellen jagt. Gleichzeitig gibt der gut aussehende, zuverlässige Matthew ihrem Leben Beständigkeit. Dass der Beziehung etwas fehlt, merkt sie erst, als er ihr einen Heiratsantrag macht. Und als Alis auf die ungeliebte Pferdefarm ihrer Familie zurückkehren muss, um ihre kranke Mutter zu unterstützen, kann sie auch den Schatten ihrer Vergangenheit nicht länger aus dem Weg gehen. Das Letzte, was sie da braucht, ist ein unverschämter, attraktiver Tierarzt, der sie völlig durcheinanderbringt. Doch Evan wurde einst von Alis mit dem Rettungsboot aus dem Meer gefischt – er verdankt ihr sein Leben. Und nun ist es an der Zeit, ihres zu retten …

Autorin

Ella Simon wuchs in einer Kleinstadt der Steiermark auf. Nach der Matura an der Handelsakademie arbeitete sie als Studentenbetreuerin in einem internationalen College für Tourismus, ehe sie eine Familie gründete und ihre Leidenschaft, das Schreiben, zum Beruf machte. Ihre Liebe zu Wales arbeitete sie bereits in ihre historischen Romane ein, die sie mit großem Erfolg unter ihrem Klarnamen Sabrina Qunaj veröffentlicht.

Ella Simon

Ein Gefühl wie warmer Sommerregen

Roman

GOLDMANN

Der Verlag weist ausdrücklich darauf hin, dass im Text
enthaltene externe Links vom Verlag nur bis zum Zeitpunkt der
Buchveröffentlichung eingesehen werden konnten. Auf spätere
Veränderungen hat der Verlag keinerlei Einfluss. Eine Haftung des
Verlags ist daher ausgeschlossen.

Dieses Buch ist auch als E-Book erhältlich.

Verlagsgruppe Random House FSC® N001967

1. Auflage
Originalausgabe August 2016
Copyright © 2016 by Ella Simon
Copyright © der deutschsprachigen Ausgabe 2016
by Wilhelm Goldmann Verlag, München,
in der Verlagsgruppe Random House GmbH,
Neumarkter Str. 28, 81673 München
Umschlaggestaltung: UNO Werbeagentur, München
Umschlagmotiv: FinePic®, München
MR · Herstellung: Str.
Satz: omnisatz GmbH, Berlin
Druck und Bindung: GGP Media GmbH, Pößneck
Printed in Germany
ISBN: 978-3-442-48383-9
www.goldmann-verlag.de

Besuchen Sie den Goldmann Verlag im Netz:

Für Klaudia

ein Tierarzt zum Verlieben für die verrückteste,
aber trotzdem beste Tierärztin

Kapitel 1

Ein Tierarzt und ein Schaf. Wenn das nicht der Stoff für Märchen ist.« Alis ließ ihren Blick über das weite Grau des Meeres schweifen, während das Küsten-Rettungsboot mit röhrendem Motor den stärker werdenden Seegang bewältigte und über Wellenkämme sprang. Es war ein ständiges Auf und Ab, ein Steigen und Fallen, das sie nahe an das Gefühl eines Schleudertraumas brachte. Die See gab sich alle Mühe, sie zu verschlucken, und befände Alis sich das erste Mal auf solch einem Höllentrip, hätte sie wohl Angst bekommen.

»Da vorne sind sie!« Ihr Teamkollege Thomas hob den Arm und streckte ihn in gerader Linie zu den Klippen. Er kniete neben Alis im Bug des fünf Meter langen Schlauchboots, wo er das GPS auf dem Monitor überwachte und den Funkkontakt zur Küstenwache hielt. Seine krausen roten Locken standen wild unter dem Helm hervor und wickelten sich im Fahrtwind genauso wie der lange Vollbart um das Mikrofon seines Headsets. Er war ein kräftiger, etwas untersetzter Mittvierziger, der auf den ersten Blick einen ziemlich wilden Eindruck machte, aber Alis hatte ihn noch nie ein böses Wort sagen hören. Dave, der Steuermann, bediente inzwischen das Ruder im Heck und hatte keine Scheu, derb auf die Brandung zu schimpfen. Dabei versuchte er wohl einen Rekord aufzustellen, denn seine Sätze bestanden fast ausschließlich aus dem F-Wort. Alis konnte es ihm nicht verdenken, sie fluchte

~ 7 ~

ebenfalls, als eine weitere Ladung Wasser sie begoss und sie sich an der Halterung festklammern musste, um bei diesem hohen Wellengang nicht über Bord zu gehen.

»*Milford Haven Küstenwache, Milford Haven Küstenwache, Tenby ILB hier. Wir haben sie gefunden und nähern uns*«, hörte sie Thomas über den ohrenbetäubenden Lärm ins Funkgerät rufen. Oben auf den Klippen zwischen Lydstep Head und Skrinkle Haven hatten sich ein paar Schaulustige entlang des Küstenpfads versammelt, die sich als kleine dunkle Gestalten vor dem wolkenverhangenen Himmel abzeichneten. Aufgeregt winkten sie und deuteten zur Absturzstelle. Vielleicht war auch der Bauer unter ihnen, der die Küstenwache gerufen und dessen Schaf einen Tierarzt von den Klippen gestoßen hatte, nur um sogleich selbst hinterherzufallen. Die beiden Verunglückten hatten einen Schutzengel gehabt, denn sie waren dank der Flut ins Wasser gefallen, anstatt auf den Felsen zu zerschellen. Auch hatten die Wellen sie in keine der zahlreichen Höhlen gespült. Zumindest machten sie einen ganz munteren Eindruck und hatten es geschafft, auf einen den Klippen vorgelagerten Gesteinsblock zu klettern. Es war ein seltsames Bild. Alis konnte es nur verschwommen erkennen; schäumendes Seewasser spritzte ihr entgegen und legte sich aufs Visier ihres Helms. Trotzdem sah sie den Mann, eingehüllt in die Gischt der Brandung, der das Schaf umschlungen hielt.

»Ein Anblick, den man nicht alle Tage sieht!« Thomas warf ihr mit hochgezogener Braue einen Blick zu. »Die Menschheit wird immer verrückter!«

Sie lachten beide, vielleicht um sich von ihrem rasenden Herzschlag und dem Wissen, dass die Zeit drängte, abzulenken. Alis wusste, dass Mann und Tier in Lebensgefahr waren, dass die Gezeiten gedreht hatten und die Ebbe wie verrückt zog, dass das Wasser hier von Minute zu Minute flacher und somit die Brandung immer höher wurde. Die Strömungen wurden stärker, die Felsen waren rutschig, und das Schaf würde nicht ewig so ruhig bleiben. Vermutlich stand es unter Schock und kuschelte sich deshalb so willig an den Tierarzt. Doch das laute Röhren des Motors, das Alis selbst unter dem Helm wahrnahm, könnte es bald aufschrecken.

Alis war seit elf Jahren Crew-Mitglied der RNLI, und sie kannte die Küsten von Südwales besser als ihren Kleiderschrank, der zugegebenermaßen eine recht überschaubare Garderobe beherbergte. Daher wusste sie genauso wie die anderen hier im Boot, dass es zu gefährlich war, näher an die Felsen heranzufahren. Nicht bei diesem Wind und der derart aufgewühlten See.

»Bleiben Sie, wo Sie sind, wir kommen zu Ihnen!« Alis warf einen Blick auf die Seekarte am Monitor, wo sie die Strömungen ablesen konnte, und überprüfte, mit welcher Geschwindigkeit diese liefen. Schließlich richtete sie sich in der Enge des schwankenden Boots auf und stellte einen Stiefel auf den Rand, um sich zum Absprung bereitzumachen. Sie hielten sich an der Stelle, wo die Brandung am stärksten war, Wellen brachen über ihnen, hoben sie hoch und ließen sie wieder fallen. Es war der einzige Ort, an dem sie hineinspringen und zu dem Mann schwimmen konnte, denn das ruhige Wasser an den Seiten dieser Klippen war trügerisch.

»Nur keine Heldentaten, Darling!« Thomas reichte ihr eine Ersatzrettungsweste für den Tierarzt. Er musste schreien, um sich bei diesem Wind Gehör zu verschaffen, und lehnte sich dicht zu ihr. »Sichere den Mann, um das Schaf kümmern wir uns danach.«

Alis nickte, konzentrierte sich auf den richtigen Moment. Der Motor erstarb, das Rauschen des Funkgerätes erklang – irgendeine Nachricht kam von der Küstenwache durch –, und Alis stieß sich ab, um in die vierzehn Grad kalten Fluten einzutauchen. Der Trockenanzug sollte sie einigermaßen vor der Kälte schützen, und doch war es jedes Mal wieder eine Überwindung – zumal der Gedanke, gegen die Felsen geschleudert zu werden, nicht gerade erbaulich war. Sie hielt den Atem an, wartete darauf, die Wellen über sich zusammenschlagen zu spüren, als jemand ihre Rettungsweste packte und sie mit einem Ruck zurück ins Boot zog. »Warte, Alis!«

Sie fiel zu Boden, halb auf Thomas, und sah verwirrt zu ihm hoch. Aber ihr Partner beachtete sie gar nicht und lehnte sich vor. »Er ist weg!«

Mit in der Kehle pochendem Herzschlag rappelte Alis sich auf, suchte das Wasser ab, aber sowohl vom Tierarzt als auch vom Schaf fehlte jede Spur.

»Eine Welle muss sie vom Felsen gerissen haben!«, schrie Thomas über das wieder erwachte Röhren des Motors.

Alis griff schnell zu den Halteseilen an den Seiten und kniete nieder, um nicht umgeworfen zu werden. Dabei starrte sie auf den weißen Brandungsschaum, versuchte über Wellenkämme hinwegzublicken und einen dunklen Schopf oder das Fell des Schafs auszumachen. Aber da war nichts. Ihr Hals schnürte sich zu, sie hörte kaum noch die Worte, die Thomas über Funk an die Küstenwache übermittelte.

Bilder flackerten vor ihrem geistigen Auge auf, die sie den ganzen Weg hierher hatte unterdrücken können. Sie sah den vierzehnjährigen Jungen vor sich, der vor nur einer Woche ganz in der Nähe gestorben war. Es war eine Mutprobe gewesen – Klippenspringen. Sie hörte das dumpfe Dröhnen des

Helikopters, der ihre Suche unterstützt hatte. Sie sah das blaue Gesicht des Teenagers, als sie ihn gefunden hatten, spürte die kalte Brust unter ihren Händen, während sie versuchte, ihn wiederzubeleben.

In all diese schrecklichen Erinnerungen mischten sich jene, die sich kaum je an die Oberfläche wagten. Sie hatte versucht professionell zu bleiben und zu ignorieren, dass dieser Ort mehr war als nur der eines traurigen Einsatzes. Sie wollte nicht daran denken, dass es eine Geschichte gab, die sie mit diesen Klippen verband. Aber gerade diese alten, tief begrabenen Erinnerungen an einen lebensverändernden Moment an ihrem sechzehnten Geburtstag rissen sie mit einer Eingebung zurück in die Realität.

»Er muss dort drüben sein!« Sie deutete aufs Meer hinaus und ließ ihren Blick über den Brandungsrückstrom gleiten, um den Mann und das Schaf darin zu finden. Wellen donnerten gegen die Felsen, aber das Wasser musste irgendwo auch wieder zurück, und so suchte es sich Wege jenseits der Sandbänke, wo sich tiefe Rinnen bildeten. Wenn die beiden in solch einen Rückstrom geraten waren, könnten sie mit einer geradezu irrsinnigen Geschwindigkeit aufs offene Meer hinausgetrieben worden sein. Für ihr geübtes Auge waren die Strömungen leicht zu erkennen, denn die See wirkte dort ruhiger. Dafür war sie umso gefährlicher. Alis bezweifelte, dass der Tierarzt so klug war, sich seitlich herauszubewegen, anstatt dagegen anzuschwimmen. Und was mit diesem verrückten Schaf passiert war, mochte sie sich gar nicht vorstellen.

Dave verstand sofort und jagte das Boot zurück über die immer steiler werdenden Wellen. Sie alle starrten auf die unruhige Oberfläche, konzentriert auf die Suche nach der Nadel im Heuhaufen. Sie könnten knapp an dem Mann vorbeifahren, wenn er in einem Wellental verborgen war, ganz zu schweigen von der Möglichkeit, dass er längst untergegangen war, zerschlagen von dem über ihm brechenden Wasser. War er ein guter Schwimmer? Wie hatte die Nachricht der Küstenwache gelautet? Ein Schaf war auf einem Felsvorsprung der Klippen festgesessen, und der Tierarzt hatte versucht, es zu retten – was für ein hirnrissiger Einfall! Jeder vernünftige Mensch hätte das Bergungsteam gerufen, aber dieser Mann hatte sich lieber von dem aufgeregten Tier hinunterschubsen lassen! Leiser Zorn mischte sich in ihre immer stärker werdende Angst. Letzte Woche war hier ein Teenager gestorben, und nun riskierte ein Mann völlig sinnlos sein Leben. Wann würden diese Leute endlich lernen, wie gefährlich die Klippen waren? Man wich nur vom Küstenpfad ab, wenn man lebensmüde war.

Ein weiterer Funkspruch kam durch, es war das ALB, das Allwetter-Rettungsboot ihrer Station, und als Alis einen Blick zurück über die Schulter warf, sah sie es bereits um die Landspitze von Lydstep Head kommen. Selten war sie so erleichtert gewesen, die RNLI-Farben zu sehen, den blauen Schiffsrumpf und das orangefarbene Steuerhaus. Sie konnte sogar die Crew-Mitglieder in ihren leuchtend gelben Anzügen im Heck an der Reling erkennen. Anders als das ILB, das aufblasbare Küsten-Rettungsboot, in dem Alis sich befand, konnte das sechzehn Meter lange Allwetter-Lifeboat so gut wie jeden Wellengang bewältigen. Nur war es aufgrund seiner Größe und seines Tiefgangs nicht in der Lage, in flache Gewässer vorzudringen. Dafür ließ es gerade ein weiteres kleines Schlauchboot zu Wasser, das zurück zu den Klippen fuhr.

Alis konnte sich nicht länger auf die Verstärkung konzentrieren, denn sie erreichten das Ende des Rückstroms. Jenseits der Brandungszone wurde die Sicht klarer, und mit einem erschrockenen Satz ihres Herzens erkannte sie plötzlich einen treibenden Körper. Ihr Puls pochte in der Kehle. Der Tierarzt bewegte sich kaum, er hatte wohl instinktiv die »Toter-Mann-Stellung« eingenommen, um seine Kräfte zu schonen. Er lag auf dem Rücken, die Arme ausgebreitet. Eine an sich kluge Entscheidung, wäre da nicht die Kälte. Dieser Mann war vor einer guten Viertelstunde abgestürzt. Er war nass und halb erfroren auf einem Felsen festgesessen, der Brandung ungeschützt ausgesetzt, und er hatte irgendwie auch das Schaf zu sich hochgezerrt. Jetzt war er erneut im kalten Wasser, voll bekleidet, unter Bedingungen, die dem besten Schwimmer Schwierigkeiten bereiten würden. Er musste am Ende sein.

»Noch zehn Meter!«, rief sie und spürte, wie sich das Boot unter ihr verlangsamte.

»Nehme ihn backbord auf!«, kam es von Dave am Ruder zurück.

Alis drehte sich zur Seite, beugte sich über die nasse hypalonbeschichtete Nylonoberfläche des leuchtend orangefarbenen Bootsrands und zeigte Dave mit ihrem ausgestreckten Arm die Position des Verunglückten. »Fünf Meter!«

Sie glitten zu dem reglos im Wasser treibenden Mann, Alis schob das Visier ihres Helms hoch und erschrak, als sie das bleiche Gesicht mit den blauen Lippen sah. Sofort fühlte sie sich an den Jungen von voriger Woche zurückerinnert, aber sie zwang sich, das Entsetzen abzuschütteln.

Dunkle Haarsträhnen, die jetzt, da sie nass waren, fast schwarz wirkten, klebten auf der Stirn des Mannes und verstärkten den Kontrast zu seiner Blässe. Sein Alter ließ sich in diesem Zustand schwer feststellen, aber Alis schätzte ihn auf Anfang dreißig. Er trug eine ärmellose Weste mit unzähligen Taschen über einem Karohemd, das sich im Wasser aufblähte.

Die Jeans lagen eng an seinen Beinen, und es war ein Wunder, dass er in den schwarzen Stahlkappenschuhen, die in seiner Rückenlage beim Wassertreten zum Vorschein kamen, nicht untergegangen war.

»Auf Neutral schalten!« Sie streckte die Hände aus, das Boot trieb längsseits, Dave stoppte den Motor, damit der Mann nicht runtergezogen wurde. Schwerfällig hob der Tierarzt die bläulichen Lider und sah aus geröteten Augen zu ihr hoch. Erleichterung stand in ihnen, ein Gefühl, das Alis gleichsam in sich spürte. »Alles in Ordnung, bleiben Sie ruhig, wir sind hier, Sie haben es geschafft.«

Der Mann hob schwach die Hände; sofort schlug Wasser bei seinem Positionswechsel über ihm zusammen, aber Alis bekam ihn an der Weste zu fassen, während Thomas seinen Arm packte.

»Und los«, keuchte sie, mit aller Kraft ziehend. Es war nicht leicht, einen ausgewachsenen Mann, der nicht gerade der kleinste zu sein schien, über den Bootsrand zu hieven, schon gar nicht, wenn ihre Fracht so geschwächt war, dass sie kaum mithelfen konnte, und die nasse Kleidung das Gewicht noch erhöhte. Doch schließlich ließ die See ihn los, und zu dritt fielen sie in den engen Raum des Bootes, von Wasser übergossen und übereinandergestapelt.

Dave fuhr sofort wieder an, Thomas eilte zum Funkgerät, um die Nachricht der Bergung weiterzugeben und um nach einem Ambulanzwagen zu fragen. Alis schob den geschwächten und nach Atem ringenden Tierarzt von sich, lehnte ihn gegen den Bootsrand und umklammerte seine Schultern.

»Haben Sie viel Wasser geschluckt?« Sie versuchte seinen unsteten Blick einzufangen, spürte, wie er zitterte, und kroch schnell nach vorne in den Bug. Thomas öffnete ihr bereits das Erste-Hilfe-Fach unter dem GPS-Monitor und reichte ihr eine Rettungsdecke, während Alis nach dem Sauerstoff an der Seite griff.

Sofort rutschte sie zurück zum Patienten, streifte ihre Handschuhe ab und verzichtete darauf, ihm eine Schwimmweste umzulegen, da sie fürchtete, er würde ohnmächtig werden, wenn sie ihn nicht sofort behandelte. In ihrer Rettungsweste hatte sie Erste-Hilfe-Richtlinien, aber nach so vielen Jahren musste sie nichts mehr nachlesen. Dass er zitterte, war immerhin ein gutes Zeichen; die Unterkühlung war noch nicht zu weit fortgeschritten, und seine Muskeln arbeiteten noch, um die Körpertemperatur zu halten.

»Gleich geht's Ihnen besser.« Sie zog seinen unkontrolliert zuckenden Oberkörper an sich, lehnte seinen Kopf gegen ihre Schulter und legte ihm die raschelnde Folie um, ehe sie ihn wieder zurücksinken ließ.

»Wo ist … Sophie Grace?«

Alis hielt inne, war nicht sicher, ob sie seine schwache Stimme über das Motorengeräusch richtig verstanden hatte, zumal er mit einem merkwürdigen Akzent sprach. »Wie bitte?«

»Sophie Grace … Ist sie in Sicherheit?« Er versuchte sich aufzurichten, aber Alis drückte ihn zurück und zog ihm das Gummiband der Sauerstoffmaske über den Kopf.

»Sie meinen das Schaf?«

»Ja, ich …« Er versuchte die Maske wieder vom Gesicht zu nehmen, aber Alis packte sein Handgelenk und zog es herunter. Ein nur kurzfristiger Erfolg, denn er hatte keine Mühe, sich von ihrem Griff zu befreien. Dieser Mann war mehr tot als lebendig, fand aber immer noch die Kraft, sich um ein Schaf zu sorgen und sie, mit seinen Versuchen aufzustehen, in den Wahnsinn zu treiben.

»Dem Wollknäuel geht's gut!«, rief Thomas unvermittelt in ihr Gerangel um den Sauerstoff und hob das Funkgerät in seiner Hand. Sein Grinsen klaffte in dem von rotem Bart fast verschwindenden Gesicht und zeigte die Zahnlücke, die er sich bei einer Begegnung mit einer losen Takelage während der Rettung eines Segelbootes eingeholt hatte. »Die anderen haben es aufgenommen.«

»Sehen Sie.« Alis zog ihren Arm an sich, den ihr Patient festgehalten hatte, und deutete hinter sich, wo das große Rettungsboot in der aufgepeitschten See schaukelte. »Ihrer Sophie Grace geht's gut.«

Erneut versuchte er sich aufzurichten, doch endlich ging ihm die Kraft aus, sodass er gleich wieder zurücksank. Seine Lider flackerten, seine Gesichtsfarbe hatte sich immer noch nicht gebessert, und er hatte augenscheinlich größte Mühe, bei Bewusstsein zu bleiben.

»Hey!« Alis packte sein stoppelbärtiges Kinn und drehte seinen Kopf zu ihr, damit er sie ansah. »Wach bleiben, hören Sie? Wir sind gleich da.«

»Ein Helikopter ist zurzeit nicht verfügbar, aber der Krankenwagen wartet in Lydstep Beach!«, rief Thomas, was Alis beruhigt aufseufzen ließ. Sie mussten nicht bis nach Tenby zur Station zurückfahren, sondern nur den Rest der Landzunge umrunden und den Patienten dort am Strand abliefern.

»Atmen Sie ruhig weiter. Mit dem Sauerstoff geht's Ihnen gleich besser.« Alis beugte sich zu ihm vor und sah ihm eindringlich in die halb offenen Augen, damit er sich auf sie konzentrierte. Ihre Hände legte sie auf seine deutlich angespannten Schultern, was sich anfühlte, als berührte sie kalten Stein. Sie wollte ihm beim Springen des Bootes Halt geben, aber der wahre Grund für ihren festen Griff war, dass sie einen weiteren Aufstehversuch fürchtete. Im Moment schien er dazu nicht in der Lage, aber wer wusste schon, zu was dieser Verrückte seinen Körper noch zwang? Zwar war das Schaf in Sicherheit, aber Alis misstraute der geistigen Gesundheit eines Mannes lieber, der ungesichert über Klippen kletterte, um ein Tier zu retten.

Und da sie vorhin schon gespürt hatte, welche Kraft dieser Mann hatte, ging sie lieber auf Nummer sicher. Er sah zwar nicht gerade aus wie Dave, der seinen vierschrötigen Körper gerne im Fitness-Studio aufpumpte, nichtsdestotrotz merkte Alis dem Tierarzt an der drahtigen Gestalt an, dass seine Muskeln mindestens genauso definiert waren und er diese auch einzusetzen wusste – sei es, um ein Schaf einen Felsen hochzuziehen oder eine Retterin in einem weiteren Anflug von Wahnsinn aus dem Boot zu katapultieren.

»Gleich sind wir da«, sagte sie, um ihn wach zu halten. »Wie heißen Sie?«

»Evan«, keuchte er und öffnete die Augen etwas weiter. »Evan Davies.«

»Sie kommen nicht von hier, oder?«

»Aus Pwllheli«, erwiderte er, was seinen fremdartigen Akzent erklärte. Pwllheli lag auf einer Halbinsel im Norden, wo noch hauptsächlich walisisch gesprochen wurde. Es war Evan anzuhören, dass er nicht mit Englisch aufgewachsen war, denn in seinen Worten klang eine keltische Melodie mit.

»Also gut, Evan Davies aus Pwllheli, hören Sie mir gut zu. Es gibt noch andere Tierärzte, Ihrer Sophie Grace passiert nichts. Jetzt ist erst mal wichtig, dass Sie wieder auf die Beine kommen. Atmen Sie also ganz ruhig weiter.« Wie beiläufig legte sie ihre Finger an seinen Hals, um seinen Puls zu überprüfen. Er war sehr, sehr schnell. Ein paar Momente länger, und er wäre wohl untergegangen, ganz zu schweigen von der Menge Wasser, die er bestimmt geschluckt hatte. Blieb nur zu hoffen, dass seine Lunge frei war, denn ansonsten könnte er immer noch ertrinken.

Wie zum Hohn ihrer Gedanken begann Evan plötzlich zu husten, riss sich, noch ehe sie reagieren konnte, die Sauerstoffmaske vom Gesicht, fuhr herum und beugte sich über den Bootsrand. Unter Röcheln und Würgen spuckte er Meerwasser in die See, und Alis konnte nichts anderes tun, als ihre Arme um seinen breiten Rücken zu schlingen und ihn bei dieser holprigen Fahrt festzuhalten. Sie hatten bereits die Brandungszone erreicht, der Strand war nicht mehr weit, und Dave hatte seine liebe Mühe, das Schlauchboot auf Kurs zu halten.

»Alles wird gut, gleich sind wir da.« Eine Welle brach über ihnen und begoss sie mit kaltem Wasser, aber Alis nahm es kaum noch wahr, sie konzentrierte sich auf ihren Patienten, der ihr immer größere Sorgen bereitete. Erschöpft ließ er sich wieder zurücksinken und schloss die Augen.

»Hey, wach bleiben!« Alis schob die Maske zurück in Position und legte auch wieder ihre Hände auf seine Schultern. »Sehen Sie mich an. Augen offen halten.« Sie warf einen nervösen Blick über ihn hinweg zum Strand, es kam ihr vor, als kämen sie kaum näher. Aber zumindest erkannte sie die Lichter des sich nähernden Krankenwagens. Schnell widmete sie sich wieder Evan und stellte beruhigt fest, dass er tatsächlich die Augen geöffnet hatte und sie ansah, wach und direkt.

Ein erleichtertes Lächeln hob ihre Mundwinkel. »Da sind Sie ja wieder.«

Er nickte schwach und erwiderte ihr Lächeln. Es zeigte sich weniger an seinen Lippen, die unter der angelaufenen Maske verschwanden, sondern am Funkeln seiner Augen. Sie waren nicht mehr so trübe und rot, jetzt erkannte sie, dass das Blitzen von goldenen Sprenkeln in einem tiefen Blau stammte. Es waren schöne Augen, deren Klarheit sie ruhiger werden ließ. Er würde wieder gesund werden. Diese Klippen hatten nicht noch ein Opfer gefordert, sie hatte niemanden verloren.

Das Boot wurde langsamer, Thomas kam an ihre Seite und kniete nieder. »Na Kumpel, brauchen wir eine Trage, oder können Sie gehen?«

Evan nahm den Sauerstoff weg und stützte seine Unterarme auf den Bootsrand hinter sich, um aufzustehen. »Bereit zum Pferdestehlen ... Kumpel.«

»Solange Sie darauf verzichten, das nächste Mal mit einem Schaf von den Klippen zu hüpfen«, murmelte Alis, richtete sich ebenfalls auf und sprang, ohne zu zögern, ins knietiefe Wasser. Aus den Augenwinkeln bemerkte sie, dass bereits zwei Sanitäter herbeieilten, aber erst zog sie das Boot näher an den Strand, während Dave den Außenbordmotor hochklappte, damit er nicht beschädigt wurde. Die Wellen schoben sie ohnehin an, denn der Wind hatte sich immer noch nicht beruhigt, und eisige Gischt hüllte sie ein. Ihr Gesicht war nach dem Wind und dem Sprühwasser taub vor Kälte, und das im Juni.

Aufmerksam betrachtete sie die Bewegungen des Bootes und reichte Evan ihre Hand. Da sie keine Handschuhe anhatte, spürte sie sofort, wie eisig seine war. Er musste schleunigst ins Warme, bevor eine Unterkühlung ihm die letzten funktionierenden Hirnzellen wegfror und er noch größeren Unsinn beging. Fest schloss sie ihre Finger um seine, während Thomas Evans Schultern hielt, um ihm aus dem schwankenden Wasserfahrzeug zu helfen.

»Achtung Welle!«, kam es plötzlich von Dave am Ruder.

Sofort umklammerte Alis mit der freien Hand Evans Unterarm, um ihn besser halten zu können, während auch Thomas seinen Griff verstärkte. Aber Evan war bereits mit einem Bein aus dem Boot, ein gewaltiger Schwall Wasser rollte an den Strand, ließ das Boot nach vorne rucken, und als auch Thomas sein Gleichgewicht verlor, flog ihr Evan das kurze Stück entgegen. Instinktiv schlang sie ihre Arme um seine Brust, fing ihn auf und stemmte sich gegen ihn, um nicht umgerissen zu werden, aber sie taumelte. Dass er nicht gerade klein war, hatte sie gewusst, aber ihr Kopf berührte noch nicht einmal sein Kinn, und so hatte sie alle Mühe, seinen Körper aufrecht zu halten und nicht unter ihm begraben zu werden.

»Meine Beine sind doch noch etwas schwächer, als ich dachte«, hörte sie ihn über sich murmeln, aber sie kam zu keiner Antwort. Thomas, der ebenfalls aus dem Boot gesprungen war, ergriff Evans Arm, und auch die Sanitäter waren nun im seichten Wasser, um den Tierarzt zu stützen. Dieser stemmte sich allerdings ganz im Zeichen seines nervtötenden Eigensinns gegen den Griff seiner Retter und wandte sich noch einmal Alis zu. »Danke«, sagte er und sah mit einem müden Lächeln auf sie hinab. In seiner Stimme schwang die ihr so bekannte Ehrlichkeit und tiefe Verbundenheit mit, die ihr oft bei Geretteten begegnete – ein Zeichen dafür, dass er nach dem Schock den Ernst der Lage begriff. Der Macht des Meeres ins Auge zu blicken, zu erkennen, dass Wasser anders als man selbst nicht müde wurde, machte einen mit dem Tod bekannt. Eine Begegnung, die man nicht so schnell vergaß.

Alis nickte nur. Keine Worte konnten ausdrücken, welch unbeschreibliches Glücksgefühl, welche Befriedigung es war, ein Menschenleben gerettet zu haben. Nach Hause zu gehen, ohne das Gesicht eines Ertrunkenen vor sich zu sehen.

»Er hat das Bewusstsein nicht verloren, aber eine ganze

Menge Wasser ausgespuckt«, wandte sie sich an den Notarzt an ihrer Seite.

Dabei beobachtete sie aus den Augenwinkeln, wie Evan in den Ambulanzwagen verfrachtet wurde. Es gab kaum Schaulustige – bei diesem Wetter waren nicht viele Menschen am Strand, und die Saison hatte auch noch nicht begonnen.

»Gute Arbeit.« Der Arzt schüttelte ihr die Hand und stapfte zurück.

Die Türen des Wagens schlossen sich, die Sanitäter verabschiedeten sich ebenfalls, und für Alis ging es zurück zur Station, um das Boot zu waschen, das Erste-Hilfe-Equipment auf Vordermann zu bringen und dann verspätet zu ihrem Job im Buchladen zu rennen.

Es war ein Tag wie jeder andere, und doch würde diese Rettung wohl in ihre Top Ten fallen. Es war knapp gewesen, aber er hatte überlebt.

Kapitel 2

Alis war ihrem Onkel in den letzten Tagen aus dem Weg gegangen. Seit dem Vorfall mit dem verunglückten Jungen beobachtete er sie mit Argusaugen, wie immer, wenn er meinte, sie könne zusammenbrechen, weil etwas sie an die Ereignisse von ihrem sechzehnten Geburtstag erinnerte. Sie hatten nie ein Problem damit gehabt, gemeinsam auf See zu fahren, als Team Leben zu retten, sich voll und ganz aufeinander zu verlassen. An solchen Tagen hatte er sie einfach als Crew-Mitglied behandelt. Doch wenn er sie so sorgenvoll betrachtete wie jetzt, nachdem er sie ins Büro der Station zitiert hatte, wurden die Erinnerungen erst recht wieder lebendig.

»Du warst am Samstag beim Einsatz dabei – der Tierarzt und das Schaf?«

Alis presste die Lippen aufeinander und ließ sich ihm gegenüber auf der anderen Seite des Schreibtisches nieder. Bemüht gelassen sah sie ihm in die Augen, denn sie wusste, John würde nach Anzeichen der Schwäche suchen. Er war nicht nur ihre Familie, er entschied auch, ob sie weiterhin ihre Arbeit machen durfte. Der freundliche Rat, sich nach der Bergung des Jungen eine Auszeit zu nehmen, könnte sich ganz schnell in einen Dienstausschluss verwandeln. Hielte er sie für nicht einsatzfähig, würde er nicht zögern, Konsequenzen zu ziehen. Da spielte es auch keine Rolle, dass sie die Nichte seiner Frau und mit sechzehn zu ihm und Tante Carol gezogen war. Als Stationsmanager trug er die Verantwortung, und obwohl er nicht mehr selbst rausfuhr, nahm er seine Aufgabe mindestens noch genauso ernst.

»Ich war am schnellsten dort«, erwiderte sie ruhig und sachlich. »Thomas, Dave und ich haben uns wegen der Überraschungsparty für Lloyds Geburtstag am Hafen getroffen, als der Pager losging. Wir waren also schon da und konnten mit dem ILB sofort los, was gut war, denn wir kamen in allerletzter Sekunde.«

»Ich hatte dich gebeten, eine Pause zu machen.«

Ein Grinsen entkam ihr. »Mit dem ALB, ja. Du hast nichts von Einsätzen mit dem Küsten-Rettungsboot gesagt.«

Johns Mundwinkel zuckten, er schien den Kampf gegen sein Lächeln zu verlieren, aber seine Stimme blieb ernst. »Du gehörst zum Team des ALB – aber du wusstest genau, dass Lloyd dich auf meine Anweisung hin nicht mitnehmen würde, also hast du einfach …«

»Es geht mir gut, John. Ich brauche keine Pause, der Junge war nicht der erste Tote, den wir bergen mussten. Erinnerst du dich an den Hubschrauberabsturz? Ich war erst achtzehn und bestimmt labiler als heute. Damals hast du mir auch zugetraut weiterzumachen.«

Die durchdringenden Augen unter den buschigen grauen Brauen verengten sich. Die Falten im von Wind, Sonne und Salzwasser gegerbten Gesicht traten nun noch deutlicher hervor, und hätte Ali nicht die Erinnerung an unzählige friedliche Momente mit ihm auf See, würde er sie wohl einschüchtern. Sie musste sich wieder vor Augen halten, dass sie drei Jahre lang mit ihm unter einem Dach gewohnt hatte. Himmel, sie hatte ihn sogar schon mal mit heruntergelassenen Hosen mit Tante Carol erwischt! Nur war er jetzt ihr Vorgesetzter, also kniff sie kurz die Augen zusammen, um das unwillkommene Bild zu vertreiben. Als sie ihn wieder ansah, betrachtete John sie wieder einmal mit diesem Blick, der mehr sagte, als Worte es konnten: *Ja, aber es waren* diese *Klippen. Es kann dir nicht gut gehen. Ich war damals doch dabei. Rede endlich mit mir.*

Alis hob eine Augenbraue, forderte ihn heraus, das Schweigen nach zwölf Jahren zu brechen, jetzt, da das Schicksal sie innerhalb einer Woche gleich zweimal zu den Klippen zurückgeführt hatte. Aber John senkte den Blick und schob einen Ordner an sich heran.

»Du erinnerst dich an den RNLI-Inspektor, der letzten Monat beim Training hier war?«

Alis nickte langsam, bemüht, sich die aufkommende Nervosität nicht anmerken zu lassen. Steckte sie in Schwierigkeiten? Sie hatte nichts falsch gemacht, sich nichts zuschulden kommen lassen, ganz im Gegenteil. Bei der Suche nach dem verunglückten Jungen war sie professionell und ruhig geblieben, ihre Vergangenheit war ihr nicht in die Quere gekommen.

John sah sie noch einen Moment prüfend an und nickte schließlich. »Also schön.« Mit einem Seufzen nahm er ein paar Blätter aus dem Ordner, auf denen Alis das Wort »Dienstvertrag« erkennen konnte, und verschränkte die braungebrannten, drahtigen Arme darüber. »Wie du sicherlich weißt, geht Lloyd im Herbst in den Ruhestand, und ich muss einen Nachfolger finden. Der RNLI-Inspektor hat ein besonderes Auge auf dich geworfen, und was deine Fähigkeiten anbelangt, muss ich ihm zustimmen. Kurz gesagt: Du wirst der neue Bootsführer des Tenby ALB … wenn du möchtest.«

Alis sah ihren Onkel an, wartete darauf, dass er »Scherz« rief und ihr lachend die Schulter tätschelte, aber er verzog keine Miene. Sie hatte Belehrungen und Mahnungen erwartet, Ratschläge und Trost, aber keine solche Bombe. Nicht den Moment, auf den sie hingearbeitet hatte, seit sie mit siebzehn als Freiwillige der britischen Seenotrettungsorganisation *Royal National Lifeboat Institution* beigetreten war. Ihr Kopf konnte es einfach nicht begreifen, aber ihr restlicher Körper reagierte nichtsdestotrotz. Ihr Herz setzte einen Schlag aus, ihre Ohren fingen an zu rauschen, sodass sogar das nervige Ticken der Uhr über ihr verstummte. Fassungslos starrte sie John an.

»Wieso so überrascht? Du bist schon letztes Jahr zweiter Bootsführer geworden, und da ist es doch nur naheliegend, dass du Lloyds Job übernimmst. Der RNLI-Inspektor hat uns allen zugestimmt: Du bist die Beste für diese Aufgabe.«

»Aber ...« Wenn sie an Bootsführer dachte, dann sah sie graue, erfahrene Seemänner vor sich, keine achtundzwanzigjährigen Blondinen mit der stolzen Größe von eins dreiundsechzig. Schon letztes Jahr hatte die Presse einen Bericht über sie gebracht, weil es so ungewöhnlich war, als Frau und in ihrem Alter zweiter Bootsführer zu werden. Und jetzt sollte sie die Verantwortung über das große Allwetter-Rettungsboot übernehmen? Das Kommando führen und von ihrer unbezahlten Freiwilligentätigkeit in einen Vollzeitjob aufsteigen? Die Station konnte nur zwei Vollzeitkräfte beschäftigen, das waren der Bootsführer und der Mechaniker. Alle anderen opferten ihre Zeit und ihr Wohlergehen ohne Bezahlung als Freiwillige. Denn die RNLI wurde nicht von der Regierung finanziert, sie war auf Spenden angewiesen. Alis hatte seit ihrem Einstieg auf diesen Moment hingearbeitet – ihre Leidenschaft, ihren Drang, rauszufahren und Leben zu retten, zum Beruf zu machen. Sie hatte unzählige Kurse im RNLI-College in Poole besucht, war Navigator gewesen und dann schließlich zweiter Bootsführer. Sie war vorbereitet, sagte sie sich, und trotzdem traf das Ganze sie wie ein Güterzug. Was, wenn sie Fehler beging? Wenn noch jemand starb? Wenn sie die Crew in Gefahr brachte? Sie hatte immer geglaubt, sie konnte das, es war genau das, wofür sie geboren war, wofür sie so hart gearbeitet hatte, aber jetzt war sie nicht mehr sicher. Vielleicht in ein paar Jahren? Wie würde die Crew darüber denken? Würde sie überhaupt ihrem Kommando folgen, sie als Bootsführerin anerkennen und respektieren?

»Und … Tante Carol … der Buchladen?«

»Um Carol brauchst du dir keine Sorgen zu machen, sie ist schon auf deine Kündigung vorbereitet. Sie wird schon eine neue Verkäuferin finden. Alis …« Er beugte sich zu ihr vor und ergriff ihre eisige Hand über dem Schreibtisch. »Du hast so hart gearbeitet, dir den Respekt aller verdient. Nimm an, dass wir deine Leistung honorieren und dir vertrauen.«

»Vertrauen?« Sie lachte unfroh auf und zog ihre Hand zurück. »Vorhin hast du noch …«

»Ich bin dein Onkel, wenn auch nicht durch Blut, so doch aber im Herzen, und ich darf mir Sorgen um dich machen. Das heißt aber nicht, dass ich deine Stärken und Fähigkeiten nicht sehe. Es gibt wenige mit deinem Ehrgeiz und Willen, ihr Ziel zu erreichen. Du hast es geschafft, Alis. Freu dich.«

Sie *wollte* sich freuen, wirklich, sich nicht von Angst zurückhalten lassen, wie schon so oft in ihrem Leben, also drängte sie all die Zweifel und Erinnerungen an das schreckliche Unglück letzte Woche zurück und zwang ein Lächeln auf ihre Lippen. »Ich freue mich, John … danke.«

»Da gibt es nichts zu danken, du hast nichts geschenkt bekommen, du hast das verdient.«

Diese Worte bedeuteten ihr mehr, als er ahnen konnte. Sie würde das schaffen! Sie gehörte auf ein Boot, war auf See zu Hause. Sie liebte diesen Beruf. Und ihr Ehrgeiz, den ihre Freundin Nina meist Verbissenheit nannte, hatte sich bezahlt gemacht.

»Die Einzelheiten klären wir ein anderes Mal.« John schob die Blätter zurück in den Ordner und wies zur Tür. »Ich weiß, Matthew kommt heute, also geh ruhig, und erzähl ihm die guten Neuigkeiten.« Er zwinkerte ihr zu, und Alis konnte nicht anders, als leise zu lachen. Mit einem beschwingten Gefühl im Bauch, das sie bei Johns Wunsch zu einem Gespräch nicht erwartet hatte, erhob sie sich und wandte sich zur Tür. Sie streckte gerade die Hand nach der Klinke aus, als John sie aufhielt.

»Bevor ich es vergesse, Alis. Ruf doch deine Mutter an, und sag es auch ihr. Sie wird sich freuen.«

Ein Schnauben entfuhr ihr. »Mindestens genauso, als wäre der ganze Stall von Hufrehe befallen.« Sie warf ihrem Onkel über die Schulter einen Blick zu. »Du weißt, sie hasst meinen Job, und sie hasst, dass ich hier in Tenby lebe, anstatt zu Hause auf der Farm. Wenn sie erst hört, dass du mich zum Bootsführer gemacht und mir damit noch einen Grund mehr gegeben hast, nie zurückzukehren, dann verarbeitet sie dich zu Hackschnitzel.«

»Ach, sie macht mir keine Angst, keine Sorge. Ruf sie einfach an, Alis. Sie meinte neulich zu Carol, dass du dich nie meldest. Es geht ihr nicht gut, und sie braucht dich. Du bist ... alles, was sie noch hat. Vielleicht denkst du auch darüber nach, sie mal zu besuchen. Lloyd geht erst im Herbst, du kannst dir über den Sommer eine Auszeit ...«

»Bis morgen, John.« Alis wollte sich ihre Laune nicht vom Gedanken an ihre Mutter verderben lassen, also winkte sie ihrem Onkel noch einmal zu und verließ das Büro. Sie würde bestimmt nicht auf der Farm anrufen. Sie musste sich heute nicht anhören, dass ihr Platz unter Pferden und nicht auf dem Meer war, dass ihre Mutter wünschte, nicht mit einer Tochter wie ihr gestraft zu sein, oder den schlecht verborgenen Vorwurf, dass sie für den Tod ihres Vaters verantwortlich war. Das konnte alles warten, jetzt wollte sie erst mal pünktlich zu ihrem Treffen mit Matthew. Niemand würde sich so über die Neuigkeiten freuen wie er, das wusste sie. Matthew hatte sie den ganzen Weg über begleitet, sie waren schon kurz nach ihrem Beitritt zur Crew zusammengekommen und feierten bald ihr zehnjähriges Jubiläum. Er wusste, wie viel ihr dieser Job bedeutete, und er würde ihr die Zweifel nehmen. Das tat er immer. Er war ihr Anker.

Ihr Blick fiel auf das Allwetter-Lifeboat, das glänzend und prächtig das Zentrum der Station einnahm. Es erschien ihr riesig, wenn sie daneben am Geländer stand – kein Wunder, bedachte man, dass es fast drei Stockwerke einnahm. Im untersten befanden sich die Rampe, auf der das Boot stand, und die Winde, mit der es ins Wasser hinuntergelassen und wieder hochgezogen wurde. In den beiden anderen Geschossen führten Galerien um das Boot herum, und von dort gingen die einzelnen Räume ab.

Das Lifeboat war ein sicherer Hafen, dessen Anblick für einen Hilfsbedürftigen oft dem eines Engels gleichkam. Bald würde sie diesen Lebensretter steuern, mit ihm über Wellen fliegen und ihn dann wieder sicher nach Hause bringen. Es wäre nicht das erste Mal für sie; als zweite Bootsführerin hatte sie in Lloyds Abwesenheit bereits hin und wieder seine Aufgaben übernommen. Aber das war etwas anderes. Jetzt war sie wirklich angekommen.

»Hey Alis, so wie du grinst, hat er's dir schon gesagt. Gratuliere.« Andrew, der Mechaniker der Station, kam aus der neben dem Büro liegenden Werkstatt und schüttelte ihre Hand. »Wir sind alle mächtig stolz auf dich.«

»Danke, Andrew.« Sie lächelte erfreut und stieg die Metalltreppe hoch ins Obergeschoss, wo der Umkleideraum für die Crew und der Souvenirshop untergebracht waren. Auch der Besuchereingang lag hier oben. Der Sommer war noch nicht angebrochen, es gab aber bereits eine kleine Gruppe ausländischer Touristen, die von der Galerie aus Fotos vom Boot machten. Als sie Andrew in seinem dunkelblauen RNLI-T-Shirt als Angehöriger der Station ausmachten, gingen sie zögernd auf ihn zu, um ihm Fragen zu stellen. Alis hingegen wurde ignoriert; in ihren knielangen Hosen und dem weißen Tanktop fiel sie nicht weiter auf. Das war auch gut so, denn heute brannte sie darauf, schnell wegzukommen und die guten Neuigkeiten mit Matthew zu feiern.

»Tschüss, Andrew«, rief sie noch schnell und wandte sich Richtung Ausgang, als plötzlich ein Ehepaar mittleren Alters vor ihr stand und ihr aus kummervollen Augen entgegenblickte. Die Dame trug einen schwarzen Hut über ihren krausen Locken, und der Mann war mit seiner Anzugjacke bei diesen frühsommerlichen Temperaturen viel zu warm angezogen. Sie machten einen erbarmungswürdigen Eindruck, den ihr adrettes Äußeres nicht schmälern konnte.

»Miss Alis Rivers?«, fragte die Dame mit zitternder Stimme und streckte ihr eine blasse Hand entgegen. »Wir sind Mr und Mrs ...«

»... Johnson«, beendete Alis den Satz mit einem Flüstern. Plötzlich war ihr ganz kalt. Ihre Hochstimmung verflog, Gänsehaut bedeckte ihre nackten Arme und Beine, und sie wünschte sich auch eine Anzugjacke. Nicht nur zum Wärmen, sondern auch um ihrer Erscheinung ein wenig Würde zu verleihen. In ihrem sommerlichen Outfit und mit dem lose zu einem Knoten gebundenen Haar kam sie sich plötzlich schrecklich unpassend vor, respektlos. Sie war nur froh, heute keine Baseballkappe zu tragen, denn die Johnsons waren die Eltern des ertrunkenen Teenagers. Alis hatte die beiden vorige Woche kurz beim Ambulanzwagen gesehen, erstaunlich gefasst und ruhig. Aber sie hatten wohl während der langen Zeit der Suche Zeit gehabt, sich mit dem Unvermeidlichen abzufinden.

»Oh, Sie erinnern sich an uns.« Mrs Johnson schloss ihre Hände um Alis' kalte Finger und drückte sie. »Wir haben ja nicht zu hoffen gewagt, Sie hier anzutreffen, Miss Rivers, eigentlich wollten wir nur das hier vorbeibringen.« Sie deutete auf ihren Gatten, der mit feierlicher Miene einen Scheck aus der Anzugjacke zog und ihr entgegenstreckte. »Eine kleine Spende für diese großartige Institution«, erklärte der Herr, und als Alis einen Blick auf den Scheck warf, wäre sie beinahe zurückgewichen. Es standen sehr viele Nullen darauf.

»Ich weiß«, begann Mrs Johnson und ließ ihre Hände los, um mit fahrigen Bewegungen ihren Hut zu richten, »das erscheint Ihnen vielleicht etwas unvernünftig, aber wir haben unseren Sohn verloren, unser einziges Kind. Wohin sonst mit unserem Geld? Er war alles, was wir hatten. Vielleicht ermöglicht dieser Scheck einem anderen gerettet zu werden, oder Ihrer tapferen Crew, sicher heimzukehren.«

»Das ist sehr großzügig von Ihnen.« Vor allem da wir bei Ihrem Jungen versagt haben, flüsterte eine Stimme in ihr. Ihr Verstand sagte ihr, dass sie nichts hätten tun können, der Junge war verloren gewesen, in dem Moment, da er bei diesen

~ 30 ~

Bedingungen gesprungen war. Er hatte es nicht zum Strand geschafft, war von einer Strömung erfasst worden und vor den Augen seiner Freunde einfach verschwunden. Sie waren so schnell wie möglich vor Ort gewesen, aber die aufgewühlte See hatte die Suche erschwert. Das Wasser war trübe gewesen, und so hatte auch der Helikopter lange Zeit nichts gefunden. Das Gefühl, versagt zu haben, wich durch dieses Wissen nicht, auch nicht das Bedauern.

»Vielleicht möchten Sie mit dem Scheck lieber zu John Buckland gehen, das ist unser Stationsmanager, und er ist gerade da«, brachte sie aus ihrer zugeschnürten Kehle heraus. John fand bei Angehörigen immer die richtigen Worte, und die Johnsons hatten die richtigen Worte verdient, nicht ihre Starre und entsetzte Sprachlosigkeit, mit der dieses Unglück sie erfüllte.

»Auch Lloyd, der Bootsführer, der den Einsatz geleitet hat, ist hier. Wenn Sie kurz warten möchten, dann …« Sie wollte sich gerade abwenden, als Mrs Johnson ihren Arm umklammerte.

»*Sie* haben ihn gefunden, nicht wahr, Miss Rivers? Sie waren bei ihm, als …« Ihre Stimme versagte, und Alis kämpfte um ihre Professionalität im Umgang mit Trauernden. Die schrecklichen Bilder kehrten zurück, dabei hatte sie sie bisher halbwegs erfolgreich verdrängt. Es war bereits dunkel geworden, Lloyd hatte von der fliegenden Brücke aus das Boot gesteuert, da er von dort aus bessere Sicht hatte als vom Steuerhaus. Ben aus der Crew hatte den Suchscheinwerfer neben ihm bedient, während der Helikopter weiter westlich auf der Suche gewesen war. Schließlich war der Junge in Küstennähe unter der Wasseroberfläche entdeckt worden. Alis war hineingesprungen und hatte seinen kalten und starren Körper in ihren Armen gehalten. Nein, sie war nicht bei ihm gewesen, als er gestorben war. Er war längst tot gewesen.

»Es tut mir so leid«, flüsterte sie die einzigen Worte, die ihr einfielen. Wie sollte man Eltern trösten, die ihr Kind begraben mussten? »Ich wünschte, wir hätten irgendetwas tun können, um ihm noch zu helfen.«

Ein Schluchzen entfuhr Mrs Johnson, und ihr Mann legte seinen Arm um ihre Schultern. Alis kämpfte gegen den unprofessionellen Wunsch an, die beiden fest zu drücken. Zitternd atmete sie tief durch und versuchte, klar zu denken.

»Kommen Sie, begleiten Sie mich, ich bringe Sie ins Büro. Dort können wir uns mit dem Stationsmanager und dem Bootsführer zusammensetzen. Trinken Sie einen Tee, und dann besprechen wir, was mit Ihrem Scheck geschehen soll. Gerne werden wir auch versuchen, alle Fragen zu beantworten, die Sie haben.«

Mrs Johnson nickte schniefend, und Alis öffnete die Absperrung zu dem für die Öffentlichkeit unzugänglichen Bereich. Sie sollte Matthew wohl eine Nachricht zukommen lassen, durch das Gespräch mit Onkel John war sie ohnehin schon zu spät, aber es wäre unhöflich, jetzt nach ihrem Handy zu greifen. Also bot sie Mrs Johnson ihren Arm und führte sie die Metalltreppe hinunter zum Büro, wo Andrew ihr entgegenkam. Er warf einen Blick auf die Johnsons, sah wieder in ihr Gesicht und presste die Lippen aufeinander.

»Mr und Mrs Johnson.« Er trat an sie heran und streckte den beiden die Hand entgegen. »Es ist sehr schön, Sie hier zu sehen. Kommen Sie mit, ich bringe Sie rein. Alis, hattest du nicht noch einen Termin?« Er sah mit hochgezogener Augenbraue auf sie hinab und wies kaum merklich nach oben. Mitgefühl stand in seinen Augen, und Alis hätte ihm gerne gedankt. Im Team gaben sie aufeinander acht, kannten die jeweiligen Stärken und Schwächen des anderen. Thomas mit dem Zottelhaar zum Beispiel, der nicht fluchen konnte und acht Kinder mit seiner Jugendliebe hatte, wäre niemals in der Lage gewesen, den Jungen vorige Woche zu bergen und wiederzubeleben. Er hätte es natürlich getan, aber jeder wusste, dass er einen Sohn im selben Alter hatte, und so war Alis gesprungen, ohne dass Thomas etwas hätte sagen müssen. Es war auch für sie schmerzvoll gewesen, einen so jungen Menschen aus dem Leben gerissen zu sehen, vor allem an diesem Ort. Aber es war etwas gewesen, das sie hatte aushalten, eine Bürde, die sie einem anderen hatte abnehmen können. Andrew wusste wiederum von ihrer Verbindung zu den Klippen, er war damals vor zwölf Jahren beim Einsatz dabei gewesen, hatte sie rausgezogen. Jetzt wollte *er* ihr eine Last abnehmen und für sie einstehen, aber Alis schüttelte den Kopf. Sie rannte nicht gerne weg und mochte es auch nicht, aufgrund ihrer Vergangenheit mit Samthandschuhen angefasst zu werden. Schließlich war das Teil ihrer Arbeit, man konnte nicht alle retten. Es tat weh, aber sie war gut darin, Gefühle einfach wegzusperren.

»Oh, Sie haben einen Termin, Miss Rivers?«, fragte Mrs Johnson erschrocken. »Bitte verzeihen Sie, dass wir Sie aufgehalten haben.«

Alis winkte ab. »Der Termin liegt schon hinter mir, keine Sorge, ich habe Zeit.« Sie nickte Andrew dankbar zu, der die Augen verdrehte, schließlich kannte er ihren Sturkopf, und öffnete die Tür zum Büro. Sie war drauf und dran, Bootsführerin zu werden, Schwächen konnte sie sich keine mehr erlauben.

✳

Die Johnsons blieben eine gute Stunde, verbrauchten mehrere Packungen Taschentücher und ließen sich nicht davon abbringen, den Scheck der RNLI zu spenden.

Die Station war auf jeden Penny angewiesen, trotzdem hatte Alis versucht, das Ehepaar von einer vorschnellen Entscheidung abzuraten – vergeblich. Die Verzweiflung war schwer mit anzusehen gewesen, und jetzt, da das Ehepaar fort war und sie zum Ausgang ging, wünschte sie sich mehr als zuvor an Matthews Seite, sehnte sich nach seinem Halt. Sie wusste, sie durfte den Verlust nicht an sich heranlassen. Ärzte verloren Patienten, Sanitäter konnten manchmal nichts mehr tun, und genauso war sie eben machtlos gewesen. Aber anders als Ärzte und Sanitäter wurde sie nicht oft mit dem Tod konfrontiert. Für sie war das nichts Alltägliches, und sie konnte sich nicht vor der Erschütterung und dem Schmerz abschotten.

Wie benommen, die Freude über ihren neuen Job ganz vergessen, taumelte sie aus der Station ins grelle Sonnenlicht und stieß prompt gegen ein Hindernis.

»Tschuldigung«, murmelte sie, sah gar nicht auf und zog mit zitternder Hand ihr Handy aus der Hosentasche. Sie wollte gerade weitergehen und Matthews Nummer wählen, als eine tiefe Männerstimme erklang.

»Oh, Sie sind es!«

Alis blickte hoch und blinzelte gegen die Sonne an. Die Tür zur Station fiel neben ihr zu, und sie erkannte die Umrisse eines Mannes, der über ihr auftürmte, ein Sixpack unter den Arm geklemmt, ein zweites in der Hand.

»Kann ich Ihnen …?«, begann sie mit einem Räuspern, um ihrer Stimme etwas Kraft zu geben, als sie ihn erkannte.

»Erinnern Sie sich an mich?«, fragte er mit funkelnden Augen. Ein Funkeln, das von Sprenkeln im Sonnenschein stammte. Jetzt nahm sie auch seinen Akzent wahr, und eine Welle der Erleichterung durchfuhr sie. Leben vor sich zu sehen, nachdem sie so lange in einen Raum der Trauer gesperrt gewesen war, holte sie ein wenig zurück in die Wirklichkeit.

»Natürlich! Evan Davies, Retter der Schafe.«

Ein Lachen entfuhr dem von Mut oder Wahnsinn geküssten Tierarzt. »Ganz genau. Wie schön, Sie hier anzutreffen.« Er strich sich mit der freien Hand durchs windzerzauste Haar, und Alis fiel auf, dass es heller war, als sie in Erinnerung gehabt hatte. Nass war es ihr fast schwarz vorgekommen, doch unter der Sonne schimmerte es genauso wie der kurze Bart an seinem Kinn in einem lichten Braun, das von noch helleren, fast blonden Strähnen durchzogen wurde. Ein Zeichen, dass er sich oft und viel im Freien aufhielt, genauso wie seine gebräunte Haut, die sich an seinen sehnigen Unterarmen zeigte. Als Tierarzt, der Schafen hinterherkletterte, schien er ihr sowieso nicht wie ein Indoor-Typ.

»Sie sind also nicht mehr im Krankenhaus. Das ging schnell.«

»Kein Wasser in der Lunge.«

»Hervorragend.« Sie sah ihn erwartungsvoll an, wusste nicht, ob er noch etwas von ihr brauchte oder sie sich höflich verabschieden konnte – schließlich machte Matthew sich bestimmt schon Sorgen –, als sich ein Grinsen auf seinem Gesicht ausbreitete.

»Ein interessanter Zufall, Sie hier wiederzusehen. Fast schon schicksalsträchtig.«

Alis' Mundwinkel hoben sich unwillkürlich zu einem Lächeln. »Bedenkt man, dass Sie sich hier an meinem Arbeitsplatz befinden, ist es wohl doch kein so großer Zufall und noch weniger Schicksal. Kann ich Ihnen denn irgendwie helfen?«

»Eigentlich bin ich gekommen, um mich zu bedanken. Sie waren mein Schutzengel. Auch wenn ich Sie ehrlich gesagt fast nicht wiedererkannt hätte, ohne ihre ganze Ausrüstung.« Er ließ seinen Blick über sie wandern, von den Haar- bis zu den Zehenspitzen und wieder zurück, und Alis hätte fast die Augen verdreht. Ein Lachen entfuhr ihr aber trotzdem ob der unverhohlenen Musterung, was ihm nicht entging. Er schien sich aber nicht daran zu stören, ertappt worden zu sein, denn er hob den Blick zurück zu ihrem Gesicht und verzog seine Lippen zu einem schiefen Lächeln.

»Steht Ihnen – das eine wie das andere.« Er beugte sich zu ihr hinunter, ohne seinen direkten Blick von ihr abzuwenden, seine Stimme senkte sich zu einem Flüstern. »Auch wenn es schwer zu glauben ist, dass so ein Fliegengewicht von Frau mich niederhalten konnte.« Er zwinkerte ihr zu, und die Luft entwich ihr mit einem ungläubigen Lachen. Flirtete er mit ihr?! Vor ein paar Tagen noch kaum bei Bewusstsein, heute einer, der nichts anbrennen ließ.

Mit einem Kopfschütteln stemmte sie eine Hand in die Seite. »Hauptsache, es geht Ihnen besser, Mr Davies.«

»Das verdanke ich Ihnen, Miss …«

»Rivers. Alis Rivers. Und ich war nicht alleine, Ihr Dank gebührt also nicht nur mir.«

»Nun, Miss Rivers …« Er streckte ihr die linke Hand entgegen, da seine Rechte mit dem Bier beladen war. »Ich bin jedenfalls froh, dass Sie da waren.«

Alis betrachtete seine langen, geraden Finger, dann riss sie sich zusammen und gab ihm die Hand. »Das ist unser Job.«

»Aber ein unbezahlter Job, wie ich weiß.« Er schloss seine Finger fest um ihre und sah ihr eindringlich in die Augen. Schalk blitzte in den seinen, als befände er sich gerade in einem amüsanten Spiel und als hätte er nicht vor Kurzem um sein Leben fürchten müssen. Es war merkwürdig, von ihm gingen eine solch unbeschwerte Fröhlichkeit und ein fast kindlicher Übermut aus, der ihr ganz und gar fremdartig vorkam. Was wohl daran lag, dass sie mit Positivität und all dem »Leuchtende Seele«-Kram nichts anfangen konnte. Das Leben hatte ihr oft genug die harte Realität gezeigt.

»Und nicht nur ich bin dankbar, auch Sophie Grace ist mit einem Knacks an ihrer Würde davongekommen.«

»Da bin ich ja beruhigt.« Alis zog ihre Hand an sich und schob sie in die Hosentasche.

»Mögen Sie keine Schafe?«

Alis presste die Lippen aufeinander. Sie hatte nicht mit einem abfälligen Tonfall sprechen wollen, aber irgendwie fiel es ihr gerade äußerst schwer, ihre wahren Gefühle verborgen zu halten. Sie war nun mal keine flirtende, vor Leben sprühende Persönlichkeit, sondern dunkel und verkorkst. »Ich würde nicht sagen, dass ich Schafe *nicht* mag. Sie sind mir wohl eher gleichgültig. Zumindest sind sie mir nicht so wichtig wie Menschen.«

»Sind Sie generell kein Tierfreund?«

»Ist Ihnen ein Menschenleben generell egal? Oder nur Ihr eigenes?«

Überrascht hob er die Brauen, und Alis schloss zornig über ihre mangelnde Selbstkontrolle die Augen. »Tut mir leid, ich ...«

»Nein, nein, fahren Sie nur fort. Ich sehe, Sie wollen etwas loswerden. Ich bin ganz Ohr.«

Verblüfft sah Alis auf, erkannte die Herausforderung in seinem Blick, und fast wäre sie tatsächlich explodiert. Der Umgang mit Patienten und Besuchern der Station war äußerst wichtig, sie durfte nicht unfreundlich werden. Trotzdem hätte sie ihm nur allzu gerne an den Kopf geworfen, dass das alles *kein* Spiel war. Er stand hier wie ein unartiger Junge, dem ein Streich geglückt war, unbekümmert und gedankenlos wie bei seiner dämlichen Aktion mit dem Schaf. Dabei hatte er nicht nur sich, sondern auch die Crew in Gefahr gebracht. Es war leichtsinnig, nein hirnrissig gewesen, und er konnte bei Gott gleich einen neuen Schutzengel bestellen, denn seiner hatte vor drei Tagen bestimmt einen Herzinfarkt erlitten.

»Mir geht's gut«, brachte sie zwischen zusammengebissenen Zähnen hervor.

Evan hob eine Augenbraue, nahm seinen funkelnden Blick aber nicht von ihr. Als wäre es das Natürlichste der Welt, sah er ihr weiterhin direkt in die Augen, studierte sie, und Alis' Herz schlug immer schneller. Hören Sie auf damit!, wollte sie schreien, stattdessen platzte aus ihr heraus: »Tragen Sie all das Bier hier spazieren?«

Evan verengte ob des plötzlichen Themenwechsels verwirrt die Augen, dann senkte er seinen Blick auf seine Fracht. »Oh, nein. Das wollte ich eigentlich Ihnen vorbeibringen. Also der ganzen Crew …« Er hielt inne, sah in ihr Gesicht, zurück aufs Bier und hob gespielt bedauernd die breiten Schultern, über die sich ein schwarzes Hemd spannte. »Tja, da habe ich wohl nicht besonders weit gedacht. Blumen und Schokolade wären wohl angemessener gewesen.«

Ein Schnauben entfuhr ihr. »Wenn Sie mir was zum Valentinstag schenken wollten, dann vielleicht … Ansonsten ist Bier wunderbar. Vielen Dank.« Sie nahm ihm eins der Sixpacks aus der Hand und konnte sich gerade noch davon abhalten, eine Flasche rauszunehmen, mit den Zähnen zu öffnen und vor ihm auszutrinken. Sie war kein romantisches, schwaches Mädchen, zumindest nicht in ihrem Job. Im Alltag war sie eine mittelschwere Katastrophe, aber das musste er ja nicht wissen.

Das Grinsen auf seinem Gesicht verbreitete sich noch, es zeichnete feine Lachfältchen an den Augenwinkeln in seine gebräunte Haut. »Tut mir leid … Ich hätte Sie nicht als Biertrinkerin eingeschätzt.«

»Ihre Menschenkenntnis scheint Ihre Schaf-Flüsterer-Eigenschaften nicht zu übertreffen.«

Ein Lachen entfuhr ihm. »Ich scheine Sie zu reizen, Miss Rivers, auch wenn ich nicht weiß, was ich getan habe, um Sie gegen mich aufzubringen.«

Gar nichts, wollte sie erwidern, ich kann einfach nicht mit Fremden umgehen, wenn sie nicht gerade am Ertrinken sind, liegt nicht an Ihnen. Ehe sie aber das Wort ergreifen konnte, fuhr er schon fort. »Wenn das Bier Sie nicht beleidigt hat, dann muss es etwas anderes sein. Vielleicht geben Sie mir einfach die Möglichkeit, das Ganze bei einem Kaffee wiedergutzumachen.«

Überrascht sah sie ihn an. Er war wirklich keiner, der einen Wink mit dem Zaunpfahl verstand. »Das ist sehr freundlich von Ihnen«, sagte sie langsam, sich auf jedes Wort konzentrierend, um nur ja nicht ihre Gedanken laut auszusprechen. »Leider bin ich schon verabredet.«

»Schade.« Evan hielt ihr noch das zweite Sixpack entgegen. »Dann vielleicht heute Abend auf ein Bier?«

Alis biss sich auf die Innenseite der Wange, sie durfte sein gottverfluchtes Lächeln nicht erwidern. »So verlockend das auch klingt, meine Verabredung wird mich den ganzen Abend für sich beanspruchen.«

»Ein Familienbesuch?«

»Nicht ganz.«

»Shopping mit einer Freundin und dann Pyjamaparty?«

»Er ist Winchman bei der Royal Airforce«, erklärte sie, damit er endlich Ruhe gab. »Sie wissen schon – seilt sich von Hubschraubern ab und so.«

»Wow!« Übertrieben begeistert sah er sie an. »Da kann ich wohl nicht mithalten mit meinem Trick, Schafen die Nase zuzuhalten, um eine Pinkelprobe zu nehmen.«

»Schafe pinkeln, wenn man ihnen die Nase zuhält?«

»Allerdings.«

»Interessant. Ich glaube aber, ich bleibe trotzdem beim Bier …« Sie nahm ihm das zweite Sixpack ab, ihre Mundwinkel hoben sich, verflixt nochmal, als wäre diese Fröhlichkeit ansteckend! »Und bei meinem Hubschrauber-Typen.«

»Kann's Ihnen nicht verdenken.« Er wies auf die beiden Packungen in ihren Händen und zwinkerte ihr zu. »Zumal das wirklich verdammt gutes Bier ist.«

Alis lachte hell, sie konnte sich nicht mehr zurückhalten, sie sah ihm in die Augen und war über sich selbst überrascht. Sie lachte normalerweise nicht mit Fremden. Schon gar nicht mit Männern seiner Art, die leichtsinnig waren, keine Regeln kannten und nichts ernst nahmen. Außerdem strahlte Evan mit seinem kurzen Bart am Kinn und entlang des Unterkiefers und den Jeans mit dem dunklen Hemd eine rohe, ungeschliffene Attraktivität aus, die sie als gefährlich empfand. Sie wünschte sich einmal mehr zu Matthew, ihrem Prinz Charming, bei dem sie sich geschützt und geborgen fühlte. Männer wie Evan wussten genau, welche Knöpfe sie bei Frauen drücken mussten, um sie zu verunsichern.

»Sie hätten sterben können!« Die Worte waren draußen, ehe sie sie in Gedanken hätte formen können.

Evan sah mindestens genauso verblüfft aus, wie sie sich fühlte. »Wie bitte?«

Sie rang um Atem, eine kleine Stimme in ihr sagte, dass sie ihre ganzen aufgestauten Gefühle nicht an ihm auslassen sollte, nur weil er sie aus der Fassung brachte. Doch irgendetwas an ihm ließ die Mauer der Selbstbeherrschung bröckeln, die sie um die beängstigende Beförderung, die Konfrontation mit dem Leid der Johnsons und all den begrabenen Ballast aus ihrer Jugend herum errichtet hatte. »Wie können Sie so tun, als wäre nichts geschehen? Wie konnten Sie nur so leichtsinnig sein? Glauben Sie etwa, es macht Spaß, Leichen aus dem Wasser zu fischen? Glauben Sie, dafür fahren wir raus, das wäre der Sinn unseres Jobs? Haben Sie überhaupt die geringste Ahnung, wozu das Meer imstande ist? Haben Sie auch nur einen Gedanken daran verschwendet, ehe sie ungesichert zu diesem Schaf geklettert sind? Wären Sie nur etwas anders gefallen, ein paar Meter zur Seite, dann hätten wir Sie in Einzelteilen gefunden. In *Einzelteilen*!« Sie zitterte, spürte noch nicht einmal Genugtuung, da er jetzt nicht mehr lächelte. Seine Brauen zogen sich zusammen, eine steile Falte bildete sich dazwischen. Seine blauen Goldsprenkel-Augen waren nur noch zwei schmale Schlitze, und Alis wartete auf einen wütenden Ausbruch.

Aber er stand nur da, erwiderte ihren Blick, während sich ihre Brust hob und wieder senkte und ihr immer klarer wurde, was sie da gerade getan hatte – etwas, das sie augenblicklich mit Scham erfüllte. Sie wollte Bootsführer werden? So verhielt sich kein Bootsführer. So verhielt sich kein normaler Mensch. Sie war verrückt geworden.

Evan öffnete den Mund, wollte etwas sagen, aber Alis fuhr bereits herum. Ohne zurückzublicken und mit je einem Sixpack in der Hand, rannte sie über die Metallbrücke, die die Station mit dem Land verband, und wünschte sich, im Erdboden zu versinken. Sie musste zu Matthew.

Kapitel 3

Wow! Evan konnte sich nicht erinnern, jemals eine Person derart schnell rennen gesehen zu haben. Seine kleine Schwester war einmal von einem wütenden Hahn attackiert worden und hatte nicht so ein Tempo erreicht. Sollte er sich jetzt geschmeichelt fühlen oder beleidigt sein, dass er sie dazu gebracht hatte, diesen Rekord zu brechen?

Verwirrt warf er einen Blick zurück zur Lifeboat-Station, die auf ein paar Stahlträgern über dem Meer thronte und von der eine Rampe für das Boot in die Fluten hinabführte. Es hatte wohl keinen Sinn mehr reinzugehen. Er hatte das Bier vorbeibringen wollen, und nun war Miss Alis Rivers damit auf und davon. Seltsame Frau …

Das Klingeln seines Handys durchbrach seine Gedanken, und er nahm das Gespräch dankbar an.

»Evan? Hier ist Morgan McPhee. Bist du gerade unterwegs?«

»Oh, hi Morgan. Eigentlich bin ich auf dem Sprung. Hab ein paar Pferde auf der Rivers-Farm zu impfen.« Rivers – komischer Zufall.

»Kannst du vorher kurz bei uns vorbeischauen? Liegt ja auf dem Weg und dauert nicht lange.«

»Ist was mit Sophie Grace?« Er lehnte sich gegen das Metallgeländer der Brücke und nickte einem glücklich aussehenden Touristenpaar zu, das gerade die Station verließ. Möwen kreischten über ihm, und das Rauschen des Meeres, das türkisgrün um die Stahlträger plätscherte, machte es schwer, Morgan zu verstehen. Türkisgrün … genauso wie Alis Rivers' große Augen.

»Nein, nein, mit der kleinen Ausreißerin ist alles in Ordnung. Komm einfach nur kurz vorbei, okay? Wir wollen uns davon überzeugen, dass du noch ganz bist, also lass dich anschauen.«

»Alles klar. Bis gleich.« Er legte auf und tippte die Nummer seiner Schwester Sianna ein. Wie immer dauerte es ewig, bis sie abhob.

»Hallöchen Bruderherz.«

»Du musst für mich zur Rivers-Farm und schon mal mit dem Impfen anfangen. Ich komme nach, muss vorher noch bei Morgan McPhee vorbei.«

»Einen wunderschönen guten Tag auch dir.«

Ein Lächeln entkam ihm, auch wenn er dabei die Augen verdrehte, aber seine Schwester ging ihm nur ganz selten wirklich auf die Nerven. »Machst du's?« Er schlenderte über die Brücke zum Fußweg rund um den Castle Hill und kramte die Autoschlüssel aus seiner Jackentasche. Dabei musste er sich auf dem schmalen Pfad an ein paar Touristen vorbeischieben, die ihn bis ins Gestrüpp der steilen Hügelflanke drängten. Rosa und weiße Wildblumen leuchteten aus dem sommerlich grünen Bett, während auf der anderen Seite des Wegs eine wild mit Efeu bewachsene Steinwand den Abhang zum Meer hinunter schützte.

»Ich kann die Praxis erst in zehn Minuten zur Mittagspause zumachen, aber dann düse ich sofort los.«

»Danke, du hast was gut bei mir.«

»Die Liste wird immer länger, Evan.«

»Jaja.«

Er steckte das Handy weg und warf noch einen Blick zurück zur Station. Es war verrückt, dass Alis Rivers immer noch in seinem Kopf rumspukte. Aber irgendetwas an ihr irritierte ihn, als hätte er verschiedene Persönlichkeiten vor sich gesehen. Vor Tagen auf dem Boot war sie stark gewesen, bestimmt, beinahe autoritär. Sie hatte auf beeindruckende Weise genau gewusst, was sie tat, ohne zu zögern, und obwohl die Bedingungen katastrophal gewesen waren, hatte er nicht das Gefühl gehabt, dass sie auch nur die geringste Angst hatte. Zwar war ihm alles sonderbar verschwommen erschienen, aber ihre ganze Art und der feste Blick aus diesen auffällig türkisgrünen Augen hatten ihn bei Sinnen gehalten, ihm Sicherheit gegeben, nachdem er sich dem Tod bereits näher als dem Leben gefühlt hatte.

Sie war der entscheidende Grund für sein Auftauchen heute gewesen. Er hatte gehofft, sie wiederzusehen, denn er musste zugeben, dass sie ihm in den letzten Tagen nicht aus dem Kopf gegangen war. Er hatte sie einfach noch einmal sehen wollen, mit klarem Verstand, um herauszufinden, warum sie durch seine Gedanken geisterte.

Aber heute war von ihrer Stärke nicht mehr viel übrig gewesen. Fern des Sturms, der über ihr brechenden Wellen und der Kälte war sie ihm wie ein in die Ecke gedrängtes Tier vorgekommen. Die leise Brise hatte mit ihrem blonden Haar gespielt, nur hatte er heute das Gefühl gehabt, dass dieser Hauch sie von den Beinen zu reißen imstande war. Schmerz und Argwohn hatten in ihrem türkisgrünen Blick gelegen, gleichzeitig aber auch der eiserne Wille, sofort anzugreifen. Eine Hundertachtzig-Grad-Wendung, die er sich nicht erklären konnte. Im Grunde brauchte diese Frau ihn ja nicht zu interessieren, aber er musste sich eingestehen, dass sie ihn neugierig machte.

Zur Farm der McPhees war es nicht weit, er war nach fünfzehn Minuten dort und bog mit einem Blick auf die Uhr in den Schotterweg zum Anwesen ein. Das Eisentor zwischen den meterhohen Hecken stand offen, um ihn herum erstreckten sich grüne Weiden, die nach Westen hin leicht anstiegen. »Lydstep Schafskäse« prangte auf einem Schild mit einem Pfeil Richtung Farmhaus. Auf dieses alte, aus Stein errichtete Gebäude hielt er jetzt zu, auf dem Weg dorthin fiel ihm auf, dass der Zaun, den Morgans Sohn Ioan niedergefahren hatte, repariert worden war. Der Dreizehnjährige hatte Bremse und Gas beim Traktor verwechselt und war direkt in die Weide gedonnert. Die Schafe waren vor Schreck davongestoben, allen voran Sophie Grace, die in ihrer Angst bis zu den nahen Klippen gelaufen war. Dort war sie zitternd auf einem Felsvorsprung gestanden, und wenn er so nachdachte, hatte Miss Rivers' Verhalten heute ähnlich gewirkt. Unentschlossen, ob sie lieber flüchten oder angreifen sollte, um ihm zu entgehen. Sophie Grace hatte sich für eine Mischung aus beidem entschieden. In dem Versuch, an ihm vorbeizujagen, hatte sie ihn hinuntergestoßen, und mit dem abrutschenden Geröll war sie ebenfalls gefallen.

Ein leises Lachen entkam ihm. Was die kleine Crew-Lady wohl dazu gesagt hätte, dass er sie mit einem Schaf verglich? Nachdem sie ohnehin nicht gut auf Sophie Grace zu sprechen war?

»Evan! Da bist du ja.« Morgan kam aus dem Haus und schob seine Tochter Claire im Rollstuhl die Rampe über die Treppe hinunter. Ein strahlendes Lächeln erhellte das Gesicht der Zehnjährigen, während sich ihre Hand unruhig auf und ab bewegte, als versuchte sie zu winken. Ein Anblick, der die komplizierte Frau von der Station sofort in den Hintergrund geraten ließ.

Evan stellte den Motor ab und griff nach seinem Handy, ohne das er nirgendwo hinging. Es machte ihn ein wenig nervös, Sianna allein bei den Rivers zu wissen. Zwar wusste er, dass seine Schwester durchaus fähig war, ein paar Pferde zu impfen, aber die Leute von der Farm kannten sie nicht, und manche Bauern waren etwas engstirnig. Sianna hatte ihm schon häufiger ausgeholfen, obwohl sie selbst mit ihrer Kleintier-Praxis und diversen Freiwilligentätigkeiten mehr als genug zu tun hatte, aber auf der Rivers-Farm war sie noch nie gewesen.

Mit einem letzten Blick aufs Display stieg er aus dem Wagen und ging den beiden entgegen, aus den Augenwinkeln bemerkte er Sophie Grace auf einer eingezäunten Wiese neben dem Haus. »Sie hat es wirklich gut überstanden, so wie's aussieht.« Er deutete zu dem friedlich grasenden Schaf mit dem rosa Halsband und dachte zurück an jene schrecklichen Momente, in denen er geglaubt hatte, dass es weder Sophie Grace noch er heil nach Hause schaffen würden. Gezweifelt hatte er nie daran, dass er alles versuchen musste, um dieses Schaf zu retten. Ihm war klar gewesen, dass es zu lange dauern würde, bis die Küstenwache ein Team schickte. Sophie Grace hätte sich bis dahin längst vertreten und abstürzen können. Nun, abgestürzt war sie auch mit ihm, aber zumindest hatte er sie nicht ganz ihrem Schicksal überlassen.

»Dass es ihr so gut geht, verdankt sie dir, Evan.« Morgan schüttelte seine Hand und klopfte ihm auf den Oberarm. »Verdammt, ich hätte fast einen Herzinfarkt wegen dir erlitten, du Idiot!«

Ein Lachen entfuhr ihm. »Da bist du nicht der Einzige. Und du, Claire?« Er ging vor dem Mädchen in die Hocke und umschloss ihre unruhigen Hände mit seinen. »Bist du glücklich, Sophie Grace wiederzuhaben?«

Claire nickte aufgeregt und stieß unverständliche Laute aus, in denen jedoch unverkennbar Freude lag. Mit leuchtenden Augen deutete sie zu Sophie Grace hinüber, ihrem Lieblingsschaf, das sie selbst mit der Flasche aufgezogen hatte, nachdem die Mutter und der Zwilling die Geburt nicht überstanden hatten. Sich um dieses Schaf zu kümmern hatte Claire geholfen, aus sich herauszukommen, nachdem sie sich früher Fremden gegenüber kaum geöffnet hatte.

Claire war als Säugling an einer Hirnhautentzündung erkrankt und seitdem geistig behindert. An ihrem sechsten Geburtstag war Sophie Grace zur Welt gekommen, die alles verändert hatte und Claires beste Freundin war.

Evan wollte sich gar nicht vorstellen, wie das Mädchen reagiert hätte, wäre ihrem besonderen Schaf etwas passiert. Irgendwann müsste sie Abschied nehmen, aber wenn Sophie Grace weiterhin so gesund blieb, stand dieser Moment noch viele Jahre aus.

Weitere Laute ausstoßend hob Claire die Arme und streckte sie nach ihm aus. Evan zog das Mädchen ohne zu zögern in eine feste Umarmung. »Lass sie nur nicht mehr entwischen, ja?« Er streichelte ihr über den roten Lockenkopf und sah ihr ins Gesicht. »Sophie Grace kann froh sein, eine Freundin wie dich zu haben.«

»*Wir* können froh sein, einen Freund wie dich zu haben, Evan.« Morgans Frau Mary kam aus dem Haus, ein in Papier eingeschlagenes Päckchen in der Hand. Schafskäse. Der beste, den es weit und breit gab.

»Das wäre nicht nötig gewesen, Mary.« Er richtete sich auf und nahm den Käse entgegen, den er hoffentlich nicht ewig im Auto herumfahren musste, ehe es nach Hause schaffte. »Hauptsache, Sophie Grace ist nichts passiert.«

»Ja, und dir auch nicht. Wirklich Evan, was hätten wir tun sollen, wenn dir etwas zugestoßen wäre?«

»Ich hatte alles unter Kontrolle, das war so geplant.«

Mary lachte und tätschelte seine Wange, nicht allzu sanft. »Schön zu sehen, dass du noch ganz bist. Es wundert mich, dass du nicht länger im Krankenhaus bleiben musstest.«

»Das bisschen Kälte und Wasser hat mir nicht geschadet.«

»Claire ist übrigens ein Lifeboat-Fan geworden«, ließ sich Morgan vernehmen. Er nahm seinen Hut ab, unter dem dieselben roten Locken wie Claires zum Vorschein kamen, und küsste seine Tochter auf den Scheitel. »Ioan hat sie zu den Klippen gebracht, während ich mit der Küstenwache telefonierte. Sie hat den ganzen Einsatz beobachtet.«

»Ja, das war ganz schön beeindruckend«, stimmte Mary zu, die ihre Hände in die Taschen der Schürze schob. »Als dieses kleine Motorboot über die Wellen gesprungen kam ... nur ein orangefarbener Fleck inmitten dieses grauen Sturms. Ich dachte schon, ihr würdet alle gemeinsam untergehen.«

»Die wissen, was sie tun – ich verdanke ihnen mein Leben«, erwiderte Evan und sah plötzlich wieder Alis Rivers vor sich. Gefasst und absolut ruhig auf dem Boot und dann komplett aufgelöst vor der Station. Es war ein gefährlicher Job, den die Lifeboat-Crew ausübte, damit hatte Mary recht. Um ihn und Sophie Grace zu retten, hatten sie ihr eigenes Leben riskiert. Ein gutes Boot und hochwertige Ausrüstung konnten die Gefahr, der sie sich aussetzten, bestimmt nur minimieren, nicht gänzlich auslöschen. Vielleicht war der Wutausbruch vorhin

~ 49 ~

doch nicht ganz so seltsam gewesen. Vielleicht hätte er dankbarer sein sollen.

»Ich für meinen Teil will das nie wieder sehen«, sagte Morgan und legte Evan die Hand auf den Rücken, um ihn zurück zum Wagen zu begleiten. »Zweimal reicht. Das war schon ein richtiges Déjà-vu. Als ich 999 gewählt und die Küstenwache verlangt habe … Ich dachte, ich wäre in der Zeit zurückversetzt worden. Hat nicht nur seine Vorteile, gleich an den Klippen zu leben.«

»Wieso zweimal? Ist Sophie Grace denn schon einmal hinuntergefallen?«

Morgan lachte laut auf. »Ach, das dumme Schaf war da noch gar nicht auf der Welt. Unser Nachbar Seth ist hier gestorben. Wie lange ist das jetzt her, Mary? Zehn Jahre? Du warst damals ja noch gar nicht hier, Evan.« Er drehte sich zu seiner Frau um, die ihnen mit Claire nachkam.

»Zwölf Jahre«, erwiderte sie und richtete ihren Blick in die Ferne, Richtung Küste. »Aber du vergisst den Jungen von letzter Woche, Morgan. Das arme Kind ist auch nicht weit von der Stelle, wo Evan abgestürzt ist, ertrunken.« Sie wandte sich Evan zu, ihre Miene kummervoll. »Ganz in der Nähe von hier gibt es einen Felssporn, der ins Meer hinausragt, ein bei den Teenagern beliebter Platz, wo sie sich ihren Mut beim Klippenspringen beweisen. Morgan hat diese dummen Kinder nicht nur einmal verjagt, wenn er sie erwischt hat, aber sie kommen immer wieder. *Tombstoning* nennen sie es, wenn sie da runterspringen, passend, nicht wahr? Grabstein. Lange Zeit ist nie was passiert, aber letzte Woche war das Wetter viel zu schlecht, die Strömungen waren besonders stark. Ein Vierzehnjähriger ist gestorben.«

»Richtig, Gott, das war schrecklich.« Morgan verschränkte

die kräftigen Arme vor der Brust. »Das Lifeboat und ein Hubschrauber haben nach ihm gesucht, aber sie konnten ihn nur noch tot bergen. Traurige Sache.«

Glauben Sie, es macht Spaß, Leichen aus dem Wasser zu fischen?

Verdammt. Ob Miss Rivers letzte Woche dabei gewesen war? Das würde einiges erklären.

»Aber das vor zwölf Jahren war kein Klippenspringen, sage ich dir.« Morgan sah ihn vieldeutig an. »Ich war draußen auf der Südweide und habe einen Zaun repariert, als ich die Kleine sah. Sie hat lange nur dagestanden und aufs Meer rausgesehen, ihr Pferd hat sie einfach frei grasen gelassen, ich dachte mir nichts dabei. Als ich dann aber das nächste Mal zu ihr hinsah, stand sie plötzlich am Abgrund. Ich weiß noch, wie ich meine Drahtschere beiseitegelegt habe, um ihr zu sagen, dass sie aufpassen soll … als sie einfach mir nichts, dir nichts runtersprang. Ich dachte schon, ich wäre verrückt geworden, aber dann kam plötzlich Seth auf seinem Pferd herangaloppiert. Er hat geschrien wie am Spieß, ist zum Abgrund, ich bin ihm nachgerannt, wollte ihn aufhalten, aber er ist einfach gesprungen, seiner Tochter hinterher. Dann waren sie beide weg, ich konnte sie nirgends sehen. Also bin ich zurück zum Wagen und habe von dort aus die Küstenwache angerufen.«

»Großer Gott.« Evan strich sich über den kurzen Bart an seinem Kinn und sah zur Küste hinüber, die nicht zu sehen, aber zu hören war. Kein Wunder, dass dort überall Schilder mit der Aufschrift »Klippen sind tödlich« prangten. »Wieso ist das Mädchen denn gesprungen? Auch als Mutprobe?«

»Ne, ne, das war damals noch nicht so im Gange, und außerdem war sie ja allein. Die Klippenspringer kommen in Gruppen, hätte ja keinen Sinn, allen zu beweisen, wie tough man ist, wenn's keiner sieht. Ich glaube, sie wollte sich umbringen, nur hat sie's überlebt, während ihr Dad draufgegangen ist.«

Entsetzt sah Evan zwischen Morgan und Mary hin und her, er war sprachlos. Was trieb ein Mädchen an, solch einen Schritt zu begehen? Er wusste noch genau, wie es sich angefühlt hatte zu fallen, wissend, was unter ihm lag, dass sein Leben in nur einem Wimpernschlag enden könnte.

Wie schrecklich konnte ihr Dasein gewesen sein, um es beenden zu wollen? Wie schlimm musste es danach gewesen sein, mit den Schuldgefühlen zu leben? Was musste dem Vater durch den Kopf gegangen sein, als er ohne zu zögern in seinen Tod gesprungen war?

Evan hatte auch schon einigen Mist erlebt, und sein Leben war bei Gott nicht immer nur eitel Sonnenschein gewesen, aber sich umbringen? Das wäre für ihn nie in Frage gekommen. Egal wie sehr er am Boden gewesen war, er hatte trotzdem immer zu gerne gelebt, um alles hinzuschmeißen. Außerdem war da ja auch noch seine Familie, allen voran Sianna, um die er sich hatte kümmern müssen.

»Was ist aus ihr geworden?«, brachte er nach einer gefühlten Ewigkeit heraus.

Morgan zuckte mit den Schultern. »Na ja, das Lifeboat hat sie rausgefischt, aber was dann mit ihr geschehen ist, weiß ich nicht. Nur dass sie von zu Hause weg ist, nach Tenby zu Familienangehörigen, glaube ich. Hinterher hat man sich erzählt, dass es ein Unfall gewesen ist. Ihr Pferd wäre durchgegangen, und dann soll sie abgestürzt sein. Und ihr Vater, mit dem sie ausreiten war, wollte sie retten. Aber ich weiß, was ich gesehen habe. Sie ist gesprungen … freiwillig. Aber die Familie wollte das natürlich nicht zugeben. Das Mädchen auch nicht, sonst hätten sie sie wohl weggesperrt. Ich weiß nicht, was sie jetzt macht. Du kannst ja Joan fragen, wenn du nachher zu ihr fährst.«

»Joan? Joan Rivers von der Pferdefarm?«

»Ja, du hast doch erzählt, du musst ihre Gäule impfen. Es war ja das Rivers-Mädel, das gesprungen ist. Joans und Seths Tochter.«

Die Luft blieb ihm weg. Rivers-Mädel! Es fiel ihm wie Schuppen von den Augen. Vor zwölf Jahren war es geschehen, da war sie wohl ein Teenager gewesen, vielleicht fünfzehn oder sechzehn, wenn er ihr Alter richtig schätzte. Er konnte es kaum fassen. »Heißt sie zufällig *Alis* Rivers?«

»Ja genau! Alis! Du kennst sie?«

»Flüchtig.«

»Und was macht sie jetzt?«

Sie fischt andere Klippenspringer aus dem Wasser und ist mit einem Hubschrauber-Typen zusammen, hätte er fast erwidert, aber er zuckte nur mit den Schultern. Er wollte nicht über die Probleme einer Frau tratschen, die er kaum kannte, die ihm zudem das Leben gerettet hatte und deren Geheimnisse wohl nicht für seine Ohren bestimmt waren. Zumal er Joan Rivers gern mochte, sie war eine direkte, aber stets hilfsbereite Dame, die ihre Familiengeschichte mit Sicherheit aus gutem Grund für sich behielt.

»Ich weiß nicht genau, was sie macht«, winkte er ab und blickte über die Weiden, Alis' stoisch ruhige Augen auf dem Boot vor sich. »Ich wusste zwar, dass Mrs Rivers die Farm alleine führt, hätte aber nicht erwartet, dass …«

»… die Familie derart kaputt ist? Na ja, die meisten wissen nichts von diesen Dingen. Für die Leute ist ein Reitunfall tragisch geendet und der Vater als Held gestorben. Hätte ich das Mädchen an jenem Nachmittag nicht selbst gesehen, würde ich wohl nichts anderes denken. Aber weißt du, kurz vor dem … Vorfall ist Alis' Bruder von zu Hause abgehauen, vielleicht ist sie deshalb gesprungen. Die beiden standen sich sehr nah. Und Seth war gewiss auch kein Held. Versteh mich nicht falsch, ich mochte ihn, aber er hat viel zu oft zu tief ins Glas geschaut, wenn du verstehst, was ich meine. Auch war er launenhaft. An einem Tag konnten wir den größten Spaß miteinander haben und die ganze Nacht durchfeiern, am nächsten bekam er nicht mal den Mund zu einem Gruß auf. War kein einfacher Mensch, der gute, alte Seth.«

Evan nickte beklommen, er fühlte sich unwohl, so weit in die Privatsphäre seiner Retterin eingedrungen zu sein. Was für eine traurige Geschichte. Die Frau von vorhin, die verstört vor ihm gestanden hatte, machte jetzt mehr Sinn. Aber wie passte dann die Alis vom Boot ins Bild? Zurechnungsfähiger ging es kaum.

Vielleicht half ihm ja der Besuch auf der Rivers-Farm, um sich etwas Klarheit zu verschaffen.

✳

»Ich bin genauso qualifiziert wie mein Bruder, wir haben dasselbe Studium hinter uns!«

»Mir ist scheißegal, was für ein Studium Sie gemacht haben, Lady, ich lasse bestimmt keine Hamsterärztin an unsere Pferde ran. Evan ist auf Pferde spezialisiert. Auf *Pferde*, verstehen Sie? Wir sind hier eine *Pferdefarm*, also gehen Sie zurück zu Ihren Meerschweinchen, und lassen Sie Männer die richtige Arbeit machen.«

»Um eine Spritze zu geben, muss man nicht extra auf Pferde spezialisiert sein, Herrgott! Zum Beispiel könnte ich einem Esel wie Ihnen jederzeit eine Impfung in den Hintern jagen.«

»Ich würde gerne sehen, wie Sie das versuchen.«

»Ihr Wunsch kann ganz schnell wahr werden.« Sianna ballte die Hände zu Fäusten, und als Evan aus dem Wagen stieg, fürchtete er schon, sie würde auf den Stallmeister losgehen. In Jeans und Hemd mit hochgekrempelten Ärmeln stand sie da; die Baseballkappe, unter der ihr kastanienbraunes, kinnlanges Haar hervorstand, ließ sie jung und ungefährlich wirken, genauso die leicht abstehenden Ohren, die ihr Ähnlichkeit mit einem süßen Kobold verliehen. Aber Evan hatte keine Angst um seine kleine Schwester. Weniger weil der mürrisch dreinblickende Mann sich mit seinen etwa eins siebzig fast auf Augenhöhe mit ihr befand, sondern weil Sianna einen beinahe zu Tode starren konnte. Zwar wirkte der muskelbepackte Stallmeister mit dem Stiernacken alles andere als harmlos – es war ihm deutlich anzusehen, dass er auf der Farm für schwere Arbeiten zuständig war –, aber Evan würde sein Geld trotzdem auf Klein-Schwesterlein setzen. Sie war in Hochform und fixierte ihr Gegenüber, die Hände in die Seiten gestemmt und auf Zehenspitzen, sodass sie sich auf Augenhöhe befanden.

Noch hielt der Stallmeister stand, aber der zuckende Kinnmuskel in seinem glatt rasierten Gesicht verriet, dass der Mann bald unter ihrem Blick zusammenklappen würde. Es war Zeit einzuschreiten, und so warf Evan mit Schwung die Autotür zu, was die beiden zusammenfahren ließ, als hätte er einen Schuss abgefeuert.

Sianna fuhr zu ihm herum und verdrehte die Augen, während der Stallmeister so erleichtert aussah, dass Evan nur schwer ein Lachen zurückhalten konnte.

»Rhys, ich sehe, du hast meine Schwester schon kennengelernt.«

»Verdammt, Evan, ich dachte, ich könnte mich auf dich verlassen. Nichts gegen deine Schwester …«

Ein Schnauben entfuhr Sianna, sie verschränkte die Arme vor der Brust und warf Rhys einen verächtlichen Blick zu.

»Aber«, fuhr der Stallmeister mit einem schweren Seufzen fort, »wenn ich einen Tierarzt rufe, will ich einen Tierarzt. Du kannst doch nicht einfach jemand anderes schicken.«

»Also erstens *ist* Sianna Tierärztin …«

Rhys wollte ihn unterbrechen, aber Evan fuhr sogleich fort. »Eine ganz hervorragende Tierärztin sogar. Zweitens hätte ich mich verspätet, und ich wollte euch nicht warten lassen. Ich wusste nicht, wie lange ich weg sein würde, und Sianna hat mich schon oft vertreten.«

»Und noch nie hatte ich es mit einem ausgemachten Sexisten wie diesem hier zu tun«, warf seine Schwester ein, wobei sie nicht sehr unauffällig mit dem Daumen auf Rhys deutete. »Stur sind Männer ja alle, aber so was Verbohrtes ist mir echt noch nie begegnet.«

»Und mir ist noch nie eine Frau begegnet mit einem Mundwerk wie …«

Sianna riss die Hand hoch und hob einen Finger vor Rhys' Gesicht. »Halten Sie an diesem Gedanken fest.« Sie zog ihr vibrierendes Handy aus der Jeanstasche, ungeachtet Rhys' offensichtlicher Überrumpelung, und nahm das Gespräch an. »Ja? … Nein! … Wann? … Wer hat sie gefunden? … Lebt sie noch?«

Rhys warf Evan einen verwirrten Blick zu, aber Evan zuckte nur mit den Schultern. Er war es gewohnt, dass seine Schwester Leute vor den Kopf stieß und für Verwunderung sorgte, auch wenn er sich selten so amüsiert hatte wie heute. Der Anblick des unerschütterlichen Stallmeisters, der sich mit beiden Händen durchs kurzgeschnittene Haar fuhr, sodass es wie dunkle Igelstacheln zu allen Seiten vom Kopf abstand, war zu komisch.

»Natürlich komme ich sofort … ich werde aber eine gute Stunde brauchen … Ja, bis gleich.« Sianna ließ das Handy sinken und atmete tief durch. »Das war Carry vom Wildlife Center. Sie haben einen gestrandeten Schweinswal, ich muss sofort hin.« Sie wandte sich ab, hielt dann aber inne und warf Rhys ein hinreißendes Lächeln zu, das sie bewusst einzusetzen vermochte. »Oh, keine Sorge, Sie müssen Ihre Meinung nicht ändern. Schweinswale sind keine besonders großen Tiere. Eher die Hamster der Wale, also ist es ja gut, dass ich eine Hamsterärztin bin, nicht wahr?«

Mit diesen Worten machte sie auf dem Absatz kehrt und stolzierte zu ihrem knallrosa Mini Cooper, der – das musste Evan zugeben – nicht gerade »seriöser Tierarzt« auf der Windschutzscheibe stehen hatte. Aber Sianna wäre nicht Sianna, würde sie nicht ihren Kopf bei allem und jedem durchsetzen. Dass ihr Auto in ihrem Beruf eher unpraktisch war, konnte sie nicht aufhalten.

»Ich kümmere mich gleich um die Pferde, Rhys, gib mir fünf Minuten.« Er eilte seiner Schwester über den Schotterweg hinterher und umklammerte grinsend ihren Arm, bevor sie den Wagen erreicht hatte. »Ich bin mir eigentlich nicht sicher, ob ich mich bei dir oder bei Rhys entschuldigen soll … Tut mir leid, ich weiß gar nicht, was in ihn gefahren ist. Eigentlich kenne ich ihn nur zuvorkommend und freundlich – nicht gerade gesprächig, aber wenn er etwas sagt, ist es für gewöhnlich nicht beleidigend.«

Sianna schüttelte leise lachend den Kopf. »Mach dir um mich keine Sorgen, großer Bruder, das bisschen Machogetue halte ich schon aus.« Sie sah zu ihm hoch und grinste keck. »Außerdem finde ich ihn irgendwie ganz süß. Man könnte sich glatt in ihn verlieben, meinst du nicht?«

»Was?« Seine Hand sank von ihrem Arm, und Sianna setzte kichernd ihren Weg fort. »Ist das dein Ernst?«

»Wieso nicht?« Sie öffnete die Autotür und warf ihm einen Blick zu. »Sein Gehabe ist doch nur Show, im Grunde mag er mich.«

»Warst du gerade in einem Paralleluniversum, oder habe ich was versäumt?«

»Reiner Schutzmechanismus, Brüderchen, du kennst dich doch damit aus. Rhys fand mich von Anfang an heiß, kann aber niemanden an sich ranlassen, und deshalb reagiert er so kratzbürstig. Kein Wunder, dass ihr zwei euch immer gut verstanden habt.«

»Kommt da wieder dein Semester in Psychologie durch?«

»Meine Menschenkenntnis.«

»Aber ich habe mich sicher nie so aufgeführt wie Rhys gerade, und nur weil ich nicht bei jedem Mitglied des anderen Geschlechts, das mir über den Weg läuft, gleich von Liebe spreche …«

»Was ich auch nicht tue …«

Evan verdrehte demonstrativ die Augen, was ihm einen Schlag gegen die Brust einbrachte.

»Ich verliebe mich *nicht* in jeden.«

»Na gut, jeden zweiten, was ich absolut nicht verstehe, nach allem, was …«

Sianna warf ihm einen scharfen Blick zu. »Nur weil ich mein Herz nicht hinter einer Betonwand verschlossen halte, heißt das nicht, dass ich es jedem nachwerfe.« Sie stieg in den Wagen und legte ihr Handy in die Ablage hinter der Handbremse. »Ganz ehrlich, Evan, wann bist *du* das letzte Mal ausgegangen?«

Erwischt. Aber er würde einen Teufel tun und das zugeben, schon gar nicht, wenn sie so selbstzufrieden grinste. »Wie es der Zufall so will, habe ich erst heute eine Frau zum Kaffee eingeladen.«

Sianna hielt mit dem Schlüssel in der Hand inne und blickte dann liebenswürdig lächelnd zu ihm hoch. »Eine Stewardess, die morgen auf Nimmerwiedersehen verschwindet?«

Evan fuhr sich grinsend durchs Haar. »Wir haben hier in der Nähe keinen Flughafen, Schwesterherz, wo also soll ich eine Stewardess aufgetrieben haben?«

»Ist sie Tourist?«

»Nein.«

»Sie hat nur noch ein paar Wochen zu leben!«

»Nein.«

»Verheiratet?«

»Wenn du's genau wissen willst: Sie arbeitet beim Tenby Lifeboat und war zufällig diejenige, die mich aus dem Wasser gefischt hat.« Er lehnte sich über die offene Wagentür zu ihr hinunter. »Und jetzt sag, dass das nicht romantisch ist.«

Sianna sah ihn an, hob eine Augenbraue und brach dann in hemmungsloses Lachen aus.

»Was?« Er zog ihr die Baseballkappe vom Kopf und warf sie auf den Beifahrersitz. »Romantischer geht es doch gar nicht!«

»Oh Gott, Evan, dir ist nicht mehr zu helfen.« Sie legte ihre Hand auf seine. »Du willst dich mit einer Frau verabreden, die mit einem Pager herumläuft und mit ihrem Job verheiratet ist. Das lässt sich mit Ehe und Kindern schwer vereinbaren, schon gar nicht …«

»Ich habe sie gefragt, ob sie einen Kaffee trinken will, nicht, ob wir zusammen durchbrennen und ein Dutzend Kinder in die Welt setzen«, unterbrach Evan sie.

»Ja, natürlich hast du das, weil du weißt, dass das ungefährlich ist. Du hast Schiss vor Bindungen, und genau deshalb verhinderst du, dass du einmal eine Frau näher kennenlernst, die für etwas Dauerhaftes geschaffen wäre. Du kannst einem leidtun.«

Evan biss die Zähne zusammen. »Musst du nicht zu einem Wal … *Doktor*?«

Und wieder setzte Sianna ihr süßestes Lächeln auf, das vor Zynismus nur so troff. »Was hat sie denn gesagt?«

Einen Moment lang überlegte er, sich dumm zu stellen, aber damit kam er bei Sianna nicht weit. »Sie hatte schon was vor.«

»Ach. Wie überraschend. Du hast wahrscheinlich gleich gemerkt, dass sie kein Interesse hat, aber versuchen musstest du es, schließlich hätte es ja für einen seichten Flirt reichen können.«

»Solange ich nicht von großer Liebe spreche, wenn sich *wirklich* abzeichnet, dass kein Interesse da ist, so wie bei Rhys … oder all den anderen.«

Ein ungeduldiges Seufzen entfuhr ihr, als spräche sie mit einem kleinen Kind. Ohne Rücksicht schob sie die Autotür ganz auf, scheuchte ihn zur Seite und stolzierte zurück zu Rhys, der neben dem Stall wartete. Evan ahnte Böses und folgte ihr, um sie abzuhalten. »Du hast es eilig, vergiss das nicht. Akzeptiere doch einfach, dass er nichts von weiblichen Tierärzten hält.«

Ein Schnauben erklang neben ihm. »Männer. Ihr habt wirklich keine Ahnung.« Schon erreichten sie den deutlich irritierten Stallmeister, der bei Siannas Anblick aussah, als wäre sie mit einer Knarre zurückgekehrt. »Was meinen Sie Rhys, Lust auf ein Date?«

»Was?« Rhys starrte Sianna an, sah dann zu Evan, als könne der ihm erklären, was hier vor sich ging, aber Evan hob nur ratlos die Schultern. Seiner Schwester war nicht mehr zu helfen.

»Ein Date! Sie wissen doch, was das ist, oder? So charmant, wie Sie sind, kann das doch unmöglich das erste Mal sein, dass eine Frau Sie um ein Date bittet.«

»Ähm …«

»Freitag um sieben? Ich wohne über der Praxis in Manorbier. Blumen sind optional, Schokolade ein Muss. Bis dann also. Bye, Brüderchen, viel Spaß beim Impfen.«

Sie warf ihr kurzes Haar zurück, drehte um und marschierte zurück zum Wagen.

Rhys atmete hörbar ein. »Was zur Hölle?«

»Ich glaube, du bist verabredet.«

»Also hast du dasselbe gehört wie ich?«

»Bin mir nicht sicher.«

Einen Moment lang herrschte Stille, sie sahen beide dem davonbrausenden Barbie-Wagen hinterher, als Rhys sich plötzlich neben ihm räusperte, seiner Stimme haftete etwas Verzweifeltes an. »Also … hat deine Schwester irgendwelche Lieblingsblumen?«

Kapitel 4

Zu spät zu einer Verabredung mit dem Freund zu kommen war eine Sache. Zu spät zu einer Verabredung mit dem Freund zu kommen, der vier Stunden Fahrt auf sich genommen hatte, weil man eine Fernbeziehung führte, eine andere.

Alis war es gewohnt, schnell von A nach B zu rennen, und sie hielt sich eigentlich für ziemlich fit, aber der Sprint, mit dem sie vorhin geflohen war, hatte an ihren Kraftreserven gezehrt. Immer noch ein Sixpack in jeder Hand, taumelte sie außer Atem auf den Castle Square, der innerhalb der Überreste des jahrhundertealten Verteidigungsringes lag. Die alte Stadtmauer mit ihren Türmen und die sich aneinanderreihenden Häuschen in den unterschiedlichsten Pastellfarben mit den kleinen Erkerfenstern machten den Platz zu einem der charmantesten Orte Tenbys. Wie immer herrschte hier ein buntes Durcheinander: Der Fußweg rund um den Castle Hill führte zur gepflasterten Straße, wo sich Autos ihren Weg zu bahnen versuchten und Menschen sich vor den verschiedensten Verkaufsständen drängten. Für gewöhnlich liebte sie diese Vielfalt, aber heute schloss sie kurz die Augen, um das Durcheinander, den Lärm und Trubel auszuschließen. Der Geruch von Fish and Chips lag in der Luft und erinnerte sie daran, dass sie den ganzen Tag noch nichts gegessen hatte. Alis musste das Bier loswerden und schnellstens Matthew finden. Zielstrebig hielt sie auf die vielen kleinen Holzverschläge zu, die entlang des Platzes dicht nebeneinanderstanden, und trat zu einem, auf dem die Aufschrift »Buchen Sie hier! Makrelenfischen!« prangte.

Ihre Freundin Nina sah sie schon von Weitem und zog bei ihrem Anblick besorgt die Brauen zusammen. Sie verabschiedete ein junges Pärchen mit Kinderwagen und winkte sie dann näher, ihre großen dunklen Augen in dem herzförmigen Gesicht weit aufgerissen. »Alis! Du siehst aus, als hättest du einen Geist gesehen. Was ist passiert?«

Alis lehnte sich gegen die Holzwand, winkte beruhigend ab und stützte, immer noch außer Atem, die Hände auf die Knie. Sie musste schnell weiter, um Matthew nicht länger warten zu lassen. »Kannst du das Dave geben?« Sie hob das Bier auf die Ablage und schob es Nina entgegen, die sie aus dem schmalen Spalt zwischen Plakaten mit Preisen und Angeboten kritisch musterte. »Das ist von diesem Tierarzt, der vor ein paar Tagen bei Skomar abgestürzt ist. Vielleicht kann Dave es später mit zur Station nehmen?«

»Klar. Er ist mit dem Boot draußen, aber nachher kommt er sicher vorbei. Ist wirklich alles okay mit dir? Ich dachte, Matthew kommt heute, hat er abgesagt?«

»Nein, nein, ich bin auf dem Weg zu ihm. Ich muss auch gleich weiter. Aber danke.« Sie wies auf die beiden Sixpacks. »Wir telefonieren, okay?«

»Alles klar. Warte mal …« Nina reichte ihr eine Wasserflasche heraus. »Trink etwas, bevor du noch umkippst.«

Alis lächelte und nahm das Wasser dankbar entgegen. Die Sonne brannte auf sie nieder, und sie musste einen hochroten Kopf haben. Wie so oft machte sie drei Kreuze, eine Freundin wie Nina gefunden zu haben. Alis hatte sie kurz nach ihrem Umzug nach Tenby kennengelernt, eine Weile hatten sie sogar zusammen im Pub gearbeitet. Alis hatte aber schnell gemerkt, dass der Job nichts für sie war. Zwar hatte die kurvige Nina mit ihren exotischen schwarzen Haaren einen Großteil der Aufmerksamkeit auf sich gezogen, doch Alis hatte sich auch immer wieder unwillkommenen Annäherungen ausgesetzt gesehen. Damals war sie damit noch weniger klargekommen als heute. Es kam schon einem biblischen Wunder gleich, dass sie überhaupt einen Freund hatte und nicht wie eine alte Jungfrau mit ein paar Katzen lebte. Matthew konnte bestimmt ein Lied davon singen, wie abweisend und schroff sie sich verhalten hatte, aber irgendwie war er zu ihr durchgedrungen. Mit der Geduld eines Heiligen und viel Einfühlungsvermögen hatte er sie ganz langsam aus ihrem Kokon geholt, ein Schutzschild, das sie aber nur für ihn senkte. Bei anderen hingegen …

Allzu gerne hatte sie das Angebot ihrer Tante Carol angenommen, im sehr viel ruhigeren Buchladen ihre Brötchen zu verdienen. Auch Nina hatte ihren Job im Pub aufgegeben und Dave geheiratet, der mit seinem Boot Touristentouren unternahm, während sie die Karten verkaufte. Ein Geschäft, das die beiden mit Freude und Leidenschaft betrieben, auch wenn es nur zur Saison wirklich etwas abwarf und sie es seit ihrem Lotteriegewinn vor zwei Jahren auch nicht mehr machen mussten. Trotzdem stand Nina Tag für Tag mit einem strahlenden Lächeln in ihren Designerklamotten am Castle Square, einem guten, zentralen Platz, der meistens von Touristen wimmelte. Von hier aus war der Castle Hill zugänglich, an dessen Fuß die Lifeboat-Station lag, während sich auf dem Kamm die Überreste eines mittelalterlichen stattlichen Turms erhoben. Man konnte auch zum Hafen und zum Nordstrand hinuntergehen oder ins Zentrum der Stadt.

»Wieso hast du das Bier eigentlich bei dir? Du kommst doch von der Station«, unterbrach Nina ihre Gedanken.

Alis schraubte die Wasserflasche zu und suchte nach einer Antwort. Lügen waren immer glaubwürdiger, wenn man nahe an der Wahrheit dranblieb. »Die Johnsons waren in der Station – die Eltern des Jungen von voriger Woche. Als ich gehen wollte, hat mich der Tierarzt vor der Tür aufgehalten, und ich wollte nicht mehr zurück hinein.« Das war immer noch besser, als zu gestehen, dass sie Evan gegenüber völlig die Nerven verloren hatte und wie eine Verrückte samt Bier davongelaufen war.

Nina streckte den Arm aus und berührte ihre Schulter. »Komm zu uns rüber, wenn Matthew wieder weg ist, okay? Ich schmeiße Dave für ein paar Stunden raus, und wir machen uns einen schönen Mädelsabend, was meinst du?«

»Deal.«

Ein Lächeln huschte über das schöne Gesicht, das schon so manches Männerherz gebrochen hatte. Nina war von etwas fülligerer Statur, aber erfrischenderweise war sie damit glücklich. In jeder Bewegung sah man ihr an, wie wohl sie sich in ihrem Körper fühlte, und ihr Strahlen zog überall Blicke auf sich. Sie und Fitness-Dave waren ein Paar wie aus dem Bilderbuch, nicht nur ihres Aussehens oder ihres Reichtums wegen. Es war ihre Lebensfreude, die ins Auge sprang. Wenn die beiden sich ansahen, hatte man immer das Gefühl, dass gleich ein Feuerwerk losgehen müsste. Manchmal fragte Alis sich, wie es war, solch eine Liebe zu erleben. Natürlich liebte sie Matthew, und es war auch die Art Liebe, die sie wollte und für richtig hielt. Wenn sie an Matthew dachte, spürte sie Geborgenheit, Wärme, Schutz – alles Dinge, auf die sie angewiesen war. Feuerwerke waren für die Mutigen und Waghalsigen.

Alis war weder das eine noch das andere. Zumindest nicht an Land und was andere Menschen anging. Und trotzdem fragte sie sich eben, wie sich eine Liebe so voll Leidenschaft anfühlen würde. Die beiden hatten wirklich doppelt im Lotto gewonnen.

»Ich bin nur froh, dass Dave bei diesem Einsatz nicht dabei war«, seufzte Nina mit einem Blick zum Hafen. »Er steckt so was nicht so gut weg wie du.«

Gut, dass du nicht weißt, dass ich gerade einen wildfremden Mann angeschrien habe, dachte Alis. Gut wegstecken sieht bestimmt anders aus.

Nina lächelte sie wieder an. »Richte Matthew schöne Grüße von mir aus.«

»Mache ich. Und danke noch mal.« Sie gab die Wasserflasche zurück und joggte los, um etwas Zeit aufzuholen.

Sie erkannte Matthew schon von Weitem. Er stand gleich neben dem Souvenirshop, wo bunte Luftmatratzen und Schwimmreifen rund um die Ladentür aufgehängt waren – Dinge, mit denen Kinder besser nicht ins Meer sollten, aber sie hielten das Lifeboat und die Rettungsschwimmer zumindest beschäftigt.

Es war schön, Matthew in knielangen Hosen und T-Shirt zu sehen, anstatt in seinem leuchtend orangefarbenen Überlebensanzug. Zuletzt war sie ihm auf dem Einsatz letzte Woche begegnet, und ein Zusammentreffen bei der Arbeit war niemals angenehm. Denn wenn Matthew kam, bedeutete das immer, dass etwas Schlimmes passiert war. Als Winchman des Such- und Rettungsteams der Royal Airforce war es seine Aufgabe, sich von Hubschraubern abzuwinden und Verwundete zu bergen. Er wurde gerufen, wenn es schnell gehen musste und keine Zeit blieb, einen Hafen anzulaufen, oder wenn jemand schwer zugänglich war, wie zum Beispiel bei den Klippen. Beim letzten Mal war auch die Hilfe des Hubschraubers zu spät gekommen …

Alis blieb stehen und zwang sich tief durchzuatmen. Sie musste die Gefühle, die sie seit einer Woche wieder überrollten, abschütteln. Das Bild des Jungen, das ihr immer noch die Kehle verengte, das Gefühl des Entsetzens von vor zwölf Jahren, als sie begriff, dass ihr Vater ihr hinterhergesprungen war. Mit einem Schaudern schüttelte sie die Erinnerung ab und setzte sich in Bewegung. Matthew hatte lange genug auf sie gewartet. Er lebte in Südengland auf der Basis in Chivenor, und nach Wales war es nicht gerade ein Katzensprung. Mit dem Hubschrauber war er schnell hier – über den Bristolkanal zu fliegen war eine Angelegenheit von Minuten, aber mit dem Auto dauerte es Stunden.

Helles Frauenlachen ließ sie erneut in ihren Schritten innehalten. Matthew trat etwas zur Seite, und erst jetzt erkannte Alis, dass er mit jemandem sprach. Es war eine kurvige, elegant zurechtgemachte Frau in ungefähr seinem Alter. Ihr dunkles Haar glänzte sogar im Schatten und fiel so perfekt, als hätte sie es eine Stunde lang frisiert. Große, tropfenförmige Ohrringe funkelten an ihren Ohrläppchen, und ihre Schuhe hatten Absätze, bei deren Anblick allein Alis' Füße wehtaten.

Etwas beklommen sah sie an sich hinab, auf ihre Turnschuhe, die schon mal bessere Zeiten erlebt hatten, ihre ausgefranste Kniehose und das einfache Tanktop. Ihr Haar war nach dem Lauf noch zerzauster als vorhin in der Station und hatte sich längst zum Teil aus dem Knoten gelöst. Ein Blümchenkleid, wie es diese Frau trug, hatte sie ihr ganzes Leben noch nicht angehabt. Vermutlich war sie in Reithosen und Stiefeln zur Welt gekommen oder im quietschgelben Ölzeug eines Fischers. Die Fremde wirkte so erwachsen, fest im Leben stehend und reif, dass Alis sich plötzlich wie ein Kind vorkam. Dabei hatte ihre Mutter sie erst kürzlich darauf hingewiesen, dass sie jetzt, mit achtundzwanzig, schon auf die dreißig zuging und endlich ans Heiraten denken sollte. Nur war heiraten das Letzte, was sie im Augenblick wollte, vor allem wenn sie bald Bootsführerin des Tenby ALB wurde. Ob sich diese Frau wohl bei Sturm und Regen auf ein Boot begeben würde, um anderen zu helfen? Vermutlich mit einer Badehaube, die das schöne Haar vor dem Salzwasser schützte.

Sofort schimpfte Alis innerlich mit sich für diese bissigen Gedanken. Sie kannte die Frau doch gar nicht und war normalerweise auch nicht von der eifersüchtigen Sorte. Bei einer Fernbeziehung durfte sie das auch nicht sein, aber irgendetwas an den beiden irritierte sie. Vielleicht war es Matthews Art, wie er seine Hand auf den blassen Arm der Frau legte und sich zu ihr vorbeugte, um irgendetwas zu sagen, was sie erneut lachen ließ. Oder die fast schon nervöse Unbeholfenheit, mit der er sich über die Stirn zurück über sein dunkles Stoppelhaar strich. Wüsste Alis es nicht besser, hätte sie geglaubt, einen unerfahrenen Teenager vor sich zu sehen, dabei war Matthew doch immer der allwissende, nüchterne und vernünftige Part von ihnen beiden. Sie wusste nicht, ob er ihr in den fast zehn Jahren dieser Beziehung immer treu gewesen war, schließlich hatte er vier Jahre davon im Irak verbracht, aber sie hatte auch nie gewagt nachzufragen. Den Gedanken an eine andere hatte sie stets von sich ferngehalten, aus Angst, diese perfekt funktionierende Beziehung zu gefährden.

»Matthew.«

Die beiden wandten sich ihr zu, die Frau ließ ihren Blick über Alis gleiten, nickte kurz und verschwand sogleich ohne

Worte, dafür aber mit schwingenden Hüften durch einen Torbogen der Five Arches.

»Wo bist du gewesen?« Matthew kam auf sie zu, er klang neugierig und rein gar nicht verärgert über ihre Verspätung. »Ich dachte schon, du hättest einen Einsatz, aber dann habe ich Thomas mit seiner Kinderschar getroffen, und er meinte, sein Pager wäre nicht losgegangen.«

Alis sah zu ihm auf und ließ sich in eine flüchtige Umarmung ziehen. »Mein Onkel wollte mit mir reden«, sagte sie und warf noch einen Blick zurück zur mittelalterlichen Barbakane in der Festungsmauer mit ihren Wehrgängen und Zinnen, durch die die Frau verschwunden war. Wieso hatte Matthew sie ihr nicht vorgestellt und erwähnte sie auch jetzt mit keinem Wort? Bevor Alis sich entschließen konnte, die Unbekannte anzusprechen, ergriff Matthew sacht ihren Arm und zog sie die Straße hinunter zurück Richtung Tudor Square, wo sie ein kleines Apartment bewohnte.

»Ist etwas passiert?«, fragte er, und als sie ihn nur verwirrt ansah, lächelte er und fuhr fort. »Mit deinem Onkel. Du bist zu spät, weil er mit dir reden musste.«

»Ach ja.« Alis blickte zu Boden. »Lloyd, der Bootsführer, geht im Herbst in den Ruhestand.« Sie warf einen Blick zur romantischen Pferdekutsche hinüber, die auf Touristen wartete, und dann hoch zu den Fenstern ihres Apartments ein wenig die Straße hinunter. Sie wollte noch nicht heimgehen, es war ein warmer, sonniger Tag, und sie genoss die frische Luft. Mit einem tiefen Einatmen sah sie wieder hoch in Matthews vertrautes Gesicht. Er hatte sich rasiert und duftete nach Aftershave – und das nach stundenlanger Fahrt. Sie wollte sich von seinen Armen umfangen lassen, um das Gefühl der Enge in ihrer Brust zu vertreiben, das sie seit letzter Woche nicht mehr losließ.

~ 69 ~

»Also Lloyd …«, unternahm sie einen erneuten Versuch, die große Neuigkeit auszusprechen. »Ich soll seinen Job übernehmen.« Schnell sah sie zu ihm auf, wartete auf eine Reaktion, darauf, dass er mit Befremden, Unglaube und Belustigung reagierte, aber stattdessen trat ein Ausdruck des Stolzes in seine warmen braunen Augen.

»Dann haben wir ja heute gleich doppelt zu feiern.«

»Wieso doppelt?«

Mit einem geheimnisvollen Lächeln wandte er sich ab und führte sie die schmalen Gassen Richtung Hafen hinunter, ihre Hand hielt er auf seinem angewinkelten Arm fest. »Ich nehme an, du kündigst deinen Job im Buchladen?«

»Ich weiß noch nicht einmal, ob ich das Angebot annehmen soll.«

Unvermittelt blieb er stehen und sah auf sie hinab. »Wieso nicht? Darauf hast du über zehn Jahre lang hingearbeitet. Du verdienst es!«

»Es gibt andere, die besser sind als ich, die viel erfahrener sind. Ich bin achtundzwanzig – ich kann doch nicht einfach die Verantwortung über die ganze Crew übernehmen!«

»Ja, die meisten Bootsführer sind älter als du, aber es gibt durchaus auch welche, die diesen Job früh übernommen haben und sich herausragend schlagen. Ich bin sicher, du wirst das ebenfalls meistern, Alis.« Er legte seine Hände auf ihre Schultern und beugte sich zu ihr hinunter wie schon hunderte Male zuvor, wenn er sie von etwas überzeugen wollte. Seine Haselnussaugen mit den dunklen Wimpern sahen sie direkt an, aber anders als bei den meisten war ihr das bei ihm nicht unangenehm. »Dir wird ein Vollzeitjob angeboten, ein Job, den du liebst. Du warst elf Jahre lang Freiwillige und hast dein Leben ohne Bezahlung riskiert, während du dich nebenher im Buchladen herumschlagen musstest. Jetzt kannst du deinen Traum verwirklichen, kannst dich voll und ganz dem Boot verschreiben.«

Alis stieß ein Seufzen aus und schloss einen Moment lang die Augen. Wenn Matthew sprach, klang alles so leicht, seine Stimme konnte sie einlullen, und die Zuversicht in seinem Blick übertrug sich auf sie. Er hatte ja recht. Sie liebte ihre Arbeit bei der Station, und als sie Johns Büro verlassen hatte, war sie optimistisch gewesen. Aber dann waren die Johnsons gekommen und dieser komische Evan Davies. Sie hatte ihr ganzes Leben mit Booten verbracht. Früher, als sie klein gewesen war, hatte John sie von der schrecklichen Pferdefarm, die ihre Eltern »Zuhause« genannt hatten, geholt, um sie auf seinem Fischerboot mit rauszunehmen. Das waren ihre schönsten Kindheitserinnerungen, sie hatte das Gefühl von Freiheit genossen, wenn sie aufs Meer geblickt und den Wind in ihren Haaren gespürt hatte. Mit siebzehn war sie dann der Station als Freiwillige beigetreten und hatte ihren Onkel auf Einsätze begleitet.

»Der RNLI-Inspektor, von dem ich dir neulich erzählt habe … Er war da, um zu prüfen, ob ich für den Job tauge.«

»Natürlich tust du das.« Seine warme Hand legte sich auf ihre Wange, sie schmiegte sich um ihr Gesicht, während die Fingerspitzen die Stelle hinter ihrem Ohr massierten. »Du hast dich doch auch als zweiter Bootsführer gut geschlagen.«

»Aber das kam nur selten vor. Ich musste nur ran, wenn Lloyd im Urlaub oder krank war. Jetzt hängt alles an mir.«

»Das stimmt. Und es ist genau das, was du wolltest. Erinnerst du dich?« Sie hörte sein Lächeln mehr, als dass sie es sah, und beschloss, sich nicht länger verrückt zu machen. Sie hatte Matthew so selten bei sich, sie sollte die Zeit mit ihm genießen. Seufzend legte sie ihre Wange auf seine Schulter und genoss die vertraute Nähe.

»Ich weiß, warum du solche Angst hast«, flüsterte er und streichelte ihr durch die losen Strähnen in ihrem Nacken. »Letzte Woche war wirklich sehr traurig, aber du hättest nichts tun können, um es zu verhindern. Diese Kids … sie springen von Klippen und glauben, es sei cool. Du konntest dem Jungen nicht mehr helfen.«

Ja, aber er ist von *dieser* Klippe gesprungen, wollte Alis erwidern, blieb aber stumm. Matthew wusste nichts von ihrer Verbindung zu diesem Ort. Es war das einzige Geheimnis, das sie vor ihm hütete. Vielleicht weil sie Angst hatte, dass auch er ihr die Schuld geben und sie anders ansehen würde, so wie ihre Mutter.

»Hast du Hunger?«, fragte sie unvermittelt, um das Thema zu wechseln. »Ich habe den ganzen Tag noch nichts gegessen, und außerdem musst du mir noch erzählen, was wir zu feiern haben.«

Matthew strich sich über den Nacken, zögerte einen Moment, führte sie dann aber zur High Street, wo ihr Lieblingsrestaurant lag.

»Wir können uns auch einfach Fish and Chips holen und uns auf die Mauer am Hafen setzen«, sagte sie, etwas irritiert über seine Geheimniskrämerei, aber Matthew schüttelte den Kopf. »Du solltest etwas Anständiges essen, und außerdem muss ich mit dir reden.«

»Oh, oh.«

Er warf ihr ein flüchtiges Lächeln zu. »Keine Sorge, es ist nichts Schlimmes.«

Sie gingen ins Restaurant, und während Alis auf die Bank beim Fenster rutschte, nahm Matthew ihr gegenüber auf dem

Stuhl Platz. Es war ein kleines, schlichtes Lokal, sehr familiär, aber das Essen war ausgezeichnet, und die Betreiber achteten auf lokale Produkte.

Alis bestellte die Suppe des Tages und ein Krabben-Sandwich, während sie weiterhin Matthew beobachtete. Er wirkte müde, was an der Fahrt liegen mochte. Wenn die Sonnenstrahlen durch die Scheibe fielen, sah er älter aus als fünfunddreißig. Was nicht bedeutete, dass er nicht unheimlich attraktiv war. Er war immer noch geradezu perfekt, vielleicht jetzt noch mehr als vor zehn Jahren. Die kleinen Fältchen um seine Augen und die vereinzelten grauen Haare unterstrichen seine lebenskluge, stets beherrschte Ausstrahlung. Nur heute wirkte er etwas nervös. Was er ihr wohl sagen wollte? Vielleicht hatte es mit dieser Frau bei den Five Arches zu tun.

Neugierig wartete sie, bis er sein Fish Stew bestellt hatte und ihre Getränke serviert wurden, ehe sie auffordernd die Hände hob. »Na dann, schieß los.«

Er hob die Augenbrauen und lachte dann mit einem Ausdruck milden Tadels im Blick. »Vielleicht solltest du erst mal etwas in den Magen bekommen.«

»So schlimm? Ich dachte eher, es wäre ein Grund zum Feiern. Stattdessen machst du mir Angst.«

Wieder dieses mysteriöse Lächeln, das ihr mittlerweile unheimlich wurde. Zu ihrer Erleichterung nickte er aber und zog etwas aus der Tasche seiner Shorts. Seine schlanke Hand, die die eines Klavierspielers sein könnte, verdeckte es, als er es auf dem Tisch abstellte. Alis wartete, nahm einen Schluck von ihrem Apfelsaft und klopfte mit den Fingernägeln aufs Glas.

Schließlich nahm Matthew die Hand weg, und Alis blickte auf einen gigantischen, fast schon blendenden Diamantring im Samtbett eines Schmuckkästchens. Sie fuhr zurück, schnappte nach Luft und verschluckte sich am Saft. Was zur Hölle?

»Ja, ich dachte mir schon, dass du so reagieren würdest, aber hör mir erst mal zu.«

Sie starrte ihn aus großen Augen an, und da sie kein Wort herausbrachte, noch nicht einmal die kleinste Geste wie ein Nicken oder Kopfschütteln, ergriff er die Gelegenheit und fuhr fort: »Wir sind jetzt schon fast zehn Jahre zusammen, haben diese Beziehung aufrechterhalten, obwohl wir oft getrennt sind. Du verstehst mich, ich verstehe dich. Du zickst nicht herum, wenn ich auf Einsätze muss, erwartest nicht, dass ich jeden Tag um fünf zu Hause bin und einen geregelten Alltag habe. Genauso weiß ich, dass dir der Job beim Lifeboat alles bedeutet und du bei jeder Tages- oder Nachtzeit gerufen werden kannst. Wir leben auf Abruf bereit, immer in der Erwartung, den Pager losgehen zu hören, und ich bin sicher, das kann in einer Beziehung sehr belastend sein. Aber wir beide sind gleich und werden dem anderen nie einen Strick daraus drehen. Wir wollen beide keine Kinder und uns ganz unserem Job widmen. Wir akzeptieren, dass jeder sein eigenes Leben hat, und trotzdem können wir dieses Leben abseits unseres Jobs gemeinsam führen, so wie die letzten zehn Jahre auch schon. Wir ergänzen uns perfekt, und deshalb halte ich es für das Vernünftigste, wenn wir heiraten.«

Was zur Hölle?! Das war wirklich ein Heiratsantrag – völlig aus dem Nichts! Der Ring lag vor ihr, und das Wort »heiraten« hatte seinen Mund verlassen. Nur war es nicht mit einem »Ich liebe dich« ausgesprochen worden, sondern mit den Worten »Vernunft« und »eigenes Leben«. Das sollte sie beruhigen, denn nach allem, was sie bei ihren Eltern erlebt hatte, konnte Liebe selbstzerstörerisch und blind sein. Ihre Mutter hatte ihren Vater so sehr geliebt, dass sie ihm einfach alles verziehen hatte. Sie war unfähig gewesen, ihm die Stirn zu bieten, und hatte immer nur betont, wie sehr sie ihn brauchte. In ihr war in Bezug auf ihren Mann kein Funke Verstand gewesen, ansonsten hätte sie wohl nicht dabei zugesehen, wie er sich zu Tode trank und auf dem Weg dahin die ganze Familie zerstörte.

Also sollte sie jetzt vermutlich »Ja« sagen und das komische Gefühl in ihrem Magen ignorieren, denn sie wusste, mit Matthew würde sie niemals enden wie ihre Mutter. Bei Matthew wäre sie sicher, er würde sie niemals verletzen. Er hatte sie vertrauen gelehrt, hatte ihr gezeigt, dass sie sich in den Armen eines Mannes beschützt und geborgen fühlen konnte anstatt hilflos und verraten.

Es war tatsächlich das Vernünftigste, hier und jetzt mit Ja zu antworten, denn auch wenn sie das Gefühl hatte, dass etwas fehlte, wusste sie doch auch, dass sie im Grunde keine Romantikerin war. Pauken und Fanfaren waren für Menschen wie Nina und Dave, nicht für sie. Matthew hatte sie auf seine typisch nüchterne Art gefragt, ohne Blumen, Kerzenlicht und weinerliche Musik. Er gab ihr keine Romantik, dafür aber Halt, und das war es doch, was sie wirklich brauchte.

Sie öffnete den Mund, ließ sich seine Worte noch einmal durch den Kopf gehen und wollte ihm antworten, aber anstatt eines »Jas« platzte etwas völlig anderes aus ihr heraus: »Wir wollen keine Kinder?« Sie wusste gar nicht, wie sie darauf kam, aber irgendwie war sie daran hängen geblieben.

Matthew schien einen Moment überrascht, aber ehe er etwas sagen konnte, brachte die Kellnerin ihre Suppe. Ihr Blick fiel auf den Ring in der Mitte des Tisches und zurück auf Alis' bestimmt gespenstisch blasses Gesicht. Mit einem Lächeln zog sie sich wieder diskret zurück, aber Alis griff nicht nach dem Löffel. Auffordernd sah sie Matthew an, der nun etwas vorsichtiger wirkte.

»Davon bin ich ausgegangen. Alis, du hast Jahre schweren Trainings hinter dir, um genau hierher zu gelangen. Jetzt hast du dein Ziel erreicht. Ich kenne niemanden, der sich so sehr seiner Arbeit verschreibt wie du, mit so viel Ehrgeiz und solch einem Willen, immer mehr zu lernen. Jetzt hast du es geschafft, all dein Einsatz wird belohnt, und dann willst du aussteigen, um ein Kind zu bekommen? Deinen Traumjob aufgeben?«

»Ich könnte wieder zurück, wenn das Kind … oder die Kinder … größer sind.«

»Und immer wieder dein Leben riskieren, während du Kinder zu Hause hast, die dich brauchen?«

Alis verdrehte die Augen. »Ich könnte mich auch an einem Stück Gemüse in dieser Suppe verschlucken und ersticken.«

»Dann willst du also Kinder?« Er hätte nicht verblüffter aussehen können, und Alis ging es genauso. Sie hatte nie an Kinder gedacht. Ihre eigene Kindheit war ihr immer noch zu nah und das Gefühl der Freiheit und ihr Leben selbst gestalten zu können, zu wertvoll. Matthew hatte recht, mit allem, was er sagte. Sie hatte sich wie eine Besessene in ihre Aufgaben auf dem Rettungsboot gestürzt, hatte all die Ausbildungen gemacht und hart gearbeitet, um genau hierher zu gelangen. Aber völlig ausschließen wollte sie die Möglichkeit von Kindern nicht. Man wusste ja nie, was die Zukunft brachte.

»Vielleicht«, flüsterte sie, sich alles andere als sicher, was sie sagen, geschweige denn denken sollte.

»Alis.« Matthew schob den Ring zur Seite und ergriff ihre Hand neben der Suppenschale. »Was ist los mit dir? Dir wur-

~ 76 ~

de heute angeboten, Bootsführerin zu werden, und anstatt dich zu freuen, siehst du aus, als hielte man dir eine Pistole an den Kopf. Dann schlage ich vor, dass wir heiraten, und du fängst plötzlich von Kindern an, obwohl du in zehn Jahren nicht einmal erwähnt hast, selbst welche haben zu wollen. Mir kommt es vor, als wärst du heute nicht du selbst.«

Du auch nicht, wollte sie erwidern, als das Bild von vorhin mit dieser Frau vor ihrem inneren Auge auftauchte. Ihr gegenüber war er immer gelassen und selbstsicher gewesen, sogar am Anfang – natürlich, sie war das kleine achtzehnjährige Mädchen ohne Erfahrung, dafür aber mit einem Haufen emotionaler Probleme gewesen. Es war leicht, sich da überlegen zu fühlen. Aber bei dieser Frau hatte er nervös gewirkt, unbeholfen – als wäre *er* plötzlich der Schüler. Allein die Erinnerung wühlte sie auf.

»Wer war die Frau bei dir?«, fragte sie, ehe sie auch nur weiter darüber nachdenken konnte, seinen Antrag anzunehmen.

Matthew richtete sich auf seinem Stuhl auf, seine Hand glitt von ihrer, und obwohl er ihr immer noch ruhig in die Augen blickte, verlor sein Gesicht nun an Farbe, während rote Flecken auf seinen Wangen erschienen. Hatte sie etwa recht? Wie konnte er sich mit einer anderen treffen und ihr dann einen Antrag machen?

»Sie ist eine Bekannte.«

»Von hier?«

Kurzes Zögern. »Nein. Aus Chivenor.«

Alis verengte die Augen, ein heißes Ziehen machte sich in ihrer Magengrube breit. »Du nimmst deine Bekannte die ganzen vier Stunden mit hierher? An dem Tag, an dem du mir einen Antrag machst? Was für eine Bekannte soll das sein?«

»Ich habe sie nicht mitgenommen. Es war …«

»Zufall?«

Zum ersten Mal wich er ihrem Blick aus, und plötzlich wurde ihr immer heißer. Sie sah auf ihre Suppe hinab, und allein beim Anblick des darin schwimmenden Gemüses wurde ihr übel.

»Ich verstehe nicht.« Sie sah ihn wieder an. »Sag mir einfach ehrlich, wer diese Frau war …« Sie beugte sich über den Tisch und klappte das Schmuckkästchen zu.

»Ich will dich heiraten, Alis.« Nun sah er ihr wieder fest in die Augen. »Dich. Du bist meine Seelenverwandte.«

Das war das Romantischste, was sie je aus seinem Mund gehört hatte, und doch wich er ihr immer noch aus.

Alis wusste nicht, was sie sagen sollte. Sie wollte wissen, was hier vor sich ging, andererseits war da auch eine leise Stimme, die ihr sagte, dass sie besser nichts herausfinden, einfach Ja sagen und weitermachen sollte wie zuvor. Im Herbst ging Lloyd in Rente, und sie würde ihren Traumjob bekommen. Alle anderen Gedanken führten zu nichts. Und doch …

»Alis …« Seine Stimme nahm etwas Drängendes an.

Alis sah ihn an, suchte nach Worten, als ein schrilles Piepen durch das Restaurant tönte. Es war so laut, dass sie zusammenzuckte, und das plötzliche Vibrieren an ihrer Hüfte erschreckte sie mindestens genauso. Sofort nahm sie den Pager in die Hand, blickte auf das Display und spürte das Adrenalin, als sie las: »Einsatz ALB.«

Die Verwirrung, die Übelkeit, die den ganzen Tag in ihr schwelende Unruhe … all das verflog in dem Moment, da sie die Worte auf dem Pager las, und plötzlich war sie wieder sie selbst. Dass das Allwetter-Lifeboat angefordert wurde, bedeutete, dass es sich vermutlich um einen Einsatz weiter weg handelte, und sie hatte keine Ahnung, wann sie wieder zurück sein würde. Es könnte eine Stunde dauern oder auch zwölf. Ohne zu zögern, zog sie den Schlüssel ihres Apartments aus der Hosentasche und legte ihn vor Matthew auf den Tisch. Dann rannte sie los.

★

Matthew saß an der Frühstückstheke gegenüber ihrer kleinen, modernen Küchenzeile, als sie heimkam. Die geöffnete Ringschachtel stand neben ihm, der Diamant blitzte unter den Halogenleuchten. Alis blieb im winzigen Flur stehen und sah ihn schweigend an. Sie musste ihm eine Antwort geben, aber während des Einsatzes hatte sie keine Gelegenheit gehabt, darüber nachzudenken. Draußen auf dem Meer war sie auf ihre Aufgabe konzentriert, jede Faser ihres Körpers und Geistes lebendig und gleichzeitig von einer tiefen Gefasstheit erfüllt. Aber jetzt und hier, innerhalb ihrer vermeintlich sicheren vier Wände, überschwemmte sie eine Welle der Panik. Sie hatte das Gefühl zu ersticken.

Sie war in der letzten Woche kaum zu Hause gewesen. Jedes Mal wenn sie in ihrem Bett die Augen geschlossen hatte, waren Bilder des toten Jungen aufgetaucht. Also war sie meistens bis spät in die Nacht gerannt – bis sie so müde war, dass sie sofort in einen tiefen Schlaf sank. Jetzt aber konnte sie nicht weglaufen, sie musste sich stellen, auch wenn sie ahnte, dass es sehr wehtun würde.

Alis räusperte sich, und Matthew hob wachsam den Blick. »Du warst lange weg.«

»Ein Crew-Mitglied auf einem Containerschiff war verletzt, und es war kein Helikopter verfügbar.« Sie hob ihre Mundwinkel zu einem zaghaften Lächeln. »Wenn du Urlaub hast, läuft da wohl gar nichts mehr bei der Royal Airforce.«

Matthew erwiderte das Lächeln, aber es fiel genauso halbherzig aus. Die Stimmung zwischen ihnen war unerträglich angespannt. Nervös warf Alis die Tür hinter sich zu, schlüpfte aus ihren Sneakers, trat sie in die Ecke unter der Garderobe und ging in den offenen Wohnessbereich, direkt auf Matthew zu. »Wer war die Frau heute?«

Matthew schien mit der Frage gerechnet zu haben und hielt ihrem Blick stand. »Ich habe sie in einem Café außerhalb von Chivenor kennengelernt, als ich mit den Jungs essen war. Sie ist Erzieherin in einem Kindergarten, ob du's glaubst oder nicht.«

Das war tatsächlich schwer zu glauben. Alis hätte sie eher für die Geschäftsführerin einer schicken Boutique gehalten. Aber schreiende, quengelnde Kinder mit laufenden Nasen?

»Wie lange hast du schon was mit ihr?« Die Frage tat weh, kam ihr aber erstaunlich beherrscht über die Lippen.

Matthew verkniff den Mund zu einer schmalen Linie und schüttelte den Kopf. »Ich habe nicht … Es ist nicht so … Sie weiß, dass wir beide …« Er senkte den Blick und strich sich mit den Händen übers Gesicht, einen frustrierten Laut ausstoßend.

»Wieso war sie dann heute hier?«

Schweigen antwortete ihr, und Alis lehnte sich erschöpft neben der Fernsehkommode an die Wand. »Sie wusste, dass du mit einem Ring bei mir antanzt, und wollte dich davon abhalten.«

»Sie hat sich in etwas verrannt, ich habe ihr von Anfang an gesagt, dass das nichts ist, als … Du und ich, wir …« Er sah auf und schloss die Ringschachtel neben sich. »Ich habe sie häufiger getroffen, meistens zufällig, ein paarmal haben wir uns auch verabredet, es ist nie etwas passiert, das schwöre ich dir, nichts Wirkliches zumindest. Es gab hin und wieder einen Kuss … aber ansonsten … wir haben einfach nur geredet, haben etwas unternommen, waren Freunde – sie weiß ja von dir! Sie wusste, dass ich mit dir zusammen bin!«

Alis zuckte zusammen. Ein Kuss war schon ein Vertrauensbruch, den sie nie von ihm erwartet hatte. Aber sie sagte nur: »Was wollte sie dann hier?«

Matthew sprang auf und warf die Arme in die Höhe. So unbeherrscht hatte sie ihn noch nie erlebt, und das bestätigte ihre Ahnung mehr als seine Worte. »Keine Ahnung – sie ist verrückt!«, rief er und begann, unruhig im Raum auf und ab zu laufen, wild gestikulierend. »Sie ist einfach so stur und will die Wahrheit nicht sehen, sie glaubt, sie bedeutet mir was, mehr als nur Freundschaft, sie glaubt, wir, also sie und ich, gehören zusammen …«

Alis sah ihn eine Weile schweigend an. »Und hat sie recht?«

Er warf ihr einen glühenden Blick aus seinen sonst so sanften Haselnussaugen zu. »*Sie* ist hier nicht von Belang, Alis, es geht darum, ob *du* mich heiratest!« Er blieb vor ihr stehen und sah ihr herausfordernd ins Gesicht. »Dich will ich, keine halb Wahnsinnige, die meinen Job nicht versteht, von trautem Heim und Kindern träumt, kompliziert ist, mir nur Schwierigkeiten macht und mein ganzes Leben durcheinanderbringt!«

Alis konnte nur stumm den Kopf schütteln. Denn mit einem Mal verstand sie. Es ging hier nicht um eine flüchtige Liebelei oder harmlose Bekanntschaft. So wie er sich aufregte, so voller ungewohnter Leidenschaft …

»Du liebst sie.« Ihre Worte waren kaum mehr als ein fassungsloser Hauch, und Matthews Augen weiteten sich.

»Nein! Wie könnte ich?« Er trat näher, legte seine Hände

auf ihre Schultern, aber Alis spürte die Berührung kaum, sie kam sich vor, als würde sie sinken. »Dich liebe ich, Alis, du bist alles, was ich je wollte, du bist immer an meiner Seite, du verstehst mich, du bist der Ruhepol abseits meines turbulenten Jobs, du bist mein Frieden nach den Jahren im Krieg! Dich will ich heiraten, nichts anderes zählt!«

Diese Worte sollten sie trösten, aber sie verstärkten nur die in ihr aufkommende Furcht. Sie hatte ihn verloren. Egal, ob sie ihn nun heiraten wollte oder nicht, sie hatte ihn an diese Kindergärtnerin verloren. Wie sollte sie ohne ihn weitermachen? Sie war achtzehn gewesen zu Beginn ihrer Beziehung, zehn Jahre lang war er eine Beständigkeit gewesen, auf die sie sich hatte verlassen können. Wie sollte sie so plötzlich ohne ihn zurechtkommen? Aber gerade diese schreckliche Angst, die ihr den Atem nahm, verdeutlichte ihr umso mehr die Gründe seines Heiratswunsches. Denn er war nicht der über alles erhabene Retter. Er war ein Feigling wie sie.

»Du liebst sie.« Um eine gefasste Stimme bemüht sah sie zu ihm auf. »Aber du hast Angst, dir das einzugestehen, denn sie ist nicht hilflos und auf dich angewiesen, sie gibt dir nicht das Gefühl der Kontrolle, so wie eine durchs Leben taumelnde Katastrophe wie ich. Du willst den einfachen, bequemen Weg gehen, und vielleicht sollte ich dasselbe wollen, vielleicht habe ich nun endgültig den Verstand verloren, aber …«, sie hob ihre Hand, legte sie auf seine Schulter, eine starke Schulter, die ihr so oft als Halt gedient hatte, »…du bist mein bester Freund, Matthew. Wieso sollte ich uns beide in einen Käfig sperren? Ich glaube, wir haben beide mehr verdient …«

Matthews Miene versteinerte sich, und sein Blick wurde leer. »Nein, Alis …«

Doch Alis sah die Dinge auf einmal so klar. Wusste, warum

sie auch ohne diese andere Frau nicht hatte Ja sagen können.
»Dann sag mir, dass ich falschliege. Sag mir, dass das zwischen uns nicht nur Freundschaft ist – eine tiefe, eng verbundene Freundschaft zwar, aber trotzdem nicht mehr. Sag mir, dass es nicht die Gewohnheit und die Angst ist, die uns zusammenhält, sag mir …«

»Alis, hast du denn einen anderen gefunden? Ist es das, was dich heute so seltsam macht?«

Ein belustigtes Schnauben entfuhr ihr. »Ich?« Sie boxte ihm leicht gegen die Brust. »Eine *tiefe, eng verbundene Freundschaft*, Matt!«, wiederholte sie aufgebracht. »Das heißt, ich kenne dich! Ich habe dich doch mit ihr zusammen gesehen, ich sehe dich jetzt! Du willst *sie*!«

Matthew wandte den Blick ab, trat zurück und strich sich über das militärisch kurz geschnittene Haar. »Tu das nicht …«

»Dann sag es. Sag, dass ich falschliege.«

Aber er schwieg.

✶

Alis ließ sich gegen die Eingangstür in ihrem Rücken sinken und starrte in das von der Abendsonne fahl beleuchtete Apartment. Die Staubteilchen, die vor den hohen Bogenfenstern im Licht wirbelten, waren hypnotisierend, und Alis fühlte sich leer und einsam. Er war weg. Er war wirklich fort – für immer. Dort, wo eben noch ein atemberaubender Ring gelegen hatte, der ihr eine Zukunft der Sicherheit geschenkt hätte, glänzte nur noch die Holzplatte der Frühstückstheke. Aus ein paar gemeinsamen, friedlichen Tagen war ein tiefes Loch geworden, in dessen Schwärze sie nur hineinstarren konnte.

Was hatte sie getan? Wie kam sie auf die Idee, zehn Jahre einfach so wegzuwerfen? Wieso hatte er nicht mehr gekämpft?

Wieso hatte er sie nicht davon überzeugt, *sie* und nicht diese andere zu wollen? Was zur Hölle war passiert? Stumm sein und wegsehen hatte doch immer ihre Devise gelautet, wieso konnte sie das nicht mehr?

Und was sollte sie jetzt machen? Sie stand hier in ihrem Zuhause und kam sich fremd vor, allein und haltlos. Vielleicht sollte sie laufen gehen, runter zum Strand oder John um die Schlüssel für sein Boot bitten. Sie könnte es mal wieder aus der Garage holen und einfach rausfahren – Adrenalin und Ablenkung.

Entschlossen und ein wenig zuversichtlicher ob dieses Plans zog sie ihr Handy aus der Hosentasche und wollte gerade Johns Nummer wählen, als es in ihrer Hand zu vibrieren begann.

»Mum« leuchtete darauf, und fast wäre es ihr aus der Hand gefallen. Regungslos starrte sie auf die blinkenden drei Buchstaben, die ihr mit jedem Vibrieren wütender entgegenzuspringen schienen. Hatte John ihrer Mutter etwa von ihrem Jobangebot erzählt? Rief sie deshalb an? Um sie abzuhalten und zur Schnecke zu machen? Eigentlich wollte Alis das Gespräch wegdrücken und ignorieren, aber sie konnte es wohl nicht ewig aufschieben. Und ein Tag wie dieser, der gar nicht schlimmer werden konnte, war wohl der beste, um sich mit ihrer Mutter auseinanderzusetzen.

»Was gibt's, Mum?«

»Alis …« Die sonst so resolute Stimme klang schwach und fremd, und Alis zog besorgt die Augenbrauen zusammen.

»Mum? Geht's dir gut? Ist etwas passiert?« Sie stieß sich von der Tür in ihrem Rücken ab und ging zur Küchenzeile, um sich ein Glas Wasser zu holen.

»Nein, nein, wieso fragst du? Ich wollte nur mal nach dir sehen, das ist alles.«

»Du klingst krank.«

»Eine kleine Magensache, nichts weiter. Aber da wir gerade davon sprechen …«

Alis schloss die Augen, sie wusste, was jetzt kommen würde.

»Ich bin noch nicht richtig auf den Beinen, und es ist so viel Arbeit liegen geblieben …«

»Wofür du Rhys bezahlst.«

»Er kann sich nicht um alles kümmern, die Buchhaltung muss erledigt werden und …«

»Ich verstehe nichts von Buchhaltung, Mum.«

Ihre Mutter ignorierte ihren Einwand. »Und mit den Bestellungen hinke ich auch hinterher. Ich habe mit John gesprochen, er hat gemeint, es wäre kein Problem, wenn du dir eine kleine Auszeit nimmst, um mir zu Hause zur Hand zu gehen. Und Carol hat mir erzählt, dass du in diesem Jahr noch keinen einzigen Tag Urlaub im Buchladen genommen hast. Sie kann dich auch für eine Weile entbehren. Nur so lange, bis ich wieder ganz bei Kräften bin.«

Fast wäre ihr ein Fluch entkommen. Ihre Mutter spielte mal wieder krank, sie hätte es wissen sollen, schon als sie das Gespräch angenommen hatte. Schließlich war das schon immer Joan Rivers' Masche gewesen. Indem sie krank gespielt hatte, war es ihr hin und wieder gelungen, Dad zu besänftigen, sie hatte Reed davon abgehalten, einfach abzuhauen – zumindest für eine Weile, aber irgendwann hatte ihr kleiner Bruder ihre Mutter durchschaut und war auf Nimmerwiedersehen verschwunden. Und als Alis zu Tante Carol gezogen war, hatte ihre Mutter mit Blaulicht ins Krankenhaus eingeliefert werden müssen, da sie angeblich meinte, keine Luft mehr zu bekommen. Wie eine exzentrische Südstaatendiva täuschte sie einen Schwächeanfall vor, um ihre Ziele zu erreichen. Das Aberwitzige daran war, dass Joan Rivers knallhart war. Sie packte auf der Farm genauso mit an wie ihre Arbeiter und war eben alles andere als eine schwächliche Dame. Alis hatte auf ihre Spielchen vor allem heute keine Lust.

»Mum, ich kann hier nicht weg …«

»Nur für ein paar Tage, du kannst mich doch nicht einfach so im Stich lassen!« Mit einem Mal klang sie gar nicht mehr krank, und Alis' freie Hand schloss sich fester um ihr Wasserglas.

»Du warst zuletzt zu Weihnachten hier, Alis! Zu Weihnachten! Und da auch nur für einen Abend schweigsamen Essens! Das Mindeste, was du tun kannst, ist doch, mir wenigstens jetzt ein wenig zur Hand zu gehen, wo du doch ohnehin nichts zu tun hast! Die Farm ist nicht nur meine Angelegenheit, junge Dame, vergiss das nicht. Sie wird einmal dir gehören, und es ist deine Pflicht, dich um sie zu kümmern!«

»Sie wird nicht einmal mir gehören, weil ich sie nicht will, das weißt du ganz genau.«

Ihre Mutter sog hörbar den Atem ein, als hörte sie diese Worte zum ersten Mal, aber Alis ging nicht darauf ein.

»Mum, hör zu, es tut mir leid, aber die Sommersaison beginnt. Das heißt, es wird viel zu tun sein, ich kann nicht einfach so weg und …«

»Nicht einmal für ein Wochenende?«

Ein Tag ist schlimm genug, dachte Alis, verkniff sich die Worte aber.

»Du kannst mir nicht einfach so den Rücken kehren!« Die Stimme ihrer Mutter dröhnte durch den Hörer. »Ich bin deine Mutter, und wegen dir bin ich ganz allein und …«

Alis riss das Handy von ihrem Ohr und legte auf. Um Atem

~ 86 ~

ringend starrte sie auf das Display und kniff dann fest die Augen zu. Es war nichts Neues, es hatte so weit kommen müssen, aber es war jedes Mal wieder schwer, diese Worte zu hören.

Nicht unerwartet, aber heftig verengte sich ihr Brustkorb, sie spürte die lähmende Fassungslosigkeit von damals, als sie sich vom Brandungsrückstrom ins Meer hinaustreiben hatte lassen und dann plötzlich ihren Vater hatte springen sehen. Sie spürte das Brennen in ihrem Oberkörper, ihrem Hals, als die Starre einer verzweifelten Panik gewichen war. Sie hörte sich schreien und schluchzen, im Versuch, zurück zu den Klippen zu schwimmen, gegen den Strom, wissend, dass nicht einmal ein Profischwimmer gegen solch eine Kraft anschwimmen konnte. Das war ihr aber egal gewesen, sie hatte es immer weiter versucht, gleichzeitig nach ihrem Vater Ausschau gehalten, der einfach vom endlosen Grau verschluckt worden war. Erst nach einer halben Ewigkeit war ihr Verstand zurückgekehrt, der ihr diktiert hatte, seitlich aus dem Rückstrom herauszuschwimmen und sich von den Wellen zurücktragen zu lassen, ganz gleich, wie gefährlich das war, da man Gefahr lief, gegen die Klippen geschleudert zu werden. Sie hatte nach ihm gesucht, war hinabgetaucht in die trübe Dunkelheit, so tief, bis sie das Gefühl gehabt hatte, ihr Kopf müsse zerspringen. Sie hatte keine Erschöpfung gespürt, nur Schmerz und Verzweiflung.

Und tief im Inneren wusste sie, dass ihre Mutter recht hatte. Sie hatte ihren Vater umgebracht, und so konnte sie ihren Hilferuf nicht ignorieren. Sie musste zurück auf die Farm, die gleichzeitig für die schrecklichsten und die schönsten Erinnerungen in ihrem Leben stand. Auch wenn ein Teil in ihr die ganze Anlage am liebsten abgefackelt hätte.

Kapitel 5

Du hast den Antrag *abgelehnt*?!« Ninas Stimme kreischte durch den Lautsprecher ihres Geländewagens und ließ sie trotz des schmerzhaften Themas endlich wieder lächeln. Und das, obwohl sie gerade Tenby verließ und die Landstraße zur nur zwanzig Minuten entfernten Farm ihrer Mutter entlangfuhr.

»Es hat sich einfach nicht richtig angefühlt. Außerdem, was hättest du denn gemacht? Hätte ich ihn heiraten sollen, während er sich in Chivenor dieser Kindergärtnerin annäherte? Es wäre ja nicht ewig bei einem Kuss geblieben. Und überhaupt! Wieso soll ich akzeptieren, dass er sich in meiner Abwesenheit durch die Gegend knutscht?«

Es war still, und Alis warf einen Blick auf das Display, um zu sehen, ob Nina aus der Leitung geflogen war, aber dann erklang ein deutliches Einatmen. »Wer bist du, und was hast du mit meiner Mäuschen-Freundin gemacht?«

»Die ist aufgewacht, als sie ihren tollen Hubschraubertypen mit einer anderen gesehen hat. Was ziemlich wehgetan hat, aber trotzdem …« Sie blickte auf ihre schmucklosen kleinen Hände, die das Lenkrad mit lockerem Griff umschlossen, und schüttelte den Kopf. »Müsste ich nicht ein Häufchen Elend sein? Müsste ich nicht heulend im Bett liegen mit einer Packung Eiscreme und einem romantischen Film?«

»Schätzchen, zum Glück warst du noch nie ein klischeehaftes Mädchen.«

~ 88 ~

Alis lächelte und lenkte den Wagen durch die gemeingefährliche Bahnunterführung, die in einer scharfen Kurve nur Platz für ein Auto ließ und keine Sicht auf möglichen Gegenverkehr erlaubte. Wie immer hielt sie den Atem an, verlangsamte das Tempo durch das dunkle Loch und atmete auf, als sie wieder heil auf der anderen Seite war.

»Ich bin traurig, Nina, wirklich, und ich habe auch ein wenig Angst. Aber wenn es die falsche Entscheidung war, wieso fühle ich mich dann so … frei und erleichtert?«

»Weil es eben richtig war. Versteh mich nicht falsch, ich mag Matthew, aber du warst noch so jung, und vielleicht ist es ganz gut, dass du jetzt ausgebrochen bist. Mit Matthew hast du irgendwie auf Sparflamme existiert, es war nicht schlecht, aber auch nicht leidenschaftlich, weltbewegend, so wie es sein soll. Also tu mir einen Gefallen, ja? Genieße die Freiheit, erlebe ein paar Abenteuer, mach was Unvernünftiges, flirte, hab Spaß.«

»Im Klartext: Ich soll mich bedeutungslosem Sex hingeben, um aufzuholen, was ich versäumt habe?«

»Genau!«

Alis lachte, es verging ihr aber gleich wieder, als sie erkannte, dass sie fast schon Manorbier erreicht hatte. Hohe Böschungen links und rechts der Straße versperrten die Sicht auf das Umland. Nur hin und wieder offenbarten Viehgatter den Blick auf hügelige Weiden, auf denen Schafe als weiße Tupfen grasten. Es war alles schrecklich vertraut.

»Versprich mir, Alis, dass du ein wenig lebst, ja? Du musst ja nicht gleich mit einem ganzen Rugbyteam ins Bett hüpfen, aber finde einfach heraus, wie es dir gefällt, mal für dich zu sein, in Freiheit.«

Freiheit. Sie war mit Matthew nicht eingesperrt gewesen,

zumindest hatte es sich nicht so angefühlt. Sie hatten sich ja auch nur selten gesehen. Trotzdem kam es ihr jetzt tatsächlich so vor, als hätte sie Ketten gesprengt. Nur dass sie sich gerade in ein neues Gefängnis begab. »Von Freiheit bin ich im Moment weit entfernt, fürchte ich. Ich bin gleich bei meiner Mutter.« Sie bog die Straße Richtung Manorbier ein und schluckte gegen das plötzlich enge Gefühl in ihrer Kehle.

»Lass dir ja nichts von ihr gefallen, hast du mich verstanden? Wenn sie dir blöd kommt, fahr heim oder komm zu mir. Ein wenig beleidigt bin ich ja sowieso, dass ich dein erstes Single-Wochenende nicht mit dir verbringen darf. Ich hätte dir schon das eine oder andere Abenteuer gesucht – an Land!«

Alis grinste. »Da bin ich ja gerade noch mal rechtzeitig entkommen. Ich melde mich wieder bei dir, okay?«

»Alles klar. Viel Spaß.«

»Danke«, grummelte Alis und drückte den Auflege-Knopf auf dem Lenkrad. Sie konnte sich gerade noch davon abhalten, die Stirn dagegen zu schlagen. Was hatte sie sich nur dabei gedacht, nach Hause zu fahren? Sie könnte jetzt auf der Station sein und sich von Lloyd einarbeiten lassen. Oder vielleicht sogar im Badezimmer stehen, um sich für einen Abend in einem zu vollen, lauten Club an Ninas Seite fertig zu machen. Das wäre ihr immer noch lieber – nicht viel, aber ein bisschen.

Seufzend sah sie aus dem Fenster. Der Strand und die Burg von Manorbier lagen hinter ihr, und jetzt folgte sie der Küstenstraße die steilen Klippen hoch. Zu ihrer Linken, jenseits des golden wogenden Strandhafers, funkelte die Saphir-Decke des Meeres bis zum Horizont, wo goldene Lichtstrahlen über das Wasser griffen. Weiße Schaumkronen tanzten darüber und erinnerten sie daran, wie sie als Kind versucht hatte, die kleine Meerjungfrau darin zu entdecken. Aufgelöst im

Meeresschaum, für ihre große Liebe. Alis hatte dieses Ende nie akzeptieren wollen und verzweifelt nach einer Schwanzflosse Ausschau gehalten, bis ihr Bruder sie gegen die Schulter geboxt und sie aus ihren Tagträumen gerissen hatte.

Ihr Bauch verkrampfte sich bei dem Gedanken an Reed, es war nicht mehr weit bis nach Hause. Ein paar Autos parkten am Straßenrand, und ein paar Menschen genossen die Aussicht über die Bucht, saßen auf Bänken, teilten ihr Mittagessen, machten Fotos oder Videos. Zu ihrer Rechten erstreckten sich hügelige Weiden – Graslandschaften, die schon ihrer Mutter gehörten und über die sie einst liebend gerne geritten war. Trotz ihres Unwillens, hier zu sein, musste sie gestehen, dass dieser Ort an Schönheit kaum zu übertreffen war.

Ein Traktor kam ihr entgegen, und Alis fluchte. Auf der schmalen Straße konnte sie nicht vorbei und musste sich mit ihrem Monstrum von einem Auto auf der Ausweichfläche ins Gestrüpp stellen. Unter all dem Efeu, den Farnen und den lila blühenden Disteln lauerten uralte Steinmauern, die so überwuchert waren, dass sie nur abschnittsweise hervorlugten. Angespannt sah sie hoch ins Führerhaus. Der Stallmeister ihrer Mutter, Rhys, starrte sie daraus mit zu Schlitzen verengten Augen an, die Lippen zu keinem Willkommenslächeln geformt, sondern zu einer schmalen Linie gepresst. Er sah aus wie immer, mit seinem dunklen Igelhaar, der gebräunten Haut und dem grimmigen Ausdruck im scharf gezeichneten Gesicht. Und wie eh und je spürte Alis in sich eine merkwürdige Mischung aus Trotz und Schwäche.

Rhys hob die Hand zu einem knappen Gruß, und Alis tat es ihm gleich, musste sich aber gleichzeitig zwingen, nicht auf der Stelle umzukehren. Sie wartete, bis er vorbeigefahren und hinter ihr durchs offene Gatter auf eine der Weiden eingebogen war, ehe sie die letzten Meter hinter sich brachte. Rhys und sie haben sich nie nahegestanden, anders als seine Schwester und ihr Bruder, die unzertrennlich gewesen waren – eine Jugendliebe wie im Bilderbuch. Bis Reed von zu Hause abgehauen war.

Das schmiedeeiserne Tor stand offen. Alis folgte der asphaltierten, von blühenden Weißdornbäumen gesäumten Zufahrt und drehte die Lautstärke des Radios lauter. Eine herzzerreißende Ballade lief gerade, aber Alis nahm, was sie kriegen konnte, und sang sich gemeinsam mit Adele die Seele aus dem Leib.

Zu ihrer Linken führte eine Straße zu den Ställen, Schuppen und Reitanlagen hinüber, während der Weg, den Alis befuhr, direkt auf ihr Elternhaus zuführte – ein zweistöckiger, imposanter georgianischer Backsteinkasten aus dem frühen neunzehnten Jahrhundert, dessen Hausmauern teilweise mit Efeu überwachsen waren. Der prunkvolle Eingangsbereich leuchtete weiß heraus, und Alis wusste noch, dass sie das Haus als Kind mehr wie ein Spukschloss als ein Zuhause gesehen hatte. Wenn man mit ausgeprägter Fantasie in solch einem alten Herrenhaus aufwuchs, sah man nicht nur Meerjungfrauen in der nahen Bucht, sondern auch die Geister vergangener Generationen nachts beim Einschlafen. Nur waren diese Geister für sie immer etwas Tröstendes gewesen. Sie hatte in Gedanken Gespräche mit ihnen geführt, um sich von der Angst abzulenken, ihr Vater könnte zornig und betrunken in ihr und Reeds Zimmer stürmen, weil er erfahren hatte, dass sein Sohn mal wieder etwas angestellt hatte. Das Haus wäre für eigene Kinderzimmer groß genug gewesen, aber ihre Eltern hatten es irgendwann aufgegeben, sie und Reed zu trennen, nachdem sie ohnehin jede Nacht ins Zimmer des anderen geschlichen waren. Alis hatte geglaubt, ihren kleinen Bruder so abschirmen zu können, aber es war ihr nie gelungen.

Ein Schauer kroch ihren Rücken hinab, aber Alis schüttelte den Kopf, parkte ihr Auto neben dem Kleinwagen ihrer Mutter und schaltete schließlich mit einem tiefen Ausatmen den Motor ab. Die plötzliche Stille war niederdrückend, sie gaukelte ihr vor, an einen Ort des Friedens gekommen zu sein. Sie konnte so tun, als wäre alles normal, als hätte sie nicht ihr ganzes Leben damit verbracht, von diesem so idyllisch wirkenden Fleckchen Erde wegzukommen.

Sie griff nach ihrer Handtasche, fasste kurz an den Pager in ihrer Hosentasche, still hoffend, dass er losgehen und sie zurück nach Tenby rufen würde, und stieg aus.

Hitze schlug ihr entgegen, dabei war es noch nicht einmal Mittag, aber die Sonne brannte gnadenlos auf sie herunter. Vertraute klare Seeluft füllte ihre Lunge, gepaart mit einem Hauch von Pferd und Heu.

Weit und breit war kein Mensch zu sehen, drüben bei den Stallungen war meistens mehr los, aber ihre Mutter lebte in dieser Ecke des Grundstücks ziemlich abgeschieden.

Alis ging die freistehende Treppe zur von Pilastern gesäumten Eingangstür hoch, ihre Beine fühlten sich schwer an. Die Pferdeköpfe im Ziergiebel schauten auf sie herunter, und die halbrunden Oberlichter in der Eingangstür reflektierten blendend das Sonnenlicht.

Sie öffnete die Tür und atmete den vertrauten Geruch nach alten Möbeln, Politur und Kaffee ein. »Mum?« Es war nichts zu hören bis auf das Ticken der Kuckucksuhr neben der Garderobe. Sie ging weiter, schaute in die ländlich eingerichtete Küche und hörte nun gedämpfte Stimmen, vermutlich war es der Fernseher.

Entschlossen folgte sie dem Geräusch, ging durchs Esszimmer und schließlich zur Lounge, wo sie den Sportkommentator mit seinem australischen Akzent nun klar hören konnte: »Und das ist eindeutig eine Karte! Rivers liegt immer noch am Boden, und hier in der Wiederholung sieht man … Oh!« Ein solidarischer Schmerzenslaut zweier Kommentatoren und des ganzen Publikums erscholl. »Nein, das muss Rot geben, er hatte genügend Zeit auszuweichen und …«

Alis erstarrte. Seit wann wurden in diesem Haus Spiele ihres Bruders angesehen? Seit Jahren hatte niemand mehr seinen Namen ausgesprochen. Aber genau dieser Name, der Gedanke, dass er ganz real irgendwo auf der anderen Seite der Welt ein Rugbyspiel bestritt, zerrte sie mit Wucht zurück in ihr altes Leben. Dieses Haus, die Erinnerungen, Reed …

Sie biss sich auf die Unterlippe, wollte sich nichts von ihren Gefühlen anmerken lassen und trat in die Lounge, wo ihre Mutter aufgerichtet auf der Kante der Couch saß, die Fernbedienung in der Hand und die Augen auf den Bildschirm fixiert.

»Hey Mum.«

Ihre Mutter fuhr zusammen und schaltete blitzschnell, aber mit zitternden Händen den Fernseher aus. Mit etwas, das Alis fast als Schuld in den von Faltenkränzchen umrahmten Augen deutete, sah sie zu ihr hoch. »Du bist schon hier?«

Alis zuckte mit den Schultern. »Ist ja nicht weit.«

Ihre Mutter nickte, und sie sahen sich schweigend an, die vor den geöffneten Fenstern flatternden Vorhänge das einzige Geräusch.

»Hat er sich verletzt?« Alis deutete zum Fernseher, und ihre Mutter fuhr sich fahrig durch die blond gefärbten Haare, die ihr mit einer Dauerwelle auf die Schultern fielen. Sie schüttelte den Kopf. Es hatte sich also nichts geändert. Reed war immer noch ein Tabuthema in diesem Haus, auch wenn ihre Mutter seine Karriere offensichtlich heimlich verfolgte. Alis' Bruder spielte in Neuseeland Rugby in der Profiliga, und er hatte sich nie wieder bei seiner Familie gemeldet, nie wieder einen Blick zurückgeworfen, nicht einmal als ihr Vater gestorben war.

Schwerfällig stand ihre Mutter auf, dabei bemerkte Alis, dass sie abgenommen hatte. Sie war schon immer schlank gewesen, aber mit kräftigen Händen, die zupacken konnten. Wenn man alleine eine Farm leitete, musste es auch so sein. Doch jetzt wirkte sie ausgemergelt, mit einem unterdrückten Schmerzenslaut fasste sie sich an den Kopf und kniff die Augen zusammen.

»Mum, was ist mit dir?« Alis machte einen Schritt auf ihre Mutter zu, mit dem Bedürfnis, sie zu stützen, besann sich aber eines Besseren. Joan Rivers hätte das nie zugelassen.

»Nichts, nichts. Mir geht's gut. Das sind nur Kopfschmerzen, Nachwirkungen dieser schrecklichen Magengrippe, wohl vom Flüssigkeitsverlust. Ich werde mich bald wieder erholen, aber es ist viel Arbeit liegen geblieben, als ich krank war, und die Bildschirmarbeit macht mir noch etwas Schwierigkeiten.«

»Womit soll ich anfangen?«

Ihre Mutter deutete ins anschließende Büro. »Die Buchhaltung muss erledigt werden, es liegt alles auf dem Schreibtisch.«

Alis unterdrückte ein Seufzen und setzte ein Lächeln auf. »Ich leg gleich los.« Umso schneller sie fertig war, umso schneller konnte sie auch wieder zurück. Und sie wollte den Moment, in dem sie in ihr und Reeds altes Kinderzimmer hochging, ohnehin noch aufschieben.

Zahlen, Kontoauszüge, Kassenein- und -ausgänge, all das war ihr nie gelegen, und sie saß bis in den späten Nachmittag am Schreibtisch, nur um ein wenig Ordnung in das Chaos zu bringen. Der Hunger trieb sie schließlich in die Küche, wo sie sich ein Sandwich machte. Von ihrer Mutter fehlte jede Spur, vielleicht hatte sie sich hingelegt, und so beschloss Alis, im Stall vorbeizusehen.

Die Sonne schien immer noch, und wie meist wehte eine kräftige Brise vom Meer, die ihr das Haar ins Gesicht blies. Sie sah einen Reiter auf dem Weg zur Halle und versuchte ihn zuzuordnen, aber sie hatte den Überblick über die Einsteller verloren. Als Kind hatte sie jeden Mann und jede Frau gekannt, die ihr Pferd hier untergebracht hatten, aber mittlerweile waren es fast nur noch Fremde für sie. Die Farm lebte heute hauptsächlich vom Einstellbetrieb, von Reitstunden, aber auch vom Tourismus. Gebuchte Strandausritte waren sehr gefragt. Vor dem Tod ihres Vaters hatte es aber auch noch einen Zuchtbetrieb gegeben, Welsh Cobs und Shire Horses waren hier geboren, großgezogen und ausgebildet worden. Damals hatten ihre Eltern auch noch einige Angestellte beschäftigt. Es war Dads Leidenschaft gewesen, die mit ihm gestorben war, der Aufwand war zu groß geworden. Heute gab es nur noch den Stallmeister und je nach Arbeitsaufkommen ein paar Hilfskräfte.

»Hast du dich verlaufen?«

Alis drehte sich um und sah Rhys aus dem Schuppen kommen. Durch die offenen Doppeltüren erkannte sie den Traktor und die Heumaschinen darin, früher hatte sie sich dort gerne versteckt. Bei Rhys' verdrießlicher Miene und den abschätzig funkelnden Augen könnte einem auch jetzt zum Weglaufen zumute werden. Aber Rhys hatte ihr noch nie wirklich Angst gemacht, trotz der auffallend breiten Schultern und Muskeln, die sich deutlich unter seinem ölverschmierten Shirt abzeichneten. Er hatte mit seiner Familie ganz in der Nähe in Manorbier gelebt, ehe er den Job des Stallmeisters übernommen hatte und in das alte Dienstbotenhaus eingezogen war. Er und seine Schwester waren quasi auf der Farm aufgewachsen. Sein alter Herr war ein guter Freund ihres Vaters gewesen, der die beiden immer gerne um sich gehabt hatte. Rhys war damals schon diensteifrig gewesen und hatte die Farm und die Pferde über alles geliebt. Er war ihrem Dad wie ein treuer Hund gefolgt, und Seth Rivers hatte ihn wie einen Sohn behandelt. Anders als seinen echten Sohn.

Alis nahm einen Bissen von ihrem Sandwich und musterte den Mann, der zu viele Kindheitserinnerungen mit sich brachte. »Schön, dich zu sehen«, sagte sie kauend, ohne sich die Mühe zu machen, den Sarkasmus aus ihrer Stimme rauszuhalten. Sie hatte ihn einfach nie gemocht, was auf Gegenseitigkeit beruhte.

Rhys deutete gen Osten. »Tenby liegt dort drüben, wieso steigst du nicht in deinen Wagen und fährst zurück?«

»Das würde ich liebend gerne, aber Mum meint, dass du Hilfe brauchst.« Sie umfasste die Farm mit einer weit ausholenden Geste. »Du schaffst das alles offensichtlich nicht allein.«

»Wir kommen schon klar.« Er wollte an ihr vorbei, aber Alis verstellte ihm den Weg. »Wie schlecht ging es ihr?«

Seine dunklen Brauen zogen sich zusammen, und der Blick aus seinen stechend blauen Augen verdüsterte sich noch. »Was kümmert dich das?«

»Wenn sie so krank war, hättest du mich anrufen müssen.«

Ein Schnauben entfuhr ihm, er schob sie grob zur Seite und

stapfte mit seinen schweren Arbeiterschuhen zu den Ställen der Einstellerpferde davon. Diese waren in einem moderneren Holzbau untergebracht, während die Rivers-Pferde in einem alten Steinhaus zu Hause waren.

Alis folgte ihm widerwillig. »Was? Ist es zu viel verlangt, dass du kurz zum Hörer greifst und …«

Rhys fuhr zu ihr herum. »Alis, im Ernst, schau, dass du Land gewinnst, dich braucht hier niemand.«

Die Worte verletzten sie, aber sie würde einen Teufel tun und ihm das zeigen. Stattdessen stemmte sie eine Hand in die Seite. »Keine Sorge, ich bin nicht hier, um dir in die Quere zu kommen. Sobald der Papierkram erledigt ist, seht ihr mich nicht wieder. Ich habe den Job als Bootsführerin des Lifeboats angenommen.«

Rhys hielt inne, seine Augen weiteten sich, und Alis biss sich verärgert auf die Lippe. Niemand außer John und Matthew wussten davon, wieso plauderte sie die Neuigkeit dann einfach so aus, bevor sie mit ihrer Mutter gesprochen hatte? Um ihm zu beweisen, dass sie ein Leben außerhalb dieses Irrsinns hatte?

»Bootsführerin?« Rhys stieß ein verächtliches Lachen aus, seine Wangenmuskeln zuckten vor Anspannung, und das prägnante Grübchen in seinem Kinn vertiefte sich. »Du legst immer noch einen drauf, was? Schlimm genug, dass du deine Mutter so viele Jahre alleingelassen hast, jetzt nimmst du ihr auch noch die letzte Hoffnung? Wieso bringst du sie nicht gleich um, so wie deinen Dad?«

Alis' Hand hob sich wie von selbst, ihre Handfläche klatschte auf Rhys' stoppelbärtige Wange, derart heftig, dass sie brannte. Aus weit aufgerissenen Augen sah sie zu ihm hoch, der Schock über seine Worte und ihre Tat lähmten sie. Regungslos sah sie ihn an, wie er mit einem langsamen Nicken auf sie herabblickte. Eine Entschuldigung lag ihr auf den Lippen, die ihr aber bei seinen Worten gleich wieder verging.

»Deine Eltern haben das alles für dich aufgebaut«, sagte er deutlich gepresst. »Und du spuckst darauf.«

»Ich will es nicht. Ich habe nie etwas anderes gesagt.«

»Weil du eine undankbare, verzogene Göre bist, heute immer noch. Bedeutet dir Familie denn gar nichts? Loyalität? Wiedergutmachung? Seth hätte alles für dich getan, du warst seine Prinzessin, so hat er dich doch immer genannt. Er hat nur für dich gelebt. Er wäre für dich gestorben.« Seine Stimme wurde zu einem Knurren. »Er ist für dich gestorben.«

Tränen schossen ihr in die Augen. Abrupt wandte sie sich ab, um sie zu verbergen, aber Rhys umklammerte mit festem Griff ihren Arm und zog sie zurück. »Wenn du nur hier bist, um Joan weiteren Kummer zu bereiten, dann verschwinde gleich wieder. Wir kommen schon klar.«

Alis zwang sich, ruhig ein- und auszuatmen. »Nichts lieber als das. Ich bin nicht freiwillig hier, sondern deine verehrte Joan hat mich herbeordert, also spiel dich nicht so auf, Rhys. Wieso regst du dich über meinen Job überhaupt so auf? Du bist doch froh, wenn ich mich hier nicht mehr blicken lasse.«

»Das heißt aber nicht, dass ich Joan noch mehr leiden sehen will als ohnehin schon.«

Alis verdrehte die Augen. »Wie rührend. Was tut sich denn bei deiner eigenen Familie? Kennt sie dich überhaupt noch, wo du dich seit jeher in meine gedrängt hast?«

»Denen geht's gut. Wenn du mich jetzt entschuldigen würdest. Ich habe die Pferde zu füttern.«

»Jetzt?« Alis warf einen Blick auf die Uhr, es war erst vier. »Es ist noch viel zu früh.« Das wusste sogar sie.

Rhys stieß ein schweres Seufzen aus. »Ja, jetzt. Ich habe später noch was vor.«

Gespielt schockiert schlug sie sich die Hand vor den Mund. »Nein! Sag jetzt nicht, dass du ein menschliches Wesen gefunden hast, das Zeit mit dir verbringen will!«

»Das geht dich überhaupt nichts an.« Seine Wangen färbten sich rot wie früher als Kind, und Alis lachte laut auf.

»Du meine Güte! Ein weibliches Wesen noch dazu! Habt Mitleid mit dieser unglücklichen Seele.« Sie rümpfte die Nase, obwohl sie sich dabei selbst kindisch vorkam. Aber dieser Ort, die Menschen hier, all das brachte die gefangene Sechzehnjährige in ihr wieder zum Vorschein. Vermutlich sollte sie daran arbeiten. »Rhys, hör zu … Ich bin wirklich hier, um zu helfen.« Sie zwang sich zu einem versöhnlichen Tonfall. Einer von ihnen musste sich schließlich erwachsen benehmen. »Geh du nur, ich übernehme das Füttern.«

Misstrauisch sah er sie an, das Blau in seinen Augen wirkte frostig, als er den Kopf schüttelte und erneut versuchte, sich an ihr vorbeizudrängen.

»Komm schon! Heute kannst du dir einen freien Abend erlauben, Hilfe ist eingetroffen.« Sie breitete die Arme aus und versuchte es mit einem entwaffnenden Lächeln.

»Das ist nicht so einfach, die Pferde …«

Alis hob die Hand. »Der Futterplan hängt doch an der Tür der Sattelkammer, nicht wahr? Keine Sorge, ich werde sie schon nicht umbringen.«

Eine seiner Augenbrauen hob sich, und Alis ballte die Hände zu Fäusten, um nicht nochmal zuzuschlagen. *Aber deinen Vater hast du umgebracht*, die Worte standen deutlich in seinem Blick.

»Viel Spaß mit deinem weiblichen Wesen.« Sie winkte ihm

kurz und ging zu den Ställen davon. Sie hatte es geschafft. Der erste Tag hier war beinahe vorbei, und das Schlimmste lag hinter ihr.

✳

»Oh nein! Buttercup, was ist los?« Alis ließ den Heuballen fallen und rannte zur Box des alten Shire Horse, das ihr Vater früher geritten war. Der mächtige Wallach war fast schon dreißig Jahre alt, ein richtiger Methusalem unter den Pferden, und heute auch nicht mehr ganz so mächtig. Er hatte einen Senkrücken, graue Haare in seinem schwarzen Fell und war abgemagert – die Muskeln von einst verschwunden.

Jetzt lief er unruhig durch die Box, die komplett nass war – kein Wunder, er versuchte ständig zu trinken, aber ihm floss alles wieder aus dem Maul. Speichel lief ihm aus der Nase, seine alten Augen wirkten glasig.

Alis spürte ihr Herz in der Kehle pochen und sah sich in der breiten Stallgasse nach Hilfe um, aber sie war allein. Wenn überhaupt noch jemand auf der Farm war, dann im Einstellerstall drüben, aber nicht bei den Rivers-Pferden.

»Was ist mit dir, mein alter Junge?« Sie öffnete die Tür und warf einen Blick in den Futtertrog, der nur zur Hälfte leergefressen war. Rübenschnitzel, die für seinen alten Magen bekömmlicher waren. Sie hatte sie extra eingeweicht, so wie man es machen musste. Aber was, wenn er eine Kolik hatte?

Aus den Augenwinkeln bemerkte sie, dass Buttercup im Begriff war, sich hinzulegen, und sie fuhr wild mit den Armen fuchtelnd zu ihm herum. »Untersteh dich!« Sie packte seine Mähne, fühlte, dass sein Fell darunter nass geschwitzt war, und zog, so fest sie konnte. »Bleib ja stehen!«

Mit einem Laut, halb Grunzen, halb Stöhnen, hielt sich

Buttercup auf den Beinen, und Alis sah dem Wallach einen Moment nur entsetzt in die Augen. Die anderen würden bestimmt sagen, sie hätte es mit Absicht getan. Ausgerechnet das Lieblingspferd ihres Vaters! Wie sollte sie das ihrer Mutter beibringen? Und Rhys hätte wieder ein gefundenes Fressen.

Nein! Noch war Buttercup nicht tot. Sie war nicht mehr das verschreckte Kind, das wie gelähmt zusah, wenn etwas Schreckliches geschah. Sie trotzte dem verdammten Ozean, verflucht nochmal!

Unvermittelt fuhr sie herum und lief zurück zur Sattelkammer, wo neben der Futterliste auch ein Zettel mit wichtigen Telefonnummern hing. »Vet« stand gleich an erster Position, und Alis riss ihr Handy aus der Hosentasche.

»Davies.«

»Sind Sie der Tierarzt?!« Panisch presste Alis sich das Handy ans Ohr – über ihren wilden Herzschlag konnte sie kaum etwas verstehen. »Sie müssen sofort zur Rivers-Farm kommen, Buttercup hat eine schlimme Kolik!«

»Was hat er gefressen?«

»Rübenschnitzel!«

»Haben Sie sie lange genug eingeweicht?«

»Natürlich!«

»Liegt er oder steht er?«

»Er hat versucht, sich hinzulegen, ich konnte ihn gerade noch davon abhalten.«

»Was macht er jetzt?«

Alis rannte zurück. »Er geht herum, er ist schon vollkommen nass und speichelt aus der Nase.«

»Wo ist Rhys?«

»Nicht hier!«

Einen Moment lang war es still, dann hörte sie ihn einatmen. »Ich bin in zehn Minuten da.«

Alis ließ das Handy sinken und schloss die Augen. Dabei ertappte sie sich, wie sie ein Stoßgebet gen Himmel schickte, auch wenn sie schon lange nicht mehr an göttliche Hilfe glaubte. Sie konnte nur hoffen, dass Rhys' Date gut lief und er nicht so bald zurückkam. Und dass ihre Mutter nicht im Stall aufkreuzte.

Mit zitternden Händen holte sie ein Halfter und einen Strick und führte Buttercup aus seiner Box. Sie wusste nicht, wieso sie so in Panik war, schließlich hatte sie schon weitaus schlimmere Situationen erlebt und war nicht nur einmal selbst in Lebensgefahr geschwebt. Hier ging es um ein Pferd. Nur ein Pferd! Und sie machte sich doch gar nichts aus Pferden und vor allem nichts aus der Farm. Beruhigend strich sie Buttercup über den feuchten Hals. »Halt durch, Kumpel.«

Alis wusste nicht, ob wirklich nur zehn Minuten vergangen waren, als ein schwarzer Geländewagen die Straße zum Stall heraufdonnerte. Ihr war es sehr viel länger vorgekommen. Die Sonne stand schon tief über den Hügeln, und ein unheimliches rötliches Licht hatte sich ausgebreitet.

Erleichtert ob der rettenden Ankunft hob sie die Hand, winkte und ging mit Buttercup näher, sich wieder einmal nach allen Seiten umsehend, ob sie wirklich keine Zeugen in dieser prekären Situation hatte.

»Jetzt wird alles gut, mein Großer, der Tierarzt ist …« Alis verstummte und starrte zu dem Mann, der aus dem Auto stieg. Sie ließ ihren Blick über ihn schweifen, von den Stiefeln, über die enganliegenden Jeans, die auf schmalen Hüften saßen. Weiter zum schwarzen Hemd, über dem eine offene, ärmellose Weste mit mehreren ausgebeulten Taschen lag.

Hoch zu breiten Schultern und dann zu einem Gesicht mit kurzem Bart am Kinn, blauen Goldsprenkelaugen, die jetzt im Zwielicht der Abenddämmerung nicht deutlich zu erkennen waren, und braunem Haar, das nass in Stirn und Nacken fiel.

Fast hätte sie sich die Hand vor die Stirn geklatscht. Davies! Natürlich! Die Angst um Buttercup hatte ihren Verstand vernebelt, sie hatte noch nicht mal seinen Akzent wiedererkannt.

Einen Moment lang sah er sie genauso verwirrt an wie sie ihn, aber er fing sich schnell wieder. In einer übertrieben beruhigenden Geste hob er die Hand. »Nicht wieder weglaufen, ich verspreche auch, keine abrupten Bewegungen zu machen.«

Alis funkelte ihn an. »Sparen Sie sich Ihre Scherze, ich habe hier ein krankes Pferd.«

»Und da dachte ich, Sie machen sich nichts aus Tieren.« Er wandte sich ab, öffnete den Kofferraum und kam dann mit einem langen, durchsichtigen Schlauch um die Schulter auf sie zu.

Alis verengte die Augen, ihr wurde ganz mulmig zumute. »Wofür ist der?«

»Das ist eine Nasenschlundsonde. Wenn ich mit meiner Vermutung richtigliege, brauchen wir die.« Er führte seine Hand zu den Nüstern des Wallachs und klopfte ihm dann den Hals. »Na Buttercup, wo tut's weh, hm? Dein Essen war heute wohl nicht so ideal, was?« Er warf Alis einen abschätzigen Blick zu und ruckte dann sein Kinn zum Stall, ein knapper Befehl, ihm zu folgen. Wie unhöflich!

Widerworte lagen ihr auf den Lippen, aber Buttercup stupste sie matt an die Schulter, und so schluckte sie ihren Protest hinunter und führte ihn zurück zum Stall. Trotzdem ärgerte sie sich. Weniger über den Tierarzt als über das Universum. Es hatte ja so kommen müssen, dass sie in dieser Notlage genau dem Typen begegnete, vor dem sie sich lächerlich gemacht hatte.

Evan legte den Schlauch über die Boxenwand und warf einen Blick in den Futtertrog. Eine steile Falte erschien zwischen seinen Augenbrauen. »Ich verstehe. Sie mögen Tiere also wirklich nicht.«

»Was soll das bitte heißen?« Alis kam mit Buttercup im Schlepptau näher und führte den Wallach zurück in die Box, wo Evan ihr mit verschränkten Armen den Weg verstellte. Abrupt kam sie zum Stehen, um nicht in ihn reinzulaufen. Buttercup aber hatte es eilig, zurück in sein trautes Heim zu gelangen, und drängte sich nach vorne. Ehe Alis sichs versah, stolperte sie gegen Evans Brust. Er fing sie auf, seine Hände umschlossen ihre Oberarme mit sicherem Griff und richteten sie wieder auf.

Alis sah zu ihm hoch, einen Moment lang benebelt vor Scham und dem Duft nach Duschgel, der von ihm ausging.

Wow – er war wirklich groß. War er das letzte Mal auch schon derart über ihr aufgetürmt? Oder war es nur das zornige Blitzen seiner goldenen Sprenkel, das ihn ganz anders als den unbeschwerten, verschmitzten Frauenhelden von neulich wirken ließ?

»Wie lange haben die Rübenschnitzel gequollen?« Er ließ sie los, und Alis trat schnell einen Schritt zurück, stemmte eine Hand in die Seite, entschlossen, sich nicht einschüchtern zu lassen. »Ich bin nicht blöd – mindestens zwei Stunden! Ein Teil Schnitzel, zwei Teile *warmes* Wasser.« Sie wusste, dass das Futter mit warmem Wasser schneller aufquoll als mit kaltem, das hatte sie als Kind gelernt, und heute hatte sie extra darauf geachtet.

Evan wandte sich ab und murmelte etwas auf Walisisch, das nicht gerade freundlich klang.

»Wie war das?«

Aber er ignorierte sie und nahm sein Stethoskop aus einer der Westentaschen heraus. Alis sah angespannt zu, wie er Buttercup abhorchte, dann abtastete und seine Temperatur maß. Dabei sprach er in seiner Muttersprache weiter leise auf das Pferd ein, und Alis ertappte sich dabei, wie sie seinen Worten in der andersartigen Melodie beinahe andächtig lauschte. Diese alte Sprache hatte auf sie immer schon mystisch gewirkt, sie schien einfach nicht in diese Welt zu passen. Während sie das Flüstern hörte, sah sie längst vergangene Zeiten vor sich. Walisische Kriegsherren, die für ihre Freiheit kämpften, unberührte Täler, verwunschene Quellen. Buttercup schien es genauso zu gehen, aufmerksam drehte er die Ohren in Richtung Evan.

Schließlich schüttelte der Tierarzt den Kopf und brach den zauberhaften Bann. »Sein Puls rast, einen Ultraschall können wir uns sparen, er hat eine Magenüberladung, wenn nicht sogar schon eine Schlundverstopfung. Ich muss ihm also wirklich eine Sonde legen, das Zeug in seinem Magen aufweichen und rausholen.« Er legte sich das Stethoskop um den Hals und warf ihr einen Blick zu. »Ich hoffe, Sie haben die nächsten Stunden nichts vor, das wird dauern.«

»Kann ich irgendwie helfen?«

Er runzelte die Stirn und ließ seinen Blick über sie wandern.

»Sie brauchen mich gar nicht so abschätzig zu mustern. Ich bewerbe mich ja nicht zur Miss Stallschönheit, sondern biete nur meine Hilfe an.« Sie sah ihn herausfordernd an, und seine Augen schienen kurz belustigt zu blitzen, ehe er resigniert nickte.

~ 106 ~

»Wir brauchen Wasser, zwei Eimer für den Anfang und einen leeren, in den wir all den Mist spülen können. Ich hole inzwischen die Pumpe.« Er kam auf sie zu zum Boxenausgang und blieb dicht vor ihr stehen. »Und als Miss Stallschönheit hätten Sie übrigens hervorragende Chancen.« Er zwinkerte ihr zu, schob sich an ihr vorbei und ging die Stallgasse zurück zu seinem Wagen.

Alis stand da wie festgefroren und ließ den Moment noch einmal Revue passieren. Sie wusste nicht, wieso, aber von irgendwoher hörte sie plötzlich Ninas Stimme flüstern: ein Abenteuer. Wieso hatten dieses halbe Lächeln und der Blick aus seinen Goldsprenkelaugen ein nervöses Flattern in ihrem Bauch verursacht? Sie war doch sonst immer immun gegen Avancen von Männern gewesen. Lag es daran, dass sie plötzlich reagieren *durfte*? Sie war frei, ungebunden, und laut Nina hatte sie etwas Spaß verdient. Aber mit dem Tierarzt? Zugegeben, er war wirklich unverschämt attraktiv, vielleicht ein bisschen zu groß für ihren Geschmack. Außerdem verunsicherte er sie mit seiner unbeschwerten, lockeren Art, die so schnell in Ernsthaftigkeit umschlagen konnte, wenn es um seine Arbeit ging. Denn es war diese Ernsthaftigkeit, die Gefühle in ihr auslöste, eine Hingabe für seine Arbeit, die sie verstand, mit der sie sich identifizieren konnte, was sie beängstigend fand.

Aber sie suchte ja niemanden zum Heiraten, sondern, um Ninas Rat zu folgen, jemanden zum Spaß haben. Sie sah ihm hinterher, und ihr Blick fiel unwillkürlich auf seinen wirklich klasse Hintern in den engen Jeans. Er hatte mit ihr geflirtet, damals vor der Station, was wohl bedeutete, dass wenigstens eine Spur von Interesse von seiner Seite aus bestand. Schnell schüttelte Alis ob dieser ungewohnten Gedankengänge den

Kopf. Sie hatte sich derart idiotisch vor ihm benommen, er machte sich bestimmt nur über sie lustig. Außerdem lag die Trennung von Matthew nur ein paar Tage zurück, und sie kannte Evan kaum …

Ein Schnauben hinter ihr erinnerte sie daran, dass sie für ein krankes Tier verantwortlich war, und so machte sie sich schnell auf den Weg und füllte über dem Waschbecken in der Sattelkammer zwei Eimer voll mit Wasser. Als sie zurückkam, war Evan schon bei der Arbeit. Er hatte die Hemdsärmel bis zu den Ellbogen hochgekrempelt, was seine gebräunten Unterarme offenbarte, an denen sich die einzelnen Muskelstränge deutlich abzeichneten. Buttercup stand ruhig in der offenstehenden Box, und Evan hielt den Pferdekopf nah bei sich. Den Schlauch hatte er sich um die Schultern gelegt.

»Sollten wir ihn nicht anbinden?«

Evan sah zu ihr auf und schüttelte den Kopf. »Das wäre zu gefährlich. Wenn er Angst bekommt, kann der Strick ihn schwer verletzen.« Er führte das eine Ende des Schlauchs in Buttercups Nasenloch, ohne dass Buttercup auch nur zuckte, das andere nahm er in den *Mund!* Wozu, das konnte sie nicht sagen, sie sah nur, dass Evan immer wieder sanft hineinblies. Eine Verbindung zwischen Pferdenüstern und Tierarztmund.

»Das ist ja widerlich.«

Evan blickte kurz auf, fuhr aber beim Anblick ihres teils amüsierten, teils angewiderten Ausdrucks unbeirrt fort. Schließlich richtete er sich auf, nahm die Sonde aus seinem Mund und führte das offene Ende über einen leeren Eimer. Nichts geschah.

»Das Zeug ist so fest, das kommt von allein nicht wieder raus.« Er winkte sie mit dem Wasser näher und griff nach einem metallischen Gerät, das wie eine Fahrradpumpe aussah.

Es war schon absonderlich, was Tierärzte so mit sich führten.

»Wieso müssen Sie den Schlauch in den Mund nehmen?«

Evan schloss mit routinierten Fingergriffen die Sonde an die Pumpe, führte diese ins Wasser und begann, mit ruhigen Bewegungen zu spülen. »Um einen Sogeffekt zu erzeugen. Und wenn ich hineinblase, öffnet sich die Speiseröhre, was es einfacher macht, die Sonde einzuführen. Könnten Sie ihn am Halfter halten, damit er keine abrupten Bewegungen macht?«

Alis trat näher, stellte sich neben den Pferdekopf, umfasste das Nylonhalfter an der Kehle und streichelte vorsichtig mit einem Finger das Fell. »Er sieht ganz ruhig aus.« Sie sah in Buttercups müde Augen, von schlechtem Gewissen und Mitleid geplagt.

»Es ist nicht zu unangenehm für ihn. Nicht so sehr wie die Schlundverstopfung an sich. Sein Magen hätte rupturieren können, das ist nicht nur eine kleine Kolik, sondern wirklich ernst. Es ist auch möglich, dass Futter in die Lunge gelangt ist, das kann noch zu Komplikationen führen.«

»Ich habe das Futter wirklich eingeweicht.«

Einen flüchtigen Moment lang sah er zu ihr auf, direkt in ihre Augen, aber dann konzentrierte er sich wieder mit einem kaum merklichen Kopfschütteln auf sein Tun.

»Es ist nicht meine Schuld, oder? Buttercup ist alt und …«

»Es *ist* Ihre Schuld.« Seine Worte waren so ruhig und sachlich, dass sie umso schwerer wogen. Er nahm die Sonde von der Pumpe und führte sie erneut in seinen Mund. Alis erkannte, dass er daran saugte, und plötzlich sah sie Wasser mit gräulich bräunlichen Stückchen den durchsichtigen Schlauch aus der Nase zurückkommen, direkt zu Evans Mund. Im letzten Moment nahm er die Sonde von seinen Lippen und führte die Öffnung über den leeren Eimer, in den gemächlich Mageninhalt floss.

Alis rümpfte die Nase. »Und noch einmal: widerlich.«

»Wenn man den Fischgeruch an den Häfen bevorzugt ... Ich habe lieber Rübenschnitzel und Müslimischungen. Sehr viel appetitlicher.« Er hielt seinen Blick gesenkt und studierte, was langsam in den Eimer tropfte.

»Ist das schon mal schiefgegangen? Haben Sie schon mal Mageninhalt ... in den Mund bekommen?«

Er zuckte mit den Schultern. »Nicht nur einmal, fürchte ich. Dabei ist das Futter nicht so schlimm. Ein Reflux ist wirklich eklig.«

»Oh Gott.« So viel zu ihrem flüchtigen Gedanken, etwas mit ihm anzufangen, ihn zu küssen! Nein danke.

Er warf ihr einen amüsierten Blick zu. »Ich hätte Sie nicht für zimperlich gehalten.«

»Ich bin nur wählerisch bei dem, was in meinen Mund kommt.«

Seine Hände hielten inne, und eine Augenbraue hob sich kaum merklich, während er scheinbar konzentriert den Kopf weiterhin über den Eimer gebeugt hielt. Doch sein linker Mundwinkel zuckte verräterisch, ein Grübchen zeichnete sich in seine Wange. Siedend heiß wurde Alis die Doppeldeutigkeit ihres Satzes bewusst.

Sie biss die Zähne zusammen und merkte, wie sie rot wurde, als Evan zu ihr hochblickte. Belustigung und irgendetwas, das sie nicht ganz deuten konnte, lagen in seinen Augen. Doch er hatte scheinbar Mitleid mit ihr, denn er fragte ruhig: »Wenn Sie das Meer einem Stall vorziehen, was machen Sie dann hier?«

»Ich helfe meiner Mutter ... jedenfalls hatte ich das vor.«

Sie streichelte über Buttercups Nase und straffte sich. »Wieso sagen Sie, dass das hier meine Schuld ist?«

Evan richtete sich auf und schloss die Sonde zurück an die Pumpe. Seine Augen wirkten unter den Stalllampen dunkel, kaum noch blau. »Die Schnitzel hätten mindestens über Nacht einweichen müssen, Miss Rivers, keine zwei Stunden.«

»Aber …« Fieberhaft suchte sie in ihren Erinnerungen nach einem Beweis, dass er im Unrecht war. »Früher, als ich noch hier gelebt habe … ich habe öfter zugesehen und manchmal auch geholfen. Da reichte die Zeit immer aus.«

»Dann habt ihr früher pelletierte Schnitzel benutzt, die müssen nicht so lange einweichen, aber die hier waren lose. Sie haben sich in seinem Magen ausgedehnt, und Pferde können sich nicht übergeben.«

Alis spürte, wie ihr alle Farbe aus dem Gesicht wich. Schnell trat sie einen Schritt zurück, sodass der Pferdekopf sie verbarg, und kraulte die grauen Haare an Buttercups Backen.

Sie nahm Evans Blick in ihre Richtung wahr, deutlich wie eine Berührung, während die leisen, regelmäßigen Geräusche der Pumpe die Stille durchbrachen.

»Sie haben es ja nicht mit Absicht gemacht«, sagte er in beiläufigem Tonfall, der seine wahren Gefühle zu verbergen schien.

»Aber ich hätte es besser wissen müssen, nicht wahr? Mich vorher erkundigen sollen, ehe ich ein altes Pferd füttere.«

»Diese Mischung hätte auch einen Jungspund umbringen können.« Wieder der neutrale Tonfall, der sie mit Scham erfüllte.

Sie sah ihn an Buttercup vorbei an. »Sie sind gnadenlos, was?«

Evan zuckte mit den Schultern, während er weiterpumpte.

»Sie haben Ihre Leidenschaft, ich meine. Tiere sind mir wichtig, und ich mag es nicht, wenn ihnen wehgetan wird.«

Touché, dachte Alis. Er spielte auf ihren Ausbruch vor der Station an. Sie hatte ihm in nicht gerade diplomatischen Worten sein dummes Verhalten an den Kopf geworfen. Jetzt machte er dasselbe mit ihr, nur weniger laut und explosiv, dafür aber umso wirksamer. Ein wütender Anfall wäre ihr lieber gewesen.

Sie hob ergeben die freie Hand und wies schließlich auf den Schlauch. »Kann ich sonst noch irgendetwas tun, um zu helfen? Und bitte sagen Sie nicht, dass ich alles nur noch schlimmer machen würde. So unfähig, wie Sie glauben, bin ich nicht, auch wenn es gerade so wirkt …«

Evan lächelte, nahm den Schlauch wieder von der Pumpe und setzte seine Behandlung fort. Nach einer Weile murmelte er: »Ich halte Sie nicht für unfähig … zumindest nicht auf einem Boot.«

Nun musste auch Alis lächeln. »Wieso nur bin ich nicht geschmeichelt?«

Er hob eine Augenbraue. »Wollen Sie lieber, dass ich lüge?«

Alis zuckte nur mit den Schultern. So unrecht wäre ihr eine Lüge nicht gewesen, ihr schlechtes Gewissen hätte etwas Trost vertragen können.

Er richtete sich auf und begann erneut mit dem Pumpen. Ein paar Stunden, hatte er gesagt, würde das alles dauern, und so langsam, wie sie hier Fortschritte machten, und wie wenig Mageninhalt aus dem Schlauch zurückfloss, hatte sie keine Schwierigkeiten, das zu glauben.

»Ich habe Ihre Ruhe bei dem Einsatz sehr bewundert.«

Alis wollte den Blick senken, zwang sich aber, ihm in die Augen zu sehen: »Bei einem Einsatz auf See bin ich immer ruhig.«

»Anders als an Land?« Er musterte sie, was unangenehm

war. »Ich habe von dem Jungen gehört, der von den Klippen gesprungen ist. Waren Sie bei dem Einsatz dabei?«

»Ja.«

Er nickte und pumpte gemächlich weiter. Dann öffnete er den Mund, als wollte er noch etwas sagen, entschied sich aber dagegen.

Alis verstand aber auch so, auf was er hinauswollte. Sie wollte ihm aber nicht ihr Herz ausschütten. Also zwang sie sich erneut, ihm in die Augen zu blicken, und sagte ausweichend: »Es tut mir leid, dass ich Sie neulich so angefahren habe.«

Evan zuckte mit den Schultern. »Sie hatten Ihre Gründe. So wie ich meine hatte, das Risiko bei den Klippen einzugehen. Sagen wir einfach, wir sind quitt, einverstanden?«

Alis nickte und fand es ein wenig erstaunlich, wie wohl sie sich trotz der angespannten Situation in seiner Nähe fühlte.

Rhys griff nach den Pralinen und Blumen und warf die Autotür zu. Mit zusammengezogenen Brauen ließ er seinen Blick über das himmelblaue Mehrfamilienhaus schweifen und unterdrückte einen Fluch. Die weißen, stuckverzierten Fenster im ersten Obergeschoss waren allesamt dunkel, was seine Laune nicht unbedingt besserte. Das Gefühl, sich hier zum Narren zu machen, nahm noch zu. War Sianna etwa gar nicht zu Hause und ihr Gerede von einem Date tatsächlich nichts als ein dummer Scherz? Er hätte es wissen müssen. Er hätte auf seine Intuition hören sollen, aber nein, er hatte Evans Schwester nicht versetzen können. So offenbarte er sich als Hohlkopf, während Alis zu Hause vermutlich alle Pferde umbrachte.

Sein Blick fiel zu seinem Jeep und dann zurück zum ersten Stock. Vielleicht sollte er zumindest an der Tür klingeln, es war kurz vor sieben, und so dunkel war es draußen noch nicht, dass eingeschaltete Lichter zwingend notwendig wären.

Seufzend sah er die Straße hinunter, um zu überprüfen, ob andere ihn in seinem peinlichen Aufzug sahen, aber da die Luft rein war, ging er auf die andere Seite, den kurzen Zufahrtsweg hinauf und drückte auf die Klingel neben dem Schild »Dr. Sianna Gallaby – Privat«.

Er las den Namen erneut und zog seine Hand zurück. Gallaby? Er hatte angenommen, Sianna würde Davies heißen, so wie ihr Bruder. Sofort kam ihm in den Sinn, dass sie verheiratet war, dass er ein größerer Idiot war als angenommen. Aber Evan hatte ja danebengestanden und nichts dazu gesagt, dass er mit seiner Schwester ausging. Auch musste Sianna wissen, dass er ihren richtigen Namen erfuhr, wenn er sie von ihrer Wohnung abholte. Vermutlich war gar nichts dabei, er kannte ihre Familiensituation schließlich kaum.

Angestrengt lauschte er auf eine Antwort, sein Herzschlag beschleunigte sich, was lächerlich war, bedachte man, dass er nicht mal Lust auf dieses Date hatte.

Sianna wusste schon, warum sie ihn versetzte. Er würde heute auch nicht Zeit mit sich verbringen wollen, nachdem Alis ihn schon bis aufs Äußerste gereizt hatte. Aus dem Nichts tauchte sie hier auf und machte sich breit, als wäre es ihr Heim, dabei hatte sie sich in den letzten zwölf Jahren so gut wie nie blicken lassen. Und zuvor hatte sie auch keinen Hehl daraus gemacht, dass sie es kaum erwarten konnte, von der Farm wegzukommen, egal, wie sehr sie ihre Eltern damit verletzt hatte.

Erneut betätigte er die Klingel und sah auf das darunterliegende Schild »Dr. Sianna Gallaby. Kleintierpraxis«. Sollte er es hier versuchen? Die Fenster im Erdgeschoss waren von Jalousien verdeckt, und er konnte nicht sagen, ob noch jemand da war. Vielleicht hatte sie ja noch etwas in der Praxis zu erledigen?

Was soll's, dachte er und drückte auch diese Klingel. Zu einem noch größeren Idioten konnte er sich wohl gar nicht mehr machen. Doch wie erwartet antwortete auch hier niemand.

Mit einem geknurrten Fluch und seine Faust um die Stiele des viel zu bunten Blumenstraußes geschlossen ging er zurück zum Wagen. Er war sehr versucht, die Blumen und die verdammte Schokolade auf den Boden zu werfen, aber das wäre kindisch.

Er kramte gerade nach dem Autoschlüssel in der Hosentasche, als er hinter sich eine Tür aufgehen hörte.

Sein Herz machte einen Satz, vor seinem geistigen Auge sah er Sianna mit dem frechen Grinsen herauskommen, das er seit ihrer ersten Begegnung im Kopf hatte. Aber als er sich umdrehte, trat ein Mann mit Pferdeschwanz und Vollbart auf den gepflasterten Weg. Er steckte sich eine Zigarette an und lehnte sich erschöpft gegen die Wand neben der Tür. Dabei schaute er zu ihm herüber, und Rhys wusste, was der Mann sah. In seinem Aufzug fand er sich selbst auch lächerlich. Zwar stand er nicht im Anzug da, zuletzt hatte er einen zu Seths Beerdigung vor zwölf Jahren getragen, aber er trug eine schwarze Stoffhose und ein halbwegs gebügeltes Hemd, in dem er wirken musste wie andere Männer im Sonntagsanzug. Dazu noch die Blumen und das verdammte Gel im Haar – er musste hier weg.

»Wollten Sie zu Dr. Gallaby?«, rief der Mann unvermittelt

und deutete zur Tür neben sich. »Sie ist da drinnen. Ich fürchte, unsere Cinderella hat Sie um Ihr Date gebracht.«

Rhys zog verwirrt die Augenbrauen zusammen.

»Sie wurde angefahren.«

Rhys ging auf, dass er hier ja vor einer tierärztlichen Praxis stand. »Ihr Haustier?«, fragte er und ging näher heran. Der Mann, den Rhys auf Anfang vierzig schätzte, nickte unglücklich. »Unsere Katze. Dämliches Ding. Ich glaube nicht, dass da noch etwas zu machen ist. Sie war schon halb tot, als wir sie hierherbrachten. Jetzt ist sie beim Röntgen. Aber gehen Sie nur rein, ich glaube, Dr. Gallaby erwartet Sie schon. Wir haben sie gerade noch erwischt, als sie rausgehen wollte.«

Dann hatte sie das mit dem Date wirklich ernst gemeint? Die ganze Woche über hatte er überlegt, was für eine Frau so mir nichts, dir nichts einen ihr völlig Fremden um eine Verabredung bat, und die einzig logische Erklärung war gewesen, dass sie ihn zum Narren hielt. Aber wenn sie das Date wirklich wollte, was sagte das dann über ihren Verstand? Wer wollte schon Zeit mit ihm verbringen?

»Danke, Mann.« Er nickte dem Fremden zu, öffnete die Tür und fand sich in einem dunklen Flur wieder, von dem eine gefliese Treppe ins Obergeschoss abging. Zu seiner Rechten fiel ein Streifen Licht durch eine nur angelehnte Tür, und als Rhys sie aufschob, fand er sich in einem sanft erleuchteten Warteraum wieder.

Eine Frau mit blondem Dutt saß auf einem der Plastikstühle, die Hände vors Gesicht geschlagen, bebend. Die Empfangstheke war verlassen, die Halogenleuchten darüber brannten nicht, nur die einsame Stehlampe in der Ecke hinter einem Maltisch für Kinder. Von Sianna war keine Spur zu sehen.

~ 116 ~

Rhys räusperte sich, und die Frau fuhr hoch. Aus tränenunterlaufenen Augen sah sie ihn an, schwarze Rinnsale ihrer Schminke flossen über ihre Wangen hinab.

»Oh!«, stieß sie bei seinem Anblick aus und wischte sich fahrig übers Gesicht, was das Make-Up-Malheur noch verschlimmerte.

»Entschuldigen Sie, ich wollte nicht stören.« Er machte Anstalten, sich abzuwenden. Er hatte hier nichts verloren, und vielleicht würde Evan ja die Nummer seiner Schwester rausrücken, aber da sprang die Frau auf.

»Nein! Bitte gehen Sie nicht. Sie sind doch wegen Dr. Gallaby hier!« Sie deutete auf die Blumen und Pralinen in seinen Händen, mit denen er sich so albern vorkam.

»Ich kann ein anderes Mal wiederkommen.«

»Nein, bitte … Sie können ja später noch ausgehen, denn ich fürchte … ich fürchte, bei unserer Cinderella ist nicht mehr viel zu machen.«

Rhys sah in diese verzweifelten Augen und dachte daran, wie schrecklich er sich jedes Mal fühlte, wenn ein Tier in seinem Stall krank wurde. Er ging auf die Frau zu, legte seine Mitbringsel auf einen leeren Holzstuhl und setzte sich neben sie. »Noch wissen Sie nicht, wie schwer verletzt sie ist. Vielleicht wird ja auch alles wieder gut.«

»Es ist nett von Ihnen, das zu sagen, Mr …«

»Nennen Sie mich Rhys.«

Sie versuchte es mit einem Lächeln, aber es fiel recht traurig aus. Er legte ihr die Hand auf die Schulter und wusste nicht mehr, was er sagen sollte. Das musste er auch nicht, denn in diesem Moment ging die Tür neben dem Schild »Behandlungszimmer« auf, und Sianna kam mit kummervoller Miene heraus. Sie sah anders aus als neulich, mit ihrer dezenten Schminke und dem kinnlangen Haar, dessen Spitzen sie nach außen gedreht hatte. Im schwachen Licht der Stehlampe schimmerte es heute eher rötlich als braun. Unter dem weißen Kittel trug sie eine schwarze, sehr eng anliegende Hose mit Stiefeletten und ein beiges, sich an ihren Körper schmiegendes Oberteil. Sie sah fantastisch aus, und Rhys fragte sich noch einmal, was mit ihr nicht in Ordnung war, dass sie sich ausgerechnet mit *ihm* verabreden wollte.

Die Dame an seiner Seite griff unvermittelt nach seiner Hand, und er wusste, dass Siannas Ausdruck ihre schlimmsten Befürchtungen bestätigte. Sianna sah Rhys nur einen Augenblick lang an, schien ihn gar nicht richtig wahrzunehmen und ging dann auf die Frau zu. »Ist Ihr Mann noch da?«

Sie zeigte nach draußen. »Er ist nur schnell an die frische Luft.«

Rhys erhob sich. »Ich hole ihn«, bot er an, aber er war kaum aufgestanden, da kam der vollbärtige Mann von vorhin zur Tür herein.

Sianna atmete sichtlich ein und straffte sich. »Mrs und Mr Thomas, es tut mir wirklich schrecklich leid, aber es steht sehr schlecht um Cinderella. Das Röntgen hat multiple Frakturen gezeigt, außerdem einen Liquidothorax. Das bedeutet, dass sie Flüssigkeit im Brustraum hat – ich habe den Verdacht, dass sie in den Brustraum blutet.«

»Sie muss eingeschläfert werden?«, japste die Frau, und Sianna nickte unglücklich. Sie sprach sehr ruhig, und der leichte Singsang ihres Akzents, der nicht ganz so stark ausgeprägt war wie bei ihrem Bruder, verlieh ihren Worten eine noch sanftere Note.

»Es wäre das Beste. Sie ist im Moment sediert, aber wir sollten sie nicht unnötig lange leiden lassen.«

»Oh Gott, meine arme Cinderella!« Die Frau sprang auf und sah hilflos durch die Runde. »Und wenn wir sie in eine Klinik bringen? Wenn man sie behandelt und …«

»Mrs Thomas.« Sianna ging auf sie zu. »Cinderella würde es höchstwahrscheinlich nicht bis zur nächsten Klinik schaffen, und meiner Meinung nach würde es auch nichts mehr bringen. Ich habe hier auch einen OP, aber manches schadet leider mehr, als es nützt. Es tut mir sehr leid, ich denke nicht, dass sie sich von den Eingriffen erholen würde. Aber es ist natürlich Ihre Entscheidung.«

»Dann machen Sie es.« Mr Thomas legte einen Arm um seine Frau und wies zum Behandlungszimmer. »Erlösen Sie sie.«

»Möchten Sie dabei sein?«

»Nein!«, rief Mrs Thomas. »Das halte ich nicht aus.«

»Wollen Sie sich denn zuvor noch verabschieden?«

»Ich behalte sie lieber in Erinnerung, wie sie mir tote Mäuse ins Haus bringt oder sich in meinem Schoß zusammenrollt und sich streicheln lässt. Ich kann sie so nicht sehen … betäubt … sterbend …«

»Und ich bleibe bei meiner Frau«, erklärte Mr Thomas, der seine Gattin an seine Brust zog.

Sianna zögerte kurz und sah zwischen den beiden hin und her. Dann nickte sie. »Wie Sie möchten.« Sie blickte zu Rhys, und zum ersten Mal schien sie ihn wirklich wahrzunehmen. Aus braunen traurigen Rehaugen sah sie ihn direkt an, und Rhys schob unsicher seine Hände in die Hosentaschen.

»Soll ich warten?« Verdammt. Er hörte selbst die Hoffnung in seiner Stimme, Hoffnung, sie doch noch ausführen zu dürfen, Zeit mir ihr zu verbringen. Er war kein Mensch, der auf irgendetwas hoffte. Schon gar nicht darauf, dass eine Frau wie Sianna ihn mochte. Er war kein Mann, auf den Frauen flogen. Wenn er vorbeiging, fielen sie nicht scharenweise in Ohnmacht. Eher duckten sie sich, was sicher nicht an seiner stolzen Körpergröße von eins zweiundsiebzig lag. Wenn eine Frau sich doch für ihn interessierte, kam sie früher oder später darauf, dass er ein kaltherziges Arschloch war. Das letzte Mal hatte er in der Schule eine feste Freundin gehabt, aber das war unschön zu Ende gegangen. Vielleicht hätte er den Abschlussball nicht vergessen sollen, aber Seth war da gerade zwei Jahre tot gewesen, und Joan hatte seine Hilfe gebraucht. Seitdem hatte er eigentlich nur flüchtige Liebeleien gehabt. Hin und wieder hatte er eine Nacht mit Rosamund Goldbloom, seiner früheren Geografielehrerin, verbracht, aber das hatte für ihn schnell den Reiz verloren.

Doch Sianna schickte ihn nicht weg – sie sah über die Schulter zu ihm zurück, eine Strähne ihres Haars tanzte um ihren Mund, und ein zaghaftes Lächeln spielte um ihre dezent geschminkten Lippen. »Du könntest mir auch helfen.«

Rhys sah zum Thomas-Ehepaar, das gerade eng umschlungen Platz nahm, und zurück zu Sianna. »Okay« war alles, was er herausbrachte, bevor er Sianna in den Behandlungsraum folgte. Er sah die getigerte Katze sofort auf dem weißen Tisch, sie lag in Seitenlage, ihre Atmung schien sehr schwerfällig zu gehen. Stellenweise war ihr Fell von eingetrocknetem Blut verklebt.

»Desinfizier dir die Hände.« Sianna wies zum Waschbecken neben der Tür und streifte sich selbst Handschuhe über.

Rhys trat zu der langen Reihe an Schränken, die die gesamte Wandseite einnahm, und griff nach dem Desinfektionsmittel.

»Hast du ruhige Hände?«, fragte sie in seinem Rücken.

Rhys sah zu ihr zurück. »Der alte Rivers hat das zumindest

immer behauptet. Er ließ mich die jungen Pferde zureiten, weil meine ruhige Hand das Maul weich hält.«

Sianna nahm etwas aus einem der Hängeschränke und bereitete dann eine Spritze vor. »Es tut mir leid, dass der Abend so anfängt.«

Warum, wollte er fragen. Es war ja nicht so, als wäre er bei ihrer ersten Begegnung ein Ausbund an Höflichkeit gewesen.

»Kannst du ihr Vorderbein festhalten, während ich den Katheter lege?« Sie drehte sich zu ihm um, und Rhys verteilte schnell das Desinfektionsmittel auf seinen Händen und ging zu ihr.

»Genau hier. Schön festklammern, um die Vene zu stauen.«

Rhys umfasste das reglose Vorderbein der Katze mit festem Griff und überwand seine Hemmungen, diesem wehrlosen Geschöpf wehzutun. Sie spürte kaum noch etwas, und er musste ihr das Blut abschnüren. Dabei beobachtete er Siannas konzentriertes Gesicht, ihre schlanken Hände, die sicher arbeiteten und ohne große Mühe den Katheter setzten. Er wusste, das war bei einem sedierten Tier nicht einfach, da der Kreislauf im Keller war. Wenn man auf einer Farm aufwuchs und sein ganzes Leben dort verbrachte, kam man nicht umhin, ein paar grundlegende Dinge über Veterinärmedizin zu lernen. Er sah auch, wer etwas taugte und wer nicht.

»Ich muss mich bei Ihnen … bei dir … entschuldigen, Sianna.«

Sie sah nicht zu ihm auf, griff nach der Spritze und injizierte die Lösung in den Katheter. Rhys wusste, dass dies erst die Narkose war, er hatte schon mehrmals mit ansehen müssen, wie Tiere eingeschläfert wurden.

»Wofür?« Sie streichelte der Katze über den Rücken und murmelte etwas Unverständliches, Zärtliches.

»Mein Verhalten.«

Flüchtig sah sie zu ihm auf, das grelle Licht über dem Behandlungstisch spiegelte sich im Braun ihrer Augen, sodass es wie Bernstein schimmerte. »War was damit nicht in Ordnung?«

Rhys biss die Zähne zusammen. Sie wollte es ihm also nicht leicht machen, ihn kriechen sehen. Darauf konnte sie lange warten …

»Was passiert mit der Katze, wenn das alles vorbei ist?«

Sianna zuckte mit den Schultern. »Sie bleibt hier und geht zur Tierkörperverwertung. Vielleicht wollen die Besitzer sie aber auch kremieren lassen.« Sie richtete sich auf und griff nach einer zweiten Spritze. »So, meine Süße, gleich ist es vorbei. Bald tut dir nichts mehr weh, und du kommst in den Katzenhimmel, wo du in einem Bach Fische fängst und dir die Mäuse zulaufen.« Sie streichelte ihr noch einmal übers Köpfchen, atmete sichtbar ein und injizierte schließlich die zweite Lösung.

Rhys presste die Lippen aufeinander und streckte die Hand aus. Kurz bevor er aber das Fell berührte, zog er sie wieder zurück.

»Du kannst sie ruhig streicheln.«

Er sah auf und traf Siannas Blick. Sie nickte ihm auffordernd zu, und Rhys glitt mit seinen Fingerspitzen durch das weiche Fell. Dabei stellte er sich vor oder zumindest hoffte er, dass Cinderella irgendwie wusste, dass sie nicht allein war.

Sianna sah ihn noch kurz an, nahm dann ihr Stethoskop vom Hals und lauschte auf die schwindenden Herztöne.

Er wusste nicht, wie viel Zeit verging, sie standen einfach nur schweigend da, beobachtend und lauschend, ohne dass die Stille unangenehm war. Eher hatte die Ruhe etwas Friedvolles, da war so eine Art Verbindung zwischen ihnen dreien, die es ihm erlaubte, an nichts anderes zu denken. Die Farm, Alis, all das, was ihn beschäftigte, geriet in den Hintergrund, er hörte nur Siannas leises, regelmäßiges Atmen, und ohne bewusste Entscheidung passte er seine Atemzüge den ihrigen an. Er sah ihr ins Gesicht, betrachtete den Schwung ihrer Wangenknochen, die kleine Stupsnase, die aus dem Haar hervorlugenden Ohrenspitzen, die ihr etwas Elfenhaftes verliehen … Er hatte sich nicht vorstellen können, wie ein so zartes Wesen ein Tier unter Kontrolle halten könnte, aber mittlerweile glaubte er, dass ihr nicht nur Menschen verfielen. Diese Katze hatte Glück, Sianna als letzte Wegbegleiterin zu haben, ihre leise Stimme zu hören und hinfortzudriften.

»Das war's.« Unvermittelt richtete Sianna sich auf, steckte ihr Stethoskop ein und gab sich bemüht gefasst, auch wenn er ihr an den fahrigen Händen ansah, dass Cinderellas Tod ihr naheging.

»Ist alles …?«

Sie machte einen Schritt vom Behandlungstisch zurück. »Ich muss mit den Besitzern noch etwas Papierkram erledigen und mich dann noch um Cin… die Katze kümmern. Geh schon mal in meine Wohnung, im Kühlschrank steht Bier. Ich komme gleich nach.« Sie wies zu einem Schlüsselbund auf der Arbeitsplatte und rauschte hinaus.

Rhys stand einen Moment lang nur verdattert da. Sie hatte es wirklich drauf, Befehle zu erteilen, Elfe hin oder her.

Da Rhys nicht wusste, was er sonst machen sollte, nahm er den Schlüssel und ging mit einem letzten Blick auf Cinderella zurück in den Warteraum. Mr und Mrs Thomas saßen immer noch bedrückt auf den Wartestühlen, während Sianna den Computer an der Empfangstheke hochfuhr. Keiner von

ihnen schenkte ihm Beachtung, sie schienen gar nicht zu bemerken, dass er da war, und so ging er in den Flur hinaus und
die Treppe hoch ins erste Obergeschoss.

Eine einzelne, weiß lackierte Holztür ging vom mit Pflanzen vollgestellten Vorraum aus ab. Rhys testete, ob sie geöffnet
war, und versuchte es erst dann mit dem Schlüssel.

Was sich ihm in der Wohnung offenbarte, ließ ihn schockiert innehalten.

»Wow«, flüsterte er, tastete nach dem Lichtschalter und
kniff kurz die Augen zu. Nicht wegen der plötzlichen Hellig-
keit, sondern weil das Chaos im deutlichen Licht noch un-
erträglicher war.

Langsam schob er die Tür hinter sich zu und trat über mindestens ein Dutzend Paar Schuhe, die über den Boden verteilt
unter der Garderobe des Vorraums lagen. Auch eine Jacke, ein
Pullover und zwei Handtaschen entdeckte er in dem Haufen.

Er ging weiter ins Wohnzimmer, wo die unter Kleidung und
Zeitschriften verschwindende Couch mitten im Raum seinen
Weg versperrte. Auf dem Beistelltisch standen eine mit Zerea-
lien gefüllte Schüssel und ein Glas, in dem noch etwas Saft war.
Daneben eine leere Packung Chips, eine angebrochene Tafel
Schokolade und eine leere Flasche Mineralwasser. Nichts in
diesem Raum schien zusammenzupassen, der Wohnschrank
war in einem hellen Holz gehalten, während daneben eine an-
tik anmutende Kommode aus Eiche stand. Die Bücherrega-
le, in denen nicht nur Bücher, sondern auch kitschige Feen-,
Elfen- und Einhornfiguren Platz fanden, waren aus hellem
Ahorn. Die Vorhänge an den beiden doppelflügeligen Fenstern
waren auch komplett verschieden, und der knallig rosa Stoff
stach sich mit der roten Couch. Es kam ihm so vor, als hätte Sianna lustlos von einem Flohmarkt alles zusammengesucht, was

sie brauchen könnte, und dann hier reingeworfen. Sie konnte sich hier unmöglich zu Hause fühlen. Brauchte denn nicht jeder Mensch einen Ort, wo er sich wohlfühlte?

Reglos sah er die Unordnung und das … gewöhnungsbedürftige Ambiente an, dann schüttelte er den Kopf und begann, ohne lange zu überlegen, die Teller und Schüsseln mit den Speiseresten einzusammeln. Mit dem Ellbogen schaltete er das Wohnzimmerlicht ein und entdeckte auf der anderen Seite des Raums das Schimmern von Edelstahl. Ein Rundbogen führte in die u-förmige Küche, die aber nicht besser aussah. Töpfe auf dem Herd, benutzte Teller und Gläser in der Spüle, Verpackungen von Fertiggerichten, Cornflakesschachteln und Wasserflaschen auf der Arbeitsplatte und weitere Einhörner in einem Schrank, in dem eigentlich Gläser stehen sollten.

Doktor Sianna Gallaby, die ihn nicht nur einmal sprachlos gemacht hatte, war also ein Schmutzfink und eine Kitschsammlerin. Wer hätte das gedacht?

Es war schwer, einen Platz für die Reste aus dem Wohnzimmer zu finden, und er schob mit seinen Unterarmen die Kaffeemaschine zurück, um die Hände frei zu bekommen. Dann machte er sich auf die Suche nach dem Mülleimer und dem Geschirrspüler. Den ersten fand er schnell unter der Spüle, aber einen Geschirrspüler schien sie nicht zu haben. Also griff er nach Spülmittel und einem Schwamm und machte sich an die Schadensbegrenzung. Er wusste gar nicht wieso, aber er konnte nicht untätig in einer solchen Wohnung warten, vor allem da er halb damit rechnete, von etwas Lebendem zwischen dem Geschirr angefallen zu werden. Außerdem schienen die Figuren ihn mit ihren Blicken zu verfolgen.

Er war bestimmt kein Perfektionist, seine Bücher zu Hause waren nicht alphabetisch sortiert oder so, aber er mochte Ordnung. Wenigstens ein Mindestmaß.

Er war gerade dabei, die medizinischen Zeitschriften im Wohnzimmer zusammenzulegen, als Sianna zur Tür hereinkam. Gekonnt trat sie über den Schuhhaufen, zu dem er noch nicht gekommen war, und blieb dann bei seinem Anblick abrupt stehen. Ihre Augen verengten sich, sie ließ ihren Blick durch die Wohnung schweifen und zuckte schließlich mit den Schultern. »Ich tue jetzt mal so, als wäre das nicht voll merkwürdig.« Sie ging an ihm vorbei zur Küche, und er hörte sie ob der Sauberkeit dort nach Luft schnappen.

»Wolltest du kein Bier?«, rief sie deutlich misstrauisch.

Rhys legte die letzte Zeitschrift auf den Stapel und ging zu ihr. »Ich habe den Kühlschrank nicht gefunden.«

Sie schoss ihm einen Blick zu. »Sehr witzig. Ich habe eben nicht viel Zeit.«

»Weil du gestrandete Wale retten musst?«

»Genau. Das ist nur eine meiner Freiwilligentätigkeiten.« Sie holte zwei Flaschen Bier aus dem Kühlschrank, nahm einen Öffner aus einer der Schubladen, machte sie auf und reichte ihm dann eine.

»Hat er's denn geschafft?«, fragte Rhys und rührte sein Bier nicht an. »Der Wal?«

Sianna lächelte ihm zu. »Sie ist gesund und munter.« Ihr Blick verdüsterte sich zusehends, war plötzlich in sich gekehrt. »Was man von Cinderella nicht behaupten kann.« Mit einem Stöhnen lehnte sie sich gegen die Arbeitsplatte und nahm mit geschlossenen Augen einen kräftigen Schluck. Das linke Bein hatte sie in den eng anliegenden Hosen angewinkelt, das Top schmiegte sich an ihren flachen Bauch, und obwohl es nicht besonders weit ausgeschnitten war, zeigte es doch deutlich ihre üppige Oberweite. Sie streckte die Brust hinaus, während sie mit einem Ellbogen auf der Arbeitsplatte hinter ihr lehnte und sich leicht zurücklegte, immer noch das Bier an den Lippen. Ihr kastanienfarbenes Haar war zurückgefallen und offenbarte ihren schlanken, gestreckten Hals. Er betrachtete sie, konnte seinen Blick nicht abwenden, als sie sich plötzlich aufrichtete und ihn direkt ansah. »Wo ist meine Schokolade?«

Rhys blinzelte schnell, versuchte zu verbergen, dass er sie angestarrt hatte. »Was?«

»Ich habe dir doch gesagt, du sollst mir Schokolade mitbringen.«

»Die ist unten im Wartezimmer. Genauso wie die Blumen.«

Sie stöhnte qualvoll und presste sich zwei Finger gegen die Stirn, als hätte sie Kopfschmerzen. »Wie soll ich den Abend ohne Schokolade überstehen?«

»Vielleicht sollte ich gehen.« Rhys stellte das Bier neben ihr ab und wollte sich abwenden, als sie ihre Hand auf seinen Unterarm legte.

»Ich will nicht, dass du gehst.«

Die Worte durchzuckten ihn mindestens genauso wie ihre Berührung auf seiner Haut. »Willst du noch ausgehen?« Seine Stimme war rau, aber er verbot sich, sich zu räuspern, und nahm stattdessen doch einen Schluck Bier. »Ich habe einen Tisch in Pembroke reserviert.« Nur konnte er im Moment nicht an Essen denken.

Sie sah durch ihre langen Wimpern zu ihm auf. »Nein. *Du* musst als meine Schokolade herhalten.«

Rhys hob eine Augenbraue, versuchte in ihrem Gesicht zu lesen. »Flirtest du immer, nachdem du ein Tier eingeschläfert hast?«

»Ich finde immer Wege, die Schattenseiten meines Berufs zu vergessen. Und das hier ist kein Flirten.«

»Was ist es dann?«

»Verführung.«

Rhys verschluckte sich fast. Er wusste nicht, was er sagen sollte, er starrte sie nur an und zweifelte ernsthaft an seinem Verstand. Oder an ihrem. Zuerst ihr Verhalten auf der Farm, und jetzt das hier. Sie wickelte ihn um den kleinen Finger, und dem Triumph in ihren Augen nach zu schließen, war sie sich dessen nur zu sehr bewusst. Es ärgerte ihn gleichermaßen, wie es ihn erregte. Sie müsste nur an ihm hinabsehen und wüsste, wie groß ihr Erfolg nach so kurzer Zeit war, aber er war es leid, von ihr aus der Fassung gebracht zu werden. Sie wusste, woran sie bei ihm war, gutes Benehmen und Gentleman-Getue waren nicht sein Ding.

Ohne den Blick von ihr zu nehmen, nahm er ihr die Bierflasche aus der Hand und stellte sie neben ihr ab. Neugierde und vielleicht auch ein Hauch von Wachsamkeit blickten ihm aus ihren großen braunen Augen entgegen. Rhys trat dicht vor sie hin und hielt ihre Schultern fest.

Mit nun deutlicher Überraschung, aber auch einem Funkeln, das er als freudige Erregung interpretierte, sah sie zu ihm auf. Er umfasste ihr Kinn, damit sie sich nicht wegdrehen konnte, und senkte seine Lippen auf ihre.

Sianna erstarrte, er spürte es deutlich, aber er küsste sie einfach weiter, nicht zu fest, aber auch nicht zu zart. Er strich mit seiner Zunge über ihre Lippen, brachte sie dazu, ihren Mund zu öffnen, und dann küsste er sie langsam und tief, den Geschmack ihres Lippenstifts schmeckend – ein wenig erstaunt darüber, wie gewaltig dieser simple Kuss ihn selbst in Aufruhr versetzte. Er vergaß, dass er ihr eine Lektion erteilen und die Oberhand gewinnen wollte, sondern erinnerte sich daran, wie lange es her war, eine Frau berührt zu haben. Er spürte nur ihre Zunge, die seine umtanzte, und ihren Körper, als er noch näher trat und sich zusammenreißen musste, um sie nicht fest an ihn zu pressen. Das musste er auch nicht, Sianna schmiegte sich ganz von selbst an ihn, rieb ihren Unterleib an der deutlichen Wölbung seiner Hose, und er konnte nicht länger an sich halten.

Ohne den Kuss zu unterbrechen, hob er sie hoch auf die Arbeitsplatte, trat zwischen ihre Beine und ließ seine Lippen von ihrem Mund zu ihrer Wange und hinunter zu ihrem Hals gleiten. Sie gab ein Keuchen von sich, das ihm wie kleine Elektroschocks durch und durch ging. Es brachte ihn dazu, seinen Griff in ihrem Nacken und an ihrem Brustkorb zu verstärken. Ihre Haut am Hals roch blumig nach einem Duschgel, und er atmete ihren Duft ein, während seine Lippen weiter hinabglitten zu ihrem Schlüsselbein. Ihre Hände krallten sich in die Muskeln seiner Oberarme, die fast schon schmerzhaft angespannt waren, so sehr rang er um Beherrschung. Ihr Atem beschleunigte sich hörbar, seine Hand strich von ihrem Rippenbogen hoch zu ihrer Brust, nicht mehr zurückhaltend, sondern fest und fordernd. Er hatte das Gefühl, gleich zerspringen zu müssen, seine Hüften drängten nach vorne, pressten sich gegen ihren Schritt, und ein tiefes Stöhnen entfuhr ihm.

Sianna keuchte auf, grub ihre Finger in sein Haar und führte seinen Kopf zurück zu ihr, um ihn zu küssen. Rhys presste sich gegen sie, seine Hand glitt unter ihr Top, er spürte sie bei seiner Berührung auf ihrer weichen Haut erschaudern. Ihr BH war aus einem dünnen seidigen Material, durch das sich ihre erregt aufgerichteten Brustwarzen drückten. Er strich mit einem Finger darüber, umspielte sie, während ihre feste Brust in seiner Hand lag.

Er drohte den Verstand zu verlieren, konnte nicht glauben, was er hier tat, nur dass er nicht aufhören konnte, dass er mehr von dieser faszinierenden Fremden wollte.

Aber gerade als er zurück zu ihrem Rücken strich und ihr den BH öffnen wollte, drückte sie ihre Hände gegen seine Schultern und schob ihn von sich.

Rhys blickte auf und sah ihr ins erhitzte Gesicht. Fiebrig, aber auch etwas erschrocken sah sie ihn an, und er wusste, dass sie eine Entscheidung treffen mussten. Sie sahen sich in die Augen, um Atem ringend und um Kontrolle bemüht. Aber Rhys war klar, wenn er jetzt etwas sagte oder sie sprechen ließe, würde das hier enden. Ein Wort würde den Moment zerstören. Sie würden einen Grund finden aufzuhören, an Vernunft festhalten, sich daran erinnern, dass sie sich nicht kannten.

Es war eine stille Konversation, die zwischen ihnen hin und her ging. Er wusste nicht, wie lange sie so dastanden, bis sie in einer ebenso stummen Übereinkunft den Verstand zum Teufel schickten. Sie wollten nicht reden. Sie wollten nicht aufhören.

Ihre Münder prallten aufeinander. Sianna schlang ihre Beine um seine Hüften, krallte ihre Hand in sein Hemd und zog ihn nah an sich, klammerte sich an ihm fest, während er sie beinahe verzweifelt küsste.

Wie hatte er so lange darauf verzichten können? Wieso hatte sie solch eine Wirkung auf ihn?

Sie knöpfte sein Hemd auf, und er fühlte sich nicht länger wie der mürrische Stallmeister, für den ihn alle hielten und dessen Identität er ohne große Gegenwehr angenommen hatte, sondern wie ein Teenager, der das alles zum ersten Mal erlebte – mit einer Intensität, die fast schon zu viel war.

Ihre Hände strichen ihm das Hemd von den Schultern, glitten über die harte Wölbung seiner Brust hinunter zu seinem Bauch, seine Muskeln zogen sich unter ihrer Berührung zusammen. Geschickt öffnete sie den Knopf seiner Stoffhose, zog den Reißverschluss hinunter und wollte hineinfassen, als er mit einem Fluch ihr Handgelenk packte. Zum ersten Mal kam die Befürchtung in ihm auf, es nicht zu Ende bringen zu können, das alles hier zu vermasseln.

Ein Lächeln huschte über ihre Lippen, als sie sich auf die Ellbogen zurücklehnte und herausfordernd zu ihm aufsah. Sie wusste, was sie mit ihm machte, und er wollte sie ebenso an den Rand der Selbstkontrolle bringen. Nein, er wollte sie darüber hinausstoßen.

Mit einem leisen, vielleicht sogar etwas gemeinen Lachen trat er wieder näher zu ihr, zog ihr das Top über den Kopf und warf es zur Seite. Sie selbst schüttelte ihre Stiefel ab, während er sie hastig von ihrer Hose befreite. Er wusste, dass das Lächeln auf seinen Lippen sofort erstarb und unverhohlene Begierde in seinem Blick lag, als er sie nun betrachtete.

Der blassblaue BH, der fast schon durchsichtig war und nur mit wenigen Blumenstickereien ihre Brust verbarg, hob sich sanft von ihrer milchigen Haut ab. Sie trug auch das passende Höschen, und sein Blick verharrte am Dreieck zwischen ihren Beinen. Mit einem Grinsen verschränkte Sianna die Beine. »Erst will *ich* was sehen.« Sie deutete mit dem Kinn zu seiner offenstehende Hose, schon wieder kehrte sie die Befehlshaberin heraus. Mit einem unverhohlen schadenfrohen Lächeln schüttelte er den Kopf und schloss den Reißverschluss und den Knopf.

»Erst wenn ich mit dir fertig bin.«

Ihre Augen weiteten sich, sie richtete sich aus ihrer provozierend räkelnden Pose auf und wollte von der Arbeitsplatte gleiten, aber da trat Rhys vor sie hin, legte seine Hände auf ihre Hüften und hielt sie, wo sie war.

Langsam und ohne seinen Blick von ihr zu nehmen, ließ er seine Finger tiefer gleiten, umklammerte ihre Oberschenkel und drückte sie mit sanfter Kraft auseinander, damit er zwischen sie treten konnte.

»Hast du damit ein Problem?«, fragte er heiser.

Sianna starrte ihn aus lodernden Augen an, was er als Nein auffasste. Also ließ er seine Hand ihren Schenkel hochgleiten, berührte ihre Haut nur mit den Knöcheln. Er hielt ihren Blick gefangen und schob einen Finger unter ihr Höschen, ein Stöhnen unterdrückend, als er spürte, wie bereit sie für ihn war.

Sianna keuchte auf, hielt sich erneut an seinen Oberarmen fest und legte den Kopf in den Nacken, als er mit ihr spielte.

Rhys beugte sich vor, saugte und knabberte an ihrem dargebotenen Hals, auch wenn er das Gefühl hatte, jeden Moment zu zerbersten. Aber er hatte vermutlich nur diese Momente mit ihr, er machte sich nicht die Illusion, dass Sianna durch die Gegend lief und Männer auf Dates und in ihre Wohnung einlud, weil sie dauerhafte Beziehungen anstrebte. Sie würde wieder verschwinden, so wie alle anderen auch. Also würde er das Beste daraus machen und sich nicht von einem Ständer Eile diktieren lassen.

Er wollte die kommandierende, selbstbewusste Sianna von der Farm zum Schreien bringen, die ruhige, kompetente Sianna aus der Praxis schmelzen sehen.

Ein Zittern fuhr durch ihren Körper, und Rhys ließ einen weiteren Finger in sie gleiten, rein, raus, während er sie umspielte und neckte. Kleine, hohe Laute mischten sich in jeden ihrer Atemzüge, und Rhys presste fest die Augen zu.

»Oberste Lade neben der Spüle«, stieß sie plötzlich aus, ohne aufzusehen.

Rhys reagierte nicht, er war zu gefangen in seinem Rhythmus, presste seine Lippen fest in die Mulde zwischen ihrem Hals und ihrer Schulter.

Aber Sianna trommelte gegen seine Schultern. »Verdammt, Rhys, mach schon!«

Er wusste, was sie wollte, aber zuerst würde er sie über die Kante stoßen. Ein Plan, den er ohne Dr. Sianna Gallaby gemacht hatte.

Ihre Fingernägel gruben sich schmerzhaft in seinen Hals, und er blickte verblüfft auf.

»Ich schwöre dir, wenn du nicht sofort ein Kondom aus dieser Lade nimmst, kannst du dich unten in der Praxis mit meiner Schokolade trösten!«

Ja, sie war verdammt herrschsüchtig, und in solchen Momenten kam auch ihr Akzent deutlicher heraus. Diesmal konnte er nicht anders, als zu gehorchen. Er durchwühlte die Schublade, in der sich Medikamente befanden, fand eine noch verschlossene Packung Kondome, riss sie auf und nahm sie mit. Er stellte die beiden Bierflaschen zur Seite, platzierte die Schachtel neben ihnen, beugte sich über Sianna und wollte sie küssen, als sie ihm gegen die Brust drückte.

»Nur weil sie da liegen, heißt das nicht, dass sie etwas bringen.«

Rhys stöhnte auf. »Später, zuerst will ich …«

»Jetzt!« Sein Hosenknopf flog erneut auf, mit einem gefährlichen Ratsch riss sie den Reißverschluss hinunter, und bevor er wusste, wie ihm geschah, hatte sie ihn in ihrer Hand. Die

Luft entwich ihm mit einem scharfen Zischen, er musste sich mit zusammengebissenen Zähnen an der Arbeitsplatte festklammern.

»Es wird Zeit, dass du deine eigene Medizin zu schmecken bekommst.« Sie ließ ihre Hand rauf und runter gleiten, aber Rhys hielt sie auf.

»Du hast gewonnen.« Er griff nach einem Kondom und streifte es über, sein Herz pochte wie ein Vorschlaghammer gegen seine Brust. Seine Hand glitt in ihren Rücken, er wollte ihr den BH öffnen, als er etwas anderes ertastete. Einen Ring an einer Kette. Er führte ihn nach vorne, sah goldenes Schimmern – es war ein Ehering –, und von einem Moment zum anderen schien Eiswasser durch seine Adern zu strömen.

Was zur Hölle? Ihr Name kam ihm wieder in den Sinn, seine Gedanken rasten, suchten nach Erklärungen.

Aber da riss Sianna seine Hand weg und schubste den Ring zurück, sodass er auf ihrem Rücken lag. »Erbstück meiner Großmutter«, sagte sie, schlang ihre Beine um seine Hüften, positionierte ihn in ihrer Mitte und schob sich langsam auf ihn.

»Verdammt.« Ein Knurren entfuhr ihm, seine Stirn fiel auf ihre Schulter, und er musste regungslos verharren, um sich zu beherrschen.

Alles andere war vergessen, da war nur noch ihre Enge, die ihn umschloss, ihre warme Haut unter seinen Händen und ihr Atem auf seinem Gesicht. Quälend langsam zog er sich zurück und drang wieder in sie ein, jedes Mal ein bisschen tiefer, bis sie ihn ganz aufgenommen hatte. Sie fühlte sich so gut an. Er wollte ewig so weitermachen. Hätte er auf dem Weg hierher gewusst, wie dieses Date ablaufen würde, hätte er sich nicht die Laune verderben lassen. Sie war so anders als alle

Frauen, die er bisher gekannt hatte, und in diesem Moment war sie sein.

Er erhöhte sein Tempo, und Sianna bestimmte es mit ihren Schenkeln an seinem Hintern mit. Sie vergrub ihre Finger in seinem Haar, fauchte mit jedem Stoß durch die Zähne, bis er sie erschaudern spürte und sich ihre Muskeln wellenartig um ihn herum zusammenzogen und wieder losließen. Sie vergrub ihr Gesicht an seiner Brust, und ein kleiner, hoher Schrei entfuhr ihr, zu viel für seine Selbstbeherrschung. Er rammte sich noch zweimal in sie hinein, dann fiel auch er auseinander, so gewaltig, dass er beinahe über ihr zusammenbrach.

Um Atem ringend hielten sie sich eng umschlungen, bis Rhys das Gefühl hatte, wieder sicher stehen zu können. Er zog sich aus ihr zurück, nahm das Kondom ab und warf es in den Mülleimer unter der Spüle. Als er sich wieder zu ihr umdrehte und sie in ihrer Unterwäsche von der Arbeitsplatte rutschen sah, mit einem seltsam verletzlichen Blick in ihren Augen, zog sich ihm das Herz zusammen.

»Alles okay?« Er schloss seine Hose und ging besorgt näher. »Ich weiß, das war eher ein Sprint, aber das nächste Mal ...«

»Das nächste Mal?« Sie legte den Kopf schief, und ein Lächeln erhellte ihr Gesicht. Die Spitzen ihrer leicht abstehenden Ohren blickten aus ihrem zerzausten Haar, und sie war wieder durch und durch die freche, selbstbewusste Sianna, die er kannte.

»Es sei denn, du willst, dass ich gehe?«

Sianna wog den Kopf hin und her, als müsste sie nachdenken. »Wenn du versprichst, mein Chaos in Ruhe zu lassen, und mir die Schokolade aus der Praxis holst, darfst du sogar für immer bleiben.«

Rhys sah sie an und versuchte ihre Worte zu verstehen.

Aber er kam schnell zu der Erkenntnis, dass er sie wohl nie kapieren würde, und so hob er sein Hemd auf, zog es über und ging hinunter zur Praxis, ein Lächeln im Gesicht, denn er würde wieder zu ihr zurückgehen.

✳

»Das war's, es sollte reichen.« Evan stellte den Eimer zur Seite, umschlang den Pferdekopf und begann langsam, den Schlauch aus der Nase zurückzuziehen. Alis wand sich unbehaglich, als würde er die Prozedur an ihr durchführen. »Geht's ihm wirklich wieder gut?«

Evan nickte konzentriert und arbeitete langsam weiter. »So weit ja. Er ist alt, und seine Gesundheit wird generell nicht besser. Ich muss morgen nach einem der Einstellerpferde sehen, das sich auf der Koppel verletzt hat. Dann werfe ich auch noch mal einen Blick auf Buttercup.«

»Danke. Vielen Dank, Mr Davies. Ich weiß nicht, was ich ohne Sie …«

»Was zur Hölle ist hier passiert?!« Die dröhnende Stimme durchfuhr die nächtliche Stille des Stalls, und ehe Evan seinen Griff verstärken konnte, riss Buttercup erschrocken den Kopf hoch. Die Sonde machte einen Ruck, er wusste, dass sie das Siebbein traf, noch ehe das Blut aus dem Nasenloch rann.

Joan Rivers keuchte beim Anblick des roten Rinnsals erschrocken auf, das wie ein aufgedrehter Wasserhahn floss. Alis sah aus großen Augen von ihrer Mutter zu Buttercup und dann zu ihm. So hilflos hatte sie das letzte Mal vor der Station gewirkt.

»Keine Sorge, das hört gleich wieder auf.« Er zog die Sonde vollständig heraus und schob den Eimer mit dem Mageninhalt unter Buttercups Nase, um einen Großteil des Blutes aufzufangen. »Es sieht wirklich schlimmer aus, als es ist.«

»Warum sind Sie überhaupt hier?«, verlangte Mrs Rivers zu erfahren. Dabei sah sie aber nicht Evan an, sondern ihre Tochter, mit einem deutlichen Vorwurf im Blick.

Alis öffnete den Mund und suchte sichtlich nach Worten. »Mum, ich …«

»Er hatte … eine leichte Kolik«, sprang Evan ihr zu Hilfe, auch wenn er gar nicht richtig wusste, wieso. Vielleicht weil er Alis während der letzten Stunden schon genug auf ihren Fehler hingewiesen hatte oder weil Joan Rivers gerade etwas gänzlich Ablehnendes ausstrahlte, als sie ihre Tochter ansah. Am wenigsten gefiel ihm allerdings, die Frau, die ihm das Leben gerettet hatte und bisher um kein Wort verlegen gewesen war, so hilflos dastehen zu sehen. »Wir haben alles im Griff.«

»Eine Kolik?« Mrs Rivers trat in die Box zu Buttercup. »Aber was hat er denn gefressen? Wieso hast du mich nicht geholt, Alis? Und wo ist Rhys?«

»Ich habe das Füttern für ihn übernommen und …«

»Buttercup ist schon sehr alt, so etwas kann passieren, ohne dass irgendjemand schuld ist …«, unterbrach Evan sie, was ihm einen überraschten Blick von Alis einbrachte. Er trat dicht an ihre Seite und fühlte sich dabei selbst etwas albern. Wieso ließ er hier den Beschützer raushängen? Es lag einfach etwas in der Luft. Diese beiden Frauen … Er hätte nie gedacht, Alis wieder so verwundbar zu sehen, in den letzten Stunden, die sie hier Buttercup behandelt hatten, war sie ihm sehr gefasst und stark vorgekommen. Fast so wie auf dem Boot neulich. Und die sonst zwar toughe, aber stets freundliche Mrs Rivers strahlte etwas aus, was nicht minder ungewohnt war.

»Du weißt, wie viel Buttercup uns bedeutet.« Mrs Rivers sah ihrer Tochter stechend in die Augen. »Er war …«

»… Dads Lieblingspferd, ich weiß.«

»Wenn ihm etwas geschehen wäre …« Sie streckte die Hand nach dem Wallach aus, wollte ihm das versiegende Rinnsal abwischen, als Buttercup schnaubte und all das Blut aus seiner Nase hinausprustete. Mrs Rivers fuhr zurück, aber es war zu spät. Sie stand genau in der Schusslinie und bekam einen Großteil davon ab.

Mit einem schrillen Laut drehte sie sich zu Alis und ihm um, über und über mit roten Flecken übersät, die auch ihr Gesicht hinabflossen.

Evan hob entschuldigend die Hand. »Ich hätte Sie vielleicht warnen sollen …«

Mrs Rivers keuchte, ihre Lippen bewegten sich, langsam hob sie die Hand. »Nein, nein, schon gut.« Sie sah ihn immer noch aus weit aufgerissenen Augen an, ging seltsam abgehackt zum Boxenausgang, als fürchtete sie, dass eine schnelle Bewegung das Blut noch weiter verteilen könnte. Evan und Alis traten schnell beiseite, um sie durchzulassen, als Joan Rivers noch einmal stehen blieb, bemüht gefasst. »Sie müssen zum Haus kommen, wenn Sie hier fertig sind. Alis macht Ihnen etwas zu essen.«

»Das ist wirklich nicht …«

»Ich bestehe darauf. Und jetzt entschuldigen Sie mich, ich muss duschen.«

Evan nickte und sah ihr hinterher, bis sich das Stalltor hinter ihr schloss. Dann wandte er sich Alis zu, die mit zusammengepressten Lippen und geröteten Wangen neben ihm stand. Zuerst glaubte er schon, sie wäre schockiert oder zornig, als sie plötzlich in Lachen ausbrach.

»Sie sah aus wie der Mörder aus ›Texas Chain Saw Massacre‹!«, stieß sie aus und griff an die offenstehende Boxentür neben sich, um sich festzuhalten.

Evan sah sie verwundert an. Ihr Lachen hallte durch den Stall, ihre türkisgrünen Augen leuchteten, und das blonde zerzauste Haar fiel ihr ins gerötete Gesicht. Er musste ebenfalls grinsen, ihre Fröhlichkeit war ansteckend. »Glauben Sie, sie wird es überwinden?«

Alis sah mit Lachtränen in den Augen zu ihm hoch. »Sie hat gedroht, Ihnen etwas vorzusetzen, das *ich* zubereitet habe. Sie plant also mindestens Ihren Tod.«

»Steht es so schlimm um Ihre Kochkünste?«

»Sie haben ja keine Ahnung.« Sie richtete sich auf und sah ausgelassener aus, als er sie je gesehen hatte. »Aber ein Sandwich werde ich noch meistern, wenn Sie sich trauen.«

»Sie würden staunen, was ich mich alles traue.« Er konnte den Blick nicht von ihr abwenden, und sie erwiderte ihn. Das Leuchten in ihren Augen hatte etwas seltsam Hypnotisches.

»Danke«, sagte sie unvermittelt und deutete zu Buttercup, der nun ganz ruhig dastand. »Sie haben mir wirklich den Hintern gerettet. Ein Ritter mit einer Nasenschlundsonde.«

»Sie haben meinen ja auch aus dem Wasser gezogen.«

Alis nickte langsam und sah immer noch nicht weg, genauso wenig wie er. Die Luft zwischen ihnen schien dicker zu werden, Evan rieb seine Finger aneinander und bückte sich nach seinen Instrumenten. »Wie geht's Ihrem Hubschraubertypen?«, fragte er so beiläufig wie möglich.

Alis' Ausdruck verdüsterte sich zusehends. »Er ist nicht mehr *mein* Hubschraubertyp.« Sie wandte sich ab und nahm Buttercups Halfter ab. Hinter ihrem Rücken konnte er sich ein Grinsen nicht verkneifen.

~ 139 ~

»Tatsächlich?«

Sie sah ihn nicht an, hantierte übertrieben konzentriert am Verschluss. Dabei stieß der Wallach sie mit der Nase an und hinterließ eine blutige Spur an ihrem Shirt, was sie aber nicht zu stören schien. Sie strich Buttercup über die Stirn und zerzauste ihm das feine Mähnenhaar. »Kannst du mir verzeihen, alter Junge? Es war wirklich keine Absicht.«

Der Wallach senkte seinen Kopf, ließ sich von ihr streicheln, die Augen nur halb geöffnet, fix und fertig von der ganzen Prozedur. Alis lächelte gedankenversunken, sie sah vollkommen zufrieden aus, und am liebsten hätte er sein Handy aus der Tasche gezogen und sie so mit dem Wallach fotografiert. Reichlich gruselig von ihm, er kam sich vor wie ein Stalker, aber sie sah einfach perfekt aus, schmutzig, glücklich, mit Blut besudelt und trotzdem schön.

Sie wandte sich ihm plötzlich zu, und er zuckte kaum merklich zusammen, bemühte sich um eine gleichmütige Miene.

»Was halten Sie davon, ihre Sachen zu verstauen, während ich die Box sauber mache, und dann treffen wir uns im Haus? Ich werde auch versuchen, Sie nicht zu vergiften.«

Evan nickte langsam, ohne seinen Blick von ihr zu nehmen. Sie wich seinem aus, aber das machte nichts. *Dyfal donc a dyr y garreg.* Seine Großmutter hatte dieses walisische Sprichwort stets benutzt. *Steter Tropfen höhlt den Stein.*

✳

Alis ließ die Haustür offen stehen und ging direkt zur Küche. Sie hörte das Rauschen von Wasser in den Rohren der Wände; das Badezimmer lag direkt über ihr, und ihre Mutter wusch sich wohl immer noch das Blut ab. Alis hätte selbst nichts gegen eine Dusche gehabt. Ein Lächeln entkam ihr bei der Erinnerung an den entsetzten Ausdruck der stets so beherrschten Joan Rivers, und ihr fiel auf, dass sie lange nicht mehr so unbekümmert in diesem Haus gestanden hatte. Wahrscheinlich war es die Erleichterung darüber, dass sie das Pferd ihres Vaters hatten retten können. Oder es lag daran, dass sie außerhalb ihrer Arbeit lange nicht mehr so aufregende und glückliche Stunden verbracht hatte wie die letzten mit Evan Davies.

Blieb nur zu hoffen, dass Rhys nichts von Buttercups Krankheit erfuhr, sie konnte sich seine Miene und seine Standpauke schon vorstellen. So wie damals, als Alis und ihr Bruder auf dem Weg zu den Klippen vergessen hatten, das Weidentor zu schließen. Als hätte Rhys noch nie einen Fehler gemacht.

Alis wusch sich gründlich die Hände, nahm ein paar Scheiben Brot und überlegte, wie sie diese belegen sollte. Sie bezweifelte stark, dass Evan ihre Vorliebe für Nugatcreme, Truthahnbrust und Gewürzgurken teilte. Vielleicht lieber Erdnussbutter? Damit konnte sie nicht viel falsch machen.

»Ah, ich sehe, Sie stellen sich der Herausforderung.«

Alis warf einen Blick über die Schulter. Evan lehnte lässig gegen den Türrahmen und musterte sie mit verschränkten Armen.

»Ist Erdnussbutter okay?«

»Bitte machen Sie sich nicht zu viel Mühe.« Er stieß sich mit einem leisen Lachen von der Tür ab und kam an ihre Seite, sehr nah, wie sie fand, sein Arm berührte fast schon ihren, und sie roch das Desinfektionsmittel an seinen Händen.

Fahrig öffnete sie das Erdnussbutterglas und griff nach dem Streichmesser, das ihr fast aus der Hand fiel.

»Mache ich Sie nervös?«

Erschrocken sah sie zu ihm auf. Wer, in aller Welt, war so direkt? Ja, er machte sie nervös, er klebte ja auch halb auf ihr.

»Äh, nein …«, sagte sie schnell und widmete sich wieder dem Sandwich, um eine passende Antwort bemüht. »Ich bin eine Katastrophe in der Küche, ich hatte Sie ja gewarnt.«

Er schwieg, sein Blick haftete auf ihren Händen, als wartete er auf einen weiteren Ausrutscher, was nicht unbedingt half. Konzentriert, als operierte sie am offenen Herzen, verteilte sie die Erdnussbutter und strich die Ränder zurecht. Sie machte fast schon ein kleines Kunstwerk daraus, als seine Fingerspitzen ihre Seite streiften und sie hochschrecken ließen.

Evan riss die Hände hoch. »Wow, hat Ihnen schon mal jemand gesagt, dass Sie einen guten Meter in die Höhe springen können?« Betont langsam ließ er seine Hand sinken, streckte sie nach ihr aus und berührte erneut ihre Seite, diesmal mit dem Handrücken. Dabei sah er ihr die ganze Zeit über in die Augen, wartete, dass sie sich mit einer weiteren körperlichen Reaktion verriet.

Alis wagte es nicht einmal zu atmen und merkte, wie sie rot anlief.

»Sie haben Blut abbekommen.« Er strich über ihren Arm, oh so sanft mit seinen Fingerknöcheln, und Alis konnte nicht verhindern, dass ein Schauer ihren Rücken hinabrieselte. Dann drehte er seine Hand, sodass er sie nun mit der Innenfläche berührte, und umfasste ihre Taille, mit der anderen umschloss er ihr erhobenes Handgelenk und drückte es langsam hinunter. Erst jetzt bemerkte Alis, dass sie vor Schreck das Messer hochgerissen hatte und es immer noch gegen ihn richtete.

Er lächelte kurz, wurde aber sofort wieder ernst. So standen sie da, und Alis spürte Panik in sich hochsteigen. Sein Blick ruhte unverwandt auf ihr, und sie hielt die Spannung zwischen ihnen nicht mehr aus. Sie wich einen Schritt zurück und wandte sich wieder dem Sandwich zu. »Sie müssen schon am Verhungern sein«, murmelte sie und versuchte, ihre beschleunigte Atmung wieder unter Kontrolle zu bringen.

Evan lehnte sich gegen den Küchentresen und sah sie unverwandt an. »Stimmt. Aber ein Erdnussbuttersandwich hat mich das letzte Mal mit acht satt gemacht hat. Gibt es diesen Hubschraubertypen nicht mehr, weil er bei Ihren Kochkünsten verhungert ist?«

Fast wäre ihr das Messer tatsächlich aus der Hand gefallen. Stattdessen ließ sie es gemächlich sinken und legte die beiden Scheiben Brot zusammen. »Nein.« Sie schnitt das Sandwich in zwei Hälften. »Es gibt ihn nicht mehr, weil er mir einen Heiratsantrag gemacht hat.«

Einen Moment lang war es still, und Alis teilte das Brot noch einmal zu Vierteln, weil sie es nicht wagte, ihn anzusehen. Sie spürte auch so deutlich genug seinen Blick.

»Verstehe.« Seine Hand erschien aus dem Nichts und legte sich auf ihre, die gerade drauf und dran gewesen war, das Sandwich ein weiteres Mal durchzuschneiden. »Nun, da müssen Sie sich bei mir keine Sorgen machen – ich bin nicht zum Heiraten gemacht.« Er schloss seine Finger um ihre und zog sie sacht herum, sodass sie ihm wieder gegenüberstand. Mit dem Kinn wies er auf die kleinen Sandwichwürfel. »Sehen Sie nun ein, dass wir lieber in ein Restaurant essen gehen sollten? Am Wochenende vielleicht.«

Alis sah zu ihm auf, sie musste den Kopf in den Nacken legen, um ihm direkt in die blauen Augen zu sehen. Es kam ihr so vor, als fühlte sie Nina, die ihr einen unsanften Schubs nach vorne verpasste und ihr motivierende Worte einflüsterte, und Alis war es auch leid, immerzu die Vorsichtige zu sein.

»Kommen Sie schon.« Ein Grinsen zeichnete Grübchen in

seine Wangen. »Ich bin doch Ihr Retter mit schimmernder Nasensonde oder so. Und Sie sind meine Heldin in Gummistiefeln.«

Alis biss sich auf die Innenseite der Wange, um nicht zu lachen. »In Ordnung«, hörte sie sich sagen. »Ein Abendessen.«

Kapitel 6

Trabe mal bis zum Waschplatz und dann wieder zurück.«
Evan lehnte sich gegen Belles Außenbox und sah zu, wie die
elfjährige Emily ihr Welsh-Cob-Pony über den gepflasterten
Platz führte und dann wieder zurücklief. Sie patschten durch
Pfützen vom Nachtregen und hatten sichtlich Freude, was immer wieder ein schöner Anblick war. Die Sonne wagte sich
heute Morgen noch nicht heraus, es hingen tiefe Wolken am
Himmel, aber dafür strahlte Emily an der Seite ihres Ponys
umso mehr.

Evan nickte zufrieden und richtete sich auf. »Sie hinkt nicht
mehr, aber du solltest trotzdem langsam anfangen.«

»Das heißt, ich darf sie wieder reiten?« Emily sah ihn voller
Hoffnung an, und ihre Mutter schien ebenso erleichtert, als
sie dem Pony durch die Mähne fuhr.

»Ja, du darfst wieder reiten.« Er beugte sich zu dem dunkel
gelockten Mädchen hinunter und legte ihr die Hand auf die
Schulter. »Aber keine wilden Jagden quer über die Felder in
nächster Zeit, okay?«

Emily riss die Augen auf. »Würde ich nie machen!«

»Jaja.« Er klopfte Belle den Hals, vereinbarte mit Emilys
Mutter die Zahlungsbedingungen für Belles Behandlung und
schlenderte schließlich gut gelaunt vom Einstellerstall rüber
zu den Rivers-Pferden, um nach Buttercup zu sehen. Dabei
hielt er unwillkürlich nach Alis Ausschau. Er schalt sich selbst

einen Idioten – schließlich waren sie heute Abend so oder so verabredet. Aber er hatte das Gefühl, sie würde einen Rückzieher machen. Die Frau war einfach unberechenbar. In einem Moment beherrscht und professionell, dann ausgelassen und albern und plötzlich verletzlich und beinahe scheu.

Es war aber nicht Alis, die vor Buttercups Box stand, sondern Rhys. Der Stallmeister blickte bei seinem Näherkommen auf, und seine ohnehin schon mürrische Miene verdüsterte sich noch.

»Dass du hier bist, bestätigt meinen Verdacht.«

»Guten Morgen, Rhys. So schlecht gelaunt? Das Date mit meiner Schwester lief wohl nicht so gut.«

Zufrieden betrachtete Evan, wie Schamesröte das Gesicht des Stallmeisters übergoss wie das eines Teenagers. Schon besser.

Rhys wandte sich ab und öffnete Buttercups Box. »Als ich heute Morgen zum Füttern kam, standen die eingeweichten Rübenschnitzel, die ich vorbereitet hatte, immer noch in der Futterkammer.« Er schob den Wallach etwas zurück und deutete auf den kaum angerührten Futtertrog. »Alis hat sie ihm gestern Abend also nicht gegeben. Da ich nicht mal ihr zutraue, dass sie ihn hat hungern lassen, gehe ich davon aus, dass sie ihm irgendetwas anderes gegeben hat.« Er warf ihm einen Blick zu. »Ergo dein Auftauchen hier.«

Evan zuckte mit den Schultern und wunderte sich über die abfällige Stimme, mit der Rhys über Alis sprach. »Eigentlich habe ich mir nur Belles Koppelverletzung angesehen und wollte zu dir rüberschauen, um meine Neugierde zu stillen.« Er lehnte sich gegen die Box und verschränkte die Arme. »Also du und Sianna … Wie lange hat es gedauert, bis sie dich in den Wahnsinn getrieben hat?«

Erneut wich Rhys seinem Blick aus, zog einen Hufkratzer aus seiner Hosentasche und machte sich daran, Buttercups Hufe zu säubern.

Wahrscheinlich sollte Evan sich als großer Bruder ernsthafter für das Date der beiden interessieren. Er machte sich auch wie immer Sorgen, dass Sianna die Dinge mal wieder zu schnell anging. Aber sie war erwachsen und machte ohnehin, was sie wollte. Evan wusste auch, dass er Rhys heute nicht nur zu seiner eigenen Belustigung aufzog wie sonst. Die Stimmung auf der Rivers-Farm war anders, seit Alis hier war. Sowohl Mrs Rivers als auch Rhys schienen ihm seltsam angespannt, und Alis war deutlich anzumerken, dass sie an diesem Ort nicht glücklich war. Kein Wunder, bedachte man den Unfall ihres Vaters. Nur verstand er nicht, weshalb Rhys und Joan Rivers sich ihr gegenüber so abfällig verhielten anstatt unterstützend. »War es so schlimm mit Sianna, dass du nicht mal darüber reden kannst?«, fragte Evan weiter und prüfte unauffällig Buttercups Augen, Nase und Maul. Der Blick des Wallachs war etwas trübe, aber er speichelte nicht aus der Nase, und auch das Zahnfleisch sah für sein Alter gut aus. Nur gefressen hatte er wenig. Aber für ein Pferd, das schon so viele Jahre auf dem Buckel hatte, war Appetitlosigkeit normal.

Rhys richtete sich auf, doch anstatt zum nächsten Huf zu gehen, drehte er sich zu ihm um. »Sei mir nicht böse, Mann, aber was zwischen deiner Schwester und mir läuft, ist eine Sache zwischen ihr und mir.«

Evan hob abwehrend die Hände. Er hätte sich keine bessere Antwort erhoffen können, denn einerseits wollte er ja ohnehin keine Einzelheiten über Siannas Liebesleben, und andererseits bevorzugte er Typen, die nicht mit ihren Eroberungen prahlten. »Ich kann mir also die üblichen ›Wenn du ihr das Herz brichst, brech ich dir die Knochen‹-Sprüche sparen? Was für eine Erleichterung.«

Rhys sah ihn ernst an, und Evan fragte sich unwillkürlich, ob das kantige Gesicht überhaupt zu einem Lächeln fähig war. »Ein Scherz, okay? Auch wenn du nicht vergessen solltest, dass ich Zugang zu langen Nadeln und allerhand Drogen habe.«

»Notiert.« Rhys wandte sich ab und beugte sich zum hinteren Huf hinunter, als er plötzlich innehielt. Evan hörte ihn einatmen, als wollte er etwas sagen, aber dann überlegte er es sich offensichtlich anders. Er hob Buttercups Hinterbein und machte sich auch hier an die Arbeit, während Evan sein Stethoskop vom Hals nahm und so unauffällig wie möglich den alten Wallach abhorchte. Es war möglich, dass Buttercup Futter eingeatmet hatte, was eine nicht seltene Komplikation einer Schlundverstopfung war, aber er hörte keine verschärften Atemgeräusche. Dem alten Jungen blieb eine Antibiotikatherapie erspart.

Er trat gerade wieder etwas zurück, als Rhys unvermittelt das Wort ergriff.

»Du hast also nichts dagegen, wenn zwischen uns was läuft?« Seine Stimme war kaum mehr als ein leises Murmeln, und Evan musste die Worte in Gedanken wiederholen, um sicher zu sein, dass er sie richtig verstanden hatte.

»Wieso sollte ich? Was Sianna macht, ist ihre Sache, und sie würde ohnehin nie auf mich hören.«

Rhys sah nicht zu ihm auf, er ging um Buttercup herum und hob den nächsten Huf auf sein Knie. »Aber … also es gibt keinen Grund … warum wir nicht ausgehen sollten, oder?«

Allmählich wurde das Gespräch verwirrend. »Du meinst, bis auf Siannas Verrücktheit? Ehrlich, Rhys, ich habe dich nur aufgezogen, ich mache mir bei Sianna keine Sorgen. Wenn hier jemand Gefahr läuft, mit gebrochenem Herzen zu enden, dann du.«

»Wie tröstlich.«

»Hey, nur ne kleine Warnung.« Evan überlegte, wie merkwürdig seine Arbeit auf der Farm sein würde, wenn Sianna den Stallmeister genauso fallen ließe wie alle anderen zuvor, die sie für die große Liebe gehalten hatte. So wirklich konnte er sich Rhys aber nicht mit Liebeskummer vorstellen. Trotzdem kam ihm der Stallmeister auch nicht wie jemand vor, der für oberflächliche Gefühle und ungezwungene Beziehungen geschaffen war. Dafür war er insgesamt zu ernsthaft. Anders als Evan selbst. Er mochte Alis, er wollte mehr Zeit mit ihr verbringen, und ja, er fand sie wahnsinnig sexy. Aber er war froh, dass sie mit ihrem Job verheiratet zu sein schien und nichts Ernsthaftes suchte.

Rhys schwieg weiterhin nachdenklich und Evan seufzte. »Sianna tendiert dazu, sich Hals über Kopf in Dinge reinzustürzen und dann sabotiert sie sie, um wieder rauszukommen. Also wenn dir was an ihr liegt: Lass sie nicht raus. Das ist alles, was ich sage, und vermutlich auch schon zu viel, denn wie du richtig sagst, ist es eine Sache zwischen euch beiden.«

Rhys richtete sich auf, klopfte Buttercup die Schulter und drehte sich zu ihm um. »Warum heißt sie Gallaby?«

Evan zog die Augenbrauen zusammen. Wenn Sianna ihm nichts davon erzählt hatte, wollte er es auch nicht tun. »Ihr beide wart erst auf *einem* Date. Du hast noch genug Zeit, sie das beim nächsten Mal zu fragen.«

Rhys sah bei dieser Antwort nicht gerade glücklich aus, er wusste jetzt, dass etwas im Busch war, aber er nickte und ging aus der Box. »Und ist Buttercup okay? Oder musst du ihn noch ausführlicher untersuchen?«

Evan nahm schnell seine Finger von Buttercups unterem Kieferast und wandte den Blick von seiner Uhr ab. Zu schnell, wie es schien, das Pulsmessen war Rhys nicht entgangen.

»Wusste ich's doch. Die kann was erleben.«

»Rhys, beruhig dich, es ist doch nichts …«

»Buttercup geht es gut.« Wie aus dem Nichts trat urplötzlich Joan Rivers vor Rhys hin und versperrte ihm den Weg. Sie hatte wirklich ein Talent dafür, aus dem Nichts aufzutauchen. »Wolltest du nicht nach den Zäunen an den Klippen sehen?«

Rhys schnaubte. »Ja, wenn ich Alis gefunden habe.«

»Du sollst dich nicht mit Alis beschäftigen, sondern deine Arbeit machen.« Joan wischte sich unwirsch eine Strähne ihres blonden Haars aus dem Gesicht, ihre grünen Augen fixierten ihr Gegenüber. Evan nahm an, dass sie Anfang fünfzig war, wenn auch eine sehr jugendlich wirkende Fünfzigjährige, mit ihrem lockigen Pferdeschwanz, den lässigen Stallklamotten und der Figur eines Teenagers. Im Moment machte sie trotz der deutlichen Ringe unter den Augen den Eindruck, als könnte sie es ohne Weiteres mit dem kräftigen Stallmeister aufnehmen.

»Sie hätte ihn umbringen können«, knurrte Rhys, dem es schwerzufallen schien, Joans Blick standzuhalten, seine Hände ballten sich immer wieder zu Fäusten.

Joans Augen verengten sich. »Das hat dich nicht zu interessieren. Buttercup ist mein Pferd, Alis ist meine Tochter, und ich rate dir, kein unfreundliches Wort mehr über sie oder zu ihr zu sagen.«

Rhys stand einen Moment lang schweigend da, auch Evan war etwas verwundert, Joan plötzlich ihre Tochter verteidigen zu sehen, dann rauschte der Stallmeister sichtlich entrüstet davon.

Auch Evan wollte sich abwenden, ihm war die ganze Angelegenheit unangenehm, da zeigte Joan plötzlich mit dem Finger auf ihn. »Und Sie! Was wollen Sie von meiner Tochter?«

Abrupt blieb er stehen. Nun wusste er, wie Rhys sich unter diesem direkten Blick gefühlt hatte.

»Wissen Sie denn nicht, dass sie mit einem hochanständigen Mann zusammen ist?«

»Dem Hubschraubertypen? Den hat sie in den Wind geschossen; der Heiratsantrag hat ihr wohl nicht gefallen.«

Vom einen Moment zum anderen wich alle Farbe aus Joans Gesicht, und Evan wurde bewusst, dass er etwas Falsches gesagt hatte. Dass Joan als Mutter nichts von einem so einschneidenden Erlebnis im Leben ihrer Tochter gewusst hatte. Der Schmerz war ihr ins Gesicht geschrieben.

»Wann?«

Evan räusperte sich. »Erst vor Kurzem. Sie wollte es Ihnen bestimmt erzählen und …«

Joan hob ihre schmale Hand, es war ihr anzusehen, wie sehr sie sich um eine unbekümmerte Miene bemühte. »Dann ist ja alles gut, Sie haben meinen Segen.« Sie machte auf dem Absatz kehrt und rief noch: »Vergessen Sie nicht das Zähneschleifen meiner Pferde nächste Woche!«, ehe sie auch schon aus dem Stall verschwand.

Kapitel 7

Alis wusste nicht, wieso sie das überhaupt machte. Sich so aufzubrezeln, als hätte sie vor, Evan zu beeindrucken. Sie konnte sich nicht mal erinnern, wann sie das zum letzten Mal getan hatte. Für Matthew zu Beginn wahrscheinlich, aber im Grunde hatte sie sich nie besonders um ihr Äußeres geschert. Aber jetzt, da sie ihrem ersten Date seit fast zehn Jahren entgegensah, erkannte sie, dass ihre Haare eine Katastrophe waren – in einer unmöglichen Länge, ein wenig über die Schultern, die offen nicht gut aussahen und sich nur zu einem langweiligen Pferdeschwanz oder Knoten binden ließen. Dass sie abseits ihrer Shorts und Jeans nichts Passendes zum Anziehen hatte und dass sie bis auf Mascara keinerlei Make-up besaß.

Mit einem Fluch auf den Lippen wandte sie sich, nur mit einem Handtuch bekleidet, von dem ovalen Standspiegel mit den aufgeklebten Kinderfotos an den Seiten ab und öffnete die obere Hälfte des bodentiefen Fensters. Ein sachter Windstoß fuhr ihr entgegen, warm und nach Meer duftend, er strich über ihre nackten Schultern und ließ ihr frisch geföhntes Haar flattern. Alis senkte automatisch die Lider, atmete tief ein. Sie spürte die Abendsonne wie eine warme Berührung auf ihrer Haut, und wenn sie ganz genau hinhörte, glaubte sie auch die Wellen rauschen zu hören.

Ein Pferd wieherte, Alis öffnete die Augen und ließ ihren Blick über den Hof schweifen. Die Weißdornbäume am Ran-

~ 152 ~

de der Zufahrtsstraße standen in voller Blüte und sahen aus, als bestünden sie aus Zuckerwatte. Zumindest hatte sie das damals als Kind geglaubt, wenn sie aus dem Fenster gesehen hatte. Drüben bei den Ställen sah sie eine Frau einen Rappen Richtung Reitplatz führen, ein Junge trug gerade einen Sattel auf den Waschplatz, löste die Satteldecke und begann sie auszubürsten. Es war alles so normal … friedlich. Wenn sie hier stand, glaubte sie jeden Moment Reed hereinstürmen zu hören mit irgendeiner absurden Idee, was sie anstellen könnten. Sie würden sich Pferde aus dem Stall holen, Alis' geliebte Fuchsstute Amara, die jetzt schon tot war, und einfach fortreiten. Und wenn sie sich nicht in den Stall wagten, würden sie die Fahrräder nehmen und mit ausgebreiteten Armen die Hügel hinunterfahren, bis sie hinfielen.

Die Tür flog auf, und Alis fuhr zusammen, einen Moment lang tatsächlich glaubend, in die Vergangenheit versetzt worden zu sein. Aber als sie sich umdrehte, sah sie ihre Mutter mit einem Lächeln auf den Lippen hereinkommen.

»Gehst du aus?« Sie wies auf die Klamotten, die Alis aus Tenby mitgebracht hatte und nun auf dem Himmelbett ausgebreitet lagen. Daneben eine Bürste, der Föhn und drei verschiedene, viel zu bunte Haarspangen. Eine davon mit einer Hello Kitty darauf, die Alis in ihrer Kommode gefunden hatte.

Alis warf einen Blick zu Reeds Dinosaurieruhr über der Tür und verbiss sich einen Fluch. Sie war viel zu spät dran. »Ähm … ja. Ich treffe mich mit einer Freundin.«

Ihre Mutter nickte, ohne das wissende Lächeln von ihrem Gesicht zu nehmen. »Deine Freundin steht unten in der Halle mit einem Strauß Blumen und einer Rechnung fürs Auspumpen von Buttercups Magen.«

Nun fluchte sie doch, und ihre Mutter lachte, was selten

war. »Wer hätte gedacht, dass du dich hier so schnell wieder einlebst. Aber was sagt denn Matthew zu deinem Date?«

Alis ging zum Bett und griff nach schwarzen, knielangen Hosen, die noch das Eleganteste waren, das sie mithatte. »Mum, ich muss mich echt fertig machen.«

»Und das willst du anziehen?« Sie nahm ihr die Hose aus der Hand und hielt sie mit kritischem Blick hoch. Sollte die Ablenkung von Matthew sie ärgern, ließ sie sich nichts davon anmerken. »Du bist wunderhübsch, mein Schatz, aber so wie Evan da unten aussieht, solltest du dir auch ein wenig Mühe geben.«

Wie sieht er denn aus?, hätte sie fast in einem Anflug von nervöser Hysterie gefragt, aber stattdessen ließ sie sich von ihrer Mutter ins elterliche Schlafzimmer ziehen. Ein Raum, der sie stets mit etwas Unbehagen erfüllt hatte. Einst wäre sie gerne zu ihrer Mutter ins große, von einem Baldachin überspannte Bett gekrabbelt, aber Joan war keine Frau, die mit ihren Kindern den Sonntagvormittag aneinandergekuschelt verbrachte. Alis war mit der kühlen Distanziertheit nie so richtig zurechtgekommen, aber dafür hatte sie Reed gehabt, ihren Komplizen, mit dem sie sich immer blind verstanden hatte. Jetzt wirkte das Schlafzimmer sonderbar harmlos, nicht das unerreichbare, abgeschiedene Reich ihrer Eltern. Die weißen Vorhänge flatterten vor dem Fenster, die Sonne schien herein und ließ den ganzen Raum in goldenem Licht erstrahlen. Es duftete nach Blumen, Meer und Stall. Nach Zuhause.

Ihre Mutter öffnete den weiß lackierten Kleiderschrank und wühlte darin herum.

»Mir passt ohnehin nichts von dir«, protestierte Alis und knotete das Handtuch, das zu rutschen begann, neu. »Mum, ich bin nicht so dünn wie du.«

»Und das ist auch gut so.« Ihre Mutter wandte sich ihr zu und ließ ihren Blick über sie wandern. »Sei froh, dass du kein solcher Hungerhaken bist, sondern schlank und sportlich. Deine Oberweite hätte ich auch gerne. Ich muss einen Großteil meiner Klamotten in der Kinderabteilung kaufen.« Sie kam näher, legte ihre Hände auf Alis' Schultern. »Du bist wunderschön, und jetzt werden wir dich noch schöner machen, damit Evan die Augen aus dem Kopf fallen.«

Alis lächelte etwas unsicher. Diese Worte aus dem Mund ihrer Mutter waren sonderbar, taten aber überraschend gut. Sie ließ sich auf der Bettkante nieder, während ein Kleidungsstück nach dem anderen neben ihr auf der Überdecke landete.

»Mum?« Alis knetete ihre Hände und atmete tief durch, während ihre Mutter halb im Schrank verschwand. »Matthew und ich … wir sind nicht mehr zusammen.«

Das Rascheln hörte auf, es wurde ganz still, und Alis starrte auf ihre im Schoß verschränkten Hände. »Er hat gefragt, ob ich ihn heirate, aber ich glaube, das wäre ein Fehler gewesen. Wir waren … Freunde. Es hat sich falsch angefühlt.« Sie sah auf. Ihre Mutter drehte sich zu ihr um, da war keine Ablehnung in ihrem Gesicht, dass Alis einfach so eine zehnjährige Beziehung in den Wind geschossen hatte, sondern Überraschung und vielleicht sogar ein bisschen Freude. »Ich bin sicher, du weißt, was du tust, und wenn es sich falsch angefühlt hat, dann war es die richtige Entscheidung.«

Alis presste die Lippen aufeinander, fast hätte sie aufgeschluchzt, dabei wusste sie gar nicht richtig, wieso. Das Verständnis ihrer Mutter war wohl einfach zu ungewohnt. Es machte sie mutiger. »Ich muss dir noch etwas sagen. Im Herbst übernehme ich den Job des Bootsführers beim Lifeboat.« Sie sah ihre Mutter aufmerksam an, wartete auf Wut-

ausbrüche, einen vorgetäuschten Schwächeanfall oder Vorwürfe, aber Joan Rivers ließ sich zu nichts dergleichen hin-
reißen. Sie nickte lediglich langsam und atmete sichtbar ein.
Dann drehte sie sich abrupt um und zog einen lockeren Fal-
tenrock und einen kurzärmeligen Stretch-Pullover aus dem
Schrank. »Hier, die Sachen passen dir bestimmt.«

Alis nahm das Gewand entgegen und sah ihrer Mutter weiterhin prüfend ins Gesicht. »Und meine Haare?«, fragte sie,
ein wenig verwirrt über diesen Mutter-Tochter-Moment, aber
auch ängstlich, dass er jeden Augenblick wie eine Seifenblase
zerplatzen könnte.

»Binde sie einfach zusammen, das steht dir, betont deinen
schlanken Hals.«

Alis lächelte und tat wie geheißen. Sie zog sich an, band sich
die Haare und borgte sich auch noch einen dezenten Lippen-
stift aus. Das Ergebnis war für so einen geringen Aufwand
nicht schlecht.

»Mit der Buchhaltung bin ich übrigens fast fertig«, sagte sie,
als sie nach ihrer Handtasche griff und in den Flur hinaustrat.

Ihre Mutter nickte und legte ihr die Hand auf den Arm, damit sie stehen blieb. »Danke, Alis.« Sie ließ ihre Hand sinken,
trat aber nicht zur Seite, sondern sah sie etwas zögernd an,
was nicht in ihr Gesicht zu passen schien. Schließlich kannte Alis sie nur resolut und bestimmend. »Kannst du vielleicht
noch etwas länger bleiben? Meine Kopfschmerzen sind immer noch nicht besser, und das Quartal geht noch bis Ende
Juni. Ich könnte deine Hilfe wirklich gut gebrauchen, wenigstens noch für ein paar Tage.«

Alis verengte die Augen und sah sie misstrauisch an. Vor
nicht allzu langer Zeit hätte sie das alles für eine Falle gehalten, für einen weiteren Versuch, sie auf die Farm zu zwingen.

Aber ein Blinder hätte sehen können, dass es ihrer Mutter nicht gut ging, auch hatte Alis mitbekommen, dass sie kaum noch aß. »In Ordnung. Aber nur unter einer Bedingung: Du gehst nächste Woche zum Arzt.«

Die Erleichterung stand ihrer Mutter ins Gesicht geschrieben. Sie lächelte und ließ Alis den Vortritt die Treppe hinunter, wo tatsächlich Evan gegen die Kommode gelehnt stand.

»Hi. Tut mir leid, dass du warten musstest.«

Evan richtete sich mit einem Lächeln zu voller Größe auf und streckte ihr einen Strauß Blumen entgegen. »Ich habe gehört, das macht man so.«

Alis erwiderte sein Lächeln geistesabwesend, in Gedanken immer noch bei dem überraschend friedlichen, schönen Moment, den sie mit ihrer Mutter verbracht hatte. Erst beim zweiten Blick fiel ihr auf, dass Joan Rivers recht gehabt hatte. Evan sah heute Abend wirklich besonders gut aus. Er war ihr schon immer als attraktiv aufgefallen, aber wow, er machte etwas her, wenn er wollte. Die braune Jacke trug er offen über dem beigefarbenen Hemd und der schwarzen Hose. Sein Haar hatte er nass zurückgekämmt, wodurch es wieder dunkler wirkte. Sein Bart war bis auf das Kinn und die Linie entlang des Unterkiefers rasiert. Er grinste, was auch seine Augen zum Leuchten brachte, und Alis' Herz fing beim Gedanken daran, dass sie den ganzen Abend mit ihm verbringen würde, wild an zu flattern. Sie war dafür einfach nicht geschaffen, sie wusste ja noch nicht einmal, was für Blumen das waren. Sie waren gelb, weiter kam sie nicht. Was tat sie hier nur? Das war alles Ninas Schuld. Am liebsten wäre sie jetzt mit dem Boot raus, um einen klaren Kopf zu bekommen.

»Werden Sie eigentlich seekrank?« *Sehr gut, Alis. Tolle Ein-*

stiegsfrage. Guten Abend, danke für die gelben Blumen – so schwer wäre es doch nicht gewesen!

Evan zog die Augenbrauen zusammen, sah auf die Blumen hinab und zurück zu ihr, dann schüttelte er den Kopf. »Nicht dass ich wüsste, sieht man von meiner letzten Erfahrung auf einem Boot ab. Aber ich denke, die zählt nicht.«

»Hm.« Sie stand einfach nur da, rieb ihre Finger aneinander und versuchte sich zu erinnern, wie ihre Dates mit Matthew früher abgelaufen waren. »Ich dachte mir nur, das nächste Mal verabreden wir uns lieber auf einem Boot.«

»Wow.« Er strich sich über den Bart am Kinn, was sein leises Lachen aber nicht ersticken konnte. »Ich muss wirklich toll aussehen, wenn Sie schon jetzt an ein zweites Date denken.«

Großartig. Sie war wirklich eine Katastrophe. »Ähm … eigentlich …« Fieberhaft suchte sie nach Worten. Was war nur los mit ihr? Wo war die Alis, die ihn angeschrien hatte?

»Willst du die Blumen nicht ins Wasser stellen, bevor sie noch austrocknen?«, kam plötzlich ihre Mutter zu ihrer Rettung herbei. Alis fuhr beinahe erleichtert zu ihr herum, aber da rauschte Joan Rivers schon an ihr vorbei, nahm die Blumen entgegen und verschwand damit in der Küche. Nicht ohne Alis vorher noch rasch die Schulter zu tätscheln, was wohl eine Mischung aus »Stell dich nicht so an!« und »Alles wird gut« sein sollte. Evan beobachtete das Ganze amüsiert. »Nun geht schon endlich!«, rief ihre Mutter über das Rauschen des Wassers. »Und Alis, komm nicht zu spät nach Hause.«

»Ja, Mum.« Alis sah mit einem etwas hilflosen Kopfschütteln zu Evan auf. »Seit ich einen Fuß in dieses Haus gesetzt habe, fühle ich mich wieder wie sechzehn.«

Evan streckte ihr seine Hand entgegen. »Komm, Alis, ich

sorge schon dafür, dass du dir nicht mehr wie eine Sechzehnjährige vorkommst.«

Alis sah ihm in die Augen und konnte sich gerade noch davon abhalten, sich die Hand gegen den Bauch zu pressen, um das wilde Kribbeln darin zu stoppen. »Wir sind also nicht mehr so förmlich?«, fragte sie lächelnd, um sich nichts anmerken zu lassen. So gelassen wie möglich legte sie ihre Hand in seine und ließ sich von ihm hinausführen.

»Wir sind auf einem Date, oder etwa nicht?« Er sah auf sie hinab und die letzten Sonnenstrahlen des Abends reflektierten in seinem Blick.

»Wohin soll's denn gehen?« Sie sah weg, die Straße hinunter zum Haus des Stallmeisters, insgeheim bangend, doch noch Rhys in die Hände zu geraten. Vor Evan wollte sie wirklich nicht ihre Vergangenheit ausgebreitet sehen und sich vor Rhys rechtfertigen müssen.

Evan öffnete ihr die Tür seines Geländewagens und lächelte sie darüber hinweg an. »Eigentlich dachte ich mir, dass ich vorgebe, in einem Stall etwas vergessen zu haben. Dann wird dort ganz zufällig ein Fohlen geboren, und du kannst mir bei meiner heldenhaften Arbeit zusehen, vielleicht sogar ein wenig helfen. Wir werden einen ergreifenden Moment teilen, während wir das Wunder neuen Lebens betrachten, so wie in all den Filmen. Dabei wirst du mir natürlich hoffnungslos verfallen, ich werde beeindruckt sein, weil dich all das Blut nicht abschreckt – und am Ende landen wir vollgepumpt mit Glückshormonen, dreckig und nach Stall riechend im Bett.«

Alis fing an zu lachen, sie konnte gar nicht anders, was sie ein wenig wunderte, denn eigentlich müssten seine Worte sie doch eher erröten lassen. »Und was hat dich von diesem Plan abgebracht?«

Er zuckte mit den Schultern. »Konnte keine werdende Mutter auftreiben, die bereit ist, sich genau an meinen Zeitplan zu halten.«

Alis stieg kichernd in den Wagen. »Ich bin auf einer Pferdefarm aufgewachsen, Evan, und mein Dad hat auch noch gezüchtet. Fohlengeburten haben mich schon mit zwölf gelangweilt.« Sie zwinkerte ihm zu und schloss die Autotür. Zwar war das gelogen, denn Fohlengeburten waren immer etwas Besonderes für sie gewesen, aber Evan sprachlos zu sehen war ihr die Schwindelei wert.

Er schüttelte den Kopf, ging um den Wagen herum, während Alis unwillkürlich daran dachte, wie ihr Vater beim Wunder neuen Lebens ebenfalls geglaubt hatte, das Band zwischen ihnen stärken zu können. »Aber warum darf Reed nicht dabei sein?«, hatte sie ihn ein ums andere Mal gefragt. »Ich will ihn aufwecken.« Aber die Miene ihres Dads war jedes Mal versteinert. »Der würde die Stute nur unruhig machen« oder »Der weiß nicht, wie man sich verhält« waren seine typischen Antworten gewesen. Und Alis hatte sich schlecht gefühlt, etwas so Schönes zu erleben, während ihr die Enttäuschung am nächsten Tag aus den Augen ihres kleinen Bruders entgegenblickte.

»Also, wenn du mich nicht mit deinem veterinärmedizinischen Können beeindrucken willst, was hast du dann vor?«

Evan drehte den Wagen auf den Parkplätzen vor dem Haus um und fuhr auf die Küstenstraße hinaus. »Ich denke, mein veterinärmedizinisches Können hat dich schon gestern ausgiebig beeindruckt, heute muss es ein anständiges Essen sein.« Er warf ihr einen Blick zu. »Du wohnst doch allein, oder?«

»Ja, wieso?«

»Na, wenn du nicht kochen kannst und keinen Sternekoch als Mitbewohner hast, wovon ernährst du dich dann? Von so glorreichen Erdnussbutter-Sandwiches, wie ich sie gestern genießen durfte?«

Alis lehnte sich in ihrem Sitz zurück, den Blick gen Horizont gerichtet. »Unter anderem. Manchmal kommt aber auch Müsli auf den Tisch.«

»Du bist ja schlimmer als meine Schwester.«

Sie sah ihn kurz an. »Du hast eine Schwester?«

»Ja, eine jüngere. Sie ist ebenfalls Tierärztin – ihre Praxis ist in Manorbier.«

Alis versuchte den Stich zu ignorieren, der ihr beim Gedanken an Geschwisterliebe durch die Brust fuhr. Reed war schon so lange weg, und würde sie ihn nicht hin und wieder googeln und seine Rugby-Karriere verfolgen, wüsste sie nicht einmal, ob er noch am Leben war. »Versteht ihr euch gut?«

Evan nickte. »Denke schon. Wir sind halt Bruder und Schwester. Manchmal nerven wir uns, manchmal streiten wir sogar, aber wir kennen es ja auch nicht anders. Sie ist meine Familie, und ich hoffe, sie wird es auch immer bleiben.«

»Das klingt schön.« Alis sah zum Seitenfenster hinaus und ließ die hohen Böschungen, die den Blick auf die umliegenden Weiden versperrten, an sich vorbeiziehen. Dabei spürte sie Evans Blick und hörte auch, wie er einatmete und etwas sagen wollte. Bestimmt wusste er, dass sie einen Bruder hatte, er war Tierarzt, er kam zu all den umliegenden Höfen und getratscht wurde auf dem Land gerne. Ohne Zweifel kannte er auch die Geschichte von den Klippen und ihrem Dad. Aber ehe er das Wort ergreifen konnte, deutete Alis zum Fenster raus. »Da gibt es den besten Schafskäse weit und breit.«

Evan warf einen Blick auf das Schild und lachte leise. »Ich weiß. Und keine Sorge, ich frage schon nicht, warum du plötzlich so nachdenklich bist. Das hätte ich vielleicht, während wir ein Bonding-Erlebnis bei der Fohlengeburt teilen, aber nicht bei einem zwanglosen Essen.« Er betätigte den Blinker und bog plötzlich in die Auffahrt des Hofes ein.

»Was machst du?«

»Ich kaufe dir ein Stück Käse, damit du in Tenby etwas Ordentliches zu essen hast.«

Alis grinste ihn an und ließ ihren Blick über den Schotterweg nach vorne zum Farmhaus und über die grünen Weiden gleiten. »Das ist sehr nett von dir, aber meine Pläne haben sich geändert. Ich bleibe noch etwas länger auf der Farm. Meine Mutter wird sich aber bestimmt über den Käse freuen.« Sie dachte an das ungewohnte Beisammensein vorhin und fügte leise hinzu: »Vielleicht bekommt sie dann auch wieder etwas Appetit.«

Evan warf ihr einen Blick zu, hielt dann aber vor dem steinernen Farmhaus an und winkte einem rothaarigen Jungen, den Alis auf zwölf oder dreizehn schätzte. Er hielt sich mit einem etwas jüngeren Mädchen im Rollstuhl am Zaun einer kleinen Weide, auf der ein einzelnes Schaf mit rosa Halsband graste. Das Mädchen entdeckte Evans Wagen und riss wild beide Arme rauf und runter.

»Du scheinst hier sehr willkommen zu sein.«

Evan zwinkerte ihr zu, ehe er die Wagentür öffnete. »Nur eine meiner vielen Verehrerinnen.« Er stieg aus und ging auf die beiden Kinder zu, die ihn tatsächlich begrüßten, als stünde ihr Held vor ihnen. Alis folgte ihm und hörte den Jungen aufgeregt von irgendwelchen Traktorfahrten berichten, während das Mädchen Laute ausstieß, die Alis nicht verstand, die aber ebenfalls eine Geschichte zu erzählen schienen.

»Claire, Ioan, ich möchte euch Alis vorstellen, sie war mal die Nachbarin eurer Eltern.«

Alis lächelte die beiden an und fand sich schnell der Neugier der Kinder ausgesetzt. »Ist sie deine Freundin, Evan?«, fragte der Junge leise kichernd.

Evan und Alis tauschten einen Blick, Alis öffnete den Mund, Evan legte den Kopf schief, begann mit einem »Ähm …«, als ein Mann und eine Frau zu ihnen traten. Sie waren wohl Mitte vierzig, der Mann mit leuchtend rotem Haar, das nur wenige graue Strähnen zeigte, die Frau dunkler, beide mit einem strahlenden Lächeln auf den Lippen. »Evan, wie schön dich zu sehen.« Die Frau legte ihre Hand auf Evans Arm, und er küsste sie auf die Wange. Alis erinnerte sich vage an sie, sie hieß Mary oder so. Richtig, Morgan und Mary McPhee.

»Willst du schon wieder nach Sophie Grace sehen? Der geht's gut!«, lachte Morgan mit einem kräftigen Schlag auf Evans Rücken.

Alis horchte auf. »Sophie Grace?«, fragte sie, und plötzlich ging ihr ein Licht auf. Sie zeigte auf das Schaf mit dem rosa Halsband. »Das ist Sophie Grace?«

Alle wandten sich ihr zu, Morgan und Mary neugierig und auch ein wenig verwirrt, als versuchten sie sie zuzuordnen.

»Sie ist Evans Freundin«, verkündete der junge Ioan, und Alis spürte, wie ihr Hitze in die Wangen stieg. Sie versuchte sich aber nichts anmerken zu lassen und streckte Mary die Hand entgegen. »Ich weiß nicht, ob Sie sich noch an mich erinnern, ich bin …«

»Alis Rivers!«, rief Morgan aus und umschloss ihre Finger mit starkem Griff, ehe Mary dazu kam. »Da tritt mich doch ein Pferd, dass wir dich wieder zu sehen bekommen!«

Alis versuchte sich an einem Lächeln, während Morgan ihre Hand so heftig schüttelte, dass er ihr fast die Schulter auskugelte. »Nett, Sie wiederzusehen«, sagte sie, sich ein wenig über sich selbst ärgernd, da sie so schüchtern klang.

»Was führt dich denn hierher?«, wolle Mary wissen, die auch über das ganze Gesicht strahlte. Sie trat an Claires Rollstuhl und legte ihre Hand auf die roten Locken, während Claire sich wiederum an Evans Hosenbein festkrallte, als wollte sie ihn nie wieder loslassen.

»Eigentlich sind wir wegen deines berühmten Käses hier, Mary«, erklärte Evan mit einem Lächeln zu Alis. »Wir sind gerade vorbeigefahren, und Alis meinte, es gäbe keinen besseren – womit sie natürlich recht hat.«

Marys Miene erhellte sich noch weiter. »Na dann hole ich schnell welchen, rührt euch nicht vom Fleck.« Mit diesen Worten rauschte sie davon zurück ins Haus.

Alis sah ihr kurz hinterher, spürte dann aber zu deutlich Morgans musternden Blick auf sich und wandte sich ihm zu. »Es sieht alles noch genau so aus wie früher«, sagte sie etwas unbeholfen, da die Aufmerksamkeit sie nervös machte. Alle hier wussten sehr genau, was an den Klippen vorgefallen war, und sie fürchtete, dafür verurteilt zu werden. Aber so entzückt wie Morgan dreinschaute, schien er gar nicht daran zu denken.

»Es ist wirklich eine Freude, dich wiederzusehen, Alis«, sagte er und sah zwischen Evan und ihr hin und her. »Und dann auch noch mit unserem Evan …« Etwas Fragendes erschien in seinem Blick, und Alis wusste nicht, was sie sagen sollte. Zum Glück meldete Evan sich zu Wort.

»Alis arbeitet beim Tenby Lifeboat und hat mich neulich aus dem Wasser gefischt. Ich dachte mir, ein Essen sei das Mindeste, um mich zu revanchieren.«

Nun stand echtes Erstaunen in Morgans Blick, und seine prüfenden Augen ruhten auf Evan. Dann schüttelte er aber den Kopf und wandte sich wieder Alis zu. »Na, dann haben wir heute ja gleich zwei Helden zu Besuch. Wir werden es Evan nie vergessen, was er für unsere Claire getan hat.«

Alis wollte gerade nachfragen, was Claire mit dem Sturz von den Klippen zu tun hatte, als der junge Ioan aufgeregt zu erzählen begann: »Evan ist Sophie Grace nachgelaufen! Die ist nämlich getürmt, weil ich den Zaun mit dem Traktor umgefahren habe – was keine Absicht war!« Er sah seinen Vater fast schon etwas trotzig an. »Sophie Grace hatte sich erschreckt und ist zu den Klippen. Und Evan ist da hinuntergeklettert, nur um sie zu retten! Dabei war das wirklich steil und gefährlich, und Claire hat nur geschrien und …«

In diesem Moment mischte sich auch Claire mit aufgeregten Lauten ein, als wollte sie ebenso erzählen, und Evan ging neben ihr auf ein Knie nieder, ließ sich von ihr umarmen. »Sophie Grace ist etwas ganz Besonderes«, erklärte er und sah zu Alis auf, während das Mädchen ihn weiterhin festhielt. »Claire hat sie mit der Flasche aufgezogen und ist ihre beste Freundin. Die beiden sind unzertrennlich.«

»Und Evan hat meiner Süßen großen Kummer erspart«, ließ sich Morgan, immer noch bewundernd, vernehmen. »Ich weiß nicht, wie Claire reagiert hätte, wäre Sophie Grace etwas zugestoßen.« Er senkte seine Stimme und trat etwas näher zu Alis. »Sie hatte eine Hirnhautentzündung, als sie noch ganz klein war«, sagte er und sah liebevoll auf seine Tochter hinunter. »Aber seit Sophie Grace da ist, macht sie so große Fortschritte, sie ist so viel aufgeweckter, scheint irgendwie mehr … bei uns zu sein. Wir können Evan gar nicht genug danken.«

Alis sah auf Evan hinab, dem die Lobeshymnen deutlich unangenehm waren, sie sah, wie er sich geistesabwesend über den Bart strich und konnte nicht verhindern, dass ihr Herz schneller schlug. Er war nicht lebensmüde oder dumm gewesen an jenem Tag. Er hatte nicht nur ein Schaf gerettet, sondern auch ein kleines Mädchen.

Alis wollte noch mehr erfahren, über die Morgans, Sophie Grace, die Farm, sie hätte nichts dagegen gehabt, dieses Date bei den Morgans zu verbringen, aber als Mary mit dem Käse zurückkam, drängte Evan darauf, dass sie sich auf den Weg machten.

Mary weigerte sich, Geld für den Käse anzunehmen, er wäre ein Wiedersehensgeschenk für Alis, und als sie in den Wagen steigen wollte, fand sie sich noch in einer festen Umarmung wieder. »Lass dich wieder öfter hier blicken«, sagte Mary und strich ihr über die Wange.

Alis konnte nur nicken, dieser Tag war verrückt. Aber auch wunderschön.

✳

Rhys kniete vor Seths Grab nieder und legte eine Hand auf den schlichten Stein. Er wusste gar nicht, wieso er so oft hierherkam, es war nicht so, als würde er daran glauben, vom alten Rivers gehört zu werden. Seth war schon so lange tot, ein Mann, der ihm wie ein Vater gewesen war, zu dem er aufgesehen und den er verehrt hatte. Hier war nichts von ihm übrig, und trotzdem kam Rhys immer wieder her, um nachzudenken und sich an das zu erinnern, wofür Seth gestanden hatte: ein Mann, wie er selbst einer sein wollte.

Seth hatte sich mit einer Aufopferung und Leidenschaft um die Pferdefarm gekümmert, die Rhys von Anfang an nachempfinden konnte. Er war kein Mann großer Worte gewesen und hatte auf Fremde vielleicht sogar mürrisch gewirkt. Aber Rhys war selbst nie ein Fan von höflichen Floskeln und fal-

~ 166 ~

schen Schmeicheleien gewesen. Seth hatte ihm die Möglichkeit gegeben, so aufzuwachsen und zu leben, wie er wollte. Er war stark gewesen, unverwüstlich, mit nur einer Schwäche: Alis. Wenn sie in den Stall gelaufen war, hatte Seth alles stehen und liegen gelassen, sie hochgenommen, selbst als sie dafür zu groß gewesen war, und hatte sie herumgewirbelt. Dabei sah Rhys immer noch Alis' Gesichtsausdruck vor sich. Ihr war selten ein Lachen entkommen, kein kindliches Glucksen und keine Freude. Sie hatte die Liebe ihres Vaters beinahe kühl und stoisch hingenommen, bis er sie wieder auf die Beine gestellt und ihr das Haar zerzaust hatte.

Rhys war oft eifersüchtig gewesen, er hatte sich nicht nur einmal gewünscht, Seths richtiger Sohn zu sein, obwohl sein Dad kein schlechter Kerl war. Aber Rhys war genauso wie seine Schwester Lynne adoptiert, und insgeheim hatte er sich oft vorgestellt, Seth wäre in Wirklichkeit sein leiblicher Vater – dass Seth ihn deshalb wie einen eigenen Sohn aufzog. Mit vierzehn hatte er sogar mal ein paar Haare von Seths Hut genommen, um einen DNA-Test zu machen, aber das wäre zu teuer gewesen, und er hätte einen Erwachsenen einbeziehen müssen.

Er hatte nie verstanden, wie Alis so kaltherzig und verletzend zu ihrem Vater sein konnte. Ihr Bruder Reed genauso. Er hatte sich nie am Farmleben beteiligt, und wenn, dann hatte er die Pferde erschreckt oder irgendetwas kaputt gemacht. Er war eine Katastrophe gewesen, und Rhys war froh, dass er weg war, auch wenn es ihm um Joan leidtat. Joan, die Seth so sehr geliebt hatte, das war für einen Blinden zu sehen gewesen, die fürsorgliche Mutter, die stets alle zum Abendessen ins Haus gescheucht, ihnen Snacks und Milch gebracht und seine Kleidung geflickt hatte, wenn er an einem Nagel hängen geblieben war. Dies war seine Familie, und Alis spuckte auf das, was sie hatte.

Er hatte sie den ganzen Tag nirgends entdecken können, sonst hätte er ihr wegen Buttercup die Hölle heißgemacht, egal, was Joan sagte. Es war typisch, dass sie ein so wertvolles Pferd verletzte. Nicht weil sie es mit Absicht tat, sondern aus Gleichgültigkeit. Die ganze Farm war ihr egal, und Rhys konnte seinen Zorn kaum unter Kontrolle halten, wenn er daran dachte, was Alis mal mit diesem wunderbaren Ort anstellen würde.

Die Kirchenglocken läuteten und rissen ihn aus seinen düsteren Gedanken. Er blickte zurück zum altehrwürdigen Gotteshaus und verengte die Augen. Sein Herz setzte einen Schlag lang aus. Dort drüben, in der zweiten Grabreihe, kniete eine Frau mit kinnlangem kastanienbraunem Haar, das im Wind flatterte. Sie trug eine dünne Jacke offen über einem T-Shirt mit hellen Jeans und entzündete gerade eine Kerze.

Rhys sah Sianna reglos an. Ihre gemeinsame Nacht rauschte in farbenprächtigen Bildern durch seinen Kopf. Sie hatten kaum gesprochen, nicht dass sie dazu gekommen wären, aber sie hatten auch nichts zerreden wollen. Um vier Uhr morgens war er gegangen, mit »Wir sehen uns« von ihrer Seite, ohne zu wissen, was das genau bedeuten sollte. Jetzt war sie einfach plötzlich da, und Rhys fühlte seltsamerweise Beklommenheit.

Sein erster Gedanke war, in die andere Richtung zu gehen, solange sie ihn noch nicht bemerkt hatte. Irgendwann würden sie sich schon wieder über den Weg laufen – das nächste Mal vielleicht nicht gerade auf einem Friedhof –, aber irgendetwas zog ihn trotzdem zu ihr hin.

Langsam ging er näher, überlegte, was er sagen sollte, und fragte sich auch, wen sie hier besuchte. Er würde nur Hallo sagen und weitergehen, aber dann fiel sein Blick auf den Grabstein. »Gwyn Gallaby«, stand darauf, und das Geburts- und Todesdatum zeigten, dass der Mann vor vier Jahren mit fünfundzwanzig gestorben war.

Das Gras raschelte unter seinen Füßen. Siannas Kopf fuhr hoch, sie sah ihn an und kniff mit einem resignierten Ausdruck die Augen zusammen. »Rhys ... was tust du hier?«, fragte sie und strich sich mit beiden Händen die im Wind tanzenden Haarsträhnen aus dem Gesicht.

»Ich habe hier jemanden besucht.« Rhys sah zwischen dem Grabstein und ihr hin und her, er wusste nicht, was er weiter sagen sollte. Er sollte geschockt sein, aber irgendwie war er gar nicht überrascht. Er hatte geahnt, dass hinter Siannas sprühender, sorgloser Fassade irgendetwas verborgen lag. Vor allem nach Evans Warnung, sie würde irgendwann versuchen auszubrechen. Stumm blieb er neben ihr stehen, während ihm klar wurde, dass er fast nichts über sie wusste.

»Willst du allein sein?«, fragte er schließlich, erneut auf die Inschrift blickend.

Sianna schüttelte den Kopf. »Ich denke nicht.« Sie atmete sichtlich ein und straffte die Schultern, ehe sie auf den Grabstein deutete. »Mein Mann«, sagte sie leise und ohne ihn anzusehen. »Wir waren glücklich. Schrecklich jung, aber auch schrecklich verliebt. Wir erwarteten ein Kind.« Unvermittelt sah sie zu ihm auf, als wollte sie seine Reaktion auf diese Eröffnung sehen, aber Rhys nickte nur traurig und rang den Drang nieder, ihr die Hand auf die Schulter zu legen.

»Ich habe ihn verloren – meinen Jungen –, in der neunzehnten Woche. Nachdem ... nachdem Gwyn ... er war ein Ranger im Nationalpark, weißt du ... und er ... es gab einen Klippenabbruch und ...« Sie wandte sich wieder dem Grab zu.

Rhys wollte sie trösten, wusste aber nicht, wie sie zueinander standen. Ihr Mann war bei einem Klippenabbruch ums Leben gekommen, und Rhys erinnerte sich noch gut an die Tragödie, in der ein Ranger mit den abfallenden Felsen und Geröll ins Meer gestürzt war. Nur wäre er nie auf die Idee gekommen, dass Sianna dem Unglück so nahestand. Dass ein Mensch so aufgeweckt und voller Leben sein konnte, wenn der Tod einem solch einen Schlag versetzt hatte.

»Mein Therapeut sagt, ich versuche immer noch, mein Leben von damals fortzuführen.« Sie richtete sich auf und sah ihm nun gerade in die Augen, etwas Herausforderndes blitzte darin. »Dass ich einen Weg suche, einfach dort weiterzumachen, wo mir mein Glück entrissen wurde ... heiraten, ein Kind bekommen, einfach eine Familie gründen und ins ›Sie lebten glücklich bis an ihr Lebensende‹ gelangen. Er sagt, dass ich mich viel zu schnell in etwas Neues hineinstürze, auf der Suche nach einem weiteren Gwyn, der mir mein altes Leben zurückgibt.«

»Und tust du das?«

Evans Worte kamen ihm wieder in den Sinn, die ähnlich geklungen hatten, die ihn davor gewarnt hatten, dass sie ihre Beziehungen unbewusst sabotierte.

Sianna lächelte gequält. »Woher soll ich das wissen?«

»Wenn nicht du, wer sonst?«

»Glaube mir, hätte ich auch nur die geringste Ahnung über irgendetwas, das auf dieser Welt vor sich geht, geschweige denn in meinem eigenen Kopf, würde ich nicht jede Woche zu Dr. Sanders laufen.« Sie hielt seinen Blick gefangen, ließ ihn nicht entkommen. »Jetzt denkst du, ich bin verrückt, nicht wahr?«

Rhys schüttelte den Kopf. »Als du mich um ein Date gebeten hast, hielt ich dich für verrückt. Als du mich in deine Wohnung eingeladen hast, hielt ich dich für verrückt. Jetzt halte ich dich für jemanden, der trauert und versucht, sein Leben auf die Reihe zu bekommen.«

Ihre Augen verengten sich, etwas Wachsames trat in ihren Blick. »Was heißt das jetzt?«

»Ich weiß es nicht.« Er fühlte sich, als wäre er in einer Sackgasse gefangen. Er wusste nicht, was er sagen oder tun sollte, geschweige denn denken. In gewisser Weise hatten ihr Therapeut und Evan recht. Rhys kannte Sianna nur schnell und überstürzend, und obwohl er genauso verantwortlich für ihr irrsinniges Tempo gewesen war, sollten sie vielleicht einen Gang zurückschalten. Sianna hatte ihren Mann und ihr Baby verloren! Er wusste gar nicht, wie er da noch Platz haben sollte.

»Schreckt dich das alles ab?«

Rhys entschied sich für die Wahrheit. »Ich bin mir noch nicht sicher.«

»Also kannst du eher mit Verrücktheit als mit Trauer umgehen.«

»Ich kann mit Ehrlichkeit umgehen. Aber wie willst du ehrlich zu mir sein, wenn du dich selbst anlügst? Wenn du etwas anfängst, um einen anderen zu ersetzen, und dir vorgaukelst, es wäre nie etwas Schlimmes passiert?«

Sie nickte, und er sah ihr an, dass sie enttäuscht war. Aber was erwartete sie von ihm? Sollte er jubeln, weil sie ihn in ihr Bett holte, um so zu tun, als wäre sie noch in ihrem alten Leben? Er wollte doch nur ganz normal eine Frau kennenlernen, mit ihr ausgehen, einander näherkommen, einen Schritt nach dem anderen begehen. Aber er hätte wohl schon bei ihrer ersten Begegnung wissen müssen, dass Sianna und Normalität nicht in einem Satz vorkamen. Die Frage war nur, ob guter Sex und ihre aufregende Persönlichkeit die Tatsache verschleiern konnten, dass ihr Höhenflug zwangsweise in einem Absturz enden würde.

»Was willst du, Sianna?«

»Im Moment? Von hier verschwinden und da weitermachen, wo wir heute Morgen aufgehört haben. Aber ich muss noch arbeiten, also wird daraus wohl nichts.«

»Du versuchst abzulenken.«

Sie wandte sich ab, blickte auf das Grab hinunter und schwieg.

»Willst du ein neues Leben beginnen oder dein altes fortführen? Ich habe nur in einem davon Platz.«

Sie warf ihm einen Blick zu. »Ist es nicht genug für jetzt? Reicht nicht das, was wir haben?«

»Ich bin kein Typ für einen One-Night-Stand.«

Ihr typisch keckes Lächeln hob ihre Mundwinkel. »Dann komm heute Abend rüber, und mach mindestens zwei Nächte daraus.«

Regungslos sah er sie an. Er wollte ihr sagen, dass sie erst herausfinden musste, was sie wollte. Bis sie so weit war, sollte er sich zurückziehen, denn er hatte so eine Ahnung, dass er sich von einer Frau wie Sianna nicht so schnell erholen würde. Er wusste es, und trotzdem konnte er sich nicht zu diesen Worten bringen. Er sah sie an, ihre stumm bittenden Rehaugen, ihr fast schon schüchternes Lächeln und ihre verdammten abstehenden Ohren, die durch ihr Haar lugten, und er hörte sich sagen: »Ich bin um neun bei dir.«

✳

Evan warf Alis an seiner Seite einen besorgten Blick zu. Sie war schon, seit sie das Restaurant verlassen hatten, seltsam still. Dabei war sie zuvor noch so aufgeweckt gewesen und hatte nach einer Vor- und Hauptspeise ganze zwei Desserts verschlungen. Kein Wunder, bedachte man, dass sie für gewöhnlich nichts Anständiges aß. Sie hatten sich die ganze Zeit unterhalten, über ihre Arbeit und über seine, dabei war er überrascht gewesen, wie sehr sie auftaute, wenn sie von ihren Fahrten mit dem Boot erzählte. Aber jetzt sagte sie kein Wort mehr. Ihre Hände waren in den Sitz gekrallt und ihr Blick starr geradeaus gerichtet.

»Das Tiramisu sah echt lecker aus«, testete er seine Theorie, und als sie ein Stöhnen von sich gab, wusste er, dass er recht hatte. »Dir ist schlecht, was?«

Ein weiterer Laut aus zusammengepressten Lippen, und Evan wusste nicht, ob er belustigt sein oder sich um seinen Wagen sorgen sollte.

»Eigentlich hatte ich ja noch einen romantischen Spaziergang den Küstenpfad entlang geplant …«

»Im Dunkeln?«, keuchte sie erstickt, fast schon etwas genervt über seinen Einfall, was ihn lächeln ließ. Er warf einen Blick auf die Uhr, es war kurz vor neun, sie hätten noch über eine halbe Stunde bis zur Abenddämmerung, aber so kreidebleich, wie sie aussah, sollte er sie wohl gleich n,ach Hause bringen. »Na ja, der Sonnenuntergang hätte die *Romantik* in den *romantischen* Spaziergang gebracht.« Und er hatte auch nicht gewusst, dass sie fast drei Stunden im Restaurant verbringen würden, aber die Zeit war einfach verflogen. Sie hatten geredet und gelacht und gegessen und getrunken – nichts Alkoholisches, das hatte Alis strikt abgelehnt, womit er wieder mehr über sie wusste, und schon waren Stunden rum gewesen.

»Evan, halt an.«

Evan warf ihr einen prüfenden Blick zu, ahnte Böses und zögerte nicht. Schnell fuhr er auf einen der Ausweichbereiche der schmalen Straße. Kaum war er zum Stehen gekommen, hatte Alis sich schon abgeschnallt, riss die Autotür auf, und im nächsten Moment hing sie auch schon würgend über den Wildblumen der am Straßenrand auftürmenden Böschung.

»Vielleicht hättest du nicht ausgerechnet in einer Pizzeria Sushi bestellen sollen, nur um mir gegenüber irgendeinen Standpunkt zu vertreten!«, rief er, was sie mit einem weiteren Würgen beantwortete.

Evan schüttelte den Kopf, stieg aus dem Wagen und näherte sich ihr. Er streckte die Hand nach ihrem gekrümmten Rücken aus und berührte sie vorsichtig. »Besser?«

»Verschwinde.«

»Ich soll dich hier ganz allein lassen? Mitten auf der Straße? Was für ein Arzt wäre ich, würde ich ein krankes Wesen in Not im Stich lassen?«

Sie schoss ihm einen tödlichen Blick zu, und er hob schnell die Hände. »Ah, ich sehe schon, dein Humor ist zusammen mit dem Dessert flöten gegangen.« Er lehnte sich etwas vor, wollte sehen, wie er ihr helfen konnte, aber ehe er sichs versah, fuhr sie zu ihm herum und boxte ihm überraschend schmerzvoll gegen die Brust.

»Oh Gott, sieh dir das bitte nicht näher an. Bring mich nach Hause!« Sie schob sich an ihm vorbei und ließ sich in den Wagen fallen, in ihrer Handtasche kramend, bis sie Taschentücher fand.

Sie tat ihm leid, trotzdem musste Evan ein Lachen unterdrücken. Es war eher die Situation, die etwas Komisches an sich hatte. »Jetzt ist ja alles draußen, dir wird's gleich besser gehen.« Er fuhr weiter, aber sie waren kaum um die nächste Kurve gekommen, da schlug sie ihm mit der flachen Hand auf den Oberarm, er trat auf die Bremse, und erneut sprang Alis aus dem Auto.

Evan strich sich über die Stirn. »Okay, Alis, das ist jetzt nicht mehr lustig. Irgendetwas … das Sushi oder das Tiramisu war nicht in Ordnung.« Er stieg wieder aus und ging zu ihr. »Komm, ich bringe dich ins Krankenhaus, du hast eine Lebensmittelvergiftung.«

»Mir geht's gleich wieder gut.«

»Der Fisch kann mit Toxinen belastet gewesen sein, das kann tödlich enden. Keine Art ein erstes Date …«

»Evan, ich habe mir nur den Magen verdorben, kein Grund, in Panik zu verfallen.« Sie warf ihm aus ihrer gebückten Haltung einen Blick zu, einzelne Strähnen, die sich aus ihrem Pferdeschwanz gelöst hatten, fielen ihr ins Gesicht. »Geh einfach weg, bitte, ich brauche bei meiner Erniedrigung nicht auch noch Zeugen.«

»Schätzchen, du hast mir zugesehen, wie ich Mageninhalt aus einem Pferd gesaugt habe, da halte ich es aus, wenn du deinen ausspuckst.«

»Oh Gott.« Sie wandte sich wieder ab und klammerte sich an die von Efeu überwucherte Mauer. Ihr Körper verkrampfte sich zusehends, und Evan dachte nicht länger nach. Er stellte sich neben sie und strich ihr mit beiden Händen fest über den Rücken, massierte ihr die Schultern und strich ihr das Haar aus dem Gesicht. Sie stöhnte auf, vor Schmerzen oder weil seine Berührung ihr half, konnte er nicht sagen. Sie übergab sich immer wieder, und selbst als nichts mehr in ihrem Magen sein konnte und sie nur noch ein trockenes Würgen ausstieß, hörte es nicht auf. Nun machte er sich wirklich Sorgen.

Ohne den Blick von ihr zu nehmen, insgeheim schon fürchtend, sie könnte umkippen, griff er durch die offene Beifahrertür nach der Wasserflasche im gekühlten Handschuhfach und streckte sie ihr hin. »Trink was.«

Alis schüttelte den Kopf und richtete sich nach Atem ringend auf. »Ich kann nicht …«

»Das, was du hier an Flüssigkeit verlierst, muss auch wieder rein, also entweder du trinkst, oder ich lege dir einen Zugang und verpasse dir eine Ladung Elektrolyte.« Er deutete mit warnend hochgezogener Augenbraue zum Kofferraum. »Ich habe alles dabei und kann sofort loslegen.«

»Herrgott.« Alis riss ihm die Wasserflasche aus der Hand und presste sich die Faust gegen den Bauch. Aber anstatt zu trinken, legte sie sich die Flasche gegen die Stirn und schauderte sichtlich bei dem Versuch, gegen den nächsten Krampf anzukämpfen.

»Ich habe das mit dem Zugang ernst gemeint, Alis«, sagte er drohend, und sie funkelte ihn an.

»Ich bin ein Mensch, kein Pferd.«

Er lachte auf. »Glaube mir, das ist mir nicht entgangen, aber stell dir vor, ich finde sogar bei einem Menschen eine Vene. Also tu mir den Gefallen und trink wenigstens ein paar Tropfen.«

Sie schloss die Augen und schüttelte den Kopf, womit er wieder etwas Neues über sie lernte: Sie war schrecklich stur.

Aber das konnte er auch sein, und so griff er nach ihrem Oberarm und führte sie zurück zum Wagen. »Steig ein.«

»Noch nicht.«

Er hob sie kurzerhand hoch, und sie war zu schwach, um sich zu wehren. Auch protestierte sie nicht, als er sie auf direktem Weg ins Krankenhaus brachte. Eher schien sie Schwierigkeiten zu haben, die Augen offen zu halten, ihre Lippen waren schmerzverzerrt zusammengepresst, und er war froh, sie in die kompetenten Hände einer wohlbeleibten Krankenschwester übergeben zu können.

»Fahr ruhig heim, Evan. Ich komme schon zurecht«, sagte sie noch, ehe die Schwester sie mitnahm, aber Evan winkte ab.

»Ich gehe nirgendwohin.«

∗

Alis verschwand für eine halbe Ewigkeit, und es war fast schon Mitternacht, als eine jüngere Schwester zu ihm kam und ihn fragte, ob er Miss Rivers' Begleitperson wäre.

»Wir wollten sie über Nacht hierbehalten, aber sie weigert sich und hat sich selbst entlassen.«

»Wieso wundert mich das nicht?« Er war davon ausgegangen, dass sie stationär aufgenommen worden war, und er hatte sich nur noch nach ihrem Befinden erkundigen und verabschieden wollen, aber so wie es aussah, war die Nacht noch nicht vorbei. »Geht es ihr denn besser?«

»Die Symptome haben nachgelassen. Wir haben sie an den Tropf gehängt und ihr Schmerzmittel gegen die Krämpfe gegeben, sie sollte bald wieder in Ordnung sein. Trotzdem hätten wir ein besseres Gefühl, sie hierzubehalten.«

»Nicht nur Sie, aber ich fürchte, bei Alis kämpfen Sie auf verlorenem Posten. Ich bringe sie nach Hause.«

Die Schwester nickte und führte ihn zu einem Krankenzimmer. Bevor sie aber die Tür öffnete, legte sie ihm die Hand auf den Arm. »Sie sollten vielleicht noch wissen, dass sie sehr stark auf die Schmerzmittel reagiert. Es wäre besser, sie heute nicht allein zu lassen.« Sie öffnete die Tür, und Evan betrachtete das Bild, das sich ihm bot. Alis, die gerade darum kämpfte, den Reißverschluss ihres Stiefels zu schließen, immer noch bleich, mit zerzaustem Haar und unkontrolliert kichernd.

»Miss Rivers, Ihr Freund ist da, er bringt Sie nach Hause.«

Alis blickte auf. »Mein Freund?« Sie sah von der Schwester zu ihm und breitete die Arme aus. »Ah! Evan Davies! Retter der Schafe und Ritter mit schimmernder … Was war das noch gleich?«

Die Schwester sah ihn fragend an, und er murmelte grinsend: »Eine Nasenschlundsonde«, ehe er auf Alis zuging.

»Na, Miss Sushi, mir scheint, dir geht's schon viel besser.« Er kniete mit einem Bein vor ihr nieder und schloss ihren Stiefel, mit dem sie sich immer noch abmühte. Alis verstummte abrupt, sah auf ihn hinab, auf ihr Bein, das er immer noch umschlossen hielt, die Augenbrauen konzentriert zusammengezogen. Er erwiderte ihren Blick, versuchte in ihren Augen zu erkennen, ob sie schlagartig ernüchtert war. Ihm entging nicht, dass sie zitternd die Luft einsog und sie dann anzuhalten schien. Das Türkis ihrer Augen wirkte in diesem Licht sehr grün, ganz anders als auf dem Meer neulich, wo das Blau überwogen hatte. Er wollte etwas sagen, als Alis unvermittelt zusammenzuckte.

»Mir geht's blendend. Ich habe doch gesagt, du übertreibst.«

Evan lächelte und erhob sich. »Komm, lass uns gehen.« Er half ihr auf, erledigte noch etwas Papierkram und brachte sie schließlich zum Auto. Dabei hielt er sie den ganzen Weg über fest, da sie nicht aufhörte zu tanzen und fast vor einen herannahenden Wagen lief. Am Parkplatz hörte sie wenigstens mit ihrem Gehopse auf, aber dafür musste er sie schon fast tragen, da sie plötzlich in sich zusammensank.

»Vielleicht hätte ich dir doch selbst eine Infusion geben sollen, anstatt dich hierherzubringen.«

»Du willst doch nur angeben.«

Evan zuckte mit den Schultern, schob sie ins Auto und fuhr los. Sie hatten eine lange Fahrt vor sich, das Krankenhaus war eine gute halbe Stunde von der Rivers-Farm entfernt, und er wollte Alis so schnell wie möglich in ihrem Bett wissen. Er glaubte schon, sie wäre eingeschlafen, als sie sich abrupt aufrichtete und das Radio lauter stellte. »Ich liebe diesen Song!« Sie schlug ihm überraschend kraftvoll auf den Oberarm und lachte. »Komm schon, sing mit.«

Evan sah konzentriert auf die Straße. »Nein danke. Ich singe nicht.«

»Jeder singt in seinem Auto!«

»Ich nicht.«

Sie ließ sich schulterzuckend in ihren Sitz zurückfallen und trällerte selbstvergessen zusammen mit The Lumineers. »Ho!«, rief sie und zeigte auf ihn. »Jetzt musst du ›Hey‹ singen!«

»Ich singe nicht, Alis.«

Sie ignorierte ihn, rief wieder zum Takt »Ho« und sah ihn dann erwartungsvoll an, das wusste er, ohne den Blick von der finsteren Straße zu nehmen, ihre Ungeduld war überdeutlich zu spüren.

»Hey«, seufzte er, was sie triumphierend lachen und vor Freude auf dem Sitz springen ließ.

In der Dunkelheit konnte er sie nicht gut ausmachen, das Funkeln ihrer Augen und ihr Grinsen erkannte er aber deutlich. Wer hätte gedacht, dass ein Date mit der nüchternen Crew-Lady so enden würde? Er sollte genervt sein, weil nichts so lief, wie er vorgehabt hatte … ein paar nette Essen und dann viel, viel Zeit im Schlafzimmer – ihr schlanker Körper unter seinem, seine Hände auf ihrer goldenen Haut, sein

Mund auf ihrem. Stattdessen Ausflüge ins Krankenhaus und Hey Hos. Aber während er sie ansah, konnte er nicht anders, als zu grinsen. Nichts in ihm war genervt, auch nicht, als sie sich wieder mit einem »Ho« zu ihm herumwarf.

Als der Song endete und Alis erschöpft in sich zusammensank, war er fast schon etwas enttäuscht. Er stellte das Radio leiser und wollte sie schlafen lassen, aber dann drang ihr Seufzen durch die Stille.

»Wohin bringst du mich?« Sie blickte aus dem Seitenfenster, den Kopf zurückgelehnt, ihre Stimme lallend aus der Dunkelheit, als könnte sie sich gerade noch wach halten.

»Nach Hause.« Er schlich die finstere Straße entlang, die kurvig und schmal war, gesäumt von Steinmauern und Hecken, die ihm ein wenig das Gefühl gaben, von der Außenwelt abgeschottet zu sein. Weit und breit war im Scheinwerferlicht nichts zu sehen als Wände aus Grün.

Alis seufzte neben ihm. »Das ist gut. Endlich wieder nach Tenby.«

Er warf ihr einen Blick zu und betrachtete ihre Silhouette. »Ich bringe dich nicht nach Tenby. Ich bringe dich zur Farm. Zu deiner Mutter.«

»Nicht zur Farm.« Ihre Stimme war kaum zu verstehen. »In diesem Zimmer … ich kann dort nicht schlafen.«

Evan sah zwischen der Straße und ihr hin und her, sie schlang ihre Arme um ihren Körper, als fröre sie oder als wollte sie sich schützen. Von der eben noch so aufgedrehten Alis war nichts mehr zu sehen. »Er ist schon so lange tot.« Ihre Worte wurden abgehackt, ihr Atem beschleunigte sich hörbar. »Und trotzdem kann ich nicht schlafen …«

Evan schloss seine Hände fester ums Lenkrad. Er wusste, dass sie nur wegen der Medikamente davon sprach, und sein

Vorhaben, dieses Date locker und oberflächlich zu halten, hatte er noch nicht ganz über den Haufen geworfen. »Alis, ich muss dich zu deiner Mutter bringen, du kannst nicht ...«

»Kann ich nicht bei dir schlafen, Evan Davies?«

Fast hätte er das Lenkrad herumgerissen, so abrupt wandte er sich ihr zu. Sie sah ihn immer noch nicht an, er konnte ihr Gesicht in der Dunkelheit kaum erkennen, und er fragte sich, an was sie sich morgen noch erinnern würde. »Alis, das ist keine gute Idee und ...«

Sie warf sich zu ihm herum und packte seinen Arm. Verdammt, so langsam wurde sie gefährlich. »Ach bitte, Evan!« Sie schüttelte ihn leicht, und Evan hatte größte Mühe, sich auf die Straße zu konzentrieren. »Ich verspreche auch, dass ich mich nicht mehr übergebe! Du kannst mich doch nicht einfach so bei der Farm abladen, du bist doch ...« Sie ließ ihre Hände sinken und sah ihn mit einem komischen, nachdenklichen Ausdruck an. »Was warst du noch gleich?«

Evan verkniff sich ein Lachen. »Dein Retter?«

»Ja! Mein Retter! Obwohl – vielleicht auch nicht! Eigentlich bist ja du schuld, dass ich krank geworden bin, das Restaurant hast du ausgesucht! Bitte, ich will mit zu dir, ich werde auch artig sein – vielleicht.« Ein Kichern stieg in ihr hoch, und sie schlug sich die Hand vor den Mund.

Evan seufzte und schlug den Weg Richtung Manorbier ein, wo er wohnte. »Wie könnte ich da Nein sagen?«, murmelte er mehr zu sich selbst, wissend, dass er sich auf ganz dünnes Eis begab. Er war sich ziemlich sicher, dass sie ihn nicht mehr hörte. Ihr Kopf war auf seine Schulter gesunken, und sie schnarchte leise.

✳

Ihr war schlecht. Wirklich schrecklich übel, und ihr Kopf dröhnte. Sie drehte sich herum, eine schwere Decke lag auf ihr, die nach Waschmittel roch, und sie gab ein Stöhnen von sich. Licht stach durch ihre geschlossenen Lider, jetzt nahm sie auch den vagen Duft nach Kaffee wahr, und mit einem in ihr hochkriechenden Entsetzen kam ihr die Erkenntnis, dass sie nicht wusste, wo sie war.

Sie bewegte ihre Glieder, die sich schwer anfühlten, und bemerkte, dass ihre Beine nackt waren. Am Oberkörper trug sie den kurzärmeligen Stretch-Pullover ihrer Mutter. Wieso hatte sie den an?

Erschrocken fuhr sie hoch und fiel bei dem Schmerz, der ihr dabei durch den Kopf schoss, gleich wieder stöhnend in die Kissen zurück.

Das Date. Evan. Das Sushi. Das Krankenhaus.

Vorsichtig blinzelte sie ins Licht, die Sonne fiel durch ein hohes Bogenfenster herein, ein Fenster, das sie nie zuvor gesehen hatte. Genauso wenig wie die Holzvertäfelung an der Decke oder das helle Parkett. Sie lag in einem riesigen Bett, zu ihrer Linken stand ein Glas Wasser auf einer ebenfalls in hellem Holz gehaltenen Kommode. Daneben stand ein großer Polstersessel mit einer zerknüllten Decke darauf. Zu ihrer anderen Seite ging eine Tür weg, vielleicht in ein Badezimmer oder einen begehbaren Kleiderschrank, womöglich aber auch in ein anderes Zimmer. Es gab noch eine weitere Tür, auf der kurzen Seite links neben ihr, die wohl in den Flur führte. Sie war nur angelehnt, und Alis starrte gerade darauf, als sie im nächsten Moment aufschwang und sie zusammenzucken ließ.

»Guten Morgen.« Evan kam herein, in der einen Hand eine Tasse Kaffee, in der anderen sein Handy, das braune Haar fiel ihm nass in Stirn und Nacken. Er trug Jeans und T-Shirt, und seine Augen wirkten immer noch verschlafen. »Ich habe gerade deine Mutter auf den neuesten Stand gebracht – dass du bald aus dem Krankenhaus entlassen wirst und ich dich nach Hause bringe. Ich dachte mir, das ist dir vielleicht lieber, als wenn sie weiß, dass du die Nacht hier verbracht hast.«

Alis suchte fieberhaft in ihren wirren Gedankengängen nach einer passenden Antwort. Was war letzte Nacht passiert? Sie war noch angezogen – halbwegs zumindest –, und, oh Gott, sie hatte sich vor ihm die Seele aus dem Leib gespien. Am liebsten hätte sie sich die Decke über den Kopf gezogen, sie wollte gar nicht wissen, wie sie gerade aussah. Sie erinnerte sich noch an das Krankenhaus, aber wieso war sie jetzt hier? Offensichtlich in Evans Wohnung. Wieso lag sie in seinem Bett? In ihrer Erinnerung war nur ein schwarzes Loch. Peinlich berührt sah sie erneut an sich hinab.

»Bevor du die Frage stellst, die dir gerade im Kopf herumgeistert und die – das muss ich sagen – wirklich überaus beleidigend wäre, überlege lieber, ob du das wirklich glaubst und mir zutraust.«

Alis blickte auf. Er sah sie mit hochgezogener Augenbraue an, und Alis spürte Hitze in ihren Wangen aufsteigen. »Ich glaube gar nichts«, murmelte sie und schwang ihre Beine aus dem Bett. Sie bereute die schnelle Bewegung sofort, denn ihr wurde schwarz vor Augen, und erneut stieg eine Welle der Übelkeit in ihr hoch.

Alis atmete tief durch die Nase. »Wo ist mein Rock?«

»In der Wäsche. Er … na ja, er hatte ein paar Flecken.«

Sie sah auf, und die ohnehin schon brennende Scham über das Ende ihres Dates gestern glomm durch ihren ganzen Körper.

»Wieso bin ich hier?«

Evan ließ sich neben ihr auf dem Bett nieder, und obwohl Alis' Verstand ihr sagte, dass er sich nach gestern Abend wohl kaum auf sie stürzen würde, machte seine Nähe, noch dazu in einem Schlafzimmer auf einem Bett, sie unruhig. Er duftete nach Duschgel, und sein nackter Arm berührte beinahe ihren. »Du wolltest nicht nach Hause. Eigentlich wolltest du sogar unbedingt zu mir.« Grinsend nahm er einen Schluck aus der dampfenden Tasse, und Alis wurde bei dem nun intensiveren Geruch des Kaffees noch elender zumute. Vielleicht lag es aber auch nur an seinen Worten, an die sie keine Erinnerung hatte.

Stöhnend stützte sie das Gesicht in ihre Hände. »Oh Gott, was habe ich gesagt?«

Er lachte leise neben ihr. »Nicht viel, meistens hast du ja gesungen – sehr leidenschaftlich, muss ich sagen. Du meintest nur, dass du nicht zurück auf die Farm wolltest und viel lieber in meinem Bett schlafen würdest.«

Sie zuckte zusammen, konnte ihn immer noch nicht ansehen. Es war ja so typisch, dass ein Date für sie damit endete, dass sie sich zutiefst blamierte. »Wo genau sind wir denn?«, murmelte sie in ihre Hände, still hoffend, dass sie sofort von hier verschwinden konnte.

»Manorbier.«

Ein erleichtertes Seufzen entfuhr ihr. Das schaffte sie zu Fuß. »Okay, dann …« Sie sprang auf und sah sich im Raum um, seinen Blick weiterhin meidend. »Ich mache mich mal auf den Weg. Danke für alles und … ähm …« Sie konnte kaum mit »Wir sehen uns« enden, denn ihr war durchaus bewusst, dass sie sich nach diesem Date wahrscheinlich nie wiedersehen würden. »Alles Gute.« Sie griff nach ihrer Tasche und Jacke und sah an sich hinab, still fluchend, sie stand ja nur im Höschen da. Wunderbar, es wurde immer besser.

»Willst du dir eine Hose leihen?«, fragte Evan hörbar amüsiert. Er erhob sich und wartete keine Antwort ab. Er verschwand durch die Tür, die sich tatsächlich als begehbarer Kleiderschrank herausstellte, und kam mit einer grauen Trainingshose zurück.

Alis nahm sie entgegen und lief bei einem Blick in sein gut aussehendes, grinsendes Gesicht knallrot an. »Danke.« Sie schlüpfte hinein und war froh, dass sie einen Gummizug um die Knöchel hatte, sonst würden die viel zu langen Hosenbeine über den Boden schleifen und ihren lächerlichen Auftritt vervollständigen. »Ich bringe sie dir bald zurück, versprochen.«

Evan nickte, sie sah es aus den Augenwinkeln, und sie wünschte, er würde etwas sagen. Irgendeinen lockeren Spruch, um diese peinliche Anspannung zu lösen. »Also dann …« Sie hob die Hand und wandte sich zur Tür, die in den Flur führte.

»Warte, Alis.« Evan verstellte ihr den Weg. »Ich fahr dich.«

»Das musst du nicht, es ist ja nicht so weit und …«

»Keine Widerrede.« Schon rauschte er an ihr vorbei, er hatte es offensichtlich genauso eilig, sie loszuwerden, wie sie, von hier wegzukommen.

Es war eine schweigsame Fahrt zur Farm, und Evan kam ihr – kein Wunder! – still und distanziert vor. Da war nichts mehr vom lockeren Draufgänger, der nichts anbrennen ließ. Er hatte wahrscheinlich kapiert, dass sie nicht zum ungezwungenen, komplikationslosen Zusammensein taugte. Wer wusste schon, was sie gestern noch alles geredet hatte. Er tat wohl das einzig Kluge, sich fernhalten, und als er den Wagen zwischen den Weißdornbäumen die Auffahrt zum Haus hochlenkte, war sie sogar froh, ihre Mutter in der Tür stehen zu sehen.

~ 185 ~

»Danke und schönen Tag noch«, sagte sie mit einem schnellen Blick in sein verblüfftes Gesicht, ehe sie aus dem Wagen sprang und zum Haus lief. Nur nicht zurücksehen, einfach vergessen, dass der gestrige Tag und dieser Morgen je existiert hatten.

»Alis, geht's dir gut?« Ihre Mutter, die zu so früher Stunde schon angezogen und frisiert war, sah sie mit ehrlicher Sorge an, obwohl sie selbst immer noch blass und müde aussah.

»Oh Gott, Mum … erinnere mich daran, nie wieder Fisch zu essen und nie wieder einem Date zuzustimmen!«

Ein Lächeln huschte über Joans Gesicht. »Ach was, so schlimm wird es schon nicht gewesen sein.« Sie winkte nun breit grinsend an Alis vorbei, aber Alis drehte sich nicht um, sie hörte auch so, dass der Wagen davonfuhr. Schnell schlüpfte sie durch die offene Haustür, ließ sich erschöpft auf einen Stuhl in der Eingangshalle fallen und lehnte den Kopf an die Wand. Als ihr wieder Szenen vom Vorabend und heute Morgen durch den Kopf gingen, ließ die Peinlichkeit der Situation sie erschaudern. »Glaub, mir. Evan Davies sehen wir hier so schnell nicht wieder.«

»Lass uns in die Küche gehen, hier ist es so dunkel. Möchtest du eine Brühe? Ich habe eine gekocht, für deinen Magen.«

Langsam wandte Alis den Kopf ihrer Mutter zu. Aus dem unangenehmen Schauer wurde ein wohlig warmes Gefühl, dem Alis noch nicht zu trauen wagte. Trotzdem nickte sie dankbar. »Ja bitte.«

Kapitel 8

Rhys lehnte sich gegen die Absperrung des Dressurvierecks und beobachtete die zwanzigjährige Eve beim Reiten. Sie hatte ihn gebeten, ihm zu helfen, da in nächster Zeit ein paar Turniere anstanden, bei denen sie antreten wollte. Ihre Stute war eins von sechsundzwanzig Einstellpferden, die hier auf der Farm eine Unterkunft hatten, und viele der Einsteller buchten auch regelmäßig Reitstunden. Es war eine zeitaufwendige Aufgabe zusätzlich zu seinen anderen Pflichten, aber Joan konnte es sich nicht leisten, einen weiteren Reitlehrer einzustellen, und Rhys mochte die Arbeit.

»Du lehnst dich zu weit nach vorne!«, rief er Eve zu, die gerade einen diagonalen Wechsel leichttrabte. »Das verlagert dein Gewicht auf die Vorderhand, aber du willst doch, dass sie mehr Last mit der Hinterhand aufnimmt! Bleib mal auf der großen Tour, und sitze den Trab aus.«

»Ich hasse dich, Rhys, du weißt, dass ich das nicht so gut kann.«

»Deshalb üben wir es ja.«

»Schindest du schon wieder die armen Reiter?«

Rhys sah zur Seite, auch wenn er die Stimme sofort erkannt hatte. Ein seltenes Lächeln breitete sich auf seinem Gesicht aus. Sianna umschloss sein T-Shirt an der Brust, zog ihn näher und gab ihm einen Kuss. Sie roch nach Sommer, nach den Weiden und Blumen und der Sonne, die heiß herunter-

~ 187 ~

brannte. Ihre Haut hingegen war kühl von der beständigen Meeresbrise, vielleicht auch von der Klimaanlage im Auto. Er legte seine Hand auf ihre Wange und erwiderte den Kuss, als hätte er sie nicht noch heute Morgen in seinen Armen gehalten. Der Gedanke, wie sehr er sich in ihrer Gegenwart wie ein verliebter Teenager fühlte, beunruhigte ihn, und gleichzeitig fühlte es sich so gut an.

»Hey Rhys, ich werde gerade durchgeschüttelt! Irgendwelche Vorschläge?«

Rhys löste sich lachend von Sianna, die auf den Zaun kletterte und sich darauf niederließ, und wandte sich Eve zu, die tatsächlich bedenklich auf dem Pferderücken auf und ab hüpfte. Dabei grinste er dümmlich vor sich hin, was ihm ganz und gar fremd war, aber die letzten Tage mit Sianna hatten ihn verändert. Sie hatten jede Nacht der letzten Woche miteinander verbracht, und immer noch überwältigte ihn allein ihr Anblick, ganz zu schweigen von ihren Berührungen. Gleichzeitig spürte er aber deutlich das über ihm schwebende Damoklesschwert, die bange Vorahnung, dass all das nur ein Glück auf Zeit war, auch wenn ihm ihr Auftauchen hier etwas Zuversicht gab. Außerhalb ihres Schlafzimmers hatten sie sich kaum gesehen, und er hatte schon in den letzten Tagen überlegt, wie er ihr sagen sollte, dass er mehr wollte. Dass sie tagsüber zu ihm kam, gab ihm Hoffnung.

»Deine Hüfte muss mitschwingen, Eve! Du musst spüren, welches Hinterbein gerade nach vorne geht. Lass es uns mal im Schritt üben. Konzentriere dich nur auf ihre Bewegungen.« Er warf Sianna an seiner Seite einen Blick zu. »Bist du mit Evan hergekommen?«

Sianna rutschte auf dem Zaun hinter ihn, sodass er zwischen ihren Beinen stand, und begann, seine Schultern zu

massieren. »Ja, er macht die Zähne, und ich habe Mittagspause. Da dachte ich mir, ich schaue mal, was du den lieben
langen Tag so treibst.« Sie lehnte sich nach vorne und flüsterte
ihm ins Ohr: »Bevor wir heute Abend da weitermachen, wo
wir vorhin aufgehört haben.«

Rhys lachte und konzentrierte sich schnell wieder auf Eve,
um das Blut, das ihm bei diesem Gedanken tiefer schoss, aufzuhalten.

»Rechts!«, rief Eve, und Rhys schüttelte schnell den Kopf.

»Falsch!«

»Argh!«

»Versuch's noch einmal!« Er legte seine Hand auf Siannas,
die gekonnt seinen Nacken massierte. Ein Teil von ihm wollte zwar, dass sie nie mehr damit aufhörte, aber sie machte ihn
damit auch halb wahnsinnig.

»Links!«

»Genau! Und gleich noch mal.« Er streichelte über Siannas
Finger an seiner Schulter, umfasste ihr Handgelenk, zog es
nach vorne und küsste es.

»Man könnte glauben, du hast mich vermisst«, flüsterte sie
amüsiert, und Rhys warf ihr lediglich einen Blick zu.

Ihre Augen strahlten vergnügt, und Rhys sah wieder nach
vorne. »Du solltest mich öfter besuchen.«

Sie brauchte lange für ihre Antwort, aber Rhys tat so, als
würde er gar nicht mehr darauf warten und sich auf Eve konzentrieren.

»Vielleicht mache ich das.«

Er hielt inne und triumphierte innerlich. Das war ein großer Schritt. Groß genug, um noch ein wenig mutiger zu werden. »Wir sollten unser Date nachholen. Wir sind nie dazu
gekommen.«

Sie schwieg erneut, und Rhys fragte sich, ob er zu weit gegangen war. Ging es ihr wirklich nur um Sex? Eine Vorstellung, die ihn ärgerte, obwohl er eigentlich auch immer nur diese Art von Beziehungen geführt hatte. Mit Rosamund war es auch nur darum gegangen, sie hatten es beide gewusst, und die Sache war unkompliziert geendet. Aber an Sianna war nichts unkompliziert. Und was sie auch tat, er sah immer mehr das nahende Ende vor sich – ein Ende, das er nicht wollte. Vielleicht lag das Problem also an ihm? Sie machte ihn zu weich.

Unvermittelt schlang Sianna ihre Arme um seinen Hals und presste ihre Lippen auf seine Wange. »Ich will in den Oakwood Park.«

Er sah sie mit gerunzelter Stirn an. »Was? Den Vergnügungspark für Kinder?«

»Ist mir egal. Es gibt dort Achterbahnen und außerdem einen ganzen Neverland-Bereich. Du gehst mit mir da hin.«

»Ach, tue ich das?«

»Ja, tust du.« Sie stützte ihr Kinn auf seine Schulter, und obwohl Rhys wenig Lust auf schreiende Kinder und mörderische Bahnen hatte, genoss er das Gefühl, hier zu stehen wie ein ganz normales Pärchen. Sie blinzelten in die Sonne, die blühenden Weißdornbäume rauschten über ihnen, und sie atmeten den Geruch nach Sägespänen und Pferden. Das hier war fast schon zu gut, um wahr zu sein.

Rhys widmete sich wieder Eve, und als er mit der Stunde fertig war und Eve die Stute in den Stall brachte, saß Sianna immer noch auf dem Zaun.

»Musst du nicht zurück in die Praxis?«

Das freche Koboldgrinsen, das er nie aus seinem Kopf bekam, erhellte ihr Gesicht. »Habe den Nachmittag über geschlossen.«

»Und das sagst du mir erst jetzt? Ich hätte mir Zeit genommen.« Er trat zu ihr an den Zaun, und sie schlang ihre Arme um seinen Hals.

»Nimm dir jetzt Zeit.«

»Ich kann nicht, ich muss nachsehen, ob bei Evan alles in Ordnung ist.«

»Unser Zahnarzt kommt mit den paar Pferden schon zurecht.« Sie strich mit einem Finger über sein Kinn und küsste es dann. »Ich liebe dieses Grübchen.«

Rhys schloss kurz die Augen. Er musste Klartext reden, sonst würde er mit seinen verrückten Überlegungen und Zweifeln noch wahnsinnig werden. Er nahm ihre Hände in seine und trat einen Schritt zurück.

»Wann hast du deine nächste Therapiesitzung?«

Siannas Miene verdüsterte sich augenblicklich, die Unbeschwertheit wie weggewischt. »Warum fragst du?«

»Weil ich mitgehen will.«

»Was?« Sie wollte ihre Hände an sich ziehen, aber Rhys verstärkte den Griff.

»Deine Vergangenheit ist ein Teil von dir, lass mich daran teilhaben.« Er beugte sich über sie, sah sie eindringlich, vielleicht sogar schon etwas flehend an, aber das war ihm egal. »Sie wird immer ein Teil von dir sein, und ich will nicht, dass du ihn vor mir versteckst. Wie soll diese Sache zwischen uns sonst funktionieren?«

»Funktioniert sie denn nicht?« Etwas Kaltes mischte sich in ihren Ton, sie versuchte nicht mehr, ihre Hände fortzuziehen, doch sie lagen vollkommen regungslos in seinen, als würden sie gar nicht mehr zu ihr gehören.

»Ich frage mich nur, wie lange das noch so bleibt.«

Sianna schüttelte verärgert den Kopf. »Ich hätte dir nie etwas davon erzählen sollen. Können wir nicht einfach abwarten, wohin uns das alles führt, und bis dahin genießen, was wir haben? Wir sehen uns erst seit einer Woche, Rhys! Eine Woche! Würdest du bei jeder anderen Frau auch gleich die Daumenschrauben anlegen?«

»Du bist nicht jede andere Frau, und dass es mir ernst ist, weiß ich auch jetzt schon.«

Sie starrte ihn an, öffnete den Mund, als wollte sie etwas sagen, fand aber keine Worte.

»Sianna?«

»Meine Therapie geht dich gar nichts an!«

»Hast du mit sonst irgendjemandem darüber gesprochen, wie es dir geht? Deiner Familie? Evan?«

»Das ist allein *meine* Sache!« Sie rutschte vom Zaun und riss ihre Hände an sich. »Wozu soll ich mit euch reden? Wozu soll ich mir anhören, dass Licht am Ende des dunklen Tunnels ist, dass die Zeit alle Wunden heilt. Die Zeit gibt mir nicht zurück, was ich verloren habe!«

»Aber du sprichst mit diesem Dr. Sanders.«

»Er sieht mich nicht voller Mitleid an. Was glaubst du, wie Evan oder der Rest meiner Familie reagieren würden, wüssten sie, wie es immer noch in mir aussieht? Sie wären nicht mehr normal zu mir, sie würden mich wieder mit Samthandschuhen anfassen. Weißt du, wie das ist? Wenn allein die Blicke der anderen einen daran erinnern, was man verloren hat?«

»Also spielst du die Unerschütterliche, das sprühende Leben und machst allen und dir selbst etwas vor.«

»Lass mich in Ruhe.« Sie schob sich an ihm vorbei, aber Rhys hielt sie an der Schulter fest.

»Sieh uns an, Sianna. Wir reden darüber, du hast mir die Wahrheit gesagt, ich weiß jetzt mehr über dich und wie es in dir aussieht, wir können zusammen daran arbeiten. Du hast mir etwas anvertraut, das nicht einmal deine Familie weiß.«

»Weil du mich dazu zwingst!«

»Oder weil dir vielleicht doch etwas an mir liegt, sogar nach nur einer Woche.«

Sie sah ihm in die Augen und war plötzlich ganz blass. »Vielleicht ist es aber auch nur eine flüchtige Sommerliebe.«

Rhys nickte langsam. »Du versuchst gerade rauszukommen, mich wegzustoßen, du hast Angst. Aber ich wusste, dass das passiert. Ich lasse mich nicht so leicht abschrecken.«

»Dann bist du ein Narr.« Ihre Unterlippe bebte, und ihre Augen füllten sich mit Tränen.

»Sianna, rede doch einfach mit mir.«

Sie straffte ihre Schultern, reckte ihr Kinn. »Ich rede doch mit dir! Und ich sage dir, was du tun kannst. Lass mich in Ruhe. Es war ein Fehler, mich überhaupt mit dir abzugeben. Einem Mann, der selber voller Probleme ist, der solch eine Angst vorm Verlassenwerden hat, dass er schon nach einer Woche zu betteln anfängt.«

Rhys zuckte mit den Schultern. »Nur zu, mach weiter, so schnell wirst du mich nicht los.«

Sianna biss sichtlich die Zähne zusammen, ihr Mundwinkel zuckte, ihre Brust hob und senkte sich deutlich. »Ich meine es ernst!«

»Ich auch.«

»Du hältst dich für so toll, so verständnisvoll und romantisch, weil du mich zum Seelenklempner begleiten willst. In Wirklichkeit dient das alles nur dir selbst. Du willst dich selbst beruhigen, du willst eine Garantie, aber die wirst du nie bekommen. Eine Garantie wird es nie geben, weder für die Liebe noch fürs Leben. Ehe du dich versiehst, bricht alles über dir zusammen.« Sie sah ihn noch einen Moment lang an, dann fuhr sie herum und stapfte davon.

Rhys ließ sie gehen, auch wenn er das Gefühl hatte, dass sie nicht nur dieses Gespräch beendete, sondern auch alles andere. Aber vielleicht sollten sie es auch einfach beenden, solange er noch konnte und ehe er wirklich zu tief reinrutschte. Verdammt, wieso hatte er das alles überhaupt angesprochen?

»Hey, Rhys!«

Er fluchte, blickte zum Einstellerstall hinüber und sah Eve auf ihn zulaufen. Am liebsten wäre er in die andere Richtung gegangen, aber da hatte sie ihn schon erreicht.

»Was ist?«

Eve kam außer Atem vor ihm zum Stehen, ihr kurzgeschnittenes Haar klebte verschwitzt vom Helm an ihrem Kopf, ihr Gesicht war rot und ihre dunklen Augen weit aufgerissen.

»Weißt du, was es mit Joans Tochter auf sich hat?« Sie wies hinter sich zum riesigen Holzbau der Einstellerpferde. »Veranstaltet die jetzt immer Führungen, oder was?«

»Wovon redest du? Meinst du Alis?«

»Ja! Sie ist mit diesen beiden Leuten zu mir gekommen, als ich gerade abgesattelt habe. Dann wollte sie lauter Sachen von mir wissen. Sie meinte, sie könnte die Fragen der beiden nicht richtig beantworten, weil sie schon so lange nicht mehr hier war, und ob ich ihr helfen könnte.«

Sofort spürte er die altbekannte Wut in sich hochsteigen. Das durfte doch nicht wahr sein! »Was waren das für Leute?«

»Ein Mann und eine Frau. Sehr schick. Sehr reich, denke ich, wenn man sich den Wagen drüben vor dem Haupthaus anschaut. Der hat bestimmt mehr gekostet, als ich im Jahr verdiene. Sie waren ja sehr nett, aber komisch ist mir das schon vorgekommen.«

»Was wollten sie denn wissen?« Er würde sie umbringen.

»Na ja, Sachen über die Farm halt. Wie viele Pferde hier eingestellt sind, was beim Einstellen alles mit angeboten wird, also welche Auswahl an Futter und Einstreu, wie oft am Tag die Pferde auf die Koppel kommen, wie die Reitanlagen jetzt aussehen, ob es Reitstunden gibt, ob im Sommer viele Touristen herkommen … Einfach *alles*.«

Rhys ballte die Hände zu Fäusten, zwang sich tief durchzuatmen, aber es half nicht. »Die kann was erleben.«

Eve sah ihn verwundert an, aber Rhys beachtete sie nicht länger und marschierte mit langen Schritten an ihr vorbei, direkt zum Stall.

Er fand Alis und ihre beiden Mitbringsel vor der Sattelkammer, wo Alis gerade erklärte, dass jeder Einsteller einen Schrank für seine Ausrüstung zur Verfügung gestellt bekam. Die beiden Gäste sahen tatsächlich schick aus. Eine kurvige Frau in hautengen Leggins, Stiefeln und einem noch knapperen Top; das schwarze Haar fiel ihr bis auf die Taille. Die Ringe an ihren Fingern, die Handtasche und der Haarreifen funkelten nur so vor Glitzersteinchen. An ihrer Seite hielt sich ein Typ, der ein wenig wie ein Bodybuilder aussah, er lehnte gegen die Wand und sah die Stallgasse rauf, direkt zu ihm.

Bei Rhys' wütendem Näherkommen richtete er sich auf, aber Rhys ließ sich von so einem Fitness-Futzi mit Designermuskeln nicht einschüchtern. Er hatte seine Kraft von ehrlicher, harter Arbeit und nicht, weil er aus lauter Langeweile Gewichte stemmte.

»Willst du mich verarschen?«

Alis fuhr bei seiner zornigen Stimme erschrocken herum, und er fühlte Genugtuung bei dem Schreck in ihrem Gesicht.

»Du hast echt keine Skrupel, was? Verdammt, Joan ist

dreiundfünfzig Jahre alt, du kannst noch Jahrzehnte warten, Schätzchen.«

Alis sah ihn einen Moment lang verwirrt an, dann schüttelte sie den Kopf und wandte sich an die beiden Besucher. »Darf ich vorstellen. Unser reizender Stallmeister Rhys Padrig.«

Die aufgestylte Frau strahlte ihn an, was er irritierend fand, bedachte man, dass ihm schon fast Rauch aus den Ohren schoss, so zornig war er.

»Schön Sie kennenzulernen, Mr Padrig. Ich habe schon viel von Ihnen gehört – nur Gutes, das versichere ich Ihnen.« Sie streckte ihm die Hand entgegen, aber Rhys ignorierte sie und wandte sich wieder an Alis.

»Weißt du was, es würde mich echt nicht überraschen, wenn du eines Nachts daherkommst und ein Kissen aufs Gesicht deiner Mutter drückst, so wie du drauf bist.«

»Was? Bist du jetzt völlig verrückt geworden?«

»Ich glaube, Sie sollten aufpassen, was Sie da sagen«, meldete Mr Anabolika sich zu Wort, aber Rhys schoss ihm nur einen ungeduldigen Blick zu und machte einen bedrohlichen Schritt auf Alis zu.

»Käufer hierher zu holen, nur weil du ein paar Tage Stallluft gerochen hast und glaubst, die Farm gehört schon dir …«

»Käufer?« Sie sah ihn ehrlich überrumpelt an, aber es war die Kurvige, die das Wort ergriff.

»Mr Padrig, ich glaube, da liegt ein Missverständnis vor.« Sie lächelte wieder so merkwürdig offen und echt, dass er sich fragte, was mit der nicht stimmte. »Ich bin Nina, das ist mein Mann Dave. Der beste Mann, den es gibt, muss ich hinzufügen, denn er schenkt mir zu meinem dreißigsten Geburtstag nächsten Monat tatsächlich ein Pferd!« Sie klatschte in die Hände wie ein kleines Kind, und er konnte sie nur anstarren. »Ich bin schon früher geritten, also ein paar Jahre als Teenager, nur dann fehlte mir sowohl die Zeit als auch das Geld. Ich habe immer davon geträumt, wieder anzufangen, und jetzt sind wir hier, um einen schönen Stall für meinen zukünftigen besten Freund zu finden.« Sie legte ihre Hand auf Daves Arm und schlang ihren anderen Arm um Alis' Schultern. »Alis war so nett, uns herumzuführen, aber womöglich können Sie uns noch mehr sagen?«

Er brachte immer noch kein Wort heraus, er sah zu Alis und wollte ihr am liebsten den Hals umdrehen. Der Streit mit Sianna und Alis' verdammt unschuldig dreinschauende Miene brachten das Fass zum Überlaufen.

»Was ist denn hier los?« Mit perfektem Timing kam jetzt auch noch Evan aus der zweiten Stallgasse zu ihnen herüber, wischte sich die Hände an der Schürze ab und sah von einem zum anderen. »Dich hört man ja meilenweit schreien, Rhys.« Er stellte sich dicht neben Alis, beschützend, und Rhys musste nicht mehr sehen, um zu kapieren, was hier lief. Er sah das flüchtige Grinsen in Ninas Gesicht und wie sie Alis kaum merklich anrempelte, und er spürte Evans durchbohrenden Blick.

»Nichts ist hier los«, sagte Alis langsam und ohne den Blick von Rhys zu nehmen. »Es war nur ein Missverständnis.«

Sie sollte ja nicht glauben, er wäre dankbar, weil sie nicht preisgab, dass er sich zum Idioten gemacht hatte.

Wortlos wandte er sich ab, bevor er sich gar nicht mehr unter Kontrolle hatte, aber er hörte noch Ninas Worte. »Reizender Mensch, dieser Rhys, du hast nicht übertrieben.« Sie lachten alle, und Rhys beschleunigte seine Schritte. Nur noch ein paar Tage, sagte er sich dabei stumm, dann ist sie weg.

Kapitel 9

Deine Freunde sind nett.« Evan kam aus dem Rivers-Stall auf sie zu, einen gesattelten Fuchswallach und einen Braunen am Zügel führend.

Alis sah ihn überrascht an. Sie hatte seit ihrem denkwürdigen Date nichts mehr von ihm gehört und war schon überrascht gewesen, ihn vorhin im Stall zu sehen. Zuerst war er ihr auch dort aus dem Weg gegangen, aber dann hatte er sich demonstrativ neben sie gestellt, bis Rhys verschwunden war. Sie hatte seinen Rückzug erwartet, aber nach einer Woche ohne ein Lebenszeichen musste sie sich eingestehen, dass es sie trotzdem wurmte. Und dass sie viel zu oft an ihn dachte. Die ganze Sache war ihr immer noch schrecklich peinlich, und er machte sie nervöser als je zuvor. Außerdem lehnte sie hier draußen an der Stallwand, um allein zu sein. Die Sache mit Rhys lag ihr ziemlich schwer im Magen. Nach der letzten Woche, die sie bei ihrer Mutter verbracht hatte, konnte sie mit dem Hass, der von ihm ausging, noch schwerer umgehen. Sie hatte in der kurzen Zeit gelernt, ihr Zuhause mit anderen Augen zu betrachten, und er zog sie zurück in eine Vergangenheit, die ihr kurz nicht mehr ganz so schmerzlich vorgekommen war.

»Reite mit mir aus, Alis.«

Sie hob zögerlich den Kopf und versuchte ihren Schrecken zu verbergen.

»Komm schon, es wird dir guttun.«

~ 198 ~

Alis haderte mit sich selbst. Auch das noch! Sie hatte ihn angeschrien, ein Pferd vergiftet, sich vor ihm übergeben und ihn anscheinend angebettelt, die Nacht bei ihm zu verbringen. Wie sollte sie ihm jetzt klarmachen, dass sie seit zwölf Jahren nicht mehr geritten war? Dass der bloße Gedanke, auf ein Pferd zu steigen, sie mit Schrecken erfüllte, nach dem, was bei ihrem letzten Ausritt geschehen war. Wenn er ihr ganzes Drama kannte, würde er sie für völlig verrückt halten – sie musste sich zusammenreißen.

Also nickte sie lediglich und wischte sich unauffällig ihre schwitzenden Hände an der Hose trocken. Sie würde aufsteigen, einfach so, als wäre nichts dabei, als hätte sie es schon tausendmal zuvor gemacht – was ja auch stimmte. Nur war sie zuletzt am Todestag ihres Vaters auf einem Pferd gesessen. Er war zu den Klippen geritten, aber wegen ihr nicht zurückgekehrt.

»Ich bin gleich wieder da.« Sie wandte sich ab und verschwand im Stall, wo sie direkt auf die Sattelkammer zuhielt – froh über diesen kurzen Moment, um sich zu sammeln. Ihr Blick wanderte an ihr hinunter zu ihrer Dreiviertelhose, und sie fand, dass sie damit wohl reiten konnte. Sie hatte keine Lust, sich umzuziehen und von irgendwo eine Reithose aufzutreiben. Also nahm sie nur einen Helm aus dem Schrank für die Schüler, stellte sich eine Motivationsrede von Nina vor und ging wieder hinaus ins Sonnenlicht. Evan wartete immer noch mit den beiden Pferden auf sie, und Alis setzte ein Lächeln auf, das sie sich nicht mal selbst abkaufte.

»Kennst du sie schon lange?«

Alis sah ihn verwirrt an, in ihrem Kopf herrschte immer noch ein Wirrwarr aus den schmerzhaften Erinnerungen von einst und dem peinlichen Date. »Wen?«

»Das Pärchen von vorhin.«

»Ach so. Dave ist auch beim Lifeboat, und Nina und ich sind schon seit Jahren befreundet.« Sie sah zu, wie Evan seine Hemdsärmel hochkrempelte und die Jeans von den Strohhalmen aus den Pferdeboxen abklopfte.

»Willst du keinen Helm aufsetzen?« Sie zog ihren Pferdeschwanz fest und setzte ihren auf.

Evan schüttelte den Kopf. »Dann sehe ich nicht cool genug für dich aus.«

Alis verdrehte die Augen. »Wir werden sehen, wie cool du mit eingeschlagenem Schädel aussiehst.« Sie wandte sich Apollo zu, dem Braunen aus dem Rivers-Stall, den sie, genauso wie die anderen Pferde, in dieser Woche kennengelernt hatte, und packte, ihre zitternden Hände ignorierend, Vorderzwiesel und Sattelkranz. Sie wollte gerade ihren linken Fuß in den Steigbügel stellen, als sich plötzlich Evans Hand auf ihre Schulter legte.

»Alles okay mit dir?«

»Bestens.« Sie sah ihn nicht an, sie musste jetzt auf dieses Pferd, sie durfte die Sache mit Rhys und das lähmende Entsetzen der Erinnerungen an ihren letzten Ausritt nicht an sich heranlassen.

»Ist es wegen Rhys? Nimm es dir nicht zu Herzen, er ist einfach ein alter Griesgram.«

Alis lächelte ihn dankbar an. Sie wusste, dass auch Evan klar sein musste, dass es zwischen ihr und Rhys nicht nur um eine Laune ging. Aber seine tröstenden Worte ließen sie trotzdem ein wenig in seiner unmittelbaren Nähe entspannen. »Ich weiß, ich komme schon mit ihm zurecht.«

Mit diesen Worten schwang Alis sich entschlossen in den Sattel. Sie war oben. Ihr Herz raste, ihre Beine fühlten sich schwach an, und ihre Finger krampften sich um die Zügel, aber sie war oben.

»Du siehst aus, als müsstest du dich übergeben – wird das jetzt zur Gewohnheit, wenn wir uns sehen?«

Alis' Kopf fuhr hoch, sie funkelte Evan an, der gerade aufstieg, sehr gekonnt, das musste sie zugeben, und die Widerworte blieben ihr eine Sekunde im Hals stecken.

»Eine Gewohnheit, die dich in die Flucht geschlagen hat, nahm ich an.«

»Ich und fliehen? Das ist dein Spezialgebiet, Alis. Neulich bist du fast so schnell vor mir weggerannt wie damals vor der Station. Wüsste ich es nicht besser, würde ich denken, dass ich eine absolute Niete im Bett war.«

Alis hob lächelnd eine Augenbraue. »Im Moment laufe ich nicht, oder?« Etwas, worauf sie wirklich stolz war, denn alles in ihr schrie danach, sofort von diesem Pferd zu steigen und zu verschwinden.

Evan sah sie nachdenklich an, was sie noch mehr beunruhigte, und so strich sie lieber durch Apollos schwarze Mähne. Sie beugte sich nach vorne und flüsterte ihm zu: »So, mein Junge, wir kennen uns noch nicht, aber du wirst sehen, ich bin nicht so hilflos, wie du vielleicht glauben magst. Ich zittere nicht, weil ich Angst vor dir habe, okay?« Tatsache war, dass sie eine ausgezeichnete Reiterin war – oder gewesen war. Sie hatte mit den schwierigsten Pferden umgehen können, und das verlernte man nicht. Vielleicht war sie etwas eingerostet, aber als Evan anritt und der Straße vom Hof folgte, ging alles ganz von selbst. Alis musste nicht nachdenken, die Bewegungen des Pferdes waren ihr immer noch tröstend vertraut. Vor ihr machte Evan auf seinem Pferd einen ziemlich sicheren, sexy Eindruck. Darauf sollte sie sich konzentrieren. Wie ihm der Wind das Haar zerzauste und nur noch ein Hut fehlte, um ihn wie aus einem Cowboy-Katalog aussehen zu lassen.

Sie folgten der Küstenstraße, und schließlich öffneten sie eins der Weidegatter und ritten landeinwärts über die Hügel. Das Gras stand hoch, Rhys würde bald mit dem Mähen anfangen und vermutlich aus der Haut fahren, könnte er sehen, wie sie die Wiese zertrampelten. Der Gedanke entlockte Alis ein Lächeln.

Sie suchte nach einem Gesprächsthema und sah unauffällig zu Evan hinüber. Als spürte er ihren Blick, drehte er seinen Kopf in ihre Richtung und lächelte sie an. Ein Lächeln, das ihr nach der einen Woche, in der sie ihn nicht gesehen hatte, weiche Knie bescherte.

Schnell besann Alis sich wieder auf den Ritt und versuchte ihn zu genießen. Sie betrachtete die Weiden, den lila blühenden Klee und die ebenso lila Disteln, die aus dem Gras hervorleuchteten. Die goldenen Haferhalme, die grünen Farne – es war ein bunt wogendes Meer unter einem strahlend blauen Himmel. Es duftete nach ihrer Kindheit, und unwillkürlich sah sie sich an Reeds Seite über die Weiden galoppieren. Sie hatte auch damals gewusst, dass es verboten war, aber Reed hatte sie jedes Mal überredet. Regeln waren ihm egal gewesen, und Alis hatte sich nur allzu gerne von seinem Wagemut anstecken lassen. Sie hatten gelacht, bis sie Seitenstechen bekamen, hatten die Freiheit genossen und jedes Mal an einer bestimmten Stelle Halt gemacht. Bei den Klippen. An ihrem besonderen Platz.

Alis bekam kaum noch mit, wohin sie ritten, nur dass sie ein weiteres Gatter passierten und auf einen Trampelpfad kamen. Sie hörte Möwen kreischen, und hin und wieder unterbrach ein bekannter Knall des nahen Luftabwehrstützpunktes die idyllische Ruhe. Ein paar Touristen kreuzten ihren Weg.

Man erkannte sie immer sofort an den Windjacken, Mützen und Schals, die sie trugen. Und das im Juni bei strahlendem Sonnenschein, wo Alis in ihrer Dreiviertelhose ins Schwitzen kam und ein trägerloses Top trug. Es amüsierte sie oft zu sehen, wie einheimische Kinder sich nackt in die kalten Fluten stürzten, während Touristen voll eingepackt wie im Winter, um der schneidigen Meeresbrise zu entgehen, skeptisch zusahen.

Reed hatte sich darüber immer lustig gemacht und demonstrativ sein Oberteil ausgezogen. Dann war er oben ohne weitergeritten, bis sie zu ihrer Absprungstelle kamen.

Sie konnte das Donnern und Rauschen der See auch jetzt noch hören, wie sie gegen die Felsen krachte, wie der Wind ihnen die Wörter vom Mund riss, und sehen, wie die Möwen vor ihnen durch die Lüfte schwebten, über einem Abgrund, der Abenteuer und Freiheit versprach.

»Alis?«

Sie zuckte zusammen, sie hatte gar nicht gemerkt, dass Evan stehen geblieben war. Wie aus einem Traum erwacht, sah sie sich um und hielt erschrocken die Luft an. Es war keine Erinnerung. Sie war hier. An den Klippen. Evan hatte sie hierhergebracht!

»Komm, lass uns eine Pause machen.« Er schwang sich aus dem Sattel, machte die Zügel an einem Pfosten des nahen Schafweidezauns fest und kam auf sie zu. Hinter ihm erstreckten sich Wiesen, in weiter Ferne waren die weißen Tupfen von Farmhäusern und Urlaubscottages zwischen dem endlosen Grün zu sehen. Es war eigentlich eines der Dinge, die Alis an diesem Land so liebte. Es war so unglaublich weit. Ein paar Pferde, Schafe oder Rinder teilten sich ganze Ewigkeiten aus Grün, eine Fläche, die nur hin und wieder durch die schmalen

Straßen oder vereinzelte Häuser unterbrochen wurde. Hier gab es nichts als das Meer auf der einen und saftige Hügel auf der anderen Seite.

Doch gerade jetzt fühlte sie sich bei dem Anblick völlig leer. Sie war wirklich wieder hier, und wie um ihre Stimmung widerzuspiegeln, rollten bedrohlich dunkle Wolken vom Landesinneren heran.

Alis konnte sich nicht bewegen, es war Jahre her, seit sie zum letzten Mal an genau diese Stelle gekommen war. Sie sah zum Abgrund hinüber, das Meer glitzerte unter der tiefer wandernden Sonne, als befänden sich darunter Millionen Diamanten. Es war ein so schöner Ort, und er barg die schlimmste Erinnerung ihres Lebens.

Evan kam näher, legte seine Hand auf ihren Oberschenkel und sah sie besorgt an.

Sie stieg ab, nicht weil er sie bat, sondern weil sie Bodenkontakt brauchte, ihr wurde schwindlig.

Evan deutete nach vorn. »Dort drüben ist Sophie Grace festgesessen.« Er zeigte ein Stück den Küstenpfad hinauf, der zur einen Seite von einer steilen Böschung, zur anderen von einer Schafweide gesäumt wurde.

Alis nickte geistesabwesend, sie sah nur den schroffen, von Gras bewachsenen Felssporn an ihrer Seite, der aus der Küstenlinie emporragte und über den Abgrund hinausführte. Ihr Absprungplatz. Daneben führte eine tiefe Schlucht ins Landesinnere, wie ein Riss in der Landschaft, der in den sicheren Tod führte. Dort unten war noch nicht einmal Wasser, nur ein Geröllfeld, an dem die Wellen leckten.

»Alis … ich muss dich etwas fragen.«

Seine plötzlich so leise und ernsthafte Stimme ließ sie aus ihren Erinnerungen aufschrecken.

~ 204 ~

»Wolltest du dich hier umbringen?«

Die Worte schienen über die Wiesen davonzuwehen, und trotzdem hallten sie immer wieder in ihrem Kopf nach. Sie hätte es erwarten müssen. Schließlich wusste sie, dass die Leute darüber redeten und er bei ihnen ein- und ausging. Trotzdem schnürte sich ihr sofort der Hals zu, als hätte Evan sie daran gepackt. Sie nahm ihren Helm ab, um besser atmen zu können, und schloss einen Moment lang die Augen, als ihr der Wind durchs Haar fuhr.

Das geht dich nichts an, wollte sie sagen, wo ist der unbeschwerte, nichts ernst nehmende Evan hin, wieso hast du mich hierhergebracht? Aber jetzt, da sie hier war, da all die schönen Momente mit Reed an diesem Ort und all der Schmerz auf sie einschlugen, als versuchten sie ein Loch in ihre Mauern zu hämmern, konnte sie nicht ausweichen und wie üblich abwehrend reagieren. Sie atmete zitternd aus, brachte aber nur ein Kopfschütteln zustande.

»Es tut mir leid, ich will dir nicht zu nahetreten. Als ich davon hörte, kannte ich dich zu wenig. Aber seit unserem Date – ich glaube, du musst mir davon erzählen.«

Ihre Finger spielten unruhig mit dem Verschlussriemen des Helms, ehe sie es wagte, zu ihm aufzusehen. Sie war überrascht, wie gerade er ihr in die Augen sah, ohne das üblich Verschmitzte, das alles so viel einfacher machte. »Verstößt das nicht gegen irgendeine Art von Kodex?«, fragte sie bemüht gleichmütig. »Du kommst mir nicht wie jemand vor, der in die Tiefen der Seele seiner ... Bekanntschaften vordringen will.«

Evan zog einen Mundwinkel zu einem halben Lächeln hoch. »Vielleicht interessiert mich ja einfach, was in deinem hübschen Kopf vor sich geht.«

Das bezweifelte sie sehr, aber wenn er die Wahrheit hören wollte, hatte er sie wohl verdient, ehe er sich weiter mit ihr einließ.

»Okay …«

Evan steckte sich die Hände in die Hosentaschen und sah sie aus seinen Goldsprenkelaugen ungewohnt ernst an.

»Aber es ist eine ziemlich lange Geschichte, und danach wirst du wahrscheinlich nichts mehr mit mir zu tun haben wollen.«

»Lass das lieber mich entscheiden, Alis.« Er schloss seine Finger um ihre Hand und führte sie noch etwas näher zur Kante, wo sie sich im Gras niederließen und über das fast schon unnatürlich blau leuchtende Meer blickten. Sollte sie wirklich zurückkehren? Nach all der Zeit?

Alis räusperte sich. »Meine Mum und mein Dad waren sehr verliebt.« Sie dachte an die Hochzeitsfotos in den Familienalben, an die Bilder von gemeinsamen Urlauben und von den Baustellen rund um die Farm, als die beiden sich ihren Traum erfüllt hatten. Es war kein Familienbetrieb gewesen, der über Generationen weitergereicht worden war, nicht bei den Rivers. Die vorherigen Besitzer waren pleitegegangen, und so hatten ihre Eltern das Land günstig erworben und aus einer Rinderfarm ein kleines Gestüt für Welsh Cobs und Shire Horses gemacht. Damals waren auch noch ihre Großeltern am Leben gewesen, die das Vorhaben tatkräftig und finanziell unterstützt hatten. Der Plan war gewesen, eben so eine über Generationen hinweg andauernde Familiengeschichte auf der Farm zu beginnen. Keiner hätte sich vorstellen können, dass die nächste Generation diesen wunderbaren Ort nicht haben wollte. »Mum sagt immer, ihr Glück wäre perfekt gewesen, als ich zur Welt kam. Und wenn ich mir die Fotos und die Videos

~ 206 ~

dieser Zeit ansehe, scheint es tatsächlich so gewesen zu sein. Aber dann ... *Y mae dafad ddu ym mhob praidd.*« Sie lächelte ihn zögernd an. Es war eines der wenigen walisischen Sprichwörter, das sie kannte.

Evans Augen leuchteten warm, und die letzten Sonnenstrahlen spielten in seinen Bartstoppeln. »In jeder Herde gibt es ein schwarzes Schaf ... Hältst du dich für ein schwarzes Schaf, Alis?«

»Nein.« Sie schüttelte den Kopf. »Das war einfach nur der Lieblingsspruch meines Dads – und er bezog sich nicht auf mich. Nie auf mich. Immer nur auf meinen Bruder Reed. Den lauten, wilden, unzähmbaren Reed.«

»Wo ist dein Bruder jetzt?«

Alis zuckte mit den Schultern. »Er ist ein Rugby-Star, mein kleiner Bruder. Jetzt lässt er sich nichts mehr gefallen.«

»Moment. Reed Rivers ist dein Bruder?! Wales' größte Rugby-Hoffnung?«

Alis wandte sich ihm zu, seine Augen waren weit aufgerissen und wirkten in diesem Licht ebenso wie das Meer intensiv blau. Sein Haar schimmerte mehr golden als braun, und Alis fand es erstaunlich, dass er sie einerseits so verunsicherte und sie sich andererseits gerade so wohl an seiner Seite fühlte, dass sie ihm Dinge anvertraute, über die sie so noch nie mit jemandem gesprochen hatte. Sie nickte fast ein wenig stolz.

»Ich war nur ein paar Monate alt, als Mum schon wieder schwanger wurde – ein Unfall.« Sie verschränkte ihre Hände um die angewinkelten Knie und klammerte sie fest. »Die Idylle war dahin. Es war wohl nicht einfach, sich um ein Baby zu kümmern, während man eine komplizierte Schwangerschaft durchmacht und auch auf der Farm Aufgaben hat.« Sie lachte unfroh auf. »Dabei sagten Mum und Dad immer, ich wäre ein

Engel gewesen, genügsam, ruhig und unkompliziert. Genau, was sie brauchten.« Sie atmete tief durch, spürte Evan an ihrer Seite, sein Körper strahlte Wärme aus wie ein in der Sonne stehender Felsen. Sie ging in die Vergangenheit zurück, und doch schien allein seine Anwesenheit sie in der Gegenwart zu verankern. »Mum hatte eine Schwangerschaftsvergiftung. Reed wurde durch einen Notkaiserschnitt geholt, und Dad war außer sich vor Sorge. Er konnte später kaum über diesen Abend sprechen. Es ging Mum lange sehr schlecht, und plötzlich hatte sie mit ihrer angeschlagenen Gesundheit ein Kleinkind, das gerade mal laufen konnte, und ein Schreibaby.«

»Es wäre wohl jeder überfordert gewesen.«

Alis nickte. »Besonders wenn man plötzlich allein dasitzt. Dad hielt das Geschrei nie lange aus, Mum sagt, er hätte damals mit dem Trinken angefangen, er ging immer fort, Hauptsache, nicht das neue Baby aushalten, das in ihr Paradies eingedrungen ist.«

»Glaubst du wirklich, dass er so dachte?«

»Nun, Reed war immer an allem schuld. Weil er meinen Vater zur Flasche trieb und das Eheglück zerstörte, hat, glaube ich, auch meine Mutter das oft so gesehen. Reed war das, was man wohl ein schwieriges Kind nennt. Er war laut, er war wild, und er tat immer das Gegenteil von dem, was man von ihm verlangte. Einmal hat Dad ihn sogar geschlagen.« Sie presste die Lippen aufeinander, schaute die Küstenlinie hinunter zu Caldey Island, der Insel mit dem Kloster darauf, die sich als grauer Schemen vor dem Horizont abzeichnete.

»Hat er dich auch geschlagen?« Er sprach immer noch ruhig, aber sie hörte etwas Gepresstes aus seiner Stimme, als erforderte es enorme Kraft, seinen Ton neutral zu halten.

Alis schüttelte den Kopf. »Nie. Auch wenn ich mir oft gewünscht habe, er würde es tun.« Sie spürte seinen fragenden Blick und versuchte es zu erklären. »Ich war die Prinzessin, weißt du, ich war sein Liebling, die Farm sollte mal mir gehören, er bezog mich in alles ein, während er Reed immerzu fortstieß. Weißt du, wie es ist zuzusehen, wie der kleine Bruder so ungerecht behandelt wird? Mit einem blauen Auge neben dir am Frühstückstisch sitzt?«

»Ist das denn niemandem aufgefallen?«

»Reed war überall dafür bekannt, dass er in Schlägereien geriet und sie auch immer anfing, dass er Gefahr suchte, von Bäumen fiel, mit dem Fahrrad einen Überschlag machte oder ...«

»... Klippen hinuntersprang?«

Alis presste die Lippen aufeinander und nickte schwach. »Es fiel niemandem schwer zu glauben, dass Reed einfach wieder Unsinn angestellt hatte, als er mit dem blauen Auge in die Schule kam. Und allen taten meine Eltern leid, weil sie so ein schwieriges Kind hatten. Niemand sah, dass sie das auch aus ihm gemacht hatten. Mein Dad hasste Reed. Wer hasst sein eigenes Kind? Und bei mir wurde sein Blick immer weich, und er sagte mir, wie sehr er mich liebte. Ich kann dir nicht sagen, wieso, aber Reed und ich waren zuerst trotzdem unzertrennlich. Er nahm mich überall mit hin, ich stellte den Unsinn gemeinsam mit ihm an, manchmal war ich mit Absicht unartig, nur damit Dad endlich mal auf mich losging, damit Reed einmal verschont blieb. Aber wenn ich frech wurde oder wenn ich irgendetwas anstellte, büßte sofort wieder Reed, denn er hatte mich bestimmt dazu angestiftet, er würde auf mich abfärben. Ich hatte so eine Angst, dass Reed anfangen würde, mich zu hassen.« Sie schüttelte bitter den Kopf und sah Evan an ihrer Seite an. »Hast du schon genug?«

Mitgefühl lag in seinen Augen, etwas, das sie für gewöhnlich verabscheute, aber heute störte es sie nicht. Es schien ihrem Bruder zu gehören, nicht ihr. »Was ist dann passiert?«

»Es kam, wie es kommen musste. Ich glaube, er war dreizehn und ich vierzehn, als er anfing, sich zu entfernen und sich mehr mit Rhys' Schwester Lynne abgab. Die beiden waren gleich alt, so wie Rhys und ich ziemlich gleich alt sind. Du hast ja keine Vorstellung, wie verletzt und eifersüchtig ich war, und irgendwann konfrontierte ich ihn. Ich fühlte mich plötzlich so alleingelassen, er war meine ganze Kindheit mein bester Freund gewesen und er meinte, dass er mir aus dem Weg gehen müsse, um mich eben nicht zu hassen. Er hielt es nicht mehr neben mir aus.«

»Und Lynne und Rhys wussten von alldem?«

»Lynne wusste es. Sie war so oft mit ihm zusammen und muss irgendwann mitbekommen haben, wie mein Vater ihn behandelte. Aber Rhys ist bis heute ziemlich ahnungslos. Er himmelte meinen Dad an, und Reed war für ihn einfach nur eine Plage. Vermutlich würde er es gar nicht glauben, wenn man ihm erzählte, wie sehr Reed zu leiden hatte. Du kannst dir vorstellen, wie außer sich Rhys war, als Reed und Lynne nicht mehr nur Kinderfreunde waren, sondern sich ineinander verliebten. Vielleicht hätte ich als ihr Bruder auch Angst gehabt.« Sie sah Evan an, auch wenn es ihr schwerfiel, seinen ernsten Blick zu sehen, während sie sich an all das erinnerte. Erste warme Regentropfen fielen, aber Alis spürte sie gar nicht richtig. »Reed war für die meisten einfach ein schlimmes Kind, erst sehr viel später fanden sie heraus, dass er ADHS hatte. Damals war das noch nicht so bekannt, er war eben schwer erziehbar. Es war wirklich nicht leicht mit ihm, er war launisch, aufbrausend, und er konnte seine Kraft nicht einschätzen, er tat mir oft aus Versehen weh.«

»Da ist Rugby dann ja sehr passend.«

»Ja, das hat ihn immer etwas runtergeholt, Rugby ... und Lynne. Ich weiß noch, wie ich ihn einmal mit Lynne beobachtet habe – Reed wollte irgendetwas von ihr, ich glaube, es war ein Videospiel, und als sie es ihm nicht gab, verdrehte er ihr den Arm so stark, dass ich glaubte, er würde ihn ihr brechen. Ich wollte schon aufspringen und ihr helfen, aber weißt du, was Lynne gemacht hat? Sie hat den Kopf zur Seite gedreht und ihn geküsst.«

Evan lachte leise, und Alis fiel darin ein, was sich sonderbar, aber auch etwas befreiend anfühlte. Hier saßen sie im zunehmenden Regen, und keiner von ihnen machte Anstalten zu flüchten. Alis wusste, dass der Regen hier genauso schnell kam, wie er ging, und so störte sie sich nicht daran. Eher fühlte sie sich dadurch belebt und noch stärker im Hier und Jetzt verwurzelt. »Ja, Lynne war schon komisch. Ich weiß noch, dass Reed sie sofort losgelassen hat, und an sein dümmlich dreinschauendes Gesicht erinnere ich mich auch noch, als wäre es gestern gewesen. Dann hat Lynne beide Hände in die Seiten gestemmt und gesagt: Wenn du es das nächste Mal schaffst, mir nicht wehzutun, obwohl du glaubst, es tun zu müssen, küsse ich dich wieder.«

»Und hat er es geschafft?«

Alis hob lachend die Schultern und strich sich das mittlerweile nasse Haar zurück. »Ich habe keine Ahnung, ich hütete mich, ihnen je wieder nachzuspionieren. Bedenkt man aber, dass man die beiden bald nur noch knutschend vorfand, muss er richtig gut darin gewesen sein, seine Aggressionen unter Kontrolle zu halten. Die ließ er dann halt woanders aus.«

Evan legte seine Hand auf ihre. »Was war mit deiner Mutter? Wie stand sie zu dem Ganzen?«

»Zu Reed und Lynne?«

Er schüttelte den Kopf, und Alis wusste natürlich, was er meinte, aber sie dachte nicht gerne daran. »Sie fand auch keinen Draht zu Reed. Sie hatte es ja auch wirklich nicht leicht mit ihm, das streite ich gar nicht ab. Nur kam es mir so vor, als hätte sie ihn irgendwann abgeschrieben, als versuchte sie es gar nicht mehr. Er war kein Teil der Familie, nur ein Störenfried, ein Fremdkörper. Sie hat Dad so sehr geliebt, und Reed hat Dad verändert, er hat alles verändert. Und das hat er deutlich zu spüren bekommen.« Und das konnte Alis ihr einfach nicht verzeihen. Wie blind konnte Liebe sein, wie groß das Maß der Überforderung, um das eigene Kind so sehr zu quälen? Um in die großen Augen eines Vierjährigen zu sehen, der mit einem Strauß Blumen in der Tür stand, und nichts zu fühlen? Kein Lächeln zu zeigen, keine freundlichen Worte, nur ein genervtes Seufzen? Oder hatte sie da einfach nur falsche Vorstellungen, obwohl sie keine Mutter war und es vielleicht auch nie sein würde? Vielleicht waren all die Geschichten von Müttern und ihrer magischen Liebe, die es ihnen sogar ermöglichte, Autos zu heben, wenn ihr Kind in Gefahr war, alles nur romantische Lügen. Vielleicht hatte sie auch falsche Vorstellungen von den Anforderungen an Mütter. Vielleicht war auch Alis nicht fähig, ihr Kind bedingungslos zu lieben. Vermutlich sollte sie wirklich keines bekommen und sich nur auf ihren Job konzentrieren.

»Hast du schon mal daran gedacht, dich mit deiner Mutter auszusprechen?«, riss Evan sie aus ihren düsteren Gedanken. »Es ist nie gut, Groll über so lange Zeit zu nähren. Schon gar nicht in der Familie. Und überhaupt nicht mit der eigenen Mutter.«

»Du weißt nicht, wie schwer das ist …«

»Vielleicht. Vielleicht weiß ich es aber auch zu gut.«

Sie sah ihn an. Spielte er damit auf seine eigene Familie an? Zum ersten Mal kamen Fragen in ihr auf. Wo kam er her? Was war in seiner Vergangenheit geschehen, was hatte er erlebt, wieso war er von Pwllheli hierhergezogen? Und die wichtigste Frage: Wollte sie es wissen? Wenn sie ehrlich zu sich war, gefiel ihr die Freiheit des Singledaseins. Das Letzte, was sie wollte, war, nach der langen Zeit mit Matthew und mit ihrem bevorstehenden Job, der nicht gerade beziehungsfreundlich war, etwas Neues anzufangen. Sie wollte endlich mal nur für sich selbst verantwortlich sein.

»Reed ging fort?«, fragte Evan, ehe sie eine Entscheidung treffen konnte, und Alis nahm den Themenwechsel dankbar an. »Er war fünfzehn, als er davonlief. Er hinterließ mir einen Brief, in dem stand, dass er ging, um nicht durchzudrehen und irgendjemandem noch etwas anzutun. Und das würde er, wenn er aus dieser kalten Familie nicht herauskäme. Er war kein Kind mehr, er war so groß wie Dad und bestimmt schon genauso stark. Er schrieb auch, dass ich ein normales Leben verdient hätte, und das könnte ich nur haben, wenn er weg wäre. Wenn er der Familie die Idylle zurückgäbe, die sie hatte, bevor er eingedrungen war – mein Geburtstagsgeschenk.«

Evans Hand umschloss ihr Kinn und drehte ihren Kopf zu ihm. Er lehnte sich ein wenig zu ihr vor, und Alis konnte den Blick nicht von den Regentropfen abwenden, die in seinen Wimpern hingen. »Es ist nicht deine Schuld, dass er weg ist. Nichts davon ist deine Schuld.«

Alis konnte ihn nicht länger ansehen und befreite sich aus seinem Griff. »Ich bin noch nicht fertig.« Sie schloss die Augen, ihr Magen schien sich in einen glühenden Klumpen Kohle zu verwandeln. »Dad war außer sich, als er von Reeds

Verschwinden erfuhr, Mum weinte nur, dabei hatte sie Reed nie wie ihren Sohn behandelt. Die Padrigs, Rhys' und Lynnes Adoptiveltern, sind Reed nach, denn er war nicht alleine fort. Er hatte Lynne mitgenommen. Aber ihre Eltern fanden die beiden am Bahnhof von Cardiff. Reed hatte anscheinend akribisch gespart, alles, was er mit seinen Aushilfsarbeiten auf den umliegenden Farmen verdient hatte. Aber Lynne ging mit ihren Eltern zurück nach Hause. Es war wohl zu viel für sie, mit fünfzehn einfach so ins Ungewisse zu verschwinden, an der Seite eines unberechenbaren Jungen. Ich …« Sie presste sich die Hand gegen den Bauch. »Ich konnte nicht glauben, dass er weg war, dass Lynnes Eltern ohne ihn zurückgekommen waren. Ich ging auf Dad los, ich glaube, ich war hysterisch, und er war sturzbetrunken. Die ganze Zeit während des Wartens auf Nachricht hatte er getrunken – was immer mal wieder vorkam, aber nicht so heftig wie an diesem Tag. Ich ertrug es einfach nicht, und ich sagte ihm, dass ich auch gehen würde, dass ich ihn hasste und ich Reed suchen würde, um ebenso zu verschwinden. Dann rannte ich in den Stall, nahm mir ein Pferd und … und …«

»Du kamst hierher.«

Alis schluchzte auf, verdammt nochmal, und eine Träne floss ihre Wange hinab, die sie wütend wegwischte. Seine Hand, die ihr über den nassen Rücken strich, machte es nicht besser, und sie beeilte sich fortzufahren. »Reed und ich, wir sprangen oft an dieser Stelle hinunter, wir wussten, wo der richtige Platz war, welchen Moment wir abwarten mussten, wie die Strömungen verliefen. Meistens gerade zum Gezeitenwechsel, wenn das Wasser der Flut hoch stand und gerade zur Ebbe überging. Wir sprangen direkt in den Brandungsrückstrom, der zu dieser Zeit am stärksten zog, wir ließen uns von ihm raustragen und schwammen dann seitlich zurück zu einem Geröllfeld, von wo es ziemlich einfach war, zurück hinaufzuklettern. Wir ... Es war einfach ein Kick ... sich frei fühlen, entkommen, dem Schicksal, Dad oder was auch immer, ins Gesicht lachen.« Sie wischte sich Tränen aus den Augen, zwang sich, ruhig und gefasst weiterzusprechen. »Ich war außer mir, als ich hier ankam, band nicht mal mein Pferd an, ich glitt aus dem Sattel, ging zum Abgrund ... und sprang irgendwann. Ich hatte dabei das Gefühl, dass Reed wieder bei mir war. Ich tauchte ein ins Wasser, es fühlte sich so gut an, die Kälte, das Chaos, wenn man herumgewirbelt wird und trotzdem weiß, dass man die Kontrolle hat, dass man dem Tod trotzt. Ich spürte die Strömung, sie zog mich raus. Ich tauchte auf und schaute zu den Klippen hoch, so wie ich es mit Reed jedes Mal getan hatte, um noch einmal das Ausmaß dessen zu sehen, was wir gewagt hatten. Aber diesmal sah ich keinen Beweis für meinen Mut. Ich sah Dad ... wie er sprang.« Ihr Atem ging in schweren Stößen, sie konnte es nicht kontrollieren, ihr Körper zitterte und sie war dem hilflos ausgeliefert. Die Worte flossen nur so aus ihr hinaus, und diesen Strom konnte sie genauso wenig aufhalten wie die Tränen, die nun unaufhörlich ihr Gesicht hinabflossen oder den Regen, der nun stärker fiel und sie bis auf die Knochen durchnässte. »Ich glaube, er geriet in Panik, er wusste kaum etwas über das Meer, über Strömungen, wie er sich verhalten musste, außerdem hatte er getrunken. Er tauchte nicht auf, zumindest sah ich ihn nicht.« Sie starrte aufs Meer hinaus, das jetzt grau unter ihr lag, so wie damals. »Ich versuchte zurückzuschwimmen, gegen den Strom, aber ich schaffte es nicht. Ich tauchte, war so erschöpft, aber ich hörte nicht auf, ich kämpfte immer weiter, bis ich glaubte, selbst hier zu sterben. Ich hatte das Gefühl, mich keine Sekunde mehr über Wasser halten zu können, und dann sah ich plötzlich das Lifeboat. Meinen Onkel.«

Sein Arm schlang sich um ihre Schultern, er stützte sein Kinn auf ihrem Scheitel ab, und Alis schmiegte sich an ihn, sog den frischen Geruch des Regens an ihm ein, auf einmal schrecklich angewiesen auf seine Nähe, diesen Halt. So saßen sie da, während das Licht um sie herum immer grauer wurde und das Prasseln auf die Sträucher und der dumpfe Donner der Wellen unten die Stille durchbrachen.

»Sie fanden ihn zwei Tage später ...« Sie richtete sich nicht auf, hatte keine Kraft mehr dazu. »Mum war ... du kannst es dir nicht vorstellen, sie war zerstört. Auf der Beerdigung ... sie gab mir die Schuld.«

»Du konntest nicht wissen, dass dein Dad dir nachreitet.«

»Vielleicht hätte ich es wissen müssen, vielleicht hätte ich ihm nicht drohen dürfen, vielleicht hätte ich ...«

»Hätte und wenn bringt dich nicht weiter, Alis. Es ist geschehen, es ist schrecklich, aber es war *nicht* deine Schuld. Hörst du? Du hattest Angst, dass ich dich verurteile, aber das ist nicht das, was ich sehe. Du bist ein Mensch, du darfst impulsiv handeln, du darfst verletzt sein und auch mal austeilen ...« Er schob sie an den Schultern von sich und drehte sie so, dass sie ihn ansehen musste. Das Haar fiel ihm dunkel und nass ins Gesicht. »Du hast wirklich Furchtbares erlebt und dich trotzdem zu einer wunderbaren, starken Frau entwickelt.«

Alis stieß einen Laut halb Lachen, halb Schluchzen aus. »Ja, sieh sie dir an, diese starke Frau, wie sie hier hockt und heult wie ein kleines Mädchen.«

»Auch das ist Stärke, du hast dich getraut, dich deiner Vergangenheit zu stellen, auch wenn es verdammt wehtut, du bist mutig und läufst nicht weg. Was du aus deinem Leben gemacht hast, ist bewundernswert, du kannst stolz auf dich sein, du …«

Alis lehnte sich nach vorne und küsste ihn. Es war keine bewusste Entscheidung, ihr Körper übernahm einfach die Führung, und ihre Lippen fanden die seinigen. Dabei geriet sie nicht mal in Panik, als ihr bewusst wurde, was sie da tat. Und auch Evan schien nicht überrascht. Seine Hand fand ihre Wange, er erwiderte ihren Kuss, als wäre es das Natürlichste der Welt, und Alis hatte das Gefühl, als würde all der Schmerz aus ihr hinausfließen. Als würde der warme Sommerregen, den sie auf seinen Lippen schmeckte und der ihren Körper einhüllte, all das Leid aus ihr hinauswaschen. Es war ein sanfter, langsamer Kuss, nur allmählich öffneten sie ihre Lippen und verschmolzen ganz miteinander. Dabei berührten sie sich bis auf seiner Hand an ihrer Wange nicht. Kein fiebriges Tasten nach mehr Körperkontakt, keine Ungeduld, sie küssten sich, als hätten sie alle Zeit der Welt, und Alis konnte sich nicht erinnern, das je erlebt zu haben. Ein simpler Kuss, der nicht einmal besonders leidenschaftlich war, versetzte ihren ganzen Körper in Aufregung. Sie spürte seinen Bart am Kinn rau auf ihrer Haut, und ihr Herz flatterte wild. Mit Matthew war es anfangs eher ein Lernprozess für sie gewesen, der sie noch mit Angst erfüllt hatte, und später hatte es eher etwas Brüderliches angenommen. Sex war immer seltener geworden, und oft hatte Alis nur noch mitgemacht, weil er selten da war und man das eben so tat.

Aber jetzt schien jede Faser ihres Seins aus einem Dornröschenschlaf zu erwachen. Mit einem leisen Seufzen löste sie sich von ihm und sah ihn an. Seine ruhig auf sie gerichteten Goldsprenkelaugen gaben ihr das Gefühl, jemand anderes zu sein. Sie betrachtete sein Haar, das ihm nass in die Stirn fiel, seine Lippen, die sich auf den ihrigen so gut anfühlten. Seine Hand glitt zu ihrer Schulter hinunter, wickelte eine ihrer losen, tropfenden Haarsträhnen um seinen Finger. Dabei fiel ihr auf, dass der Regen aufgehört hatte, ein lachsfarbenes Leuchten erfüllte die Luft.

Einen flüchtigen Moment lang kam ihr der Gedanke, dass das alles nicht echt sein konnte. Wäre dies die Wirklichkeit, müsste sie sich unsicher fühlen. Aber sie suchte nicht fieberhaft nach Worten, war nicht peinlich berührt, während sie sich schweigend ansahen. Es war eine natürliche Stille. Genauso natürlich wie sie erneut zueinanderfanden und sich küssten. Alis fürchtete nichts. Hier oben auf den Klippen fühlte sie sich wie einst frei, als könnte sie wie die Möwen über den Abgrund schweben und dem Tod und Schicksal ins Gesicht lachen. Ein Gefühl, das sie um nichts auf der Welt hergeben wollte.

Seine Hand strich in ihren Nacken, seine Finger verstärkten ihren Griff, verlangend und fordernd, so wie sich sein Kuss intensivierte. Sein freier Arm zog sie näher, und Alis gab sich dem Rausch hin, hinweggetragen zu werden, ohne nachzudenken. Sie atmete den Duft des Regens und des feuchten Grases, spürte das Donnern der Wellen bis in ihre Brust und ließ ihre Hand unter sein Hemd gleiten. Seine Haut war warm, ihre Finger strichen über die einzelnen Muskelstränge höher, dabei war sie sich sehr wohl darüber bewusst, dass sie sich hier auf offenem Gelände befanden und jeden Moment Spaziergänger vorbeikommen könnten. Aber endlich mal zu tun, was sie wollte, ohne nachzudenken, schürte die Hitze in ihr nur noch mehr. Sie wollte einfach nur eine Frau sein, sie wollte den Spaß, von dem Nina gesprochen hatte.

Ihre freie Hand fand die obersten Knöpfe seines Hemdes

und öffnete sie langsam. Der Griff seiner Hand verstärkte sich einen Moment fast schmerzhaft, dann löste er sich plötzlich mit einem Keuchen von ihr.

»Alis, warte …«

Sie sah ihn an, noch viel zu benebelt von diesem unwirklichen Moment, um zu erfassen, was vor sich ging, aber es überraschte sie, wie ernst er plötzlich aussah.

»Bevor das hier noch weitergeht, solltest du wissen, dass … Ich mag dich. Ich finde dich toll, um ehrlich zu sein.« Sein Blick glitt an ihr hinunter, ein dunkles Funkeln spiegelte sich darin. »Und verdammt sexy. Aber …«

Aber? Alis starrte ihn an, machte er gerade einen Rückzieher? Wieso hatte sie ihm auch ihre ganze, abschreckende Leidensgeschichte erzählen müssen? Natürlich machte er einen Rückzieher. »Schon gut.« Sie zuckte bemüht gleichmütig mit den Schultern und wollte aufstehen, aber Evan umschloss ihren Arm und hielt sie auf.

»Alis, ich will nur ehrlich zu dir sein, damit du weißt, worauf du dich einlässt. Ich bin nicht der Typ für was Festes und …«

»Was Festes?« Allmählich wurde sie wütend. Nur, weil sie ihm ihre Familiengeschichte erzählt hatte, hieß das nicht, dass sie ihn heiraten wollte. »War ich gerade in einem anderen Universum, oder habe ich einfach nur nicht mitbekommen, wie ich den Wunsch nach einer Beziehung geäußert habe?« Sie zog ihren Arm an sich und stand auf. »Keine Sorge, Mr Davies, ich habe dich schon beim ersten Mal verstanden, als du mir gesagt hast, dass du nicht zum Heiraten gemacht bist. So wie ich dir gesagt habe, dass meine letzte Beziehung endete, weil ich eben nicht heiraten möchte. Ich dachte, wir verstünden uns.«

Evan erhob sich ebenfalls und sah sie mit einer Mischung aus Wachsamkeit und Belustigung an. »Das heißt, du bist mit einer lockeren Sache einverstanden?«

Alis schnaubte und wandte ihm den Rücken zu. »Ich habe gerade eine zehnjährige Beziehung hinter mir, warum sollte ich gleich eine neue beginnen? Wirklich, dass ihr Männer immer glaubt, das Patent für reinen Spaß und belanglosen Sex zu besitzen.« Sie ließ ihren Blick über das Meer schweifen und erkannte zwei bunte Flecken in den vom aufgefrischten Wind höher steigenden Wellen. Es waren Kajakfahrer. Nicht die beste Zeit, um sich mit so einem Gefährt der See zu stellen.

Evan lachte hinter ihr leise und trat näher. Sie hörte ihn einatmen, als wollte er etwas sagen, aber Alis blickte konzentriert geradeaus. Sie deutete nach vorne. »Das sieht nicht gut aus. Ich glaube, die sind in Schwierigkeiten.«

Evan kam an ihre Seite und schirmte seine Augen vor den aus den Wolken brechenden Sonnenstrahlen ab. »Woran erkennst du das?«

»Sie sind in der Brandungszone. Die Wellen tragen sie zu den Klippen.« Sie griff an sich hinunter zu ihren Hosentaschen und fluchte, als sie nur Leere fand. »Hast du dein Handy dabei?« Sie nahm ihren Blick nicht von den beiden Kanuten, die versuchten, die Wellen direkt zu nehmen und über sie hinaus in gerader Linie zurück aufs offene Meer zu paddeln, wo es ruhiger war. Aber es war deutlich, dass sie diesen Kampf nicht gewinnen würden und dass ihnen die Kraft ausging. Einzelne Wellen trugen sie immer wieder meterweit zurück Richtung Felsen. Vor einer Stunde war die See noch spiegelglatt gewesen, Wind und Regen hatten die beiden vermutlich überraschend getroffen. Auch sahen sie nicht besonders erfahren aus, eines der Kajaks drehte sich immer wieder seitlich, ein Spielball der Wellen. Alis hoffte, dass die beiden zumindest im Unterwasserausstieg geübt waren, sollten sie kentern.

Evan kam mit seinem Handy von den grasenden Pferden zurück, und sie wählte schnell die Nummer des Notrufs und verlangte nach der Küstenwache. Während sie sprach, fixierte sie die beiden Fahrer, als könnte sie ihnen allein mit ihrer Willenskraft Stärke zum Kampf gegen das unerbittliche Meer geben.

Sie hob ihre Hand und winkte in großen Bewegungen, in der Hoffnung, dass die Kajakfahrer sich nach Hilfe umsahen und sie entdeckten. Sie sollten wissen, dass sie gesehen worden waren und Hilfe unterwegs war. Währenddessen gab sie der Küstenwache die genaue Position der beiden durch.

»Wie lange wird es dauern, bis das Lifeboat hier ist?«, fragte Evan, als er das Handy zurücknahm.

Alis wollte gar nicht daran denken. »Mindestens zwanzig Minuten.« Sie sah sich entlang der Küstenlinie um, suchte nach einer Lösung, irgendeinem Weg, den beiden zu helfen. Dann fiel ihr Blick auf die Schlucht, die wie ein schmaler Riss ins Landesinnere die Klippen unterbrach. »Wenn sie sich hierher tragen lassen, landen sie unsanft auf einem Haufen Geröll, ihre Kajaks werden hinüber sein, aber sie zerschellen wenigstens nicht an den Klippen.« Sie hob die Arme erneut, winkte heftig und wollte gerade laut rufen, als sie sich an die Pferde erinnerte, die ein paar Meter entfernt grasten. Sie drehte sich zu den beiden Tieren um, die am Schafweidezaun festgebunden waren und ganz zufrieden damit schienen, sich satt zu fressen. Das würde aber nicht lange so bleiben.

»Evan, du musst mir einen Gefallen tun.« Sie sah zurück zu den Kajakfahrern und fluchte, als sie erkannte, dass eines der Kajaks sich quer zu den Wellen gedreht hatte. Es könnte jeden Moment kentern. »Bring die Pferde zurück zur Farm.«

»Was? Glaubst du etwa, ich lasse dich hier allein?«

»Hör zu, jetzt ist keine Zeit für …« Ein Keuchen entfuhr ihr, das Kajak überschlug sich mit einer Welle und blieb verkehrt herum liegen. Alis hielt die Luft an, wartete darauf, dass der Fahrer wieder auftauchte, aber sie konnte niemanden sehen. Die Sekunden dehnten sich, der andere Kanute wollte sein Boot drehen, um zu seinem Kameraden zu kommen, was ihn ebenso in die Gefahr des Kenterns brachte. Aber er schaffte es zu wenden, und auch der andere Fahrer tauchte endlich auf. Mehrere Meter von seinem Kajak entfernt, das von einer Welle ergriffen und Richtung Klippen getragen wurde.

»Wir haben keine Zeit mehr.« Alis schlüpfte aus ihren Schuhen, spürte das nasse Gras unter ihren Socken, sie wollte nach vorne laufen, zu ihrem Absprungfelsen, dachte nicht nach, als Evan ihren Arm umschloss.

»Was zur Hölle hast du vor?«

Alis riss sich los. »Die beiden brauchen mich, ich weiß, wie man in der Brandung schwimmt, mir passiert nichts!«

»Du glaubst doch nicht ernsthaft, dass ich dich da runterspringen lasse?«

»Es wäre nicht das erste Mal! Lass mich, ich kenne mich aus, ich kann zu ihnen schwimmen und sie zur Schlucht bringen.«

Aber Evan packte sie erneut, sein Ausdruck eine Maske der Entschlossenheit. »Du springst nicht, das ist Selbstmord!«

Alis wollte sich erneut losreißen, aber Evan war zu stark. »Herrgott, ich weiß, was ich tue …«

»Dein letzter Sprung ist über ein Jahrzehnt her, du weißt überhaupt nichts! Wir behalten die beiden im Auge, um dem Lifeboat zu zeigen, wo sie sind. Sieh nur, der eine hält sich am Kajak des anderen fest, sie paddeln wieder raus.«

»Sie werden aber nicht weit kommen!«

»Dann weise ihnen von hier aus den Weg. Alis …« Er drehte sie ganz zu sich um, ergriff ihre Schultern und beugte sich zu ihr hinunter. »Du hilfst niemandem, wenn du dein Leben riskierst. Komm, wir versuchen gemeinsam, sie zu rufen, und dann zeigen wir ihnen, wohin sie paddeln sollen.«

Alis sah ihn an und schüttelte den Kopf. »Nein, ich mache das. Du musst die Pferde zurückbringen.«

»Verdammt, Alis …«

Sie ließ ihn nicht ausreden. »Bald wird ein Helikopter kommen, und ich garantiere dir, dass die Pferde bei diesem Lärm durchdrehen und sich losreißen. Sie könnten panisch auf die Klippen zulaufen oder rüber zur Straße. Bitte, Evan, bringe sie zurück in den Stall.«

»Damit du springen kannst?«

»Sie sind schon zu weit weg, ich werde nicht mehr springen, versprochen. Ich warte hier auf die Einsatzkräfte. Bitte …«

Evan sah sie ernst an, seine Finger hielten sie in eiserner Umklammerung, aber dann nickte er, ließ sie los. »Na gut … aber wenn du springst, kannst du was erleben.« Er nahm ihr Gesicht in beide Hände und presste seine Lippen kurz auf ihre, dann drehte er um und rannte zu den Pferden.

Alis wandte sich wieder den Kajakfahrern zu, die kaum Fortschritte machten, und riss erneut die Arme hoch. »Hey!«, rief sie in den Wind, so laut sie konnte. »Hierher!« Sie hörte Evan davonreiten, sah ihm aber nicht hinterher. Von ihrer Position aus konnte sie nicht sehen, ob die beiden Neoprenanzüge trugen, aber sie hoffte, dass sie so klug gewesen waren. Der Fahrer im Wasser würde ansonsten sehr schnell Probleme mit Unterkühlung bekommen.

»Hey!« Sie schrie sich die Seele aus dem Leib, und plötzlich hob der Fahrer im Wasser die Hand und zeigte in ihre Richtung. Der andere warf einen Blick über die Schulter, und Alis atmete auf. »Kommt her!« Sie wies mit beiden Armen zur Seite, rannte zur Schlucht und deutete hinunter. »Kommt hierher!« Die beiden verharrten eine Zeit lang regungslos, schienen sich auszutauschen, aber dann wendeten sie das Kajak, und Alis schloss einen Moment lang vor Erleichterung die Augen. Sie waren noch nicht außer Gefahr, aber zumindest hatten sie jetzt eine Chance.

✳

Evan fluchte vor sich hin, das alles dauerte viel zu lange. Der Küstenpfad war zu schmal, um schnell reiten zu können, und wenn er auf die Straßen und Weiden auswich, kam er mit dem zweiten Pferd an der Hand auch nicht richtig voran. Als er endlich den Stall erreichte, übergab er die Pferde einem Teenager, der gerade dabei war, Heu in die Boxen zu hieven.

»Ist Rhys hier?«, fragte er den Jungen, den er hier noch nie gesehen hatte, aber der wohl in seiner Freizeit aushalf. Evan wusste, dass Joan zu besonders arbeitsintensiven Zeiten hin und wieder Hilfe für ein paar Stunden einstellte.

»Der ist beim Mähen«, sagte der Junge und führte die Pferde fort.

»Und Joan?«, rief Evan ihm hinterher, er wollte nicht zu Alis zurückfahren, ohne dass hier jemand wusste, wo sie sich befand und warum die Pferde ohne sie zurück waren. So wie die Sache lag, könnte es länger dauern, bis sie heimkamen, und er wollte nicht, dass Joan sich Sorgen machte. Aber der Junge zuckte mit den Schultern und verschwand in einer der Boxen.

»Dr. Davies?«

Evan drehte sich um und sah sich zu seiner Erleichterung

Joan Rivers gegenüber, die wie immer aus dem Nichts aufgetaucht war. Sie war eine kleine, zerbrechliche Gestalt, da war es wohl kein Wunder, dass sie beim Gehen keine Geräusche verursachte.

»Ich dachte, Sie und Alis sind zusammen ausgeritten.«

»Alis ist bei den Klippen bei Skomar – zwei Kajakfahrer sind in Schwierigkeiten geraten, und sie blieb dort, um zu helfen.«

Das freundliche Lächeln schien zu gefrieren, einen Moment lang sah sie ihn nur leer an, die grünen Augen viel zu groß in dem schmalen Gesicht. Aber dann schüttelte sie den Kopf und straffte sich. »Ah, ganz in ihrem Element. Ich war einmal in Tenby zu Besuch, erlebte sie in der Station. Früher sah ich sie manchmal mit meinem Schwager rausfahren, sie hat nichts so sehr geliebt.«

»Mrs Rivers, ich wollte Ihnen nur schnell Bescheid geben und mache mich gleich wieder auf den Weg, um ihr zu helfen.«

Die dünn gezupften Augenbrauen zogen sich zusammen. »Sie machen sich Sorgen.«

Evan zuckte gespielt gleichmütig mit den Schultern. »Es scheint, das wird ein ziemlicher Einsatz, mit Hubschrauber und allem Drum und Dran. Das lasse ich mir nicht entgehen.« Aber Joan Rivers ließ sich nicht so leicht für dumm verkaufen, das drückte zumindest ihr amüsiertes Lächeln und die Art, wie sie seine Schulter tätschelte, aus. Nur würde Evan einen Teufel tun und ihr verraten, dass er sich tatsächlich verdammte Sorgen machte und warum. Es würde Alis' Mutter bestimmt nicht gefallen zu hören, dass ihre Tochter drauf und dran gewesen war, von eben jenen Klippen zu springen, bei denen ihr Ehemann gestorben war.

»Bis später, Mrs Rivers.« Er wollte sich abwenden, aber Joan ergriff seinen Arm und hielt ihn fest. Sie warf einen Blick in die Stallgasse und bedeutete ihm dann, ihr hinauszufolgen. Die Luft war kühl und frisch, wie reingewaschen nach dem Regen, ein rosafarbenes Licht hatte sich ausgebreitet. Ein Pärchen führte gerade ein Welsh-Cob-Pony zum Reitplatz, ein Border Collie sprang aufgeregt bellend um sie herum.

Joan sah sich auch im Hof um, dann wandte sie sich ihm zu, ihre Stimme gesenkt. »Es ist gut, dass ich Sie allein erwische, Mr Davies, wir haben etwas zu bereden.«

»Haben wir das?« Er gab sich Mühe, seine Ungeduld zu verbergen. Was, wenn Alis gesprungen war? Wenn sie gerade am Fuße der Klippen um ihr Leben kämpfte?

»Das ist eine große Farm.« Sie ließ ihn los und sah eindringlich zu ihm auf. »Für einen Tierarzt gibt es hier immer etwas zu tun.«

Evan lächelte. »Wollen Sie mir vorschlagen, Ihnen zukünftig Mengenrabatt zu gewähren?«

»Sie werden Alis häufiger über den Weg laufen.«

Nun hatte sie seine volle Aufmerksamkeit.

»Ihnen scheint wirklich etwas an ihr zu liegen, und Alis mag Sie auch, das sehe ich.«

»Mrs Rivers, ich denke nicht, dass …«

»Vermasseln Sie es einfach nicht, das ist alles, was ich sagen will.«

Was zur Hölle? Er wusste nicht, was er sagen sollte, und sah sie wohl ziemlich dümmlich an. Sie fuhr unbeirrt fort.

»Alis braucht Sie. Sie braucht jemanden, der für sie da ist, der sie versteht, der nichts mit ihrer Vergangenheit zu tun hat, mit dem sie neu anfangen kann. Ich nehme an, Sie wissen, wie ihr Vater gestorben ist.«

~ 226 ~

Evan versuchte nicht, sich noch einmal dumm zu stellen. »Ich habe davon gehört.«

Mrs Rivers lachte unfroh auf. »Natürlich haben Sie das, jeder hier weiß davon. Also verstehen Sie, dass Alis Furchtbares erlebt hat, dass sie haltlos durchs Leben taumelt, die Farm macht ihr Angst, und auch wenn ich wünschte, sie würde nach Hause zurückkehren, weiß ich doch, dass das Zeit braucht. Jetzt ist erst mal wichtig, dass sie jemanden an ihrer Seite hat, der sie liebt.«

Liebt? Evan wusste nicht, was er sagen sollte, er fühlte sich in die Ecke gedrängt. Mit allem hatte er gerechnet, nur nicht damit, dass Mrs Rivers die Kupplerin für ihre Tochter spielte.

»Es ist wohl noch etwas zu früh, um von Liebe zu sprechen«, brachte er rau heraus, er wollte Joan nicht auf die Nase binden, dass es nie so weit kommen würde, dass Alis und er über eine ganz andere Art von Beziehung sprachen.

»Unsinn, für Liebe ist es nie zu früh. Ich sehe doch, wie Sie sie ansehen.« Mrs Rivers hielt seinen Blick mit einer Mischung aus Flehen und eiserner Entschlossenheit gefangen. »Es wird sehr schwer für sie ... sie wird ganz allein sein, und das ist etwas, das mir größere Angst macht als der Gedanke, die Farm in fremde Hände gehen zu sehen.«

Wachsam sah sie zu ihm auf, und Evan fühlte sich wie im falschen Film. Er war genau einmal mit Alis aus gewesen und schon setzte Mrs Rivers ihm die Knarre auf die Brust. Er wusste nicht, wie er sie höflich abwimmeln sollte.

»Mrs Rivers, bei allem Respekt, aber ich denke, das ist eine Sache zwischen mir und Ihrer Tochter, und ich glaube nicht, dass Sie sich ...«

»Dr. Davies, Alis braucht Sie, Sie müssen für sie da sein, wenn ... ich fort bin. Und das wird sehr bald sein.«

Die imaginäre Pistole feuerte ab, und er zuckte zusammen. Die Worte hallten in seinem Kopf wider, und er kämpfte gegen den Zorn an, der bei dieser Verkündung in ihm aufkam. Er wollte gar nicht nachfragen, was ihre Aussage genau bedeutete, denn dann hätte er keine Chance mehr zu entkommen. Aber Joan war nicht so gnädig.

»Lungenkrebs«, eröffnete sie auf sein Schweigen hin, und er spürte förmlich, wie sie ihn in einen Sumpf hineinzog. Wie sollte er einer todgeweihten Frau etwas abschlagen?

»Schon komisch, nicht wahr? Bedenkt man, dass ich nie geraucht habe. Aber die Lunge ist es nicht, die mich so schnell umbringt. Die Gehirnmetastasen werden die Sache erledigen.«

Evan sah sie nicht an, er starrte auf die Boxentür. »Weiß Alis davon?«

»Nein. Und sie wird es auch nicht erfahren.«

Verdammt, jetzt zwang sie ihn auch noch, ein Geheimnis vor ihr zu bewahren! Was glaubte diese Frau eigentlich? »Wie sieht Ihre Behandlung aus?«

»Da gibt es nicht viel zu behandeln, und eine Chemotherapie tue ich mir nicht an. Die Ärzte sagen, die Chemo könnte mein Leben etwas verlängern, aber wie würde dieses Leben dann aussehen? Es wäre nicht mehr lebenswert. Jetzt geht es nur noch darum zu regeln, was ich noch regeln kann. Und das Wichtigste ist, dass Alis jemanden hat, der ihr zur Seite steht. Der sie vielleicht mit der Zeit zur Farm zurückbringt, nach Hause. Mir blutet das Herz, wenn ich daran denke, sie könnte sie verkaufen.«

Evan blickte auf, direkt in ihre Augen und ballte die Hände zu Fäusten. »Ihre Diagnose tut mir sehr leid, Mrs Rivers. Ich wünschte, Sie würden mit Alis reden, sie nicht im Dunkeln tappen lassen, denn ich fürchte, das wird es für sie viel schlimmer machen.«

Mrs Rivers öffnete den Mund, um zu protestieren, aber Evan fuhr schon fort. »Ich weiß, das alles geht mich nicht wirklich etwas an.« Es ging ihn, um genau zu sein, rein gar nichts an. »Es ist Ihre Entscheidung, aber Alis und ich sind nicht das, was Sie denken ...«

»Versprechen Sie mir, dass Sie sie nicht im Stich lassen, versprechen Sie mir einfach, dass Sie ihr ein Freund sein werden und ...«

»Ich werde ihr ein Freund sein.« Das konnte er versprechen. Nur Liebe, Sicherheit, Beständigkeit, das konnte er ihr nicht geben. Dazu war er generell nicht gemacht, und außerdem kannte er Alis kaum. Sosehr Alis' türkisgrüner Blick ihm auch nicht mehr aus dem Sinn ging, so wahnsinnig ihn allein schon ihr Kuss bei den Klippen gemacht hatte, so tief ihre Geschichte und ihre daraus erwachsene Stärke ihn auch berührten und faszinierten ... Verdammter Mist, Joan zog ihn viel zu tief rein.

Das schrille Klingeln seines Handys erlöste ihn, und beinahe hätte Evan dankbar gen Himmel geblickt. »Entschuldigen Sie mich.« Er ging etwas zur Seite und nahm das Gespräch an. Dass es Morgan McPhee war, hatte er schon an der Nummer erkannt.

»Hey Evan, Alis ist gerade hier. Sie hat mich gebeten, dir auszurichten, dass alles gut ausgegangen ist. Der Helikopter konnte wieder umdrehen, diese lebensmüden Kajakfahrer sind unten beim Geröll festgesessen, und das Lifeboat hat sie eingesammelt. Alis trinkt bei uns noch eine Tasse Tee, dann fahren wir sie nach Hause. Nur damit du dir keine Sorgen machst.« Amüsement klang in diesem letzten Satz mit, aber Evan war nicht zum Lachen zumute.

»Danke, Morgan. Richte Alis bitte aus, dass die Pferde wieder im Stall sind und dass ich mich bei ihr melde. Ich muss jetzt los, habe noch einen Haufen Arbeit.«

»Alles klar, Evan, bye.«

Evan legte auf und wandte sich wieder Mrs Rivers zu, die ihn erwartungsvoll ansah. »Alis geht es gut«, sagte er und kramte in seinen Hosentaschen nach dem Autoschlüssel. »Sie ist bei den McPhees, die fahren sie dann nach Hause. Es tut mir leid, ich muss jetzt wirklich weiter, ich habe noch etwas zu erledigen.« Er nickte Mrs Rivers noch zu und rannte fast schon zum Auto. Nur weg von hier, das war sein einziger Gedanke.

Kapitel 10

Ich mache mir solche Sorgen, was wenn sie irgendeine unheilbare Krankheit hat? Oder ein Sommerekzem? Wäre das sehr schlimm, Dr. Davies, wenn sie ein Sommerekzem hätte?«

Evan richtete sich auf und legte sich das Stethoskop um den Hals. »Kommt ganz auf Ihre finanziellen Mittel und Ihre Zeit an, Mrs Wallis. Es bedarf viel Pflege und einer konsequenten Behandlung. Aber Mirabelle macht auf den ersten Blick nicht den Eindruck, als hätte sie eins, und die Mücken sind ja schon stark unterwegs. Hätte sie wirklich ein Sommerekzem, hätte sie auf die Stiche längst reagiert.«

Nina Wallis, Alis' beste Freundin, stemmte beide Hände in die Seite. »Gott sei Dank.«

»Die Blutprobe schicke ich ins Labor, dann wissen wir noch Genaueres und …« Er warf der Verkäuferin des Pferdes einen Blick zu, die aber gerade dabei war, den Sattel und das Zaumzeug zu holen. »So werden wir auch sehen, ob das Pferd irgendwie gespritzt wurde, um einen gesunden Eindruck zu machen.«

Nina riss die Augen auf, ihre Stimme senkte sich zu einem Flüstern. »So etwas kommt vor?«

»Durchaus. Aber ich möchte niemandem etwas unterstellen, wir sehen es uns einfach nur an, um ganz sicher zu sein, dass alles in Ordnung ist. Jetzt machen wir noch schnell einen Belastungstest, und um die Röntgenbilder kümmere ich mich auch noch.«

»Was für ein Aufwand.«

Evan hob amüsiert eine Augenbraue. »Sie wollten ja die große Ankaufsuntersuchung.«

»Ja, Dave hat gesagt, wenn schon, denn schon. Ich bin einfach nur so aufgeregt.« Sie ging zum Kopf der Grauschimmelstute und streichelte ihr über die Nüstern. »Mirabelle ist es einfach, sie ist mein Pferd, ich spüre es, und ich wäre so enttäuscht, stünde dem Kauf etwas im Weg.«

Evan lächelte und betrachtete die beiden. Sie passten wirklich gut zusammen, die dunkle Nina und die helle Stute. »Sie müssen sich einfach überlegen, was Sie wollen. Ein Freizeitpferd muss nicht so fit sein wie eines, mit dem Sie ernsthaft in den Turniersport einsteigen wollen. Aber das besprechen wir noch genauer, wenn wir alle Befunde beisammenhaben.« Er strich sich über den Bart am Kinn und warf einen Blick in den Stall, wohin die Verkäuferin verschwunden war. »Wissen Sie denn schon, wo Sie Mirabelle einstellen möchten?«, fragte er schließlich so beiläufig wie möglich.

Ninas Hand hielt an der Pferdenase inne. Sie warf ihm einen Blick zu und sagte betont unschuldig. »Bei den Rivers.«

»Ah.« Er räusperte sich. »Eine gute Wahl, Mirabelle wird es dort bestimmt gut gehen. Und es ist schön zu hören, dass Rhys Sie nicht abschrecken konnte.«

»Er hat kein Problem mit mir oder den Pferden, nur mit Alis, also gibt es keinen Grund anzunehmen, er würde nicht gut für Mirabelle sorgen. Und wenn ich in der Nähe bin, kann ich ihm auch gleich in den Hintern treten, wenn er auch nur ein falsches Wort über Alis verliert.«

Evan unterdrückte ein Lächeln und entsorgte die Nadel, mit der er Mirabelle Blut abgenommen hatte. Ob Nina wohl wusste, was das Problem zwischen Rhys und Alis war? Und was Rhys wohl dazu sagen würde, hörte er Alis' ganze Geschichte? Alis meinte, es würde keinen Unterschied machen, er würde ohnehin nichts davon glauben. Doch Evan war sich da nicht so sicher, denn er hielt Rhys eigentlich für einen grundanständigen Kerl. Ob er einen Versuch unternehmen sollte, die Wogen zwischen den beiden zu glätten? Genauso hatte er in einem Anflug von Wahnsinn bereits überlegt, ob er Alis' Bruder Reed ausfindig machen sollte. Ihn irgendwie kontaktieren, ihm sagen, wie sehr Alis ihn brauchte und wie es um seine Mutter stand. Reed musste nach Hause kommen.

Aber all das war nicht seine Angelegenheit, noch weniger, da er sich seit dem Gespräch mit Joan Rivers ziemlich sicher war, dass er Alis lieber so fern wie möglich bleiben sollte. Sie hatten sich nur einmal geküsst – ein verdammt grandioser Kuss, das musste er zugeben –, aber plötzlich solle er für sie verantwortlich sein? Das hatte noch nie funktioniert. Und Alis war auch niemand für eine lockere Beziehung, das war ihm an den Klippen klar geworden. Sie mochte behaupten, sie wollte genau das, aber er kannte sich mit Frauen aus, die keine ernste Bindung wollten, und Alis schien keine Frau für ein paar Nächte zu sein. Doch Evan war kein »Sie lebten glücklich bis ans Ende ihrer Tage«-Typ, Heiraten hatte für ihn nichts mit Romantik zu tun, sondern mit Bürokratie und einem Käfig, dessen Schlüssel weggeschmissen wurde. Es war wohl am besten, erst gar nichts mit ihr anzufangen, ehe sie am Ende noch mit gebrochenem Herzen dastand. Er legte viel Wert auf Ehrlichkeit, darauf, dass beide Parteien wussten, woran sie waren, aber Alis schien nicht klar, worauf sie sich einließ.

»Sie ist übrigens wieder in Tenby.«

Evan zuckte kaum merklich zusammen und wandte sich Nina mit hoffentlich gleichmütiger Miene zu. »Wer?«

Sie sah ihn ungeduldig an. »Sie hat bei der Lifeboat-Station zu tun, kommt aber heute Abend für das Wochenende zurück zur Farm. Irgendetwas wegen der Buchhaltung zum Quartalsende.« Nina klopfte Mirabelle den Hals und kam auf ihn zu, etwas Prüfendes lag in ihrem Blick. »Haben Sie demnächst bei den Rivers zu tun?«

»Nein.« Er wandte sich der Verkäuferin zu, die mit Sattel und Zaumzeug rauskam. Dabei hörte er Nina seufzen und »Männer« murmeln.

Aber was erwarteten alle von ihm? Sollte er Alis nachlaufen, nur um ihr dann am Ende wehzutun? Er wollte sie, von Anfang an. Und neulich bei den Klippen wäre er bereit gewesen, den ganzen Weg zu gehen. Sein Körper zog ihn zu dieser komplizierten Frau hin, während sein Kopf aber ganz laut Nein sagte. Alis war nicht wie seine vorherigen Bekanntschaften. Nicht dass diese Frauen komplett belanglos gewesen wären. Nur hatten sie in ihm kein wirkliches Interesse geweckt, er hatte sich weder für ihre gegenwärtigen Gefühle noch für ihre Vergangenheit oder Zukunftswünsche interessiert. Sie hatten ihn unterhalten und er sie, es war ein einvernehmliches Vergnügen gewesen, zwanglos und flüchtig, aber er bezweifelte, dass es möglich war, bei Alis Rivers irgendetwas zwanglos oder flüchtig zu halten. Ihre traurige Geschichte war eine Sache, aber Joans verrückter Kupplungsversuch rückte die ganze Angelegenheit noch einmal in ein völlig anderes Licht. Wie sollte er so ein Geheimnis vor Alis hüten, selbst wenn er vorgehabt hätte, die Sache mit ihr länger laufen zu lassen? Er war kein Lügner.

Akribisch darauf bedacht, das Thema nicht mehr auf Alis zurückkehren zu lassen, konzentrierte er sich auf die Ankaufsuntersuchung, auch wenn er Ninas kritischen Blick spürte. Es war schon später Nachmittag, als er fertig war und einer überglücklichen Nina die vorläufig gute Nachricht geben konnte, dass Mirabelle absolut gesund war.

Er fuhr direkt nach Hause, dabei gingen ihm aber immer wieder Ninas Worte durch den Kopf. Dass Alis auf der Farm sein würde. Verdammt, es war ihm in den letzten zwei Wochen gelungen, sie weitestgehend aus seinen Gedanken zu verbannen, und nun sah er sie die ganze Zeit vor sich, spürte ihren schneller werdenden Atem an seinen Lippen.

Zornig und frustriert über sich selbst sprang er zu Hause gleich unter die Dusche und nahm sich vor, morgen irgendetwas mit Sianna zu unternehmen. Sie war in letzter Zeit auch so griesgrämig, sie würden also wunderbar zusammenpassen. Auch konnte er bei der Gelegenheit herausfinden, ob es womöglich einen Grund gab, Rhys eine reinzuhauen.

Wütendes Klingeln, als hätte er die ersten Male versäumt, riss ihn aus seinen Gedanken. Wenn man vom Teufel spricht, dachte er und griff nach einem Handtuch, das er sich um die Hüften schlang. Vermutlich war es Sianna, mit einer Schachtel Schokolade und einem Sixpack Bier, um bei ihm über Rhys herzuziehen. Der perfekte Feierabend, um seine Gedanken in eine andere Richtung zu lenken.

Tropfend eilte er durchs dunkle Wohnzimmer und riss die Tür auf. »Perfektes Timing, Schwester ...« Er verstummte, tastete nach dem Lichtschalter des Treppenhauses und versuchte, nicht gar zu dümmlich dreinzusehen, aber Alis' Lächeln nach zu schließen, versagte er grandios.

»Hast du jemand anderes erwartet?« Sie ließ ihren Blick langsam über ihn wandern, ehe sie ihm herausfordernd in die Augen sah.

»Was machst du hier?«

»Offensichtlich einen Striptease beobachten.« Sie deutete mit dem Kinn an ihm hinunter. »Dein Handtuch rutscht.«

Evan fluchte und griff nach dem Knoten. »Du hast dir gemerkt, wo ich wohne.«

»Nein, deine Adresse steht auf deiner Rechnung. Darf ich reinkommen?« Sie wartete keine Antwort ab und schob sich an ihm vorbei. Ihre Schulter streifte seine nackte Brust, und er atmete ihren Vanilleduft ein. So hatte sie auch damals bei den Klippen gerochen, als er ihren Körper fest an seinen gepresst hatte. Verdammt.

Evan schüttelte den Kopf, um wieder Klarheit in seine Gedanken zu bekommen. »Komm doch herein.« Er schloss die Tür, befestigte den Knoten seines Handtuches neu und ging ihr hinterher.

»Möchtest du etwas trinken?«

Alis sah zu ihm auf, ihre türkisgrünen Augen leuchteten unter den Deckenlampen, und ihm fiel auf, dass sie beim Friseur gewesen war. Kinnlange Strähnen fielen ihr ins Gesicht, die zu kurz waren, um in den Pferdeschwanz gefasst zu werden. »Steht dir.«

Ihre Augenbrauen zogen sich zusammen.

»Die Frisur.« Er ging hinter die Theke, die das Wohnzimmer von der Küche trennte, und füllte ein Glas Wasser, das er gleich zur Hälfte austrank. Was zur Hölle machte sie hier? Er war gerade dabei gewesen, mit ihr abzuschließen, zur Abwechslung mal mit dem Verstand zu denken, und dann rauschte sie hier rein mit ihrem Duft, ihren Augen, ihren Haaren …

»Ich hörte, du hast heute Mirabelles Ankaufsuntersuchung gemacht.«

»Yep.« Er wandte sich ihr zu und sah sie durch den Raum

~ 236 ~

hinweg an, wie sie in ihren knielangen Hosen und dem kurz-ärmeligen T-Shirt neben seinem Bücherregal stand. So ein einfaches Outfit, so ein süßer Anblick. Besonders gefiel ihm, wie sich die Rundung ihrer Brüste unter dem engen Stoff ab-zeichnete. Sie waren nicht besonders groß, vermutlich unge-fähr eine Handvoll, was er gerne getestet hätte. Gefährlicher Gedanke, Evan.

»Du hast dich nach mir erkundigt?«

Er riss seinen Blick los und trank schnell einen weiteren Schluck Wasser. »Nicht dass ich wüsste.«

»Nina hat gesagt, du wolltest wissen, wo ich bin.«

»Sie hat mir gesagt, wo du bist, ohne dass ich fragen musste.«

Alis senkte den Blick und murmelte etwas über ihre Freun-din, das nicht freundlich klang.

»Warum bist du hier?«

Sie sah wieder zu ihm hoch und biss sich nervös auf die Un-terlippe. Evan durchzuckte die Erinnerung an ihren Kuss. Er wusste noch genau, wie ihre Lippen geschmeckt, wie sie sich angefühlt hatten, wie er mehr gewollt hatte …

»Ich bin hier, um dir zu sagen, dass du ein Feigling bist.«

Fast wäre ihm das Glas aus der Hand gefallen. »Was?«

Sie reckte ihr Kinn vor und kam einen Schritt auf ihn zu. »Ein Feigling, Evan Davies! Du hast ein paar Kindheits-geschichten von mir gehört, und schon behandelst du mich wie eine zerbrechliche Puppe, die man nicht anfassen sollte und verschwindest wortlos.« Sie stemmte die Hände in die Seiten und kam noch näher. »Verdammt, Evan, *du* hast mich zu den Klippen gebracht, *du* wolltest die Geschichte hören, und jetzt kriegst du kalte Füße? Bist du echt so überheblich zu glauben, dass ich nicht selbst weiß, was ich will? Dass du mich vor meinen eigenen Wünschen schützen musst? Hast du denn nicht zugehört? Ich hatte in meinem ganzen Leben genau *einen* Freund, zehn Jahre lang, ich habe so einiges aufzuholen, und ich dachte, du wärst ein Kerl zum Spaß haben, aber wenn du alles so ernst sehen willst und ...« Sie stutzte, ihr Blick fiel an ihm vorbei, und ihre Augen weiteten sich. »Ach du Schande.«

»Was ist ...?« Evan drehte sich um, und als er erkannte, was sie so entgeistert anstarrte, kniff er die Augen zusammen, als könnte er es unsichtbar machen. »Mein Diplom«, murmelte er und stellte sich vor die gerahmte Urkunde neben dem Fenster.

»Evander?« Pure Ungläubigkeit klang aus ihrer Stimme, dann folgte ein Kichern, das sie mit ihrer Hand vor dem Mund erstickte. »Ernsthaft? *Evander* Davies? Das ist dein echter Name? Bist du eine Fee oder was?«

Er warf ihr einen Blick zu. »Meine Mutter war high, als sie mir den Namen gab.«

»Evander ...« Sie lachte laut und kam an den Tresen, sich darüberbeugend, um an ihm vorbei das Diplom genauer erkennen zu können. »Ich meine, du hattest ja schon immer was *Herr der Ringe*-Artiges mit deinem walisischen Gemurmel, aber ... Evander!«

»Jaja, jetzt haben es auch die Ratten im Keller gehört, bist du fertig?«

Sie sah zu ihm auf, mit einem frechen Grinsen im Gesicht. »Keine Ahnung. Bin ich das ... Evander?«

Evan seufzte schwer und strich sich über die Stirn. »Das bekomme ich jetzt ewig zu hören, nicht wahr?«

»Nun, Evander, was soll ich sagen, irgendwie erklärt sich mir plötzlich deine sensible ... feminine Seite.«

~ 238 ~

Sein Kopf ruckte hoch, er sah sie entgeistert an. Das wurde ja immer besser. »Feminine Seite?«

Sie nickte nachdrücklich. »Wenn ich Evander höre, sehe ich Elfenpaläste, Blumenwiesen und höre Harfenklänge. Passt zu dir. Denn wie würdest du dein Verhalten neulich sonst nennen, wenn nicht ... ich will nicht unmännlich sagen, aber du hattest Angst, weiter mit mir zu gehen, denn ich könnte ja mehr wollen und ...«

»Ich hatte *keine* Angst.« Okay, das war vielleicht gelogen, schließlich war er ihr zwei Wochen aus dem Weg gegangen, aber nicht wegen der Klippen – die hätten ihn nur darin bekräftigt weiterzugehen, sondern wegen ihrer Mutter.

Ihr Lächeln verschwand und ersetzte sich so schnell durch Wut, dass er blinzeln musste, um sicherzugehen, dass er richtig sah.

»Dann behandle mich wie eine Ebenbürtige, wie jemanden, der fähig ist, selbst über sich zu entscheiden und *nicht* wie jemanden, der jederzeit zusammenbrechen könnte. Zugegeben, du hast mich in der kurzen Zeit zu oft in schwachen Momenten erlebt, bedenkt man meinen Ausbruch vor der Station, mein Geheule bei den Klippen und unser erstes Date, aber das ist vorbei. Vor dir steht eine neue, ins Leben blickende und abenteuerlustige Alis. Die Frage ist nur, willst du dieses Abenteuer?« Sie straffte die Schultern, atmete sichtbar ein und fügte etwas leiser hinzu. »Willst du zwanglosen, bedeutungslosen Sex?« Sie sah ihm direkt in die Augen, was er mutig fand, bedachte man, wie rot ihre Wangen plötzlich wurden, aber er konnte nichts erwidern, sein Blut verließ gerade ganz, ganz schnell seinen Kopf. Er wollte »Zur Hölle, ja« knurren und sich das Handtuch herunterreißen, um sie sofort hier auf der Theke zu nehmen. Aber ein Rest Hirn blieb ihm noch, es flüsterte ständig, dass er abhauen sollte, solange er noch konnte, er hörte Joans Worte.

»Du weißt schon, rufst du einmal den Teufel …«

Sie legte den Kopf schief und blickte auf sein Handtuch hinunter, das nicht mehr verbergen konnte, dass er keine Entscheidungsfindungsprobleme hatte. »Ich glaube, ich komme schon mit ihm klar.«

Evan stellte das Glas ab, zu stürmisch, denn es machte einen lauten Knall, der ihn aber gerade nicht interessierte. Ohne den Blick von ihr zu nehmen, ging er um die Theke herum auf sie zu. Er steckte in Schwierigkeiten, das wusste er, aber es waren verdammt großartige Schwierigkeiten.

✳

Alis griff zur Seite und hielt sich auf der marmornen Arbeitsplatte fest, um nicht zurückzutaumeln. Es erforderte ein enormes Ausmaß an Entschlossenheit, seinen dunklen Blick zu erwidern und nicht das Weite zu suchen. Trotz ihrer selbstbewussten Worte war ihr nur allzu bewusst, wie lange es her war, seit sie mit einem Mann zusammen gewesen war, und wie wenig Erfahrung sie hatte.

Aber sie wollte nicht mehr mit Samthandschuhen angefasst werden. Sie wollte nicht mehr die Zerbrechliche, Verkorkste sein, die jahrelang wie eine zarte Jungfer behandelt worden war und der Männer sich überlegen fühlten. Sie wollte eine Frau sein. Eine erwachsene, leidenschaftliche Frau, die Spaß am Sex hatte.

»Das Handtuch steht dir übrigens«, sagte sie, als er dicht vor ihr stehen blieb, ihre Stimme zitterte nur ein ganz klein wenig.

Evan sah auf sie hinab, sein Ausdruck hätte nicht verschmitzter sein können, als das unterdrückte Grinsen ein Grübchen in seine rechte Wange zeichnete und seine Augen unter den Halogenleuchten funkelten. »Ich hätte es längst weggeworfen, würde ich nicht fürchten, dich zu erschrecken.«

»Hallo, Evan. Auf Wiedersehen, Evander.«

Ein leises, raues Lachen entfuhr ihm, das ihr eine Gänsehaut bescherte. Da sie aber nicht mehr das verschreckte Mäuschen sein wollte, sondern sich laut Nina in eine Sexgöttin verwandeln musste, wartete sie nicht darauf, bis er den ersten Schritt machte. Ohne ihren Blick von seinen gerade auf sie gerichteten Augen zu nehmen, hob sie ihre Hände und löste den Knoten, ließ das Handtuch zu Boden fallen.

Er zuckte nicht mit der Wimper, sie standen einfach nur so da, er vollkommen nackt, und Alis wusste nicht, ob sie sich wegen ihrer Verwegenheit verfluchen oder sich beglückwünschen sollte. Tatsache war, dass es jetzt kein Zurück mehr gab.

»Mutig«, murmelte er und rührte sich nicht, als wollte er ihr weiterhin die Führung überlassen.

»Überrascht?«

»Angenehm überrascht.«

Alis trat einen Schritt näher, so nah, dass sie seine Erektion gegen ihren Bauch spürte. Sie hielt den Atem an, ließ ihre Hand über seine vom Duschen noch feuchte Haut gleiten und zog sanft am dunklen Haar, das entlang seines Brustbeins spross. Ob er wohl noch so eine dunkle Linie weiter unten hatte, die vom Nabel tiefer führte? Sie wagte es nicht nachzusehen, noch nicht, stattdessen beschäftigte sie sich lieber erst mal mit dem, was sie direkt vor sich hatte.

Evan war schlank, und seine definierten Muskeln zeichneten sich unter der leicht gebräunten Haut ab. Er wirkte athletisch wie ein Ausdauersportler. Sie strich über seine Brustmuskeln, hoch zu den Schlüsselbeinen und über die breiten Schultern. Dabei hörte sie ihn flach atmen, als müsste er sich auf jeden Zug konzentrieren.

Es war eine Freude, ihn unter ihren Händen beben zu spüren, und allein der Gedanke, dass das erst der Anfang war, sandte Erregung durch ihren ganzen Körper. Er roch nach Duschgel, und am liebsten hätte sie ihre Nase gegen seine Haut gepresst und tief Luft geholt. Aber dafür sah sie ihn im Moment zu gerne an.

»Du siehst wirklich …« Fast hätte sie »schön« gesagt, weil es das war, was ihr bei seinem Anblick in den Sinn kam, aber sie nahm an, dass Männer etwas anderes hören wollten. »… maskulin aus«, kicherte sie, was auch ihn zum Lachen brachte.

Er hob seine Hände und ließ sie von ihren Schultern über ihren Hals hoch zu ihren Wangen gleiten, bis er ihr Gesicht umschloss. »Und du bist wirklich … feminin.«

»Danke schön.« Sie knickste übermütig und hauchte ihm dann einen Kuss auf sein Kinn. »Evander.«

Ein Knurren stieg seine Kehle hoch. »Sag das noch einmal, und ich muss dich zum Schweigen bringen.«

Alis stellte sich auf die Zehenspitzen, ließ ihre Lippen von seinem Mundwinkel zurück zu seinem Ohr gleiten. »Evander«, flüsterte sie, und noch ehe sie den Namen zu Ende aussprechen konnte, verlor sie plötzlich den Boden unter den Füßen. Sie stieß einen Schrei aus, spürte seinen Griff um ihre Taille, und im nächsten Moment lag sie über seiner Schulter mit bestem Blick auf seinen Hintern, der nicht nur in Jeans einen guten Eindruck machte.

»Also wenn du mich bestrafen wolltest …«, lachte sie, streckte die Hand aus und fuhr ihm sanft über seinen Rücken. »Dann ging das nach hinten los, ich bin hier ganz zufrieden.«

»Und ich habe noch gar nicht angefangen, dich zu bestrafen.« Er packte sie an den Hüften, und schon flog sie in hohem Bogen durch die Luft.

Kreischend und mit den Armen rudernd sah sie sein Grinsen, dann landete sie federnd auf dem Bett, in dem sie schon einmal gelegen war.

Sie wollte gerade protestieren, als ihr auffiel, dass er in seiner ganzen Pracht vor dem Bett stand und sie einfach alles von ihm sehen konnte. Oh, es führte tatsächlich eine dunkle Haarlinie von seinem Nabel tiefer zu … »Gott.«

Evan hob eine Augenbraue. »Also ich wurde ja schon vieles genannt, nur das …«

Alis warf ein Kissen nach ihm, aber Evan schleuderte es zur Seite, trat auf sie zu und zog ihr ohne Umschweife die Sneakers und die Hosen aus. Sie wusste nicht, warum sie es plötzlich so eilig hatten, aber Alis spürte dasselbe Drängen und befreite sich aus ihrem Top. Sie warf es zur Seite, und schon war Evan über ihr. Seine nackte Haut berührte ihre, sein Mund nahm Besitz von ihrem, und Alis vergaß, Angst zu haben oder nervös zu sein. Die vielen Sinneseindrücke, die sie überfielen, waren mehr als genug, um sie alles vergessen zu lassen. Seine Hände schienen überall an ihrem Körper zu sein, während seine Zunge die ihre umspielte und sich wieder zurückzog, im selben Takt, in dem seine Hüften gegen sie pressten, nur noch der dünne Stoff ihres Höschens zwischen ihnen. Alis ließ ihre Hand zwischen ihren Oberkörpern hinuntergleiten, umfasste ihn und fuhr langsam auf und ab. Evan sog scharf die Luft ein.

Sie war nicht besonders geübt, mit Matthew war sie nie wirklich über sanfte Zweisamkeit in der Missionarsstellung hinausgekommen. Nicht dass sie das gestört hätte, es hatte ihr Sicherheit gegeben. Aber heute wollte sie mehr, und seinem Stöhnen nach zu schließen, schien ihr Instinkt ihr alles zu sagen, was sie wissen musste. Sie genoss es, ihre Hand mal fester, mal lockerer um ihn zu schließen, herauszufinden, wie er auf die verschiedensten Berührungen reagierte, auch wenn sie an Takt verlor, als plötzlich seine Finger unter ihren Slip glitten.

Nichts, was ihr neu sein sollte, und doch wäre sie fast bei der ersten Berührung explodiert. Er hörte nicht auf sie zu küssen, während er mit den Fingern in sie eindrang. Alis' Hände krallten sich in die Decke, und sie kam heftig mit einem erstickten Schrei. Gerade wollte sie sich beschämt die Hand aufs Gesicht legen, weil es so schnell gegangen war, als sie Evans glühenden Blick auffing, der sichtlich um Kontrolle kämpfte.

Er öffnete die Schublade der Kommode neben dem Bett und zog ein Kondom heraus.

»Ich nehme die Pille«, stieß sie aus, und Evan hielt vor ihr kniend mit der Packung in der Hand inne. Er sah sie an und schien zu überlegen.

»Glaubst du mir, wenn ich dir sage, dass du bei mir nichts zu befürchten hast und meine letzte Untersuchung noch nicht lange her ist?«, fragte er, zwischen dem Kondom und ihr hin und her sehend.

Alis musste nicht überlegen und nickte. Das mochte verantwortungslos sein, aber Evan schien ihr nicht wie jemand, der so etwas auf die leichte Schulter nahm. Außerdem konnte sie gerade nicht klar denken, was ihre Sexualkundelehrerin wohl in einen Tobsuchtsanfall gestürzt hätte.

»Ich hatte nur einen Partner und …«

Evan musste nichts mehr hören. Er warf das Kondom zur Seite und wollte sich über sie beugen, aber da presste Alis ihm die Hand gegen die Brust. Sie drückte ihn neben sich aufs Bett und ließ sich rittlings auf ihm nieder, ihr Herz vor Aufregung und Vorfreude flatternd.

»Gott, bist du schön.« Er setzte sich auf, sodass sie auf Augenhöhe waren, öffnete ihren BH und schob die Träger sacht von ihren Schultern.

Alis ging auf, dass sie immer noch ihren Slip anhatte, aber sie wollte den Körperkontakt nicht unterbrechen. Sie schob ihn zur Seite, führte ihn in ihre Mitte und nahm seine Spitze auf, die Augen schließend und sich ganz auf das schnelle Klopfen seines Herzens unter ihrer Hand und seine abgehackten Atemzüge konzentrierend.

Sie erhob sich etwas, hielt sich an seinen Schultern fest und ließ sich wieder nieder, jedes Mal glitt er ein wenig tiefer in sie, sein Mund an ihren Hals gepresst. Alis konnte sich nicht erinnern, jemals etwas Erfüllenderes oder Berauschenderes erlebt zu haben.

Es war nicht leicht, ihn ganz aufzunehmen, er kam ihr riesig vor, und sie selbst war viel zu eng, aber schließlich stieß Evan einen tiefen Laut aus, und sie wurden eins.

Alis warf den Kopf zurück und gab sich ganz diesem Gefühl und der Führung ihres Körpers hin.

Kapitel 11

Ist dir schon schlecht?« Alis drückte den Gashebel weiter nach vorne und warf einen Blick zurück über die Schulter aus dem Steuerhaus. Evan kam, sich an der Bordwand entlangtastend, auf sie zu, gar nicht grün um die Nase, was sie freuen sollte. Schließlich stand damit ihrem Tag auf dem Meer nichts entgegen. Aber irgendwie hätte sie gerne gesehen, wie er ein wenig kämpfte, um ihre Erniedrigung bei der Lebensmittelvergiftung aufzuwiegen.

Er deutete mit dem Kinn auf sie. »Wie kann mir schlecht sein, wenn die Aussicht so schön ist?«

Alis verdrehte die Augen und sah wieder durch die Windschutzscheibe, ihren Blick gen Horizont gerichtet. Vor ihr lag eine graue Weite, die Sonne war gerade erst dabei aufzugehen und kündigte sich bislang nur durch ein orangefarbenes Licht hinter ihnen an. Es war noch dunkel gewesen, als Alis Evan abgeholt hatte, mit Onkel Johns kleiner Motorjacht auf dem Hänger. Sie hatte grinsend seinen beeindruckten Blick aufgefangen, als sie mit dem schweren Geländewagen mit dem Ungetüm hinten dran vorgefahren war. Es war wirklich eine Kunst, dieses Ding ins Wasser zu bekommen, aber Alis hatte ihrem Onkel schon als Kind geholfen und es als Teenager bereits selbst gemacht.

»Du hast gesagt, ich darf mir aussuchen, wohin es geht.« Evans Arme schlangen sich von hinten um sie, und Alis lehn-

~ 246 ~

te sich mit einem zufriedenen Seufzen an seine Brust. Sie schmiegte ihren Kopf in seine Wind- und Regenjacke und spürte, wie er sein Kinn auf ihren Scheitel stützte.

»Wohin willst du denn? Ich dachte mir, wir fahren einfach die Küste von Pembrokeshire ab, schauen, ob wir ein paar Delfine sehen.«

Evan schob ihr das Haar gemeinsam mit ihrer Mütze zurück hinters Ohr und flüsterte: »Ich will nach Pwllheli.«

»Was?« Sie warf ihm über die Schulter einen Blick zu. »Weißt du, wie weit das ist? Da fahren wir sicher neun oder zehn Stunden!«

»Es ist gerade mal sechs Uhr, wir wären also am späten Nachmittag dort.«

»Aber nur, wenn wir keine Pausen machen.«

»Na und? Dann sind wir eben erst abends dort, außerdem kannst du aus dieser Kiste sicher noch mehr rausholen.« Er ließ seine Lippen von ihrem Ohr zu ihrem Hals hinabgleiten, und Alis hatte plötzlich größte Mühe, sich auf das Boot zu konzentrieren. Selbst nachdem sie fast jede Nacht der letzten Woche miteinander verbracht hatten und auch jede freie Minute tagsüber – ebenfalls hauptsächlich im Bett –, bekam sie nicht genug von ihm. Seit sie mit Evan zusammen war, fühlte sie sich so lebendig wie nie zuvor. Bootsfahrten waren für sie immer schon ein Highlight gewesen, aber nun waren das Motorengeräusch, der Wind, die Möwen, das Plätschern des Wassers, der Ausblick, der Geruch, alles noch einmal viel intensiver. Wenn sie so in seinen Armen stand, wollte sie die Augen schließen und den Moment einfrieren.

»Du hast es versprochen«, murmelte er und zog den Reißverschluss ihrer Jacke auf, um seine Hand darunter gleiten zu lassen.

Alis seufzte auf, drehte den Kopf zur Seite und küsste ihn. »Also schön«, sagte sie gegen seine Lippen und wandte sich wieder nach vorne. »Aber wir können nicht nachts zurückfahren, das heißt, wir müssen auf dem Boot übernachten.«

»Es ist Wochenende. Spricht also nichts dagegen. Auch wenn ich nicht weiß, ob ich bei diesem Geschaukel schlafen kann.« Er schloss seine Hand um ihre Brust, und sie hörte ihn an ihrem Ohr scharf einatmen. »Na ja, schlafen würden wir sowieso nicht.«

Alis lachte und wand sich hin und her, damit er sie losließ. »Ich muss mich konzentrieren.«

Aber er verstärkte nur seinen Griff um sie und begann, ihren Nacken zu küssen.

»Wenn du so weitermachst, kommen wir nie an.« Sie lehnte sich ein wenig gegen ihn, weil ihre Knie auf einmal schwach wurden. »Was willst du überhaupt in Pwllheli?«

Er schwieg, und in Alis kam ein Verdacht auf. »Hast du noch Familie dort?«

»Vielleicht. Aber es gibt dort auch eine tolle Lifeboat-Station, die du sicher interessant findest.«

Alis schüttelte lachend den Kopf. »Ich bin also nur dein Taxi.«

»Ein sexy Taxi.«

Alis nahm sich vor, so bald wie möglich Nina anzurufen und ihr noch einmal für ihren großartigen Rat zu danken. Ihre Freundin hatte so recht gehabt. Alis genoss ihr Zusammensein mit Evan mehr, als sie es sich je hätte vorstellen können – diese Freiheit und Zwanglosigkeit, sie fühlte sich stark und sexy, was spannendes Neuland für sie war. Sie fühlte sich außerdem endlich wie ihr eigener Mensch, konnte sich auf ihren neuen Job freuen, ohne zu überlegen, wie der sich mit einer Beziehung vereinbaren ließe. Sie lebte im Hier und Jetzt, und genau das hatte ihr so lange gefehlt. Die Vergangenheit hatte sie runtergezogen und die Angst vor der Zukunft sie eingesperrt. Endlich war sie frei, und sie würde diese Freiheit so bald nicht wieder hergeben.

»Habe ich dir schon mal gesagt, dass du ein ziemlich annehmbares Abenteuer bist, Evan Davies?«

Er ließ seine Hand über ihren Bauch hinabgleiten, und Alis biss sich auf die Innenseite der Wange, um nicht zu kichern, da sie kitzlig war.

»Abenteuer … Mann deiner Träume … wer nimmt das schon so genau?«

Alis sah ihn prüfend an und kniff ihm spielerisch in die Hand. »Werd nicht gleich übermütig.« Doch was sie in seinen Augen sah, verwirrte sie. Da war kein Übermut oder Schalk, sondern purer Ernst. Es war nicht das erste Mal, dass er solche Anspielungen machte. Neulich, als er ein lahmendes Pferd auf der Farm untersucht hatte und sie im Stall mit ihm zusammengestoßen war, war es ähnlich gewesen. »Was machst du zu Weihnachten?«, hatte er sie gefragt. »Wir könnten zusammen irgendwohin fahren.« Worte, die sie nicht deuten konnte. Wieso sprach er von Ereignissen, die so weit in der Zukunft lagen? Wer wusste schon, wie sie in einem halben Jahr zueinander stehen würden. Der Punkt dieser Sache war doch genau, nicht zu planen, sich nicht zu binden, einfach nur die Zeit zu genießen.

Es wunderte sie auch, dass sie Angst bekam beim Gedanken, eine neue Beziehung einzugehen. Sie hätte vor Evan immer von sich selbst behauptet, dass sie sich nur in einer beständigen Beziehung wohlfühlte. Sollte sie wieder zehn Jahre verschwenden, nur um dann von einer Kindergärtnerin ersetzt zu werden?

Alis wollte sich gerade wieder von ihm abwenden, aber er hielt ihr Kinn fest. »Schalt das Ding aus.« Seine Worte klangen beinahe drohend, während seine Hand bereits unter den Bund ihrer Hose glitt. Mit zittrigen Händen versuchte sie, das Boot zum Stehen zu bringen, seine Finger brachten sie dabei schier um den Verstand, und sobald sie den Motor abgestellt hatte, presste er sie schon gegen die gläserne Wand des Steuerhauses und nahm Besitz von ihrem Mund. Es war ein harter, ungeduldiger Kuss, was untypisch für ihn war. Es kam ihr so vor, als trüge er eine Botschaft in sich, aber Alis konnte diesen Gedanken kaum zu Ende denken, als er bereits in sie eindrang und sie alles um sich herum vergessen ließ.

✳

»Ich komme mir vor, als wären wir in einem anderen Land.« Alis sah sich nach allen Seiten hin um, und Evan musste sie fast schon mit Gewalt weiterziehen, weil sie immer wieder stehen blieb. Er führte sie über die gepflasterte Promenade und konnte sich selbst kaum sattsehen an den vielen Booten im Hafen, dem Strand und der langen Reihe bunter Häuser mit Erkerfenstern, die die Straße zur anderen Seite säumten.

»Spricht hier überhaupt irgendjemand Englisch?«

»Manchmal bestimmt.«

»Ich meine, ich kann ja noch nicht mal den Namen der Stadt richtig aussprechen. Es ist so hübsch hier!«

Evan nickte zufrieden und führte sie vom Hafen ins Herz der Stadt, das komische Gefühl der Heimkehr mit sich herumtragend. Er liebte es, um ihn herum das Walisische zu hören, es weckte Kindheitserinnerungen in ihm und wirkte so vertraut. Hier hatte er fast sein ganzes Leben verbracht. Und etwas in ihm hatte Alis daran teilhaben lassen wollen.

»Wie kann man hier aufwachsen und nicht jeden Tag mit einem Boot draußen sein?« Sie drehte sich immer wieder um, als könnte sie noch einmal den wirklich beeindruckenden Hafen sehen.

Evan zuckte mit den Schultern und grinste. »Wie kann man zwischen Pferden und Schafen aufwachsen, ohne Tierarzt werden zu wollen?«

Alis hörte schon nicht mehr zu und wies auf einen Eisladen, der traditionell walisisches Eis verkaufte und seine Angebote auf Englisch und Walisisch beschriftet hatte. »Ah, wenigstens kann ich die Schilder hier lesen.«

Evan legte einen Arm um ihre Schultern und zog sie weiter durch die engen Gassen, in denen sich Pubs und Restaurants aneinanderdrängten. »Ist ja bei dir zu Hause auch nicht anders.« Genauso wie hier wurde auch im Süden fast alles in beiden Sprachen beschriftet, von den Straßenschildern über Informationsbroschüren bis zu offiziellen Aushängen. In Wales waren eigentlich überall stets beide Sprachen präsent. Aber das Walisische rundherum zu hören war wohl etwas anderes, als immer nur den Buchstabensalat zu sehen.

Die Lleyn-Halbinsel, auf der Pwllheli lag, hatte sich wie viele Teile des Nordens noch eine völlig andere Kultur erhalten. Es erinnerte an die Geschichten von Avalon, das angeblich gleich hier vor der Küste gelegen hatte, und an die alten Druidengeschichten. Bardenvereine und -wettbewerbe waren nichts Außergewöhnliches, und besonders gefiel ihm, dass hier noch kleine, unabhängige Läden abseits der großen Ketten florierten.

»Wolltest du mir nicht die Lifeboat-Station zeigen?«

Evan zog sein Handy aus der Hosentasche. Er wählte eine Nummer und lächelte, als das Gespräch angenommen wurde. In Alis' Gegenwart konnte er frei sprechen, ohne seinen Plan zu verderben, da sie kein Walisisch verstand. Sie würde sicherlich in Panik ausbrechen, wenn sie wüsste, was er vorhatte.

Fragend sah sie zu ihm auf, aber er flüsterte nur: »Arbeit«, und führte sie weiter an Souvenirshops vorbei. Schließlich legte er auf, auch wenn er seinen Gesprächspartner etwas verwirrt zurückgelassen hatte.

»Hör mal, Evan, du musst wirklich nicht den Touristenführer für mich spielen. Wenn du deine Familie besuchen willst, geh nur, ich finde mich schon zurecht. Du weißt ja, wie du zurück zum Boot kommst, ich warte dann einfach dort auf dich.«

»Ich habe aber etwas anderes im Sinn«, wich er ihr aus und nahm eine Straße, in der ausschließlich Wohnhäuser standen.

Alis verlangsamte ihre Schritte und sah sich zwischen den langen Häuserreihen und den hübschen Vorgärten um. »Was genau hast du vor?« Sie blieb stehen, aber Evan schob sie einfach weiter.

»Wir sehen uns die Stadt an.« Er legte beide Hände auf ihre Schultern und schob sie entlang des Fußwegs weiter, bis er eines der Gartentore öffnete und sie auf einen Zufahrtspfad führte.

»Evan …«

»Alis?« Er bemühte sich um eine unschuldige Miene, aber dem Schock in ihrem Gesicht nach zu urteilen, schlug sein Versuch fehl.

»Sag mir bitte, dass du nicht tust, was ich glaube, dass du tust.«

»Ich tue nicht, was du glaubst, dass ich tue.«

»Wohnt deine Familie hier?«

Er ergriff ihre Hand, zog daran, aber sie stemmte ihre Füße aufs Pflaster. »Meine Familie? Quatsch, nur meine *Nain*.«

»*Nain*?!« Ihre Stimme nahm wie erwartet einen panischen Unterton an.

Evan lächelte. »Das ist walisisch.«

»Und heißt was?«

Er legte einen Finger auf ihr Kinn, beugte sich zu ihr hinunter und küsste sie auf den Mund. »Großmutter«, murmelte er.

Alis fuhr abrupt zurück. »Sag, dass das nicht wahr ist.«

Er zuckte mit den Schultern. »Es ist nicht wahr.«

»Hör auf damit!« Sie deutete zu dem himmelblauen Haus hinter ihm. »Wohnt hier wirklich deine Großmutter?«

»Richtig.«

»Aber wieso?«

Evan strich sich mit der Hand über den Bart am Kinn. »Na ja, als mein Großvater starb, war das Leben draußen auf der Farm nicht mehr …«

»Herrgott, Evan, du weißt, was ich meine! Wieso bin ich hier?«

»Weil ich sie dir vorstellen möchte.«

Alis starrte ihn an, so entgeistert, dass er beinahe lachen musste. Sie sah an sich hinab, starrte auf ihre löchrigen Jeans und die alten Turnschuhe und machte dann langsam ein paar Schritte rückwärts. »Deshalb wolltest du nach Pwllheli? Aber warum, Evan? Bringst du all deine … Affären hierher?«

»Du bist mehr als das für mich, und das weißt du längst.« So, die Bombe war geplatzt, und der Schrecken, der in ihren Augen lag, hätte etwas Komisches an sich gehabt, hinge nicht sein verdammtes Zukunftsglück von ihr ab.

Er hatte es geahnt, aber die Gefühle, die ihre Reaktion in ihm auslösten, bestätigten es. Er wollte Alis, und er wollte sie nicht nur jetzt, nicht flüchtig, nicht ungezwungen, nicht komplikationslos. Er wollte sie mit allem Drum und Dran. Ihre Angst konnte er nachvollziehen, so hatte er sich auch nach dem Gespräch mit Joan gefühlt, als er begriffen hatte, dass er tiefer reinrutschte, als er wollte. Aber spätestens, als sie in seiner Wohnung aufgetaucht war, hatte er keine Zweifel mehr gehabt. *Sie* war es. Auf sie hatte er sein ganzes Leben lang gewartet, ohne überhaupt zu wissen, dass er auf irgendetwas oder irgendjemanden wartete.

Jetzt musste er sie nur noch davon überzeugen, ihre neu gewonnene Freiheit und Ungebundenheit für ihn aufzugeben. Gar kein Problem.

»Du …« Sie hob hilflos die Hände, warf einen Blick zurück, in die Richtung, in der der Hafen lag, als wünschte sie sich, auf das Boot zu entkommen. »Du hast selbst gesagt … eine lockere Sache, das ist alles, was du willst, das …« Sie strich sich das im Wind flatternde Haar zurück und sah ihn hilflos an.

»Das war gestern. Jetzt möchte ich mit dir zusammen sein. Du bist nicht nur eine Bettgeschichte für mich.«

Sie sah mindestens so entsetzt aus, wie er sich bei dieser Erkenntnis gefühlt hatte. Beziehungen und er … das war nichts, was funktionierte, was überhaupt in einem Satz ausgesprochen werden sollte. Aber wenn er Alis ansah, wollte er in die Zukunft schauen, planen. Er wollte sichergehen, dass sie auch nächstes Jahr noch da war und übernächstes und das danach. Er hatte Zeit gehabt, sich damit abzufinden, und vermutlich sollte er ihr auch Zeit geben. Aber er hatte ihr zeigen anstatt nur erzählen wollen, dass auch er einiges hinter sich hatte. Dass man seine Vergangenheit hinter sich lassen konnte, und wenn *er* seine Angst vor einer engeren Bindung zu überwinden imstande war, könnte sie das auch. Der Plan hatte in seinem Kopf ziemlich brillant geklungen, aber als hinter ihm die Tür aufging und Alis erschrocken nach Luft schnappte, war er sich nicht mehr so sicher.

Sie starrte an ihm vorbei, und als er eine knarzige Frauenstimme »Evander?« rufen hörte, wusste er, dass sie ihren Schock ziemlich schnell überwinden musste.

Alis sah ihn aus großen Augen an, ihr Mund formte die Worte »Ich. Bringe. Dich. Um«, aber Evan grinste nur und mimte zurück. »Später.«

»Evander, was steht ihr hier draußen herum, kommt rein«, sagte seine Großmutter auf Walisisch, und Evan atmete tief durch, straffte die Schultern und drehte sich zu seiner *Nain* um. Sie stand klein und zart in der offen stehenden Tür mit einem bunten Tuch um den Kopf und einem strahlenden Lächeln im faltigen Gesicht. Weiße Strähnen lugten unter dem Kopftuch hervor, und ihre von Altersflecken gezeichnete Haut war gebräunt wie die eines Südländers. Als er sie betrachtete, fiel ihm auf, wie sehr er sie vermisst hatte. Er war schon viel zu lange nicht mehr hier gewesen. Seit er vor vier Jahren nach Pembrokeshire gezogen war, nur noch zu besonderen Anlässen. Trotzdem kam es ihm jetzt so vor, als wäre er nie weg gewesen.

»*Nain.*« Er eilte auf sie zu, nahm die drei Stufen, die zum Eingang hochführten, mit einem Satz und schlang seine Arme fest um sie, auch wenn sie ihm gerade mal bis zur Brust reichte. »Es tut mir leid, dass ich dich hier so überfalle. Es war eher … eine spontane Idee.«

»Rede keinen Unsinn, das ist dein Zuhause.« Sie zwickte ihm unters Kinn. »Als du es am Telefon gesagt hast, konnte ich es ja kaum glauben, aber du hast wirklich eine Frau dabei.«

Evan zwinkerte ihr grinsend zu. »Hab ich.«

»Du hattest noch nie eine Frau dabei ... Ist sie schwanger?«

Er konnte sich das Lachen nur mit größter Mühe verkneifen, stattdessen beugte er sich hinunter und küsste sie auf die Stirn. »Lass sie das ja nicht hören. Um ehrlich zu sein, habe ich sie genauso überrumpelt wie dich, und ich muss sie erst noch überzeugen, mir eine richtige Chance zu geben.«

»Ist sie blind?«

Nun lachte er doch und drehte sich zu Alis um, halb erwartend, dass sie inzwischen Reißaus genommen hatte, aber sie stand immer noch wie zur Salzsäule erstarrt da. »*Nain*, darf ich dir Alis Rivers vorstellen? Zukünftige Bootsführerin des Tenby Lifeboats. Sie wollte gerne die Station hier sehen. Alis ...« Er wechselte ins Englische. »Das ist meine Großmutter, lass dich nicht täuschen – sie ist zwar klein, aber hat es faustdick hinter den Ohren.«

»Komm her, Kind.« *Nain* winkte Alis näher, und Alis machte ein paar zögerliche Schritte nach vorne.

»Evan, wirklich ...«, begann sie, aber da war *Nain* schon flink die Stufen hinuntergesaust, hatte Alis bei den Schultern gepackt und unterzog sie einer genauen Prüfung.

»Mei, mei, du hast gut gewählt, Junge«, murmelte sie anerkennend und zog Alis unvermittelt in eine Umarmung.

Alis sah an *Nains* Schulter vorbei zu ihm auf, ihre türkisgrünen Augen weit aufgerissen, mit einer Mischung aus Verzweiflung und Mordlust in ihrem Blick.

»Es freut mich sehr, Sie kennenzulernen, Mrs ...«, begann sie, als sie sich aus den dürren, aber starken Armen befreite.

»*Nain*«, sagte seine Großmutter, und Evan ging, zufrieden mit sich selbst, näher.

Alis sah ihn hilfesuchend an.

»Du sollst sie *Nain* nennen, Darling, und nur so nebenbei: Sie spricht kein Englisch.«

»Ah.« Alis sah aus, als hätte ihr jemand einen Eimer Wasser übergegossen. Dann schüttelte sie den Kopf. »Darling?«

Er tätschelte ihr das Haar. »Gewöhn dich dran.«

Sie wollte etwas erwidern, aber da ergriff *Nain* schon ihre Hand, und Alis ließ sich willenlos ins Haus ziehen, das so wie früher nach Gemüsesuppe duftete.

»Setz dich, setz dich.« *Nain* scheuchte Alis zur bunten Blümchencouch in dem altmodisch eingerichteten Wohnzimmer, und sie gehorchte. Evan ließ sich neben ihr nieder und streckte seine langen Beine aus.

»Was macht Sianna?«, wollte *Nain* wissen, als sie drei der feineren Gläser aus der Vitrine holte, die sonst nur an Feiertagen das Licht der Welt erblickten.

»Ihr geht's gut.«

Nain warf ihm einen prüfenden Blick zu, und Evan legte ihr die Hand auf den Unterarm, als sie die Gläser auf dem Tisch abstellte. »Wirklich. Es geht ihr gut.«

»Wenn du mich anlügst, zieh ich dir die Ohren lang.« Sie richtete sich auf und wandte sich Alis zu. »Sag mir, Mädchen, ist er immer noch so ein Flegel? Ich liebe ihn, aber er kann schon eine Handvoll Arbeit sein.«

Evan lehnte sich zu Alis hinüber und flüsterte: »Sie sagt, du hast es gut getroffen, ich bin ein Goldjunge.«

Nain zeigte drohend mit dem Finger auf ihn, und Evan hob abwehrend die Hände. »Ich habe nur übersetzt!«

»Aber falsch!«

»Du verstehst doch gar nichts!«

»Glaubst du, ich lebe hinter dem Mond? Ich verstehe genug.« Sie sah Alis eindringlich an. »Mit dem Sprechen tue ich mir etwas schwer, aber ich verstehe deine Sprache durchaus ein wenig. Und auch wenn du mich nicht verstehst, lass dir von mir sagen, dass du seine Sprüche am besten ignorierst, Liebes. In Wirklichkeit ist er ein unsicherer Junge, der sich zum ersten Mal bis über beide Ohren verliebt hat.«

Alis sah ihn fragend an, und Evan verdrehte die Augen. »Sie ist nicht mehr die Jüngste. Manchmal redet sie wirres Zeug.«

Nain schüttelte lachend den Kopf. »Sag ich doch – Flegel! Es ist frisch draußen geworden, ich mache euch etwas Warmes zu essen.« Sie wandte sich ab und öffnete die Tür zur Küche, als Alis sich erhob. »Kann ich irgendwie helfen?«

»Du bleibst hier, Liebes, ich habe das Gefühl, Evan hat so einiges zu erklären.«

»Du sollst mir hier Gesellschaft leisten«, übersetzte Evan, zog sie zurück auf die Couch und legte den Arm um sie.

Alis rutschte sofort ein Stück von ihm weg. »Evan, ich schwöre bei Gott, wenn du mir nicht sofort sagst, was hier gespielt wird …«

Evan hob ergeben die Hände. »Erinnerst du dich an unser Gespräch bei den Klippen?«

»Wie könnte ich das vergessen? Schmerzhafte Erinnerungen, Tränen, strömender Regen.«

»Ach komm schon, Sommerregen ist romantisch.«

Sie sah ihn mit hochgezogener Augenbraue an und hatte sichtlich Mühe, eine erboste Miene aufrechtzuerhalten, denn das Lächeln funkelte längst in ihren Augen.

»Also gut …« Evan atmete tief ein und warf der geschlossenen Küchentür einen Blick zu. »Ich dachte mir, du solltest vielleicht auch meine Geschichte kennen, und am einfachsten war es, sie dir einfach zu zeigen.«

Sie seufzte, als ärgerte sie sich über sich selbst. »Okay, ich brenne vor Neugierde, also schieß los. Was hat es mit deiner *Nain* auf sich?«

»Sie hat Sianna und mich großgezogen.«

Alis nickte, als hätte sie das schon geahnt, und ließ ihn fortfahren. »Mein Dad verschwand, als meine Mutter ihm sagte, dass sie schwanger war. Später hatte sie einen Freund, der mehr Interesse am Alkohol als an ihr und ihrem Baby hatte. Mit ihm bekam sie Sianna, aber auch er verschwand irgendwann. Als ich dann fünf und Sianna zwei war, ging schließlich auch sie – mit irgendeinem Typen, den sie bei der Arbeit im Pub kennengelernt hatte. Ich habe keine Ahnung, wo sie ist oder was aus ihr geworden ist. Sie hat sich nie wieder gemeldet. Wir waren schon damals mehr bei *Nain* als bei ihr, und so bekam *Nain* das Sorgerecht. Wir verdanken ihr alles. Sie ist die Beste.«

»Ja, den Eindruck habe ich auch.« Alis lächelte und rutschte wieder etwas näher. Mit plötzlich ernster Miene legte sie ihm die Hand auf den Oberschenkel. »Es tut mir leid.«

Evan nickte. »Das muss es nicht. Ich habe nicht wirklich gelitten. Wir hatten eine großartige Kindheit bei *Nain* und *Taid* – also unserem Großvater. Er starb vor acht Jahren, aber *Nain* hat sich nicht unterkriegen gelassen. Sie sagt, er wartet auf sie, und sie werden wieder vereint, wenn ihre Aufgabe hier erledigt ist.«

»Das klingt schön.« Sie ließ ihren Blick durch den Raum wandern, als versuchte sie, sich sein Leben hier vorzustellen. »Wieso bist du nach Manorbier gezogen?«

Evan senkte den Blick, bei der Erinnerung zog sich ihm immer noch das Herz zusammen. »Sianna lernte bei ihren Freiwilligentätigkeiten Gwyn kennen – einen Ranger im Pembrokeshire Nationalpark. Die beiden verliebten sich Hals über

Kopf ineinander, Sianna zog zu ihm runter nach Manorbier und sie heirateten. Aber er starb bei einem Unfall.«

Alis sah ihn entsetzt an. »Gwyn Gallaby? Der Klippenabbruch vor vier Jahren?«

Evan nickte. »Sie war schwanger und verlor ihr Kind, weigerte sich aber, zurück nach Hause zu kommen. Sie hatte sich ihre Kleintierpraxis aufgebaut und wollte dort bleiben, wo sie mit Gwyn glücklich war. Ich … ich wollte sie aber nicht allein lassen, also zog ich ebenfalls in den Süden. Ich hatte Glück, dass der alte Farmtierarzt es bereits etwas ruhiger angehen wollte, um dann in Rente zu gehen. Ich musste klein anfangen. Das Vertrauen der Farmer zu gewinnen war nicht leicht, aber mittlerweile decke ich schon ein ziemlich großes Gebiet ab.«

»Deine arme Schwester.«

»Ja.« Evan sah aus dem Fenster, aus dem er und seine Schwester früher liebend gerne geklettert waren, sehr zu *Nains* Unmut. Er wusste nicht, wieso sie nicht einfach die Tür genommen hatten.

»Deine Großmutter, deine Schwester, du … ihr habt alle schwere Verluste erlitten und macht trotzdem weiter. Das ist bewundernswert.«

Evan dachte daran, wie unfähig er gewesen war, Liebe zuzulassen, obwohl seine Großeltern ihm eine Lovestory wie im Bilderbuch vorgelebt hatten und auch Sianna über beide Ohren verliebt gewesen war. Sich auf jemanden einzulassen, sich sein restliches Leben mit dieser Person vorzustellen – all das war ihm immer irrsinnig vorgekommen. Er sah Alis an, wie sie nachdenklich den orientalischen Teppich zu ihren Füßen anstarrte.

»Ich wollte dich nicht überfallen, Alis«, sagte er und kämpfte den Drang nieder, sie zu berühren. »Ich will einfach nur, dass du weißt, dass du nicht irgendjemand für mich bist, dass ich dich … wirklich gernhabe und ich bereit bin, eine feste Beziehung mit dir einzugehen.«

»So eine habe ich gerade hinter mir, Evan.«

»Ich weiß.«

»Für mich ist das nichts Neues, nichts, was ich mal ausprobieren will. Ich habe zehn Jahre festgesessen und dachte, ich wäre glücklich. Ich möchte nicht dorthin zurück. Ich habe das Gefühl, dass ich gerade erst dabei bin, mich zu finden.« Sie sah zu ihm auf. »Du willst einen Versuch in Sachen Beziehung, weil du nie eine hattest, ich will einen in Sachen Freiheit und Ungebundenheit, weil ich das nie hatte. Wir wollen zwei völlig verschiedene Dinge, stehen an unterschiedlichen Punkten in unserem Leben. Ich weiß nicht, wie das funktionieren soll.«

Die Worte taten erstaunlich weh, dabei hatte er nie geglaubt, dass eine Frau ihm je etwas anhaben könnte.

»Du bist mir wichtig.« Sie sah traurig aus, was es nicht unbedingt besser machte, denn sie sah nach Abschied aus. Sollte er wirklich auf dem Blümchensofa seiner Großmutter einen Korb bekommen? »Du hast mich aufgeweckt, mir gezeigt, wie das Leben sein kann. Aber ich fange jetzt einen neuen Job an, eine große Verpflichtung, neben der ich keine andere …«

»Was hat denn dein Job damit zu tun?«

»Nicht jeder versteht, dass man zu allen Tages- und Nachtzeiten gerufen werden kann, um sein Leben draußen auf dem Meer zu riskieren.«

»Ich kann ebenfalls zu Notfällen gerufen werden, und ein wütender Stier kann auch gefährlich sein.«

Sie konnte das Schmunzeln nicht ganz unterdrücken und seufzte schwer. »Das geht alles zu schnell.«

»Du musst jetzt gar keine Entscheidung treffen. Nimm dir Zeit, ich will dir deine Freiheit gar nicht wegnehmen. Behalte einfach im Hinterkopf, dass ich dich will, so wie du bist.«

»Wieso ich?« Sie sah ehrlich unsicher und ein wenig verzweifelt aus, und eine feine Röte überzog ihre Wangen.

»Mein Bauch sagt mir einfach, dass du die Richtige bist.«

»Dein Bauch, hm?«

»Der liegt immer richtig. Er hat mir damals in der Pizzeria gesagt, kein Sushi zu essen.«

Sie strich sich das Haar zurück und lachte leise.

»Also, Alis.« Die Tür schwang auf, und *Nain* kam mit einem vollbeladenen Tablett hereingeschneit.

Evan sprang auf und nahm ihr den Krug Limonade und die beiden Schalen Gemüsesuppe ab. Eine davon stellte er Alis hin, mit einem Zwinkern. »Hier, iss das. Dann geht's dir gleich wieder besser.«

»Danke.« Sie sah zu *Nain* auf und lächelte, schon ein wenig entspannter, wie ihm vorkam. »Wirklich. Danke.«

Nain schmunzelte und schenkte ihnen allen Limonade ein. »Also Evan sagt, du arbeitest beim Lifeboat. Das ist eine große Verantwortung.«

Evan übersetzte, nahm sich Brot und lauschte Alis, die wie immer aufblühte, wenn sie von ihrer Arbeit erzählte. Sie löffelte die Suppe mit den Tomaten, Erbsen, Karotten und Kartoffeln und aß mit demselben Appetit wie damals in der Pizzeria bei ihrem Date. Währenddessen berichtete sie seiner Großmutter von den abenteuerlichsten Einsätzen, die sie erlebt hatte. Seinen ließ sie dabei in weiser Voraussicht außer Acht. *Nain* hätte keine ruhige Nacht mehr gehabt, wüsste sie, in welche Gefahr er sich gebracht hatte.

Schließlich beugte sich seine Großmutter zu Alis hinüber

und legte ihr die Hand aufs Knie. »Unsere Familie unterstützt die Lifeboat-Station seit jeher, wir können nur hoffen, dass wir euch nie brauchen, aber sind froh und dankbar, dass es euch gibt.«

Alis lächelte und griff nach einem Brötchen. Evan musste daran denken, dass ihre eigene Familie ihr diese Anerkennung nie zollte. Alle wollten sie immer zu einem anderen Leben überreden, und er war froh, dass er sie hierhergebracht hatte. Auch wenn er sie damit vielleicht in die Flucht geschlagen hatte.

Irgendwie kamen sie zu dritt in zwei Sprachen in ein angeregtes Gespräch, das trotz sprachlicher Schwierigkeiten nie abbrach. Sie redeten von ihrer Arbeit, von Sianna, von seiner Arbeit, von seiner Kindheit.

Als Alis und seine Großmutter schließlich in die Küche verschwanden, um das Geschirr zu spülen, erwischte er sie über Babyalben gebeugt. *Nain* schwafelte auf Walisisch, und Alis redete ohne Punkt und Komma auf Englisch. Evan stand in der Tür und betrachtete das ungewöhnliche Bild.

Als *Nain* ihn bemerkte, flüsterte sie: »Die gibst du nicht mehr her.«

Kapitel 12

Alis trat zu ihrer Mutter in die Küche und nahm ihr das Geschirrtuch aus der Hand. »Setz dich, ich mach das schon.«

»Wolltest du nicht längst zurück nach Tenby?«

»Auf eine halbe Stunde mehr oder weniger kommt es auch nicht mehr an. Setz dich hin.«

Ihre Mutter ließ sich sichtlich dankbar am Esstisch nieder und griff nach dem Glas Wasser, das dort stand. Sie sah schrecklich blass aus. Mittlerweile machte Alis sich ernsthafte Sorgen und fuhr so oft es ihr möglich war hierher, um zu helfen. Joan beteuerte zwar, dass sie mit einer Altersmigräne zu kämpfen hatte, aber Alis wollte bei der nächsten Gelegenheit den Hausarzt, Dr. Walsh, anrufen, um herauszufinden, ob man nicht mehr für ihre Mutter tun konnte.

Mit einem letzten besorgten Blick in das eingefallene Gesicht griff sie nach dem nassen Geschirr vom Mittagessen und fing an, es abzutrocknen. »Ich habe Tante Carol versprochen, ihr heute Abend bei der Inventur zu helfen, aber ich kann morgen nochmal herkommen. Am Donnerstag haben wir ein Training in der Station, aber das Wochenende über kann ich dir bei den Bestellungen helfen.«

»Das ist nett von dir.«

Alis warf ihr einen Blick zu. »Vielleicht solltest du noch einmal zum Arzt gehen. Diese Migräne zieht sich schon viel zu lange hin und du isst kaum noch.«

~ 264 ~

»Das ist in meinem Alter normal, da steckt man nicht ein-fach alles so weg, und dieser Magen-Darm-Virus war beson-ders hartnäckig.«

»Aber vielleicht wären genauere Untersuchungen nicht das Schlechteste.« Denn ich mache mir Sorgen, verdammt, auch wenn ich es nicht will.

»Kommt Evan heute nicht hierher? Ich glaube, Rhys hat gesagt, dass er das neue Pferd … Mirabelle … gleich impft.«

Alis wandte sich wieder dem Geschirr zu und stellte die Gläser in den Hängeschrank. Ihre Mutter war eine Meiste-rin des Themenwechsels, immer schon gewesen. Nur leider suchte sie sich ein Thema, über das sie überhaupt nicht reden wollte. »Kann schon sein.«

»Du bleibst gar nicht hier, um ihn zu sehen?«

»Die Inventur, Mum.«

Schweigen breitete sich zwischen ihnen aus, und Alis spür-te den Blick, der sich ihr in den Rücken bohrte, allzu deutlich.

»Habt ihr euch gestritten?«

Ein Seufzen entfuhr ihr. »Nein.«

»Dann habt ihr Schluss gemacht?«

»Mum, wir waren nie wirklich zusammen.«

Wieder Stille, und Alis ließ sich Zeit, die Teller wegzuräu-men, denn wenn sie fertig war, hatte sie keinen Grund mehr, ih-rer Mutter den Rücken zuzukehren. Es stimmte, sie hatte Evan seit dem Wochenende nicht mehr gesehen und auch nichts von ihm gehört. Sie hatten bei *Nain* übernachtet, Evan in seinem al-ten Zimmer und Alis in Siannas – nicht dass sie das gestört hät-te. Sie hatte über so einiges nachdenken müssen. Dann waren sie nach einem köstlichen, typisch walisischen Frühstück mit gebackenen Bohnen, Würstchen, Speck, Toast, Pilzen, Herz-muscheln, Spiegeleiern und Laverbread aufgebrochen.

Es war schon dunkel gewesen, als sie am heimischen Hafen angekommen waren, denn sie hatten unterwegs immer wieder gestoppt und sich beinahe wütendem Sex hingegeben. Es war der unglaublichste Sex, den Alis je gehabt hatte. Als hätte Evan etwas klarzustellen gehabt, einen höhlenmenschartigen Besitzanspruch, während sie verdeutlichte, dass sie sich keine Keule überziehen und festnageln lassen würde.

»Wir sehen uns, Alis«, hatte Evan gesagt, ehe er sich mit einem flüchtigen Kuss auf ihre Stirn verabschiedet hatte. Er hatte nicht noch mal versucht, sie zu überzeugen, hatte ihr nicht geraten, noch einmal darüber nachzudenken. Und natürlich dachte Alis seitdem an nichts anderes. Ständig spielte sie seine Worte in Gedanken durch oder sah ihn vor sich. Ihr Körper sehnte sich nach ihm. Nur verursachte die Vorstellung, eine feste Bindung mit ihm einzugehen, nach wie vor Panik in ihr. Sie wollte nicht schon wieder zu jemandem gehören. Wieso hatte nicht einfach alles so bleiben können wie zuvor? Frei und abenteuerlich.

»Aber die Zeit hier mit ihm hast du doch genossen, oder?« Die Stimme ihrer Mutter riss Alis aus ihren Gedanken. Sie lehnte sich gegen die Küchenzeile und knotete das Geschirrtuch in ihren Händen.

»Du warst mit ihm ausreiten, warst häufiger im Stall, neulich habe ich sogar gesehen, dass du bei einer Reitstunde zugesehen hast. Du wirktest glücklich. Alis, wieso willst du das nicht zulassen, wovor hast du Angst?«

»Mum …« Sie dachte an ihre Gespräche mit Evan, bei ihm zu Hause, an den Klippen. Er schien mit seiner Vergangenheit so im Reinen, auch wenn sie bestimmt auch bei ihm Spuren hinterlassen hatte. Aber es schienen Spuren zu sein, die er akzeptierte, die ihn einfach zu Evan machten. Irgendwie musste sie auch dorthin kommen, wollte es zumindest versuchen, und vielleicht war der erste Schritt, einem bestimmten Thema nicht mehr auszuweichen. Sie konnte nicht mit ihrer Mutter über die Probleme in ihrem Liebesleben sprechen, während sie ein viel größeres Problem totschwiegen.

»Mum, ich glaube, wir sollten über Dad reden.«

Die Miene ihrer Mutter blieb völlig ausdruckslos, ehe sie schließlich nickte. »Ich glaube, da hast du recht.«

Die Worte überraschten Alis so, dass sie einen Moment größte Mühe hatte fortzufahren. »Ich weiß, du gibst mir die Schuld an dem, was mit ihm passiert ist, und das tue ich ja auch …«

»Dir die Schuld geben?« Ihre Mutter stellte ihr Glas abrupt ab und sah sie entgeistert an. »Alis, wie kannst du das nur glauben?«

»Oh, das ist gar nicht schwer«, murmelte Alis trotzig, verstummte aber abrupt, als sie den Schmerz in den grünen Augen sah.

»Ich …« Ihre Mutter strich sich fahrig übers Gesicht, atmete sichtbar ein. »Ich dachte nie, dass … Ich wollte nicht, dass du das glaubst. Ich habe mich alleingelassen gefühlt, Alis. Ich habe meinen Sohn, meinen Mann und dann meine Tochter verloren, alles innerhalb weniger Tage. Ich wollte nichts anderes, als dass du zurückkehrst, dass wir eine Familie sind. Vielleicht war ich mit diesem Wunsch etwas zu forsch, vielleicht habe ich dich zu sehr gedrängt, die Farm wieder als dein Zuhause anzusehen, aber ich wollte nie, dass du Schuldgefühle in Bezug auf deinen Vater hast.«

Alis konnte nichts sagen. Sie konnte nicht glauben, was sie da hörte, sie musste sich an der Küchentheke festklammern, so schwach fühlte sie sich plötzlich. Der schneidende Unterton ihrer Mutter, wenn sie von der Station sprach, wenn sie Alis die seltenen Besuche vorhielt, dass sie wegen ihr allein war, sie daran erinnerte, dass die Farm ihr Zuhause war, dass Dad es so gewollt hatte … Das war nicht dazu da gewesen, ihr den Unfall von den Klippen in Erinnerung zu rufen? All die Jahre hatte Alis den Vorwurf in den Augen ihrer Mutter gesehen. Hatte er wirklich ihrem Fortgang gegolten und nicht dem Tod ihres Vaters? Das war etwas, das sie nicht glauben, nicht verarbeiten konnte. Nicht so plötzlich.

»Alis, das hier ist keine Frage der Schuld. Niemand ist unschuldig gewesen, dein Vater nicht, ich nicht …« Die sonst so starke Stimme wurde gepresst, schien um jedes Wort zu kämpfen. »Ich habe vieles falsch gemacht. Ich habe deinen Vater wohl einfach zu sehr geliebt, habe zu sehr an der alten Zeit festgehalten, die wir hatten, als wir jünger waren. Ich war oft so überfordert, doch das Leben musste mir erst alles nehmen, ich musste an meinem Schicksal wachsen, um diese Dinge zu erkennen. Es … es tut mir leid, wenn ich …« Joan Rivers sah auf ihre Hände. Alis wusste, wie schwer es ihrer Mutter fiel, sich für Dinge zu entschuldigen, einzugestehen, dass sie falschlag – dafür war sie viel zu stolz.

»Mum …« Alis ging auf ihre Mutter zu und kniete vor ihr nieder, irgendwie das Gefühl habend, ihr näher sein, ihr direkt in die Augen sehen zu müssen. Sie griff nach ihren Händen und hielt sie in ihren fest, als könnte sie durch Körperkontakt ihre Gefühle und ihre Sicht der Dinge auf ihre Mutter übertragen. »Du musst Reed anrufen. Er ist dein Sohn, und du kannst ihn wieder zurückholen. Ich weiß, es war nicht leicht für dich, du hast genauso nur zu überleben versucht, du hattest viel auszuhalten und zu schaffen, aber er war dein Kind. Jetzt ist er weg, und ich weiß, dass dir das nicht egal ist, glaubst du etwa, mir ist nicht klar, dass du seine Spiele ansiehst? Du liebst ihn doch! Das musst du ihm sagen.«

»Hör auf.«

»Ruf ihn an.«

Die grünen Augen weiteten sich. »Er ist von hier weg. Es ist an *ihm*, sich bei *mir* zu melden. Er ist nicht einmal nach Hause gekommen, als dein Vater starb, ich habe all die Jahre nicht ein einziges Wort von ihm gehört. Wieso sollte ich mich bei ihm melden?« Sie zog ihre Hände an sich und stand schwerfällig auf.

Alis erhob sich ebenfalls. »Mum, bitte, hör auf. Ich glaube, in Wirklichkeit rufst du ihn nicht an, weil du Angst hast, dass er dir nicht verzeiht.«

Ihre Mutter erstarrte, sah sie an. Ihre Augen verengten sich, sie legte ihren Kopf schief, als würde sie lauschen, dann öffnete sie den Mund im Versuch, nach Luft zu schnappen, und ehe Alis sichs versah, sank sie in sich zusammen.

»Mum?« Alis streckte ihre Hände aus, bekam ihre Mutter an den Schultern zu fassen, doch sie konnte sie nicht richtig halten, und so bremste sie den Sturz lediglich, anstatt ihn aufzuhalten. Langsam glitt der federleichte Körper zu Boden, das Gesicht weiß wie Schnee, die Augen geschlossen, der Atem flach.

»Mum?« Sie rüttelte sie sanft und tätschelte ihr leicht die Wange. »Mum, komm schon, wach auf!« Keine Reaktion bis auf ein leichtes Zucken der Arme, und in Alis kam Panik auf. Sie war in Erster Hilfe trainiert, und trotzdem schien all ihr Wissen aus ihr hinauszufließen, während sie auf ihre besinnungslose Mutter hinabstarrte.

Wimmernd krabbelte sie zur Küchenzeile und tastete darauf nach dem Handy. Beinahe wäre es ihr wieder aus der Hand gefallen, als sie den Notruf wählte.

Sie wusste gar nicht, was sie ins Telefon stammelte, nur dass ihre Mutter längst wieder zu sich kommen müsste. Wenn die Krankheit sie so geschwächt hatte, dass ihr schwarz vor Augen geworden war, dann musste sie doch auch genauso schnell wieder aufwachen!

Mechanisch beantwortete sie die vielen Fragen und hörte nur: »Ein Krankenwagen ist unterwegs«, ehe sie das Handy sinken ließ und über das Pochen ihres Herzschlags in den Ohren kaum noch etwas hörte.

»Rhys!« Es war ihre eigene Stimme, die sie verzweifelt rufen hörte. Sie tastete nach dem Puls ihrer Mutter, überprüfte, ob sie atmete, und kippte ihren Kopf ein wenig zurück, um nachzusehen, ob ihre Zunge zurückgerutscht war. Schließlich drehte sie sie in die stabile Seitenlage, alles, ohne nachzudenken und immer wieder »Rhys!« schreiend. Dabei wusste sie, dass er im Stall war und sie über die Entfernung nie hören würde. Auch war er nicht unbedingt ein Mensch, den sie in einer Notsituation bei sich haben wollte, aber irgendwie schien er ihr gerade der einzige Ausweg, sie hatte das Gefühl, keine Sekunde länger mehr allein mit ihrer ohnmächtigen Mutter sein zu können. Wo blieb der Krankenwagen, wie lange war es her, dass sie angerufen hatte?

»Mum, wach auf, bitte!«

Sie dachte daran, wie ihre Mutter umgekippt war, als Reed verschwunden war oder als Alis zu Tante Carol und Onkel John gezogen war. Wie sehr sie ihre Mutter für ihre Theatralik verwünscht hatte und wie sehr sie sich jetzt wünschte, sie würde nur schauspielern. Dass diese Blässe und der Schweiß auf der Stirn nur gespielt waren. Doch Alis erkannte, dass das hier todernst war. Dass Evan recht gehabt hatte. Es war ein Fehler, stumm zu bleiben und alles mit sich herumzuschleppen. Sie hätte sich längst mit ihrer Mutter aussprechen müssen. Sie wollte ihr noch so viel sagen.

»Was ist passiert?«

Jemand packte ihre Schulter, und Alis fuhr mit einem leisen Schrei herum. Blaue Augen mit goldenen Sprenkeln darin sahen sie an, und Alis musste blinzeln, um richtig zu sich zu kommen.

»Evan?«

Er sah sie nicht länger an, schob sie ein wenig zur Seite und beugte sich über ihre Mutter. »Mrs Rivers!« Er tastete nach ihrem Puls und brachte seine Wange über ihr Gesicht, um ihren Atem zu kontrollieren.

»Der Krankenwagen ist unterwegs.« Ihre Stimme klang hohl, die Worte leer.

»Was ist passiert?« Er sah sie über die Schulter hinweg an, während er seine Finger auf dem Hals ihrer Mutter liegen ließ. »Ich wollte eine Rechnung vorbeibringen, da habe ich dich rufen gehört.«

»Sie ist einfach umgekippt. Wir haben geredet und dann ...«

»Hat sie irgendwo Medikamente, die sie vielleicht einzunehmen vergessen hat?«

Alis starrte ihn nur an, sie hatte keine Ahnung. Sie konnte noch nicht einmal sagen, ob ihre Mutter Medikamente brauchte!

»Ich weiß es nicht.« Nur ein Flüstern. »Ich weiß überhaupt nichts.«

»Alis ...« Er drehte sich zu ihr um und wollte etwas sagen, aber dann verengte er die Augen und lauschte. »Die Sirenen, sie sind gleich da, ich hole sie her. Warte hier.« Er beugte sich zu ihr hinüber und legte eine Hand auf ihre Wange. »Ich bin gleich wieder da, okay?« Sie nickte nur und sah weiterhin ihre Mutter an, die immer noch nicht zu sich gekommen war.

✳

»Wo … wo ist Alis?«

Evan schreckte aus seinem diffusen Halbschlaf und richtete sich in dem unbequemen Plastikstuhl auf. Es war erst Nachmittag, aber er war die halbe Nacht bei einer Kalbgeburt gewesen und hatte heute Morgen gleich wieder Termine gehabt. Jetzt blickte er zu Mrs Rivers, die ihn abwartend ansah. »Sie sind wach.«

»Offensichtlich. Wo ist Alis?«

»Sie ruft Rhys an, um ihn auf den neuesten Stand zu bringen. Er wollte selbst kommen, aber jemand musste auf der Farm bleiben. Und Ihre Schwester versucht sie auch zu erreichen. Und dann will sie noch einen Arzt finden, der ihr mehr sagt als: ›Es ist nur eine vorübergehende Kreislaufschwäche aufgrund eines Infekts‹ – Sie haben ja alle Ärzte zum Schweigen verdonnert.«

Mrs Rivers zuckte schwach mit den Schultern, sie schloss die Augen und schien in dem Krankenbett unter all den schweren weißen Decken, die sie noch blasser wirken ließen, zu verschwinden. Ihr blond gefärbtes Haar zeigte grauen Nachwuchs und wirkte dünn. Die noch so jugendlich wirkende Frau, die er vor ein paar Wochen vor sich gehabt hatte, war kaum noch zu erkennen. Er fragte sich, wie sie ihnen allen so lange etwas hatte vormachen können, wo man ihr ihren Zustand nun so deutlich ansah.

»Sie sind ohnmächtig geworden, die Ärzte schließen einen epileptischen Anfall nicht aus.«

Mrs Rivers öffnete die Augen und sah ihn entsetzt an, was

sie gleich lebendiger wirken ließ. »Ich bin zuckend und sabbernd vor Alis auf dem Boden gelegen? So viel zu meinem Plan, ihr meine Krankheit zu verheimlichen.«

Evan schüttelte den Kopf. »Keine Sorge, Sie haben nicht gezuckt, und wenn, dann nur minimal. Aber in Anbetracht Ihrer Erkrankung wird es nicht der letzte Anfall bleiben. Die Metastasen fangen offensichtlich an, sich bemerkbar zu machen. Sie sollten es Alis sagen. Es wird ihr nicht gefallen, dass sie angelogen wird.«

Ein Lachen, das in einem Hustenanfall endete, entfuhr ihr. Seinen letzten Einwand ignorierend grummelte sie: »Bemerkbar, ja? Junge, Junge, glaubst du etwa, die Kopfschmerzen, die mich wünschen lassen, mir ein Messer in den Schädel zu rammen, wären nicht bemerkbar gewesen? Oder wenn ich mir ohne Unterlass die Seele aus dem Leib speie?«

Evan nahm ihre Hand in seine. »Sie werden es nicht mehr länger geheim halten können, und ich bin nicht gewillt, Alis für Sie anzulügen. Sie müssen es ihr sagen, sonst verzeiht sie Ihnen nie.«

»Spar dir die weisen Sprüche, Schätzchen, und sag mir lieber, wie du es angestellt hast, alles so zu vermasseln?«

»Was?«

Mrs Rivers versuchte sich auf die Ellbogen aufzustützen, sank aber sofort wieder zurück. »Es lief alles so gut. Ich habe es doch gesehen. Ich habe schon damals gewusst, dass du sie liebst. Ich mag halb tot sein, aber ich habe Augen im Kopf und ein Gespür für solche Dinge. Du und Alis ... ihr habt zusammengepasst, ihr gehört zusammen.«

»Erzählen Sie mir etwas, das ich nicht weiß. Aber Ihre Tochter ist ein Sturkopf wie Sie.«

»Du bist ein Narr, Evan. Sehe ich so aus, als hätte ich ewig

Zeit? Die Ärzte geben mir nur noch wenige Wochen. Ich möchte nicht, dass Alis allein zurückbleibt. Und eine Frau wie meine Tochter wirst du nirgends finden. Sie weiß einfach noch nicht, was sie will. Du musst sie nur weiter überzeugen, wir hatten eine Abmachung. Das wird ja wohl nicht so schwer sein mit deinen blauen Augen und diesen Grübchen. Welche Frau würde da nicht schwach werden?«

»Ich kenne eine.«

Mrs Rivers zuckte zusammen, Evan fuhr auf seinem Stuhl herum, und irgendwie war er gar nicht überrascht, Alis in der Tür stehen zu sehen. Es hatte ja so kommen müssen. Alles ging den Bach runter, wieso sollte es nicht mit einem lauten Knall enden?

»Mum … willst du mir irgendetwas sagen?« Sie stand ganz ruhig da, ihre Stimme zitterte ein wenig, aber ansonsten ließ sie sich nichts von ihren Gefühlen anmerken.

Mrs Rivers drehte den Kopf zur Seite Richtung Fenster, weg von ihrer Tochter. »Danke, dass du den Krankenwagen gerufen hast, Alis. Ich hatte offensichtlich einen Kreislaufzusammenbruch, weil mich diese Magensache immer noch so schwächt.«

»Willst du es noch einmal versuchen? Nur diesmal mit der Wahrheit?«

Evan stand auf, er wollte zu ihr gehen, aber Alis streckte ihm die Hand entgegen, eine stille Warnung im Blick.

»Mum?« Sie starrte auf den ihr abgewandten Kopf, als könnte sie mit reiner Willenskraft die Wahrheit aus ihrer Mutter herausbringen, aber Joan Rivers schwieg.

»Also schön, wie du meinst.« Sie drehte um und ging hinaus, kein Stürmen, kein Türenknallen, sie verließ einfach nur den Raum, und Evan sah zwischen der offen stehenden Tür und Mrs Rivers hin und her. »Für jemanden, der nicht mehr viel Zeit hat, vergeuden Sie sie großzügig. Wie Sie sich diese Sturheit noch herausnehmen, bleibt mir ein Rätsel.« Und dann ging er Alis hinterher.

Er musste sie nicht suchen, sie tigerte den Flur auf und ab, und als sie ihn hörte, blieb sie neben einem Putzwagen stehen. Er glaubte schon, sie würde ihn ihm entgegenschleudern, aber sie drehte sich gelassen um und sah ihn nur tödlich an.

»Weißt du was, ich erspare uns jetzt eine große dramatische Szene, in der ich herauszufinden versuche, was zur Hölle ihr da besprochen habt. Es interessiert mich auch gar nicht …«

»Alis …« Er wollte auf sie zugehen, aber sie trat einen Schritt zurück.

»Sag mir einfach nur, was meiner Mutter fehlt.«

Das hatte ja so kommen müssen, er hatte gewusst, dass ihn dieses Wissen noch in den Hintern treten würde. »Das muss deine Mutter dir selbst sagen.«

Verachtung blitzte in ihren schönen türkisgrünen Augen auf. »Ja, so weit war ich auch schon. Was hat sie?«

»Es liegt nicht an mir …«

»Okay, wenn du es so willst, dann bitte … mach dich bereit, hier kommt die dramatische Szene.« Sie funkelte ihn an, zitterte sichtlich, so zornig war sie. »Was für eine Abmachung soll das zwischen dir und meiner Mutter gewesen sein? Hat sie dich dafür bezahlt, dich an mich ranzumachen, damit ich mir plötzlich ein trautes Heim auf der Farm wünsche und zurückkomme? Erzählst du mir jetzt die typischen Sprüche wie: Ja, anfangs ging's ums Geld, aber dann habe ich dich kennengelernt und es ging um dich, bla, bla, bla.«

Nun kam auch in ihm ein Quäntchen Wut auf. »Mach dich nicht lächerlich, Alis.«

»Was dann?«

»Es ging um dich, von Anfang an. Deine Mutter wollte uns einfach nur verkuppeln, sie will dich glücklich sehen.«

»Ah, deshalb plötzlich das Beziehungsgequatsche, diese Hundertachtzig-Grad-Wendung aus dem Nichts.«

»Ich gehe keine Beziehungen ein, nur weil mich jemand darum bittet, verdammt.« Er biss die Zähne zusammen, er wollte nichts sagen, was er hinterher bereute. »Um uns geht es jetzt aber auch gar nicht …«

»Da hast du recht, um *uns* wird es nie wieder gehen.«

Evan nickte langsam, er wartete, bis eine der Schwestern an ihm vorbeigegangen war und sie wieder allein im Flur waren, ehe er gepresst fortfuhr: »Das kommt dir gerade gelegen, nicht wahr? Jetzt hast du einen Grund wegzurennen, jetzt fühlst du dich darin bestätigt, nichts Ernstes einzugehen.«

»Weil ich recht hatte!«

»Das ist nur eine Ausrede.«

»Du hast mir verschwiegen, dass meine Mutter krank ist!« Sie deutete zur geschlossenen Zimmertür. »Die ganze Zeit über, während du den verliebten Teenager gespielt hast, wusstest du, dass sie krank ist!«

»Weil das eine Sache zwischen euch zweien war und ich einer wahrscheinlich Sterbenden wohl kaum ihren letzten Wunsch abschlagen konnte.« In dem Moment, in dem er die Worte aussprach, wurde ihm sein Fehler bewusst.

Alis wurde totenbleich und stieß einen beinahe unmenschlichen Laut aus, dann drehte sie sich wortlos um und ging davon. Evan stand da und sackte gegen die Wand. Er war ein solcher Vollidiot – gerade noch hatte er Joan Rivers ermahnt, dass Alis ihm nie verzeihen würde, und jetzt war er es, dem diese Rolle zuteilwurde.

Kapitel 13

Evan fluchte. Es konnte ja auch gar nicht mehr schlimmer kommen. Regen prasselte auf seine Windschutzscheibe, und er steckte mit allen vier Reifen im Schlamm fest. Er wusste, Gas zu geben wäre kontraproduktiv, die Reifen würden sich nur tiefer eingraben, und so starrte er eine ganze Weile nur resigniert auf die graue Trübnis vor ihm. Durch den Schleier der schräg fallenden Tropfen konnte er die Stallungen fast nicht ausmachen, er erkannte aber, dass keine Lichter hinter den Fenstern brannten. Er hatte Mirabelle geimpft, nachdem er am Dienstag nicht dazu gekommen war, weil er Alis ins Krankenhaus begleitet hatte. Nina war schon nach Hause gefahren, und Rhys besuchte Joan, der konnte ihn auch nicht rausholen. Evan verfluchte sich, dass er nicht zu den Parkplätzen gefahren war. Stattdessen hatte er seinen Wagen gleich neben der Straße in die schlammige, vom Dauerregen aufgeweichte Wiese gestellt, um schnell in den Stall zu laufen. Jetzt hatte er den Salat. Rhys hätte ihn mit dem Traktor rausziehen können, aber er würde vor der Abendfütterung bestimmt nicht zurückkommen. Nach kurzem Überlegen wählte Evan schließlich Siannas Nummer. Sie könnte ihn hier abholen, und abends, wenn Rhys da war, würde er zurückkommen, um das Auto zu befreien.

Er konnte von Glück reden, dass Alis inzwischen zurück nach Tenby gefahren war. Zwar hatte er von Rhys erfahren, dass sie mehrmals im Krankenhaus gewesen war – er hoffte also, dass Mutter und Tochter sich ausgesprochen hatten und dass es ihr gut ging, aber sehen wollte er sie trotzdem nicht. Er ärgerte sich über sich selbst, weil er sich so untypisch benommen hatte. Eine Beziehung! Was hatte er sich dabei gedacht? Es hatte ja in einer Katastrophe enden müssen.

»Ich will dich aber nicht abholen«, sagte Sianna, als er ihr seine prekäre Lage erklärte. »Außerdem habe ich zu tun.«

»Es ist Freitag, die Praxis ist nachmittags geschlossen.«

»Was nicht heißt, dass ich nicht trotzdem einen Haufen Arbeit habe.«

»Schwesterherz …« Wieso klang seine Stimme weniger bittend als drohend?

»Bruderherz?«

»Willst du mich wirklich stundenlang hier warten lassen?«

»Geh in den Stall, die Pferde leisten dir schon Gesellschaft. Und Rhys ist bestimmt bald wieder da.«

»Ich habe auch noch einen Haufen Papierkram zu erledigen, fahr mich einfach schnell nach Hause, okay?«

»Will nicht.«

»Warum, zum Teufel?«

»Ich mag diesen Ort nicht.«

Ah, so langsam verstand er. Es lag wohl in der Familie. »Herrgott, Rhys ist noch nicht einmal hier, zum tausendsten Mal, sonst würde ich dich doch gar nicht anrufen. Was auch immer zwischen euch ist oder war oder auch nie sein wird, interessiert mich gerade wenig, weil ich in einem Haufen Dreck festsitze.«

Stille antwortete ihm, da war nur das Prasseln des Regens auf dem Autodach, und Evan warf einen genervten Blick auf die Uhr. Es war kurz vor drei, und eigentlich hatte er gedacht, heute mal früher Schluss machen zu können.

Ein Seufzen erklang. »Bleib, wo du bist, ich bin gleich da.«

»Keine Sorge, ich gehe nirgendwo hin.« Er lehnte seinen Kopf zurück gegen die Nackenstütze und schloss die Augen. Er war so schrecklich müde. In letzter Zeit war er das ständig. Das mochte vielleicht auch daran liegen, dass er sich in den Momenten, in denen er schlafen könnte, den Kopf über eine gewisse Frau zerbrach. Das beständige Prasseln hatte etwas Einlullendes, und er dachte wieder einmal gegen seinen Willen an den Kuss im Regen an den Klippen. Sein erster Kuss mit ihr, und schon damals hatte er gewusst, dass etwas anders war. Seine widersprüchlichen Gefühle in Bezug auf Alis zerrten an seinen Nerven. Vermutlich verwandelte er sich tatsächlich gerade wieder in einen wankelmütigen Teenager.

»Hi, Evan.« Die Autotür flog auf, und im nächsten Moment ließ Sianna sich neben ihm auf den Beifahrersitz fallen.

Evan schrak aus einem seligen Dämmerzustand und sah sie hoffentlich nicht zu genervt an. Immerhin kam sie zu seiner Rettung. Zwar wusste er nicht, wieso sie in seinem Auto war, damit kämen sie nicht weit, aber er musste nicht lange auf eine Erklärung warten, Sianna fing schon an zu reden.

»Ich komme gerade von der Therapie. Ich habe nie aufgehört hinzugehen.«

Er zog seine Augenbrauen zusammen und sah sie verständnislos an. »Zur … Psychotherapie?«

Sie boxte ihm gegen die Brust. »Nein, zur ›Wie erhole ich mich von so einem Bruder‹-Therapie. Was glaubst du denn? Ich dachte einfach, du solltest das wissen.«

»Jetzt?«

Sie lehnte sich zurück und sah aus der Windschutzscheibe. »Ein genauso guter Moment wie jeder andere auch, meinst du nicht? Ich gehe nicht mehr so oft hin wie früher, einmal im Monat, um genau zu sein. Wegen Gwyn. Und dem Baby.«

Evan fühlte sich schuldig. Sie hatten Jahre nicht mehr davon gesprochen. Die ersten Monate nach dem Unglück häufiger, aber dann hatte Sianna immer behauptet, ihr ginge es gut. Sie war auch immer so aufgeweckt und voller Leben gewesen, sodass er sich keine Sorgen gemacht hatte. Gut, sie hatte sich immer wieder mit irgendwelchen Typen eingelassen, was nie lange gedauert hatte, aber er war einfach davon ausgegangen, dass sie das Leben in vollen Zügen genießen wollte, nachdem der Tod sie so nah berührt hatte.

Aber vielleicht hätte er genauer hinsehen müssen, vermutlich hätte er wissen müssen, dass man sich von so einem Schlag nicht innerhalb von ein paar Monaten erholte.

»Du hast nie etwas gesagt.«

»Ich wollte einfach weiterkommen und normal behandelt werden.«

»*Nain* bringt mich um, wenn sie das hört. Sie wird sagen, dass ich extra hierhergezogen bin, um auf dich aufzupassen, und dann war ich blind wie ein Maulwurf.«

Sianna lächelte ihn zärtlich an. »Du bist ein guter Bruder.« Sie lehnte sich wieder zurück und seufzte zufrieden. »Ich mag den Regen.« Eine Weile sahen sie einfach nur aus dem Fenster, beobachteten, wie das Wasser die Scheibe hinunterfloss, als Evan beschloss, das Schweigen zu brechen.

»Ist das der Grund? Für deinen Bruch mit Rhys? Irgendetwas muss ja vorgefallen sein, sonst würdest du ihm nicht aus dem Weg gehen. Und irgendwie scheint er anders zu sein als die anderen, sonst wärst du in den letzten Wochen nicht so ein Sonnenschein gewesen. Hängst du immer noch an Gwyn?«

Sianna warf einen Blick zum Stall hinüber und schüttelte

dann traurig den Kopf. Sie kaute auf einer Strähne ihres kinnlangen Haars und schien in ihren Gedanken versunken, bis
sie schließlich hörbar Atem holte. »Ich glaube, der Grund ist,
dass ich *nicht* mehr an Gwyn hänge.«

Evan nickte, er verstand, sie musste nichts erklären. Schließlich wusste er, wie beängstigend es war zu erkennen, dass da
eine Person ins Leben gekommen war, die alles änderte, die
einen selbst veränderte und Vergangenes in weite Ferne rückte. Und bei Sianna kamen da noch Schuldgefühle hinzu. Sie
lebte weiter, sie hatte nach all den flüchtigen Affären jemanden gefunden, der Gwyn zur Erinnerung machte. Da hätte er
wohl auch Panik bekommen.

»Hast du ihn weggestoßen?«

Sianna lachte leise. »Mit einem Bulldozer.«

»Nun.« Evan kniff ein wenig die Augen zusammen, da ihn
entgegenkommende Scheinwerfer blendeten. »So wie es aussieht, hast du jetzt die Gelegenheit, das alles Rhys zu sagen
und die Sache zu kitten.«

»Was?!« Sianna richtete sich abrupt auf, versuchte etwas zu
erkennen, und Evan war ihr behilflich, indem er die Scheibenwischer einschaltete. Es war Rhys' Geländewagen, der gerade
die schmale Zufahrtsstraße heraufkam.

»Was will er hier?« Sie rutschte in ihrem Sitz weit hinunter,
damit er sie nicht entdeckte. »Du hast gesagt, er ist im Krankenhaus!«

»Ich dachte auch, er würde länger bleiben, aber vermutlich
hat Mrs Rivers ihn wieder weggeschickt. Sie will ja nicht, dass
sich irgendjemand Sorgen macht.« Oder die Wahrheit über
den Ernst der Lage erfährt.

Sianna keuchte auf. »Das darf nicht wahr sein!«

»Wieso?« Er nahm seinen Blick von Rhys' Wagen, der gerade auf einen Parkplatz einbog, und sah zu Sianna hinunter. »Du hast doch gerade gesagt, dass Rhys …«

»Das heißt nicht, dass ich einfach so mir nichts, dir nichts ins ›Und sie lebten glücklich bis an ihr Lebensende‹ tanze. Das geht alles viel zu schnell. Bis vor Kurzem dachte ich, nie jemand anderen ansehen zu können, ohne dabei an Gwyn zu denken. Und dann kommt Rhys daher und stellt alles auf den Kopf. Ich muss erst nachdenken, ich …«

»Herrgott, was ist es nur mit euch Frauen, dass ihr solche Bindungsängste habt?!«

Sianna sah zu ihm auf. »Was?«

»Da legen euch die Männer ihr verdammtes Herz zu Füßen, und ihr habt nichts Besseres zu tun, als darauf herumzutrampeln. Wann ist das passiert? Wann haben Frauen angefangen, Männer nur für Sex zu benutzen und sie dann wegzuwerfen? Seid ihr alle verrückt geworden? War das nicht mal umgekehrt?«

Sianna sah ihn aus verengten Augen an. »Welche Stewardess ist dir denn auf den Schwanz getreten?«, fragte sie und kicherte vergnügt über ihre eigene Formulierung.

Evan senkte den Blick. »Keine Stewardess, eine …« Ein Klopfen an Siannas Fensterscheibe ließ ihn innehalten. Er sah auf und verengte die Augen. Rhys schaute zu ihnen herein, von ihm zu Sianna und wieder zurück zu ihm. Schließlich rief er: »Ich hole den Traktor«, und ging davon.

Sianna saß da wie erstarrt und sah ihn dann leichenblass an. »Hilfe ist ja jetzt da. Tschüss.« Mit diesen Worten öffnete sie die Wagentür und rannte durch den Regen zu ihrem Barbiemobil.

*

Der Knall der zugeschlagenen Autotür ließ Rhys innehalten. Er drehte sich noch einmal um, nur um Sianna durch den strömenden Regen zu dem weiter vorne auf der Straße parkenden Wagen laufen zu sehen. Ein Anblick, der etwas in ihm zum Kochen brachte. Er spürte richtiggehend, wie ihm eine Sicherung durchbrannte.

»Ist das dein Ernst?!«, rief er und breitete die Arme aus, während er auf sie zumarschierte. Der Regen hatte ihn längst bis auf die Knochen durchnässt, und sein kurzes Haar klebte an Stirn und Schläfen, während ganze Wasserfälle sein Gesicht hinabströmten. Er beobachtete, wie Sianna panisch nach ihrem Schlüssel kramte. Würde ihre Flucht ihn nicht so wütend machen, hätte der Anblick etwas Komisches gehabt. Im nächsten Moment flackerten die Lichter ihres rosa Mini Coopers auf, der ihm schon einen Stich versetzt hatte, als er zur Farm eingebogen war. Kurz hatte er gehofft, sie wäre gekommen, um ihn zu sehen, um sich endlich auszusprechen, nachdem sie sich schon Wochen nicht mehr bei ihm gemeldet hatte. »Findest du das nicht etwas kindisch?« Er eilte ihr hinterher, obwohl sein Verstand ihm sagte, dass er den verdammten Traktor holen und Evan rausziehen sollte. Umso eher die beiden von hier verschwanden, desto besser. Nicht nur dass Evan ihn mittlerweile an Alis erinnerte, weil ihm klar war, dass zwischen den beiden was lief, er war auch von Joan gleich wieder nach Hause geschickt worden. Sie würde ihn nicht bezahlen, damit er in Krankenhäusern herumlümmelte, sondern damit er sich um die Farm kümmerte. Sie hatte recht, und trotzdem hatte ihr schroffes Verhalten ihn enttäuscht. Er hatte sich zurückgewiesen gefühlt. Das lag bestimmt nur an Alis, der alle immer verfielen, egal wie sich benahm.

Sianna riss die Wagentür auf, Rhys beschleunigte seine

Schritte, griff an ihr vorbei und warf die Tür heftiger als notwendig zu.

»Was soll das?« Mit deutlichem Schreck drehte sie sich zu ihm um.

»Du hattest genug Zeit nachzudenken und ich auch. Jetzt wird Klartext geredet.«

Ihre Augen weiteten sich. Sie wandte sich ab, griff nach der Tür, aber Rhys schob sich zwischen das Auto und sie, den Regen aus den Augen blinzelnd.

»Bist du verrückt geworden?« Sie stemmte beide Hände in die Seiten und warf einen Blick zu Evans Wagen. Das gelegentliche Scharren der Scheibenwischer sagte ihm, dass Evan ihnen zusah. Im Moment kümmerte ihn der Tierarzt aber wenig.

»Ich? Renne ich zu meinem Spielzeugauto, als wäre der Leibhaftige hinter mir her?« Er ballte die Hände zu Fäusten, um sie nicht zu packen und kräftig zu schütteln. Ihre himmelblaue Regenjacke glänzte nass, die Jeans klebten eng an ihren Beinen, das kastanienrote Haar wirkte beinahe schwarz und reichte ihr triefend fast bis zur Schulter. Die verletzlichen Haselnussaugen sahen ihn an, und er wusste es. Er musste sie nur anschauen, wie sie hier, wie mit einem Eimer übergossen, vor ihm stand, und all die Verwirrung und die Überlegungen lösten sich in Luft auf.

»Du hast gesagt, du willst das, was dir weggenommen wurde?« Er musste fast schreien, um sich über den Krach des Regens auf dem Auto- und dem Blechdach der Scheune Gehör zu verschaffen. »Dein Leben von früher fortführen?« Er breitete die Arme aus und kam sich noch nicht einmal lächerlich dabei vor, irgendwie schien es ihm genau das Richtige. »Dann tue es. Heiraten, Kinder, das volle Programm. Du hast fast ein halbes Jahrzehnt einem Leben nachgetrauert, und ich sage nicht, dass ich deine verlorenen Lieben einfach ersetzen kann. Das weiß ich. Aber nimm dir doch einfach, was du willst. Heirate mich!«

Sianna sah ihn wie erstarrt an, sie hätte nicht geschockter aussehen können, wäre er hier und jetzt auf ein Knie niedergegangen – wobei ihm der Gedanke durchaus gekommen war.

»Bist du wahnsinnig?«

Rhys zuckte mit den Schultern. »Natürlich bin ich das, deshalb passen wir ja so gut zusammen.«

»Wir kennen uns überhaupt nicht!«

»Die paar Wochen sind mehr als so manche arrangierte Ehe vorweisen kann.«

»Willst du das jetzt mit einer Zwangsheirat vergleichen?«
Ein Lächeln hob ihre Mundwinkel, auch wenn ihr anzusehen war, wie sehr sie dagegen ankämpfte. Es war eine winzige Regung, die ihn mit einer Mischung aus Glückseligkeit und einer Heidenangst erfüllte. Funktionierte es etwa? War er drauf und dran, sich zu verloben?

»Einen Ring bekommst du noch.« Er sah auf seine schmucklosen Finger hinab und wünschte, er hätte irgendein tolles Erbstück, das er ihr jetzt spontan schenken könnte. »Aber jede weitere Sekunde, die du zögerst, lässt den Preis für den Ring sinken. Also entscheide dich schnell, sonst endest du noch mit einem aus dem Kaugummiautomaten und …«

Sianna warf ihre Arme um seinen Hals, und im nächsten Moment lagen ihre Lippen auf seinen.

Rhys konnte nur reagieren, ein Rausch puren Glücks strömte durch seinen Körper, erfüllte jede Zelle, und wäre er jetzt in einem Film, hätte er wohl irgendwie geleuchtet oder geglüht. Es mochte die bescheuertste Idee seit Menschengedenken sein, aber verdammt, sie fühlte sich gut an. Nicht mehr tatenlos dasitzen und sich über das Schicksal beschweren, sondern die Zukunft in die eigene Hand nehmen, egal, was andere dazu sagten.

»Ich nehme an, ihr habt euch versöhnt?« Evans Stimme störte ihn gleichermaßen, wie sie ihn freute. Er wollte den Kuss nicht beenden, gleichzeitig musste er aber jemandem sagen, was hier geschah, damit Sianna es nicht wieder zurücknehmen konnte. »Deine Schwester und ich … wir heiraten.«

Evans Kinn klappte hinunter, mit offenem Mund sah er zwischen einer strahlenden Sianna und Rhys hin und her. Dann sah er ihn ernst an. »Ich will genau wissen, was du gesagt hast. Wort für Wort, schreibe es mir am besten gleich auf.«

Kapitel 14

St. Athan sagt, der Helikopter kommt im Oktober an, irgendwann wird dann eine Eröffnungszeremonie stattfinden, und dann müssen wir uns wegen eines Termins zu einem ersten Training zusammensetzen.« Alis legte die Ausdrucke ihres E-Mail-Verkehrs mit der Küstenwache vor ihrem Onkel auf den Schreibtisch und griff nach seinem Stehkalender. Regen prasselte gegen die Fenster, der Wind heulte wie ein klagendes Monster, und obwohl die Station für gewöhnlich ihr Lieblingsort bei Unwetter war, wollte sie lieber nicht aus dem Fenster sehen, um zuzuschauen, wie meterhohe Wellen gegen die Rampe krachten. Lieber konzentrierte sie sich auf ihren Onkel, den Gedanken, an die geballte Macht der Natur dort draußen beiseiteschiebend. »Die Frage ist jetzt, vor oder nach Weihnachten. Ich finde ja, wir sollten die Leute von St. Athan so schnell wie möglich kennenlernen, um uns aufeinander einzustellen. Aber andererseits werden die bestimmt so kurz nach Start alle Hände voll zu tun haben.«

»Und Chivenor? Weißt du von Matthew, ob sie zu einem Abschlusstraining kommen wollen?«

Alis biss die Zähne aufeinander und blickte konzentriert auf die Einträge im Kalender. So gut wie niemand wusste, dass es mit Matthew und ihr aus war, sie sprach nicht gerne über Persönliches. Aber jetzt, da die Royal Airforce in Chivenor nicht mehr lange für die Such- und Rettungshubschraubereinsätze in Südwales zuständig war, würde sie wohl reinen Tisch machen müssen. Erst vor ein paar Tagen hatte jemand aus der Crew sie gefragt, wie sie es fand, dass sie ab dem Herbst nicht mehr mit ihrem Freund zusammenarbeiten würde, da St. Athan dann für ihren Bereich zuständig war.

»Ich weiß nichts von einem Abschlusstraining, aber ich kann ja mal in Chivenor anrufen. Ach ja, ein paar der jüngeren Freiwilligen wären zu ein wenig Öffentlichkeitsarbeit bereit. Sie wollen den Touristen die Station zeigen und organisieren auch wieder ein paar Spendenveranstaltungen. Weißt du eigentlich, wann Lloyd zurückkommt?«

John klappte seinen Laptop zu und schüttelte den Kopf. »Ich glaube nicht, dass er noch zurückkommt. Der Gips kommt erst in vier Wochen runter, und dann fängt schon bald seine Rente an.« Er sah zu Alis auf, mit Zuneigung zweifellos, aber auch mit etwas Prüfendem im Blick. »So wie es aussieht, bist du früher im Einsatz, als wir alle dachten.«

»Du kannst dich auf mich verlassen.«

»Das weiß ich.« Er griff nach den Ausdrucken und hielt dann noch einmal inne. »Wie geht es deiner Mutter?«

Alis stellte den Kalender ab. Das war ein Thema, über das sie genauso ungern sprach wie über Matthew oder, Gott bewahre, Evan, von dem hier zum Glück niemand wusste. »Sie wird am Montag entlassen.«

»Wurde ihr Magen untersucht?«

Alis schüttelte den Kopf und knetete ihre Finger. »Ich glaube, es ist nicht ihr Magen.« Sie sah ihm gerade in die Augen. »Sie ist ernsthaft krank, Onkel John, aber sie verrät mir nicht, was es ist.«

Seine Augen unter den buschigen grauen Brauen verengten sich. »Bist du dir da sicher?«

Sie nickte und kämpfte gegen das Gefühl der Hilflosigkeit und den Zorn, der ihr beim Gedanken an ihre Mutter kam. Wie sollte sie ihr helfen, wenn sie ihr nicht die Wahrheit sagte? »Die Ärzte sind mir alle ausgewichen, Mum hat sie zum Schweigen verdonnert. Ich befürchte also, es ist noch schlimmer, als ich es mir ohnehin schon vorstelle.«

»Willst du zurück zur Farm?« John erhob sich vom Schreibtischstuhl, seine Miene besorgt. »Ich habe dich ja ziemlich spontan Vollzeit eingespannt, wenn es nicht geht, wenn du bei Joan sein willst, dann finden wir eine Lösung.«

»Nein, ich will hier sein.« Sie atmete tief durch. »Ich fahre jeden Abend zu ihr, und an meinen freien Tagen bin ich auch dort. Mehr kann ich nicht tun, wenn sie sich weigert, mich einzuweihen. Und vom Nichtstun werde ich noch verrückt. Vielleicht … vielleicht täusche ich mich ja auch. Vielleicht ist es ja gar nicht so schlimm, und ich mache mir ganz umsonst Sorgen. Das Krankenhaus würde sie doch nicht einfach so nach Hause gehen lassen, wenn sie wirklich schwer krank wäre, oder?« Sie wusste die Antwort, noch ehe sie die Sorge in Johns Augen las. Wenn Ärzte nichts mehr tun konnten oder wenn ihre Mutter die Behandlung verweigerte, was ihr ähnlich sähe, dann würden sie sie einfach zum Sterben nach Hause schicken. Aber ob es wirklich so schlimm um sie stand? Evan hatte gesagt, ihr lief die Zeit davon, aber er verriet ihr ja auch nicht mehr. Wie sollte sie da Entscheidungen treffen? Onkel John und die Station brauchten sie, nachdem Lloyd sich vorgestern beim Toben mit den Enkeln den Fuß gebrochen hatte. Sie konnte die anderen nicht einfach so im Stich lassen, und wenn sie ehrlich zu sich war, war ihr Onkel Johns Anruf gerade recht gekommen. Sie brauchte die Arbeit, die Ablenkung, ihre vertraute Umgebung. Aber andererseits war da die Befürchtung, dass dies vielleicht die letzte Zeit war, die ihr mit ihrer Mutter blieb.

Das schrille Piepen zweier Pager riss sie aus ihren Gedanken. Alis nahm ihren aus der Hosentasche und las: »Einsatzanfrage Küstenwache.« Ihr Herz machte einen Satz. Es war das erste Mal, dass sie eine Nachricht als Bootsführerin bekam.

John fackelte nicht lange, er rief mit Schnellwahl die Milford Haven Küstenwache an, und Alis lauschte angespannt, jede Faser ihres Körpers wollte lossprinten, so wie sonst, wenn ihr Pager erklang.

»Keine Frage, das Allwetter-Lifeboat, wir haben hier Windgeschwindigkeiten von bis zu 100 km/h. Alles klar, bye.«

John legte gerade auf, da ging ihr Pager erneut los, diesmal bekam sie die Nachricht, die alle Crew-Mitglieder des Tenby Lifeboats in diesem Augenblick erhielten: »Einsatz ALB.«

Alis hatte genug gehört, sie drehte um, rannte aus dem Büro und die Metalltreppe hoch ins Obergeschoss. Dort sah sie schon Andrew. Er setzte gerade über den schmalen Spalt zwischen Galerie und Boot hinweg und rannte an Bord die Stufen hoch zur fliegenden Brücke, von wo er sogleich im Inneren des Bootes verschwand. Alis wusste, er drückte den grünen Knopf, der alle Computer hochfuhr, was sie somit nicht mehr erledigen musste. Also stieß sie gleich die Tür zu ihrer Linken auf und riss sich im Umkleideraum ihre Ausrüstung vom Kleiderhaken. Sie schlüpfte aus ihren Sneakers, zog die gelben wasserdichten Hosen und die Jacke über ihre Kleidung, schlüpfte in die ebenso gelben Gummistiefel mit den Stahlkappen, legte die Rettungsweste an und griff nach ihrem Helm. Sie war gerade fertig geworden, da stürmten schon die ersten Freiwilligen zur Tür herein. Es war ein Mittwochnachmittag, die meisten kamen von der Arbeit, und so nass, wie

~ 290 ~

sie waren, hatten sie sich nicht mal Zeit genommen, um nach einem Schirm zu greifen.

Alis sah von einem aufgeregten und leicht erschrockenen Gesicht zum nächsten. Sie wusste, wie beängstigend es war, bei diesem Wetter rauszufahren. Allein der Start aus der Station war bei diesen Bedingungen gefährlich. Sie war bestimmt nicht die Einzige, die sich fragte, wohin ihr Weg sie führen mochte und wer so verrückt war, dort draußen zu sein. Aber im Moment musste sie erst mal ihre Crew zusammenstellen. Sie brauchte fünf Leute zusätzlich zu ihr und Andrew, und normalerweise wurden einfach diejenigen mitgenommen, die zuerst da waren. Doch heute waren die Umstände anders.

»Chris, Robert.« Sie deutete auf die beiden erfahrenen Seemänner und hörte Grummeln von den beiden jüngeren, die schon nach ihrer Ausrüstung griffen. Das war Alis egal, bei diesem Unwetter zählte jedes Quäntchen Erfahrung. Sie wies auch noch zum Navigator Danny und wandte sich schließlich Peter und Willy Flinch zu, Vater und Sohn einer Familie, die schon seit Generationen dem Lifeboat treu verbunden waren. »Peter, du kommst mit, und …« Sie drehte sich um, suchte nach einem weiteren Freiwilligen und zeigte schließlich auf Ben Glades, der gerade zur Tür hereinkam. Willy schnappte hörbar nach Luft. »Wenn Dad geht, dann komme ich …«, begann er, aber Alis fuhr zu ihm herum.

»Du bleibst hier. Du kennst die Regeln.« Ohne ein weiteres Wort zu verlieren, stürmte sie aus dem Umkleideraum, zog noch einmal die Rettungsweste zurecht und begab sich aufs Boot. Sie wusste, der fünfundzwanzigjährige Willy Flinch war ein fähiger Seemann, auf den man sich verlassen konnte. Aber es gab ein ungeschriebenes Gesetz hier. Bei solchem Wetter wurde nur ein Mann einer Familie mit rausgenommen. Das mochte als veraltet betrachtet werden, aber im Falle eines Unglücks sollte eine Familie nicht gleich zwei Mitglieder auf einen Schlag verlieren. Die letzte große Tragödie, bei der eine ganze Lifeboat-Crew ums Leben gekommen war, lag zwar schon über dreißig Jahre zurück, die Technik hatte sich seitdem weiterentwickelt, die Sicherheit war besser, aber im Kampf gegen die unberechenbare Natur war jedes Risiko eines zu viel.

»Eine Segeljacht abseits von Stackpole Head in Not, vierundzwanzig Fuß lang, zwei Erwachsene – ein dänisches Ehepaar auf Europatrip –, ein Kind, sieben Jahre alt«, rief Onkel John ihr die wichtigsten Informationen zu, als Alis die Treppe zur fliegenden Brücke hochstieg. Sie setzte sich den Helm auf und blies in den kleinen Schlauch, der das Innere auffüllte, um ihn genau ihrem Kopf anzupassen.

»Wind aus Südwesten, sie triften.«

Alis hob ihre Hand, um ihm zu zeigen, dass sie verstanden hatte, und stieg durch die Luke die paar Stufen hinunter ins Innere des Boots. Zwar könnte sie es auch von der fliegenden Brücke oben steuern, aber bei diesem Wetter wollte sie alle sicher unten haben, festgeschnallt in ihren Sitzen, so lange es ging. Andrew war schon dort und wartete darauf, dass der Computer vollständig hochfuhr, um dann draußen gleich den Kontakt zur Küstenwache aufzunehmen. Alis ging durch den engen Steuerraum zwischen den Sitzen der Crew hindurch, die alle einen eigenen Bildschirm hatten. Ganz vorne, in der Mitte der Dreierreihe, befand sich der Platz des Bootsführers. Sie ließ sich darauf nieder, schnallte sich an, zog die Gurte fest und legte ihre Hand auf den militärischen Trackball, mit dem sich der Computer bedienen ließ. Bei dem beständigen Hüpfen und Schaukeln des Bootes wäre ein Touchscreen unmöglich, sie könnte niemals ihre Hand so ruhig halten, um ein Ziel zu treffen. Sie öffnete den grün leuchtenden Hotkey für das Steuer, und vor ihr auf dem Bildschirm erschienen alle Bedienelemente und Informationen, die sie brauchte.

Das Tor vor ihnen öffnete sich, schob sich nach oben und ließ den Sturm ein. Alis blickte aus dem Frontfenster direkt auf die weiß schäumende See hinunter, plötzlich vollkommen ruhig und konzentriert. Ihre Mutter, Evan, alles verschwand in weite Ferne, jetzt zählte nur noch, einer Familie zu helfen und alle sicher nach Hause zu bringen. Sie hörte die Männer der Slip Crew und die Betreiber der Winde, die sich an die Arbeit machten, um das Boot ins Wasser zu lassen. Alles Freiwillige, die herbeigerannt waren. Das Boot neigte sich langsam nach unten, Maschinen dröhnten, Klackern von losgelösten Sicherungsleinen erscholl. Sie wurden immer steiler, bis sie schräg im Bootshaus standen, auf einer Linie mit der ins aufgepeitschte Wasser führenden Rampe. Danny, der Navigator, nahm zu ihrer Rechten Platz, öffnete die Karte an seinem Computer, um die Route und das Suchgebiet einzugeben, zu ihrer Linken ließ sich der Steuermann Chris nieder. Die anderen der Crew blieben noch oben, um das Boot fertig zu machen. Sie hörte die Männer die Heckklappen zum Y-Boot schließen, dem kleinen Schlauchboot, das sie mit sich führten, um in seichtere Gewässer und zu den Klippen fahren zu können.

Alis wusste, von einem Notruf bis zu dem Moment, in dem sie starteten, vergingen meist nicht mehr als sieben Minuten. Im Moment aber kam ihr jede Sekunde elend lang vor.

Langsam glitten sie die Rampe hinunter, anstatt sich gleich auszuklinken und zu starten, was bei diesem Wetter sicherer war. Alis versuchte, sich auf jede einzelne Welle dort unten zu konzentrieren und legte ihre linke Hand auf die Steuerung, ihre rechte auf den Gashebel. Sie malte sich aus, wie sie durch die Brandung käme, die Gischt stieg scheinbar himmelhoch, hüllte die Station ein. Alis ging jede Bewegung in Gedanken bereits durch, prägte sich das Unvorhersehbare ein, so gut es ging.

Sie gelangten aus dem Bootshaus, lagen nun im oberen Bereich der Rampe im Freien, mitten im Sturm, als schwebten sie in der Luft. Ihre Crew richtete draußen die Antennen auf, den Mast und die Radaranlagen, die nicht durchs Tor gepasst hätten. Für gewöhnlich kümmerten sie sich erst darum, wenn sie im Wasser und schon unterwegs waren, aber Alis wollte bei diesem Wetter jedes Mitglied hier unten angeschnallt sehen, ehe sie das »Bereit zum Start« gab. Sie schaltete die beiden Dieselmotoren ein, ein Geräusch, das sie immer wieder mit Gänsehaut überzog. Der richtige Zeitpunkt musste erwischt werden, eine Welle könnte das ganze Boot seitlich von der Rampe werfen, wenn das Timing schlecht war. Es war vollkommen ruhig, niemand sprach ein Wort, sie alle warteten auf den Moment.

Die ohrenbetäubende Sirene erklang, ein lautes, helles Klink-Geräusch mischte sich darunter, und im nächsten Moment klinkte sich das Boot aus, rollte wie auf einer Achterbahn die übrigen Meter der Rampe hinunter und platschte ins Wasser.

Sofort war es mit der Ruhe dahin. Alis nahm volle Fahrt auf, versuchte die Wellen geradeaus in einem Winkel von fünfundvierzig Grad zu nehmen, sie musste verhindern, dass das Boot sich in diesem Chaos seitlich drehte, sonst könnten sie kentern. Sie hörte die Maschinen, die alles gaben, um gegen diese vor ihnen aufragenden Wassertürme anzukommen.

Sie wurden durchgeschüttelt, ihre Sitze waren gefedert und sprangen mit den Bewegungen des Bootes mit, um ihre Wirbelsäulen zu schützen, trotzdem war der Ritt so heftig, wie sie es nie zuvor erlebt hatte.

Sie hörte Andrews Stimme: »*Milford Haven Küstenwache, Milford Haven Küstenwache, Tenby Lifeboat hier, Kanal sechzehn. Wir sind gestartet und auf dem Weg.*« Er gab ebenfalls die Ziffern der Crew-Mitglieder auf diesem Einsatz durch, denn jede Person war mit einer Nummer registriert. Die Küstenwache musste wissen, wer auf diesem Boot war, und Namen kamen doppelt vor.

Alis sah konzentriert durch die Frontscheibe, die Scheibenwischer liefen auf Hochtouren, und trotzdem war dort draußen nichts als weiß schäumende Ewigkeit zu erkennen. Sie hatte keine Angst, das Adrenalin hatte Besitz von ihr ergriffen und stattete sie mit einem erweiterten Bewusstsein aus. Einen Fluch konnte sie aber nicht unterdrücken, da sie einfach nicht voranzukommen schienen und die Wellen eine fast unüberwindbare Barriere bildeten. »Wir müssen aus der verdammten Brandungszone.« Und dann auf schnellstem Weg zu der Familie.

Sie näherten sich Stackpole, das zehn Meilen westlich von Tenby lag. Andrew hatte es geschafft, den Funkkontakt zu der in Seenot geratenen Jacht Freja aufzunehmen, und so hatten sie ihr Ziel auf dem Radar und steuerten direkt darauf zu. Auch ein Helikopter war aus Chivenor unterwegs, um für zusätzliche Sicherheit zu sorgen, auch wenn es in diesem Sturm bestimmt nicht angenehm war zu fliegen.

»Ich kann sie nicht sehen.« Alis starrte konzentriert an den schnell schlagenden schwarzen Scheibenwischerschatten vorbei. Laut Radar dürfte die Freja nicht mehr weit weg sein, aber es war unmöglich, über die oft zehn Meter hohen Wellenkämme hinwegzublicken. Gleichzeitig kam in ihr die Furcht auf, dass die Jacht bereits gesunken sein könnte.

»Andrew, hast du noch Funkkontakt?«

»Positiv.«

Sie atmete erleichtert auf, und dann sah sie plötzlich ein kleines Licht in der Ferne, das über die Wellen tanzte. »Ich sehe das Mastlicht!« Sie übergab Chris die Kontrolle über Ruder und Maschinen und schnallte sich ab. »Ich brauche alle verfügbaren Männer oben an Deck, klinkt euch sofort beim Boot ein, ich will niemanden mit einer Welle über Bord gehen sehen.«

Sie klappte das Visier ihres Helms hinunter, stieg die Treppe hoch und öffnete die Luke zur fliegenden Brücke. Sofort fuhr ihr der Wind entgegen, mit einer Stärke, die ihr sogar das Atmen erschwerte. Wassertropfen der Gischt legten sich ihr aufs Visier. Sie stemmte sich gegen die Böen, kletterte hinaus, zog den Gurt mit dem Karabinerhaken von ihrer Rettungsweste und sicherte sich am Boot. Dann übernahm sie an der Steuerbordseite erneut die Kontrolle.

Über ihrem Kopf rotierte das Radar, die Mastanlagen lagen in ihrem Rücken. Sie starrte auf das ferne Licht, hielt darauf zu. Dabei stiegen sie steil nach oben, kämpften gegen die oft zehn Meter hohen Wellen mit den stark überhängenden Kämmen und fielen dann schlagartig ab, was jedes Mal wieder ein Schock für das Boot und ihre Körper war. Wassermassen stoben in die Luft, wenn der Bug eintauchte, der schneidende Wind warf den Regen schräg gegen ihr Visier und machte sie fast blind. Aber nach einer halben Ewigkeit konnte sie endlich mehr als nur das Mastlicht der Freja ausmachen. Sie erkannte tatsächlich ein kleines weißes Etwas, das in der Ferne schaukelte und dem Wetter hilflos ausgesetzt war. Zweimal wäre die Jacht fast gekentert, war vorhin per Funk durchgegangen, was Alis nicht wunderte.

»Die Freja will abgeschleppt werden«, sagte Andrew über die Intercom zu ihr. Er saß noch unten im Steuerhaus an seinem Platz und hielt den Funkkontakt zur Küstenwache und zu der in Schwierigkeiten steckenden Jacht. Über Kameras an Bord hatte er auch von dort unten einen Überblick über das, was hier oben geschah, auch wenn diese ihm in diesem Wetter wohl kein gutes Bild lieferten.

Alis betrachtete die kleine Jacht, die immer wieder unter Wellen begraben wurde und wieder auftauchte. Zum Glück hielt die Familie sich unter Deck auf, um nicht von Bord gerissen zu werden.

»Ich will alle von dieser Nussschale runter haben, Andrew, sag der Freja, sie sollen in ein Rettungsmittel umsteigen, damit wir sie aufnehmen können.«

Eine Weile war es ruhig, dann hörte sie erneut Andrew: »Sie haben kein Rettungsmittel und nur eine einzige Schwimmweste, die hat das Kind an.«

Alis schloss einen Moment lang die Augen und atmete tief durch. Über eine aufblasbare Rettungsinsel wäre es sehr viel einfacher, die Familie aufzunehmen. Längsseits zu so einer kleinen Jacht zu gehen, die mit ihren sieben Metern neben dem sechzehn Meter langen Lifeboat unterging, wäre in diesem Wetter mehr als gefährlich. Beide Boote könnten schwer beschädigt werden, ihre Crew und die Familie wären ebenfalls in größter Gefahr. Auch graute ihr davor, ein kleines Kind in diesen Bedingungen von einem Boot auf ein anderes zu heben, vor allem da die Fahrzeuge nicht gleich hoch waren und das Kind eine erhebliche Distanz zu ihnen rauf aufs größere Lifeboat gezogen werden müsste. Das alles in einem Zeitrahmen von einem Augenzwinkern. Eine falsche Bewegung von einem der Boote, und das Kind könnte dazwischen hindurchfallen, es könnte irgendwo gegenprallen, von einer Welle erfasst werden …

»Wie lange noch, bis der Helikopter hier ist?« Alis näherte sich der Jacht, umkreiste sie, beobachtete den Seegang und dachte fieberhaft über das beste Vorgehen nach.

»Null-Zwei Minuten«, hörte sie Andrew sagen, und Alis richtete ihren Blick Richtung Süden, wo Chivenor auf der anderen Seite des Kanals lag.

»Wir warten auf den Hubschrauber. Sag der Freja, sie sollen sich bereit zum Hochwinschen machen. Zuerst das Kind.«

Erneut herrschte Schweigen, dann hörte sie wieder Andrews Stimme, ruhig und gefühllos. »Sie sind zögerlich, was das Verlassen des Bootes betrifft.«

»Wenigstens das Kind!«

»Sie bevorzugen es, alle an Bord zu bleiben und von uns in den Hafen gezogen zu werden.«

Alis fluchte so derb, dass Peter an ihrer Seite sie halb amüsiert, halb besorgt ansah. Alis wusste, wie beängstigend die Situation für die Familie war, dass die Vorstellung, ihr Kind in diese Bedingungen rauszuschicken und in einen Helikopter verfrachtet zu sehen, grauenhaft war. Auch war es bestimmt nicht leicht, eine Jacht, die viel Geld kostete, einfach zurückzulassen. Aber sie mussten von Bord, sonst endeten sie noch an den Klippen.

Alis sah erneut Richtung Süden und erkannte inmitten des endlosen Graus die Lichter des Helikopters. »Andrew, sag der

Freja, dass das Kind entweder in den Helikopter muss oder zu uns aufs Boot.« Sie hoffte, die Familie würde sich für den Helikopter entscheiden. Auch hoffte sie, dass die Eltern, wenn das Kind erst mal in Sicherheit war, zur Vernunft kamen und das Boot ebenfalls verließen. Der Anker der Freja hielt nicht, und sie trieb direkt auf die Klippen zu. Abschleppen könnten sie immer noch versuchen, wenn alle in Sicherheit waren und ihnen Zeit dafür blieb. Nicht aber, während hilflose Menschen sich auf einem Gefährt befanden, das mit der nächsten Welle kentern und sinken könnte. Ein Boot war lange nicht so viel wert wie ein Leben.

»Sie nehmen den Helikopter«, hörte sie Andrew und atmete erleichtert auf. Kurz darauf meldete der Mechaniker sich aber erneut, diesmal mit weniger guten Nachrichten. »Ähm … es scheint ein Fall von Unsicherheit auf der Freja vorzuliegen. Der Helikopter hat ihnen Anweisungen für den Einsatz mit der Hi-Line gegeben, aber sie fühlen sich offenbar davon überfordert und schrecken nun doch davor zurück, mit dem Helikopter evakuiert zu werden. Sie beharren nun wieder darauf, an Bord zu bleiben.«

Großartig. Alis wischte das Wasser von ihrem Visier. Sie umkreiste die Jacht weiterhin und betrachtete sie von allen Seiten. Offenbar hatten die Dänen nur wenig Erfahrung, wenn sie einerseits Wetterwarnungen ignorierten und andererseits die Rettungsmaßnahmen erschwerten – perfekte Voraussetzungen für einen Europatrip. Angst konnte eine enorme Macht sein und hielt diese Menschen offensichtlich fest umklammert. Alis' Gedanken rasten, um eine Lösung zu finden.

»Der Helikopter fragt an, ob wir zur Unterstützung zwei Männer unserer Crew auf die Jacht schicken können«, meldete Andrew sich zu Wort.

Alis biss die Zähne zusammen, gab aber ihre Zustimmung. Sie war alles andere als erpicht darauf, ihre Crew solch einem Risiko auszusetzen, und diese Jacht war eine enorme Gefahr. Aber ihre Männer kannten das Prozedere mit der Hi-Line, und sie könnten helfen, das Kind sicher von Bord zu bringen.

Sie wandte sich Peter an ihrer Seite zu, sie musste schreien, um sich über die Motorengeräusche des Bootes, den Sturm und den abseits wartenden Helikopter Gehör zu verschaffen. »Sag Robert und Ben Bescheid! Sie sollen das Kind erst im letztmöglichen Moment an Deck bringen und zwei Rettungswesten für die Eltern mitnehmen! Ich lasse sie backbord rüber!«

Peter nickte und eilte die Stufen von der fliegenden Brücke hinunter an Deck, sich an beiden Seiten am Geländer festhaltend. Alis wusste, sie musste alle Kommandos jetzt geben, denn wenn der Hubschrauber erst mal über ihnen schwebte, wäre jede Kommunikation ob des Lärms unmöglich. »Andrew, ich schicke Robert und Ben. Sag der Freja, wir unternehmen gleich einen Versuch, längsseits zu gehen.«

»Verstanden.«

Alis wechselte zur Steuerung an der Backbordseite, drückte den Knopf »Kontrolle übernehmen« und blickte von ihrer erhöhten Position aus auf die Jacht hinunter. Es war ein heikles Unterfangen, sie musste die Windrichtung, die Wellen, das führerlose Boot, alles im Auge behalten und in ihre Berechnungen einbeziehen. Die Freja stand fast quer zu den Wellen und hatte nicht nur eine Breitseite abbekommen, was die Sache nicht unbedingt besser machte. Aber Alis ließ sich nicht beunruhigen, ihre Hände führten das Boot sicher, es schien ihr, als würde sie damit verschmelzen und eins werden. Sie spürte die Bewegungen, als wären es ihre eigenen Glieder, ihr Atem ging ruhig, während ihr Herz aber spürbar raste.

~ 300 ~

Chris und Peter ließen die Fender hinunter, die zwischen dem Lifeboat und der Jacht als Stoßdämpfer fungierten. Alis unternahm einen ersten Annäherungsversuch, den die beiden nutzten, um zwei Rettungswesten hinüberzuwerfen. Dann fuhr Alis erneut an, die Motoren dröhnten nur so im Kampf gegen den grauenhaften Seegang. Sie lehnte sich weit über die Backbordseite, um besser hinuntersehen zu können, als sie wie aus weiter Ferne den Ruf »Achtung Welle!« hörte. Sie brach den Versuch ab, gerade rechtzeitig, da die Welle sogleich mit enormer Macht über ihnen zusammenschlug. Alis schnappte nach Luft, schüttelte das Wasser ab, richtete sich auf und sah sich um, um zu überprüfen, ob alle da und unversehrt waren. Chris und Peter klammerten sich backbord an der Reling fest, Robert und Ben rappelten sich gerade wieder auf, sie waren von den Beinen gerissen worden.

Beim dritten Versuch klappte es aber, Ben und Robert sprangen an Deck der Jacht und sicherten sich dort. Breitbeinig, um das enorme Schaukeln auszugleichen, standen sie da und blickten zu dem Helikopter, der sich näherte. Alis sah den Winch-Operator, der die Winde bediente, oben an den offenen Seitentüren des leuchtend gelben Helikopters knien, und sie konnte nur hoffen, dass alles gut ging. Es war ein äußerst schwieriges Unterfangen, mit einem manövrierunfähigen Boot zusammenzuarbeiten, der Abwind der Helikopterrotoren würde das Wasser zusätzlich aufwirbeln und das Boot noch unberechenbarer machen. In solchen Fällen wurde es eigentlich bevorzugt, die Patienten direkt aus dem Wasser zu fischen, aber einem siebenjährigen Kind konnte man nicht zumuten, sich in die Fluten zu stürzen.

Der Helikopter stieg über die Jacht, er wirkte riesig so knapp über diesem kleinen Gefährt. Der Winch-Operator ließ das mit einem Gewicht beschwerte Seil hinuntergleiten. Der Lärm und der Wind waren für Alis nicht ungewohnt, und doch machte sie sich Sorgen, wie die Familie darauf reagieren würde. Robert und Ben warteten, bis das Seil an Deck aufgekommen war und sich entladen konnte, ehe sie es ergriffen, um keinen Stromschlag zu bekommen. Dann ließen sie die dreißig Meter lange Leine in einen Eimer gleiten, damit sie sich nirgends verheddderte. Sie trugen Handschuhe, um sich nicht zu verletzen, als sie das Seil zu zweit festhielten und der Winchman nun schräg über die Leine vom Helikopter an Deck der Jacht glitt. Mit der Hi-Line war es einfacher, ihn zu stabilisieren, als wenn er einfach nur im Wind baumelnd hinuntergelassen wurde.

Alis konnte nicht erkennen, wer der Winchman war, im orangefarbenen Überlebensanzug und mit dem Helm sahen alle gleich aus. Ben und Robert gingen unter Deck und kamen wenig später mit einer vermummten, kleinen Gestalt heraus. Sie trug eine dunkle Jacke und hatte die Kapuze hochgezogen, darüber eine aufgeblasene Rettungsweste – ob es ein Mädchen oder ein Junge war, konnte Alis nicht sagen.

Eingeklemmt zwischen ihren beiden Crew-Mitgliedern taumelte das Kind nach vorne an den Bug, wo der Winchman es in Empfang nahm und sicherte. An der Luke zum unteren Deck erschienen die Köpfe von zwei weiteren Menschen, vermutlich die Eltern, die bangend zusahen, wie ihr Kind in Sicherheit gebracht wurde. Sie griffen nach den Rettungswesten und legten sie sich gegenseitig an.

Der Winchman gab schließlich ein Zeichen nach oben, und gemeinsam mit dem Kind glitt er vom Deck in den Sturm.

Alis hielt den Atem an, während die beiden durch die Luft schwebten, ihr kam es sogar so vor, als hörte sie das Kind schreien. Aber als es im Bauch des Hubschraubers verschwand, fiel eine enorme Last von ihren Schultern. Zumindest einer war in Sicherheit.

»Die Eltern haben sich nun auch zur Evakuierung entschieden.«

»Danke, Andrew.« Sie warf einen Blick Richtung Norden, kniff die Augen ein wenig zusammen, um Genaueres zu erkennen, da sie irgendwie das Gefühl hatte, die Klippen näher rücken zu spüren. Sie merkte an der Intensität der Wellen, dass sie der Brandungszone näher kamen, was alles andere als ein gutes Zeichen war. Sie mussten schnell handeln, die Jacht schien stark zu driften, der Wind blies sie immer weiter Richtung Küste, und Alis wollte nicht nur das Ehepaar rechtzeitig von dort runter haben, sondern auch Robert und Ben!

Zum ersten Mal seit dem Start überkam sie eine nagende Unruhe, sie steuerte das Boot und trat dabei nervös von einem Bein auf das andere. Das ganze Prozedere mit der Hi-Line begann von Neuem, nur diesmal spülte eine Welle das Seil von Deck, ehe ihre Crew Gelegenheit hatte, es zu ergreifen. »Kommt schon, kommt schon, kommt schon.« Alis presste die Lippen fest aufeinander, schob das Visier hoch, um besser sehen zu können.

»Vielleicht noch fünfzehn Minuten bis zur Küste, Alis.«

Sie schaute erneut gen Norden, aber in diesen Sichtverhältnissen in der beginnenden Dämmerung konnte sie kaum das andere Ende ihres Boots sehen. Die Klippen waren nicht auszumachen, aber sie waren da.

Endlich gelang es dem Winchman, erneut an Deck zu kommen, diesmal wurde die Frau evakuiert. Alis warf Peter, der zurück an ihre Seite gekommen war, einen Blick zu. Sie mussten nichts sagen, sie wussten, wie groß die Gefahr war und dass sie lieber schnell verschwinden sollten.

Auch der Mann schaffte es mit Bens und Roberts Hilfe unversehrt in den Hubschrauber, und Alis fackelte nicht lange. »Ich hole euch von der Steuerbordseite der Jacht«, sagte sie Robert über die Intercom und machte einen Bogen, um besser ranfahren zu können. Peter ging wieder hinunter zu den beiden anderen.

»Der Helikopter fragt, ob er in Bereitschaft bleiben soll, bis wir unsere Männer zurück an Bord haben.«

Alis sah hoch in den Himmel, wo die Lichter des Hubschraubers blinkten. Dort oben waren drei verängstigte, vermutlich auch verletzte Personen, denn unter Deck der Jacht war es bestimmt alles andere als gemütlich gewesen. Lose Gegenstände waren wohl durch die Gegend geflogen, und wenn die Familie keine Möglichkeit gehabt hatte, sich festzuschnallen, waren sie bestimmt nicht nur einmal hart irgendwo gegengestoßen.

»Negativ. Sie können die Patienten an Land bringen. Bitte sie aber, auf der Frequenz zu bleiben.« Man wusste ja nie, sicher ist sicher, dachte Alis beim Gedanken, noch ihre beiden Crew-Mitglieder von dieser Todesfalle holen zu müssen.

Sie konnte wohl von Glück sagen, dass sie gut unter Druck arbeitete, denn sie hatte das Gefühl, dass die Wellen noch mörderischer wurden, die Gischt sprühte meterhoch und hüllte alles ein. Alis musste irgendwie längsseits gehen, damit Chris, Danny und Peter die beiden anderen in einem Zeitfenster von wenigen Sekunden packen und herüberziehen konnten.

Dutzende Möglichkeiten, was alles schieflaufen könnte, spielten sich vor ihrem geistigen Auge ab, verdammt, eine Welle könnte ihnen die Jacht sogar mitten aufs Boot werfen! Aber nichtsdestotrotz steuerte sie ihren Lebensretter weiter, Stück für Stück. Ihre Hände hatten ein Eigenleben, Alis' Blick war auf die drei leuchtend gelben Gestalten gerichtet, die über der Seitenreling lehnten, um ihre Kollegen zu holen.

Noch wenige Meter. Sie hielt den Atem an, schickte ein Stoßgebet gen Himmel, und da packten die drei Männer Robert an der Jacke, zogen ihn hoch, hielten ihn an den Hosen und ließen ihn kopfüber an Deck gleiten, nicht gerade sanft und auch nicht elegant, aber er war zurück. Sofort rappelte Robert sich auf und sicherte sich am Boot, während Alis einen weiteren Bogen machte, um erneut längsseits zu gehen und Ben zu holen. Dabei nahm sie etwas Dunkles aus dem Augenwinkel wahr, und als sie den Kopf zur Seite drehte, sah sie einen gewaltigen Schatten aus der grauen Trübnis wachsen. Alis schnappte nach Luft. Die Klippen. Vielleicht noch fünf Minuten, bis sie diese erreichten. Die Jacht trieb direkt darauf zu, und Alis wusste nicht, wie tief das Wasser noch war, ob gleich unter der Oberfläche Felsen lauerten. Sie hörte auch nichts von Andrew, der wohl wusste, dass sie sich jetzt konzentrieren musste. Jetzt zählte nur Ben.

»Okay, Schätzchen, komm schon, uns rennt die Zeit davon. Wir haben nur diesen einen Versuch.« Sie näherte sich erneut der wild schaukelnden Jacht, an der Ben sich nur noch festklammern konnte, und glitt langsam längsseits, als eine Welle das Lifeboat ruckartig anhob und die Jacht zurückschleuderte.

Alis' Kopf fuhr herum, sie starrte auf die Freja und zu Ben zurück, an denen sie vorbeigefahren waren, und dann zu den Klippen, die sich als dunkle Wand vor ihnen in die Höhe schraubten. Sie waren jetzt mitten in der Brandungszone, Wellen brachen ohne Unterlass, und Alis war nach Schreien zumute. Ihre Gedanken rasten. Abbrechen oder weitermachen? Sie konnte Ben nicht im Stich lassen! Er war dreiundvierzig, besaß ein Pub, hatte eine Frau und eine Tochter. Sie kannte ihn seit ihrem Einstieg bei der Crew, er war ein ruhiger, herzensguter Geselle. Sie musste ihn retten!

Aber wenn sie weitermachte, gefährdete sie die gesamte Crew, wenn sie hier an den Klippen zerschellten, bliebe nicht mehr viel von ihnen übrig. Sie warf einen Blick hinunter zu den vier Männern, die breitbeinig an der Reling festgeklammert standen. Alle mit irgendjemandem, der sie liebte, Eltern, Frauen, Kinder, Geschwister …

Es war wohl nur der Bruchteil einer Sekunde, in der sie ihre Möglichkeiten abwog und sie eine Entscheidung traf.

Sie machte erneut einen Bogen, hörte das Dröhnen der Motoren, die alles gaben, um den Seegang zu bewältigen, vorwärts zu kommen, während Wellen und Wind alles daransetzten, sie willenlos umherzuschleudern. Sie sah nochmal zu den Klippen und dann zu ihrer Crew, die sich bereits wieder über die straff gespannten Seile lehnte, ihre eigene Sicherheit unbeachtet, Alis' Entscheidung nicht in Frage stellend. Keiner von ihnen sah zu ihr hoch, in stummer Bitte, das Risiko nicht einzugehen. Auch für sie zählte Bens Leben mehr als alles andere.

»Komm schon, komm schon.« Sie sah die Jacht, die weiße Oberfläche der See, sie horchte in sich hinein, in das Boot hinein, versuchte, jede Bewegung wahrzunehmen, um richtig reagieren zu können, und ging schließlich längsseits. Am liebsten hätte sie die Augen geschlossen, um nicht zu sehen, ob sie es schaffte. Das Boot schaukelte wild zur Seite, wurde dann nach vorne gerissen, und Alis hörte auf zu atmen. Sie sah die Jacht, die erneut von einer riesigen Welle gepackt wurde, nur einen Sekundenbruchteil nachdem ihre Männer Ben zu fassen bekamen. Sie hielten ihn fest, scheinbar nur an den

Fingerspitzen, und schafften es irgendwie, ihn zu sich aufs Boot zu ziehen.

Ein Laut, halb Glück, halb Schluchzen entfuhr ihr. Fast wäre sie in Tränen ausgebrochen, aber sie riss sich zusammen, wischte sich den Regen vom Gesicht und steuerte mit voller Fahrt auf die offene See hinaus, weg von den Klippen, sie sah nicht zurück, das Schicksal der Freja war besiegelt.

»Runter und anschnallen!«, sagte sie über die Intercom, ihre Stimme leicht zitternd. Sie konnte nicht fassen, dass sie es geschafft hatten, ihr Team und sie, in gemeinsamer Arbeit dem Schicksal trotzend. Sie waren alle auf dem Boot, heil und sicher. In wenigen Momenten würden sie sich ins Steuerhaus zurückziehen, in ihren Sitzen festschnallen und den holprigen Ritt nach Hause antreten. Noch nicht einmal ein Kentern könnte ihnen jetzt wirklich etwas anhaben, da sich das Lifeboat selbst wieder aufrichten konnte. »Chris soll das Steuer übernehmen, wenn er bereit und festgezurrt ist.«

»Verstanden«, hörte sie Andrew, der während des Einsatzes im Steuerhaus am Funkgerät vermutlich halb wahnsinnig geworden war. Sie hörte das Lächeln in seiner Stimme, und auch Alis grinste glückselig vor sich hin, während der Wind an ihr zerrte.

Sie bekam das Okay, dass alle im Steuerhaus waren und Chris die Kontrolle übernehmen konnte, und klinkte sich aus der Sicherungsleine. Sie trat die zwei Schritte zur offenen Tür, die nach unten führte, und wollte gerade auf die erste Stufe der Metalltreppe gehen, als das Boot plötzlich steil nach oben stieg. Sie griff zur Seite, hielt sich an der Tür fest, verlagerte ihr Gewicht, um besseren Stand zu haben, als das Lifeboat unvermittelt absackte und mehrere Meter in freiem Fall die Welle hinabstürzte. Alis verlor den Boden unter den Füßen, stand einen Moment lang in der Luft, sie begriff gar nicht richtig, was geschah, doch dann schlug sie hart auf. Ein stechender Schmerz fuhr durch ihren Knöchel, sie knickte ein, stürzte schräg nach vorne, ihre Schulter knallte mit voller Wucht gegen etwas Hartes, und sie schrie auf vor Schmerz. Ein Schrei, der von den Motorengeräuschen und dem Tosen des Sturms verschluckt wurde. Das Boot machte eine heftige Bewegung, sie wurde herumgeschleudert, ihr Kopf krachte gegen etwas Metallisches, was sie trotz Helm benebelte. Wasser schlug über ihr zusammen, Lichter tanzten vor ihren Augen, sie tastete über den Boden, wollte sich irgendwo festhalten, als sie spürte, wie das Boot brutal von der Steuerbordseite aus angehoben wurde und zur Seite kippte. Sie rutschte über den Boden, der plötzlich schräg lag, tastete hektisch nach Halt, den Schmerz in ihrer Schulter ignorierend. Aber da waren nur glatte Oberflächen, und im nächsten Moment klärte sich ihr Bild wieder, sie sah das Steuerrad und die Schalthebel, aber irgendwie verkehrt herum, alles war falsch. Sie spürte, wie sie über eine Stange glitt, wollte sich noch festhalten, aber ihre Finger gehorchten ihr nicht, und dann tauchte sie plötzlich in eisig kaltes Wasser. Ihre Rettungsweste blies sich sofort selbstständig auf, riss sie zurück an die Oberfläche, verengte ihr den Hals, sie spürte den Widerstand in ihrem Schritt, wo der Gurt sich einschnürte und verhinderte, dass ihr die Rettungsweste über den Kopf nach oben rutschte. Sie sah sich um, alles war verschwommen, ihr Verstand benebelt, sie verstand nicht, was sie sah. Das Lifeboat lag in einem Winkel von neunzig Grad im Wasser, die Scheiben des Steuerhauses auf der Backbordseite verschwanden unter der Oberfläche, es lag quer, wie ein Spielzeug, das umgestoßen wurde. Sie wusste nicht, für wie lange, ihr dröhnte der Kopf, die Zeit dehnte sich, aber es war wohl nicht mehr als eine Sekunde, bevor sich das Boot unvermittelt wieder aufrichtete. Es schwankte einmal hin und her und lag schließlich seltsam ruhig im tosenden Wasser, ehe die Motoren erneut ansprangen. Eine Welle spülte sie davon, entfernte sie, und erst jetzt begriff sie, dass sie nicht länger an Bord war. Sie war im Wasser. In stürmischer See!

Eine weitere Welle krachte auf sie nieder, drückte sie hinunter, wirbelte sie herum, sie versuchte die Luft anzuhalten, trotzdem spürte sie das Salzwasser, das ihr in den Mund drang. Die Rettungsweste trieb sie wieder nach oben, verstärkte den Druck an ihrer verletzten Schulter, schnürte sie ein, der Schmerz raubte ihr den Atem, die Kälte ließ sie hyperventilieren. Wo war das Boot? Wo war es hin? Ihr Kopf fuhr herum, suchte das Wasser ab, aber sie war gefangen in einem Loch zwischen hoch aufragenden Wasserbergen. Alis versuchte, Ruhe zu bewahren, die Crew würde wissen, was geschehen war. Ihre Rettungsweste hatte das Notfalllicht automatisch bei Wasserkontakt aktiviert, sie müsste zu finden sein. Der Sender! Sie hatte einen Sender! Sie musste schnell ihren Reißverschluss öffnen, ihre verdammte Schulter, sie musste ihn nur zu fassen bekommen ... Eine weitere Welle entlud sich auf ihr, Alis presste ihre brennenden Augen fest zu, ihr wurde übel, alles drehte sich, sie konnte nicht länger die Luft anhalten, ihre Lunge fühlte sich an, als würde sie bersten. Da war wieder Wind in ihrem Gesicht, sie spürte ihn eisig auf ihrer kalten Haut. Ihre wasserfeste Hose und die Jacke schützten sie nur bedingt, das Wasser drang überall ein, es war kein Trockenanzug, wie sie ihn beim Einsatz mit dem ILB getragen hatte. Diese Ausrüstung schützte sie nur vor der Nässe auf dem Boot, sie war nicht zum Schwimmen gemacht.

Alis tastete erneut nach dem Reißverschluss, aber da wurde

sie plötzlich angehoben, sie riss die Augen auf, sah das Lifeboat in einem Wellental weiter seewärts, während sie immer näher zu den Klippen geriet. Das Wasser sackte ab, sie fiel, ruderte mit den Armen, was sofort mit einem Schmerz in ihrer Schulter, der ihr die Sinne raubte, bestraft wurde. Alles wurde schwarz, sie versuchte dagegen anzukämpfen, aber die dunklen Ränder drängten sich gnadenlos in ihr Blickfeld.

Stirbst du nun doch auf See, fuhr es ihr durch den Kopf, dabei hast du noch gar nicht richtig gelebt. Aber diese beunruhigende Erkenntnis quälte sie nicht lange, die Finsternis nahm sie gnädig mit.

Evan stemmte sich gegen den Wind, der Regen schlug wie Nadeln auf ihn ein, brannte in seinem Gesicht, und er fing an, seine spontane Idee zu bereuen.

Wenn selbst Rhys in der Lage war, seinen Stolz hinunterzuschlucken, sollte er das doch auch können. Dieser Gedanke kam ihm nun immer idiotischer vor. Verdammt, als wäre seine Liebeserklärung nicht schon erbärmlich genug gewesen, jetzt wurde er auch noch zum Stalker, der einer Frau auflauerte, sie zur Arbeit verfolgte, obwohl sie offensichtlich nichts von ihm wissen wollte. Evan wusste nicht, wo Alis wohnte, nur dass sie die Lifeboat-Station als ihr Zuhause ansah. Und wenn er sie dort nicht anträfe, gäbe es sicher jemanden, der ihm sagen könnte, wo Alis zu finden war. Er schüttelte über sich selbst den Kopf. Wer würde einem durchnässten, halb wahnsinnigen Fremden nicht den Aufenthaltsort einer atemberaubenden jungen Frau geben?

Evan blickte sich um, die Stadt war wie ausgestorben. Wer wollte schon bei diesem Sturm nach draußen gehen? Nur ein

Verrückter wie er. Trotzdem kämpfte er sich weiter Richtung Castle Square, Lichter aus den Schaufenstern beleuchteten die dämmrigen Straßen. Die Pubs und Restaurants hatten ihre Angebotstafeln reingeholt, hinter den Frontscheiben sah er aber Leute im Trockenen und Warmen bei Tee und Kaffee sitzen. Nur er stellte sich dem Wetter, auf seiner dämlichen Mission. Vielleicht war der Sturm ja auch ein Zeichen, das ihm der Himmel schickte. Seine Füße, die einen Schritt vor den anderen setzten, ließen sich von dieser Erkenntnis aber nicht aufhalten. Es war die plötzlich aufheulende, markerschütternde Sirene, die von der Lifeboat-Station her den Wind übertönte, die ihn abrupt stehen bleiben ließ. Der schrille Ton erfüllte den gespenstischen Nachmittag, und Evan wurde von einer entsetzlichen Ahnung gepackt.

Türen gingen zu beiden Seiten der Straßen auf, Männer und Frauen, die sich Jacken überzogen, traten aus den Cafés und Pubs in den Sturm und blickten Richtung Küste. Andere öffneten die Fenster in den oberen Stockwerken, leise Stimmen drangen mit dem Wind an Evans Ohr. »Gott erbarme sich ihnen«, hörte er nicht nur einmal, und sein Herzschlag beschleunigte sich. Die Stimmen um ihn herum wurden lauter, alle schienen durcheinanderzureden. »Ruf schnell Susan an!«, rief jemand in eins der Pubs. Eine andere Stimme zu Evans Linken sagte: »Frag Colin, der weiß bestimmt, was da los ist.« Jeder schien irgendjemanden zu kennen, der eine Verbindung zum Lifeboat hatte, nur ein paar Leute, die nach Touristen aussahen und noch drinnen saßen, schienen verwirrt über das Vorgehen.

Evan setzte sich schnell wieder in Bewegung, zog seine Kapuze tiefer ins Gesicht und stemmte sich gegen die immer stärker werdenden Böen. Sie muss nicht auf diesem Boot sein, sagte er sich, vermutlich ist sie zu Hause, in Sicherheit, sie ist bestimmt nicht in dieser Hölle da draußen.

Aber etwas in ihm wusste, dass er umsonst hoffte, und als er endlich den Castle Square erreichte, von wo aus er den Hafen überblicken konnte, war von dem Lifeboat keine Spur mehr. Dafür waren hier aber erstaunlich viele Menschen bei diesem Wetter unterwegs. Viele nahmen den Weg zum Hafen hinunter, Lichter gingen in der ILB-Station an, wo das Schlauchboot der RNLI im Bootshaus stand. Alle blickten aufs Meer hinaus, auf die zerstörerischen Wellen, die eine weiße Oberfläche schufen und trotz Ebbe bis zur Hafenmauer herankamen. Für gewöhnlich lag der Hafen bei Ebbe komplett trocken, aber der Wind trieb das Wasser weit hinein, schleuderte es in die Luft und schuf gespenstischen Nebel aus Gischt.

Die Menschen versammelten sich unten bei der ILB-Station, viele waren wohl selbst Freiwillige beim Lifeboat oder hatten Freunde oder Familie unter den Mitgliedern. Evan kannte niemanden dort, und doch folgte er der Straße hinunter, in der Hoffnung mehr zu erfahren, vielleicht Alis inmitten ihrer Freunde zu sehen.

Er ging an den Schiffen vorbei, folgte dem schmalen Weg, als ihm zwei Gestalten in Regenjacken und Kapuzen entgegenkamen. »Doktor Davies?« Es war eine Frauenstimme, die gegen den Wind rief. »Evan, oder?«

Evan verengte die Augen, schirmte sie mit seiner Hand vor Sturm und Regen ab und erkannte Alis' Freundin Nina und deren Mann Dave. Erleichterung schwemmte über ihn wie warmes Wasser. Bekannte Gesichter, die Antworten hatten. »Ich suche Alis, ist sie dort drüben?«

Die beiden blieben vor ihm stehen und sahen sich mit vielsagender Miene an. »Sie ist draußen«, sagte Dave und deutete aufs Meer hinaus.

Sorge und Mitgefühl lagen in Ninas Blick. »Wir wissen noch nicht viel, nur dass sie nach Stackpole zu einer Jacht in Seenot gerufen wurden.« Sie ergriff seinen Arm und zog ihn mit, zurück die Straße hoch Richtung Castle Square. »Kommen Sie, Dave holt sein Funkgerät aus dem Boot, und dann sind wir gleich schlauer.«

Evan verstand nicht, was sie damit meinte, und sah dem vierschrötigen Mann hinterher, der zur Treppe bei der Hafenmauer lief. Willenlos ließ er sich von Nina weiterziehen zu einem nagelneuen Mercedes, der etwas abseits vom Castle Square parkte. Nina schloss den Wagen auf und bedeutete ihm, auf der Beifahrerseite einzusteigen.

»Ich bin klitschnass.«

Ein Lächeln huschte über ihr besorgtes Gesicht. »Das sind wir alle, nun steigen Sie schon ein.« Evan ließ sich wie ferngesteuert in das nach Neuwagen duftende Auto fallen, während Nina auf den Rücksitz kletterte. Dann saßen sie schweigend da, während der Regen aufs Dach und die Scheiben prasselte. Die Situation hatte etwas Unwirkliches. Er konnte nicht glauben, dass sich seine Schwester einfach mit dem Stallmeister der Rivers-Farm verlobt hatte, den sie kaum kannte, und dass er einer Frau nachlief, die eindeutig nichts von ihm wollte, einer Frau, die sich gerade in Lebensgefahr brachte, um anderen zu helfen. Er saß hier in einem Auto mit einer Halbfremden und wusste nicht, was er hier eigentlich machte, was um ihn herum geschah. Er, der immer die Kontrolle über alles hatte, der die Ruhe bewahrte, wenn er Schafen über Klippen hinterherkletterte oder ein sterbendes Tier behandelte.

»Alis hat mir erzählt, dass sie in Pwllheli war.«

Evan nickte abwesend, rieb seine Hände aneinander und schaute aus dem Fenster, als könne er da draußen Klarheit finden. Als könne er durch die Häuserreihen und den dichten Regen sehen, wo Alis gerade war.

»Sie hat Ihre Großmutter kennengelernt, nicht wahr?«

»Hm.«

»Die Sache scheint ziemlich ernst zu werden.«

Evan drehte sich zu ihr herum. »Mirabelle hat sich heute ganz gut gemacht beim Impfen. Haben Sie schon Ihren ersten Ausritt geplant?«

Nina sah ihn aus verengten Augen an, deutlich ungeduldig. »Sie sind ja noch schlimmer als Alis, der man alles aus der Nase ziehen muss.« Sie strich sich über das nasse Gesicht, das trotz Regen immer noch makellos geschminkt war. Sogar ihr glattes Haar lag immer noch perfekt, als sie die Kapuze zurückzog, während er selbst das Wasser seinen Nacken hinunterrinnen spürte.

»Wieso ist Ihr Mann nicht beim Einsatz?«, fragte er, um von ihm und Alis abzulenken.

Nina musterte ihn noch einen Augenblick lang mit etwas Wissendem im Blick, dann sah sie aus dem Seitenfenster Richtung Hafen. »Er war nicht schnell genug dort. Darüber sollte ich wohl dankbar sein.«

»Aber Alis schon.«

»Na klar.« Sie sah ihn schon wieder so unangenehm prüfend an. »Lloyd hat sich ja vorgestern den Fuß gebrochen, und Alis muss schon als Bootsführerin einspringen. Sie war den ganzen Tag in der Station.« Sie machte eine kurze Pause und schien zu beobachten, wie ihre Worte auf ihn wirkten. »Das wussten Sie doch, oder?«

Er zuckte möglichst nichtssagend mit den Schultern. Natürlich wusste er nichts davon. Nachdem Alis vor drei Tagen einfach aus dem Krankenhaus gestürmt war, hatte er nichts mehr von ihr gehört. »Das heißt, sie ist diejenige, die das Lifeboat gerade durch diesen Sturm steuert?«

Eine Hand erschien auf seiner Schulter und drückte sie. »Sie ist die Beste – da sind sich sogar die Männer einig. Wenn jemand diesem Wetter in den Arsch treten kann, dann Alis Rivers.«

Ein leises Lachen entfuhr ihm, er wollte sich gerade zu Nina umdrehen, als die Fahrertür aufflog und Dave sich mit einem übergroßen Walkie-Talkie auf den Sitz fallen ließ. »Was für ein gottverfluchtes Sauwetter.«

Nina lehnte sich zu ihnen nach vorne. »Weißt du irgendetwas Neues?«

»Noch nicht.« Er hantierte an dem Gerät herum, das Evan als ein VHF-Funkgerät erkannte – in einer Hafenstadt aufzuwachsen hinterließ doch ein paar Spuren –, und stellte es schließlich auf Kanal sechzehn ein, die Notruffrequenz. Ein Rauschen erklang und dann die Ahnung einer Stimme, aber Genaueres konnten sie nicht verstehen.

Dave fluchte, wie es nur ein Seemann konnte, und hob die Hand, als wollte er das Funkgerät gegen das Lenkrad schmeißen. »Die Häuser sind im Weg, und sie sind zu weit weg.« Er sah zwischen ihm und Nina hin und her. »Alles anschnallen, wir fahren nach Stackpole und sehen uns vor Ort an, was da los ist.«

Evan hatte nichts gegen diesen Vorschlag einzuwenden. Er legte den Gurt an, und das keine Sekunde zu spät, denn Dave reichte das Funkgerät an Nina und fuhr dann mit einem Tempo durch die fast verlassenen Straßen, das ihn in den Sitz zurückpresste.

»Versuchs weiter, Darling«, sagte Dave zu seiner Frau zurück und jagte aus der Stadt hinaus Richtung Westen. Evan wusste, es war eine gute halbe Stunde Fahrt bis Stackpole, eine Zeitspanne, die ihm wie eine Ewigkeit vorkam und es schwierig machte, ruhig sitzen zu bleiben. Sie folgten der schmalen Küstenstraße und horchten auf das Rauschen des Funkgerätes, als plötzlich eine männliche Stimme erklang. »*Tenby Lifeboat, Rescue 193 hier, sind in Null-Zwei Minuten bei Ihnen, over.*«

»*Null-Zwei Minuten, Roger, Tenby Lifeboat.*«

Alle im Auto hielten den Atem an, es wurde ganz leise, sie tauschten Blicke. »Das war Andrew«, sagte Dave schließlich tonlos und trat noch etwas fester aufs Gas. »Sie bekommen Helikopter-Unterstützung, das klingt gar nicht gut.«

Evan fuhr sich unruhig über seinen Bart, Nina stellte irgendetwas bei den Kanälen um, und dann ertönte wieder eine Stimme über das Rauschen, abgehackt, nach Atem ringend und mit deutlichem Akzent: »*Tenby Lifeboat, hier ist die Freja, wir ersuchen, in den Hafen geschleppt zu werden.*«

»*Freja, Tenby Lifeboat, unser Bootsführer empfiehlt euch, von Bord zu gehen, ein Abschleppen ist in diesen Bedingungen zu gefährlich, Sie könnten kentern.*«

»*Ähm … verstanden, Tenby Lifeboat, wir … wir möchten aber trotzdem lieber abgeschleppt werden.*«

»Was zur Hölle?!«

Evan fuhr bei Daves Ruf zusammen und fand wieder ins Hier und Jetzt. Er musste sich zusammenreißen, um den Fahrer nicht auf die Straße hinzuweisen, die in dem Regen kaum noch zu erkennen war.

»Was sind das denn für Leute? Waren die schon mal auf See? Ist denen das Unwetter nicht aufgefallen? Der Wind bläst

~ 316 ~

einem den Schädel von den Schultern, und die wollen gemütlich in den Hafen schippern!«

Evan blieb stumm, er kannte sich in der Seefahrt zu wenig aus, aber die Stimme des Mannes auf der Freja hatte unsicher und verängstigt geklungen. Das Englische war ihm offensichtlich schwergefallen, und Evan hatte das Gefühl, dass die Kommunikation mit den Rettungsdiensten ihn einschüchterte. Er nahm an, dass jeder, der auf See fuhr, ein Mindestmaß der Funksprache beherrschen musste, aber dem Mann auf der Freja war anzuhören, dass ihn die gesamte Situation überwältigte.

»*Freja, unser Bootsführer schlägt vor, das Kind entweder in den Hubschrauber oder an Bord des Lifeboats in Sicherheit zu bringen, bevor wir irgendwelche anderen Maßnahmen ergreifen, over.*«

Eine Pause trat ein, und Evan rieb sich die schweißnassen Hände an der Hose. Schließlich knackte das Walkie-Talkie wieder.

»*Ja … ähm … Roger. Wir stimmen zu, unsere Tochter … in den Helikopter zu bringen.*«

»*Freja, Rescue 193 hier, wir machen uns zur Evakuierung mit der Hi-Line bereit, sorgen Sie dafür, dass …*«

Evan lauschte den Anweisungen des Helikopters, die eine sichere Evakuierung ermöglichten, während Dave in eine Seitenstraße abbog und Richtung Küste fuhr. Dabei hörte er die Warnungen über Funk, das Seil nicht zu ergreifen, ehe es nicht das Wasser oder das Deck berührt hatte, um keinen Stromschlag zu bekommen, eine weitere Warnung, das Seil nirgends am Boot festzumachen oder verheddern zu lassen … Es war eine Lawine an Worten und Instruktionen, die auf die Freja einprasselten, und sogar Evan fühlte sich überfordert.

»Ähm ... ja ... *Freja hier, Rescue 193, danke für Ihre Mühen, wir haben uns nun doch fürs Abschleppen entschieden, es scheint uns sicherer.«*

Dave fluchte erneut und kam zu einem abrupten Halt am Stackpole-Quay-Parkplatz. Er griff nach hinten, riss seiner Frau das Funkgerät aus den Händen und stieg aus dem Wagen in den Sturm. Nina und Evan zogen erneut ihre Kapuzen fest und beeilten sich, ihm hinterherzukommen. Sie liefen an dem altertümlichen Hafen vorbei zu den Klippen hoch. Das Ufergras legte sich fast senkrecht, schlug wie Peitschen gegen Evans Beine, und vom nahen Strand prasselten auch Sandkörner wie Nadelstiche auf seine Haut. Es war noch nicht einmal fünf, und trotzdem ging die Welt in Dunkelheit unter, die tief hängende Wolkendecke drohte sie unter sich in Schwärze zu begraben. Dafür hatte aber der Regen nachgelassen, nur noch einzelne Tropfen fanden ihren Weg auf sein Gesicht, die Feuchtigkeit der Gischt hingegen war allgegenwärtig.

Evan sah angestrengt aufs Meer hinaus. Von ihrem erhöhten Standpunkt aus konnte er die gesamte Barafundle Bay überblicken, er blinzelte Tränen der Kälte und des Windes aus den Augen und erstarrte. Dort drüben waren blinkende Lichter am Himmel, der Hubschrauber. Und im Wasser ... Er verengte die Augen und hielt den Atem an. Das Lifeboat. Er konnte das Orange leuchten sehen, und sein Magen verkrampfte sich schmerzhaft.

Dave hielt das Funkgerät nahe an sein Ohr, und Evan konnte über den Wind, der hier an der Küste noch stärker wehte und ungehindert vom Meer heranfegte, kaum etwas verstehen. Auch das beständige Donnern der Wellen unter ihnen machte es nicht leicht, etwas auszumachen, obwohl Dave die Lautstärke voll aufdrehte.

Nur Daves Kommentare sagten ihm, ob etwas Positives oder Negatives geschah. Nina und er standen knapp bei ihm, um jeden Wortfetzen zu erhaschen, er spürte die Kälte und die Nässe plötzlich kaum noch, nur sein wild schlagendes Herz, während er lauschte, um wenigstens zu erahnen, was dort draußen vor sich ging. In einer bedrohlichen Welt, in der Alis sich in Gefahr brachte, in der sie ihr Leben riskierte, völlig selbstlos und mit einem Mut, den er einerseits bewunderte, gleichzeitig aber auch verfluchte.

Und dann kam unvermittelt eine klar zu verstehende Nachricht vom Hubschrauber: »*Tenby Lifeboat, noch etwa dreihundert Meter bis zur Küste, wir schätzen fünfzehn Minuten, bis sie die Klippen treffen, Rescue 193.*«

»*Roger, fünfzehn Minuten bis zu den Klippen, Tenby Lifeboat.*« Die Stimme des Mechanikers klang atemlos, er musste rufen, und es hörte sich an, als wäre er mit tausend Sachen gleichzeitig beschäftigt, das war sogar über das Rauschen und den Wind zu hören. Fünfzehn Minuten bis zu den Klippen.

»Verdammter Mist«, hörte er Dave an seiner Seite, die weiteren Funksprüche kamen kaum noch bis zu Evan durch. Er brauchte sie auch nicht, denn genau vor seinen Augen entfaltete sich die Katastrophe.

Die kleine weiße Jacht triftete schnell Richtung Klippen, auf die Felsen zu, gegen die das Wasser mit solcher Macht schlug, dass es oft noch meterhoch über Evan in die Luft sprühte. Verdammt, verschwindet von hier, dachte er verzweifelt und versuchte, Alis auf dem Boot auszumachen, was natürlich ein Ding der Unmöglichkeit war. Trotzdem erfüllte ihn allein das Wissen, dass sie dort unten war, mit einem Beklemmen, das ihm den Brustkorb zusammenschnürte. Die Dreiergruppe aus Jacht, Lifeboat und Hubschrauber kam immer näher, Evan sah den Winchman und andere Gestalten, die einfach so in der Luft zu hängen schienen, das Seil war aus dieser Entfernung nicht zu erkennen. Und dann stieg der Helikopter plötzlich höher, flog landeinwärts über sie hinweg.

»Sie schafft das, sie schafft das«, sagte Dave an seiner Seite, und Evan starrte konzentriert auf die immer näher geratenen Boote. »Sie muss längsseits gehen, das ist Wahnsinn.«

Eine Hand schob sich in seine, er musste nicht hinabsehen, um zu wissen, dass es Ninas war. Sie standen da, alle drei in einer Reihe, sich an den Händen haltend und beobachteten, wie das Lifeboat in mehreren Versuchen zwei grellgelbe Gestalten von der Jacht holte. »Was für eine Seemannskunst«, sagte Dave voller Ehrfurcht.

Nina streckte den Arm aus, sprang aufgeregt auf und ab. »Sieh nur, sie fahren weg! Sie haben es geschafft! Sie fahren nach Hause!« Sie drehte sich um und warf ihre Arme um Daves Hals. Evan aber wandte den Blick nicht von dem Boot ab, er wagte es nicht, sich zu freuen, solange dieses kleine orangene Ding da unten in zehn Meter hohen Wellen schaukelte. Es nahm die Brecher direkt, vielleicht ein wenig schräg, und versuchte, über jeden Einzelnen hinwegzufahren, mit schierer Motorenkraft die Natur zu besiegen. Evan sah, wie eine Welle das Lifeboat besonders stark anhob und dann einfach fallen ließ. Im nächsten Moment kam eine Welle von der Seite, die völlig aus dem Muster fiel. Sie hob das Lifeboat an, es kippte … immer weiter, es war kein Schaukeln, es kippte tatsächlich um und blieb auf der Seite liegen. Einen Moment vielleicht, dann richtete es sich wieder auf.

Evan konnte sich nicht bewegen, er starrte nur auf das Boot, ihm kam es plötzlich unheimlich ruhig vor, er wartete, dass Dave fluchte, doch der Seefahrer blieb stumm.

»Was ... was ist passiert?«, erklang Ninas Stimme.

Dave räusperte sich. »Das ... das ist gar nichts, das steckt das Boot leicht weg. Es ist noch nicht einmal richtig gekentert. Hey, Evan, hast du schon mal das Video bei uns in der Station gesehen? Da zeigen sie, wie sie das Boot einmal komplett herumdrehen, sodass es auf dem Kopf steht, und wie es sich selbst wieder aufrichtet. Die Jungs und Alis lachen vermutlich gerade darüber, und die anderen in der Station werden sich ärgern. So einen Ritt erlebt man nicht alle Tage und ...«

»*Mayday, Mayday, Mayday, Tenby Lifeboat hier, Mann über Bord, ich wiederhole, unser Bootsfahrer ist über Bord gegangen. Sichtkontakt verloren, ersuchen umgehend Unterstützung.*«

Evan erstarrte, er hatte das Gefühl, das Blut in den Adern gefrieren zu spüren, und plötzlich nahm er die Kälte, den Wind und die Nässe überdeutlich wahr. Er wollte nach dem Funkgerät greifen, aber seine Hand zitterte, seine Finger fühlten sich taub an. Bootsführer über Bord. Alis über Bord. Nicht mehr auf dem Boot, sie war im Wasser, in dieser brodelnden Todessee. Er sah zum Lifeboat, zurück auf Dave, und er wusste nicht, was er sagen, denken oder fühlen sollte, da war nur eine große Leere.

Funksprüche gingen hin und her, und neben Evan ging Dave wie besessen auf und ab. »Das kann nicht sein, jeder an Deck ist am Boot gesichert! Wieso kam der verdammte Notruf so spät, das Boot ist doch schon vorher gekentert? Haben sie es nicht gleich gemerkt? Großer Gott, auf See gerät man innerhalb von Sekunden außer Sichtweite, vor allem bei diesem Wetter ...«

Seine Stimme verklang zu einem Rauschen, Evan starrte wieder zum Lifeboat, das anfing, in einem Sternmuster zu suchen, aber es blieb nie stehen, es kam zu keinem Ergebnis. Der Helikopter kehrte zurück, Evan wusste nicht, wie viel Zeit verging, nur dass niemand in diesen eisigen Fluten lange überleben konnte. Der Hubschrauber suchte auch näher an der Küste, wo das Lifeboat nicht hinkam, er schwebte nicht nur einmal über ihren Köpfen, mit blendenden Suchscheinwerfern, und Evan erkannte zwei orangefarben gekleidete Männer an der offenen Seitentür knien und in die Tiefe schauen.

Nina schien von alldem nichts zu bemerken, sie sah, wie zur Salzsäule erstarrt, aufs Meer hinaus, ihre Lippen bewegten sich in einem fort, aber es war nichts zu hören. Wasser strömte ihre Wangen hinab, Evan wusste nicht, ob der Regen aus ihrem Haar floss oder ob sie weinte.

»Die haben die beste Ausrüstung, Baby, Infrarot, Nachtsichtgeräte, die finden sie …«, sagte Dave und nahm sie in den Arm. Evan entging nicht, dass seine Stimme dabei schwankte.

Mehr Leute kamen zu den Klippen, irgendwie musste sich herumgesprochen haben, was geschah, und den Gesprächen mit Dave entnahm er, dass manche zur Lifeboat-Station gehörten. Sie hatten die Funksprüche ebenfalls mit angehört und waren hergefahren.

Evan konnte sich nicht rühren, während in seinem Inneren ein Tosen herrschte, das ihm das Gefühl gab, jeden Moment explodieren zu müssen. Sie war da draußen! Jemand musste sie doch sehen, sie war …

Der Helikopter flog nicht mehr weiter, er schwebte über einer Stelle, ein gutes Stück seewärts und rechts von ihm. Alle um ihn herum verstummten.

»*Milford Haven Küstenwache, wir haben sie gefunden, beginnen mit Bergung, Rescue 193.*«

Evan gab einen Laut von sich, der kaum menschlich klang,

es hörte sich an, als würde er ersticken, und es fühlte sich auch so an.

»Sie muss in den Rückstrom geraten sein«, hörte er irgendjemanden sagen. »Was für ein Glück, sonst wäre sie längst gegen die Klippen gespült worden.«

Der Hubschrauber ließ einen Mann mit einer Art Korb hinunter. Wieso holten sie sie nicht einfach raus, so wie die anderen vom Boot auch, wieso der Korb? Was war mit ihr?

Eine Hand schlug auf seine Schulter, und Evan fuhr zusammen. »Jetzt haben sie sie, jetzt wird alles gut.«

»Aber der Korb …« Er konnte den Blick nicht abwenden, aber es war alles zu weit weg, um etwas zu erkennen, auch wurde es immer dunkler.

Daves Stimme drang wie aus weiter Ferne zu ihm. »Sie müssen sie in der Horizontalen rausholen, weil sie zweifellos stark unterkühlt ist. Würden sie sie einfach in der Senkrechten rausziehen, könnte das … tödlich enden … Hey, Mann, die wissen alle, was sie tun. Alis kommt jetzt ins Krankenhaus, wird dort ordentlich aufgetaut und dann …«

»Ins Krankenhaus … ich muss ins Krankenhaus.« Er drehte sich zu Dave um, der deutlich mitgenommener aussah, als er geklungen hatte.

»Ja, wir müssen alle dorthin.« Dave ergriff Ninas Hand und wies zum Auto. »Wir fahren sofort los.«

✳

Evan rannte mit einem unwirklichen Gefühl zusammen mit den anderen zum Eingang der Notaufnahme. Er war erst vor drei Tagen hier gewesen, als Joan Rivers eingeliefert worden war.

Die Fahrt hatte fast vierzig Minuten gedauert, eine Zeit, in der alles hatte passieren können! Vielleicht war sie gar nicht mehr am Leben.

Er wusste nicht, wieso er so pessimistisch war und vom Schlimmsten ausging. Für gewöhnlich war das überhaupt nicht seine Art, aber er war von Angst erfüllt, einer tiefgreifenden, an seinen Grundfesten zerrenden Furcht, die ihm vor Augen führte, auf was er sich da eingelassen hatte. Du musstest dich ja öffnen, sagte eine giftige Stimme in seinem Inneren. Hat das Leben dich nicht gelehrt, sein Glück nicht von anderen Menschen abhängig zu machen? Menschen verschwinden, sei es freiwillig oder durch einen Schicksalsschlag. Siannas Gwyn, seine Mutter, Alis' Mutter …

Evan steuerte auf die Empfangstheke zu, er sah nicht, was rechts und links vor ihm lag, er blickte wie durch einen Tunnel. »Alis Rivers. Mit dem Hubschrauber. Wo ist sie?«, stammelte er unkontrolliert.

»Sir …« Die Frau, vielleicht eine Krankenschwester, erhob sich von ihrem Schreibtisch und kam auf ihn zu. »Gehören Sie zur Familie?«

Evan sah sie nur leer an, er konnte jetzt keine Fragen beantworten, er brauchte Informationen. Er musste wissen, wie es Alis ging.

»Sir?«

Er blinzelte, versuchte Worte zu bilden, als ihm aus dem Nichts Nina und Dave zu Hilfe kamen. Er hörte Ninas Stimme wie durch trübes Wasser hindurch. »Ihre Mutter ist hier im Krankenhaus, Joan Rivers, und ihr Onkel ist auf dem Weg.«

Die Schwester nickte und sah mitfühlend zwischen ihnen hin und her, ein Ausdruck, der Zorn in ihm hochsteigen ließ. »Es tut mir leid, ich kann Ihnen keine Auskunft geben, nur der Familie. Nehmen Sie doch bitte im Wartezimmer Platz.«

»Ist sie denn noch am Leben?«, entfuhr es ihm, wenigstens das musste sie ihnen doch sagen können, aber die Schwester sah ihn bedauernd an. »Gehen Sie ins Wartezimmer.«

»Komm, Evan.« Nina ergriff seinen Arm und zog ihn weg. Sie schob ihn in einen Raum mit Plastikstühlen, wo ein Mann saß, der seine Aufmerksamkeit erregte und ihn ein wenig aus dem Nebel holte. Er saß nach vorne gebeugt, den Kopf in die Hände gestützt. Er trug ein langärmeliges T-Shirt in militärischem Dreckgrün, seine Beine steckten in orangefarbenen Hosen mit grauen Verstärkungen an den Knien. Das Oberteil seines Überlebensanzugs fiel ihm von den Hüften, die Ärmel schleiften am Boden. Als er ihre näher kommenden Schritte hörte, blickte er auf, das Gesicht unter dem militärischen Kurzhaarschnitt war blass, die Augen wirkten riesig darin, und Nina keuchte neben ihm auf.

»Matthew!« Sie ließ Evan los und rannte auf den Mann zu. Er stand auf, fiel aber beinahe wieder um, als Nina sich ihm entgegenwarf und fest umarmte. »Was machst du denn hier? Wie ...«

»Ich habe sie hergebracht.«

Dave ging auf die beiden zu, während Evan mitten im Schritt innehielt, als ihn die Erkenntnis traf. Der Hubschraubertyp!

»Hey Mann.« Dave und Matthew schüttelten sich die Hand, sie waren beide ungefähr gleich groß, vermutlich keine eins achtzig und beide breit und muskulös. Anders als Evan, der hochgeschossen und schlanker war.

Zehn Jahre, fuhr es ihm durch den Kopf. Zehn Jahre war Alis mit ihm zusammen gewesen. Was zur Hölle war zwischen den beiden schiefgelaufen? Der Typ schien perfekt, wie er so dastand wie ein Held, in seinem Royal-Airforce-Anzug.

»Wie geht es ihr?«, fragte Nina, und Matthews Miene verhärtete sich. Er schüttelte den Kopf. »Sie war lange im Wasser, Nina. Als ich zu ihr kam ... war sie bewusstlos.«

Evan sank auf den ersten Stuhl in der Reihe neben der Tür. Er hatte genug Ahnung von Medizin, um zu wissen, dass das ein sehr schlechtes Zeichen war – dass die Unterkühlung bereits weit fortgeschritten war. Er hatte nicht verstanden, warum sie mit einem Korb geborgen worden war, aber jetzt fing er an, sich zu erinnern. Ihr Körper durfte nur so wenig wie möglich bewegt werden, um den Bergungstod zu verhindern. Kaltes Blut hätte zu ihren Organen fließen und zum Herzstillstand führen können.

»Wir ...« Matthew strich über die dunklen Haarstoppeln an seinem Kopf. »Wir mussten sie wiederbeleben.«

Ein leiser, schriller Schrei entfuhr Nina, und Dave nahm sie in den Arm, während Evan den Hubschraubertypen nur anstarren konnte.

»Ich denke, sie machen jetzt weiter ... mit der Wiederbelebung, meine ich.«

»So lange?«, fragte Nina unter Schluchzen. »Wenn sie bis jetzt nicht ... zurückgekommen ist ...«

Ein Schatten trat durch die Tür herein, Evan blickte auf und sah einen älteren Mann mit grauem, kurzem Haar, der neben ihm auftürmte. »Niemand ist tot, solange er nicht warm und tot ist«, brummte er den Spruch, den jeder Mediziner kannte, sogar ein Tierarzt.

Die drei drehten sich zu der Stimme um, und Nina schlug sich die Hand vor den Mund. »John!« Sie zeigte zitternd auf ihn. »Alis, sie ist ...«

Der Mann trat an Evan vorbei in den Raum. Niemand schien Evan zu bemerken, und er selbst kam sich auch nicht wirklich anwesend und fehl am Platz vor. Es war merkwürdig, sich Alis innerlich so verbunden zu fühlen, während niemand wirklich etwas von ihm und seiner Beziehung zu ihr wusste.

»Ich habe mit den Ärzten gesprochen. Sie können noch keine Prognose stellen, erst müssen sie sie aufwärmen.«

»Oh Gott.« Nina ging zur Seite und ließ sich dort auf einen Stuhl nieder. John und Matthew schüttelten sich die Hand. »Gut, dass du da bist, auch wenn ich weiß, dass es nicht einfach war, mitten im Dienst einfach hierzubleiben.«

Matthew nickte. »Die Jungs haben schon verstanden, dass sie mich hierlassen müssen. Selbst wenn ich Ärger kriegen sollte, da ich die Crew alleine zurückgeschickt habe ... Das ist mir im Moment ziemlich egal. Ich meine ...« Er zuckte mit den Schultern. »Es ist Alis.«

»Ja.« John sank ebenfalls auf einen Stuhl, Evan glaubte sich zu erinnern, dass Alis' Onkel so hieß. »Es ist Alis.«

»Wo ist eigentlich Joan? Müsste sie nicht ...?«, begann Matthew, aber John schüttelte den Kopf.

»Sie liegt auch hier im Krankenhaus, sie scheint schwer krank zu sein. Genaueres weiß ich aber nicht.«

»Das wusste ich nicht.«

John schien einen Moment lang überrascht, dann schüttelte er den Kopf. »Dass Alis aber auch immer so verschlossen sein muss, genau wie ihre Mutter. Carol ist zu ihr gegangen und sagt ihr, was geschehen ist.«

Eine Weile starrten alle schweigend vor sich hin, und Evan stellte sich vor, wie Alis auf einem Behandlungstisch lag und wiederbelebt wurde. Er hörte das Piepen der Monitore, hörte die Ärzte »Clear« rufen und sah Alis' Körper unter dem Elektroschock zucken. Aber nein, er glaubte sich zu erinnern, dass ein Defibrillator nur bei einem warmen Körper wirksam war. Was taten sie dann? Und wieso dauerte es so lange?

»Will jemand Tee?« Nina sprang unvermittelt auf, ihre Stimme zitterte. »Ich hole uns Tee.« Sie stürmte hinaus, und Dave wirkte etwas hilflos, folgte ihr aber.

Evan schenkte den anderen keine weitere Beachtung, er presste die Hände zwischen seine Knie und starrte auf das graue Linoleum hinunter, auf dem seine tropfende Kleidung allmählich eine Pfütze bildete.

»Weißt du, wie sie von Bord gegangen ist?«, brach Matthew nach einer Weile das Schweigen. Evan fand es immer noch komisch, seine Stimme zu hören, mit ihm im selben Raum zu sitzen und auf dieselbe Frau zu warten. In den letzten Wochen hatte er sich manchmal gefragt, ob dieser Hubschraubertyp überhaupt existierte. Er hatte überlegt, ob Alis ihn nur erfunden hatte, zuerst, um vergeben zu wirken und ihn abzuweisen, danach, um ihn wegen ihrer angeblich langen Beziehung auf Abstand und die Sache locker zu halten. Aber Matthew war hier und sah mindestens genauso besorgt aus, wie Evan sich fühlte.

John lehnte sich auf seinem Stuhl zurück und seufzte schwer. »Ich habe auf dem Weg hierher mit Andrew telefoniert. Sie hatten das Boot gerade am Hafen angelegt ... Er sagt, Alis wollte gerade ins Steuerhaus runterkommen, sie hatte sich also ausgeklinkt, als eine Welle das Boot hat absacken lassen. Kurz darauf ist es fast gekentert. Ungesichert hatte sie keine Chance. Die Crew wusste nicht, wo sie von Bord gegangen war, von welcher Seite, ob schon vorher oder erst beim Kentern, sie war nicht mehr zu sehen ...«

»Großer Gott.« Matthew strich sich mit beiden Händen übers Gesicht, er wirkte todmüde, und Evan bemerkte erst, dass er den Mann anstarrte, als Matthew sich ihm zuwandte und ihn direkt ansah.

»Entschuldigen Sie, wir wollten Sie nicht stören. Sie warten auch auf jemanden, oder?«

Evan nickte und sah zwischen den beiden hin und her, er wusste nicht, was er sagen sollte. Sie hatten keine Ahnung, wer er war und wie er zu Alis stand. Eigentlich wusste Evan das ja auch nicht. Also schwieg er und starrte wieder auf den Boden.

»Alis wird froh sein, dass du hier bist«, wandte John sich an Matthew. »Also wenn sie dich jetzt nicht sofort heiratet, weiß ich auch nicht. ›Heldin vom Verlobten aus dem Wasser gefischt‹ wäre keine schlechte Pressemeldung, oder?«

Evans Kopf fuhr hoch, er sah zu den beiden Männern und in Matthews Gesicht, das völlig ausdruckslos blieb. Sein Körper schien sich etwas anzuspannen, aber er sagte nichts.

»Ja, klingt ziemlich gut.«

Was zur Hölle? Es war Matthew anzusehen, dass er vor Evan nicht über sein Privatleben sprechen wollte, er fühlte sich deutlich unwohl, aber nicht so sehr wie Evan gerade. Verlobt?!

»Vielleicht sollten wir uns jetzt darauf konzentrieren«, sagte John nachdenklich. »Auf das Positive, darauf, dass ihr beide heiratet. Und das werdet ihr. Sie wird wieder gesund.«

Matthew nickte nur und schaute zu Boden, so wie Evan vorhin. Dann stand er unvermittelt auf. »Ich gehe mal an die frische Luft, sag Bescheid, falls sich etwas tut.« Er nickte John und dann Evan zu und ging hinaus, gerade als Nina und Dave zurückkamen.

»Matthew, wo …?«, sagte Nina, aber der Hubschraubertyp verschwand schon mit eiligen Schritten. Sein Weggehen führte Evan vor Augen, dass er es hier auch nicht länger aushielt, er gehörte nicht hierher. Vielleicht würde er draußen etwas erfahren, er könnte einen Arzt abpassen oder durch den Spalt einer offenen Tür ins Behandlungszimmer sehen, auch wenn er keine Ahnung hatte, wo Alis war. Er musste einfach nur weg, und so eilte er in die grell beleuchtete Notaufnahme, wo immer noch dieselbe Schwester an der Empfangstheke saß.

»Du gehst doch nicht auch?« Nina tauchte neben ihm auf und sah ihn aus rot geränderten Augen an.

Evan zuckte mit den Schultern und blickte auf sie hinab. »Wer war dieser Typ? Der aus dem Hubschrauber.«

Ihre Augenbrauen zogen sich zusammen, als fragte sie sich, warum er so zornig klang, doch dann schnappte sie nach Luft und packte seinen Arm. »Nein, Evan, denke nichts Falsches, die beiden … das ist Vergangenheit!«

»Sie sind also nicht verlobt?«

»Was?« Nina sah ihn ehrlich überrascht an, was ihn beruhigen sollte, aber Evan glaubte nicht, je wieder ruhig werden zu können. Sein komplikationsloses, einfaches Leben war in Stücke zerfallen, seit er Alis Rivers über den Weg gelaufen war, und im Moment sehnte er sich nach der Einfachheit zurück.

»Nein, Evan, sie sind ganz bestimmt nicht verlobt. Wie kommst du darauf?«

»Dieser John wollte es in die Presseaussendung geben. Die Heldin, die von ihrem Verlobten gerettet wird.«

»So ein Unsinn, das hast du falsch verstanden.«

»Ich denke nicht, Nina. Der Zukünftige hat auch nichts gesagt, um es klarzustellen.«

Nun sah sie völlig verwirrt aus, sie drehte sich um, sah zögernd zum Warteraum. »Es stimmt, Matthew hat Alis einen Heiratsantrag gemacht, und ich kann mir vorstellen, dass er zuvor John von seinem Vorhaben erzählt hat. Danach wird er einfach mit niemandem mehr darüber gesprochen haben.«

»Weiß dieser Matthew denn wenigstens, dass sie nicht verlobt sind?« Evan wusste nicht, wieso er so wütend war, er schien ein einziges emotionales Wrack.

»Natürlich, die beiden haben sich getrennt, Evan. Alis hat ihrem Onkel wohl einfach nichts davon erzählt – sie ist nicht gerade offen, was ihr Privatleben betrifft. Außerdem sind so viele Dinge passiert, ihre Mutter … Wichtig ist nur, dass sie definitiv nicht mehr zusammen sind.«

Evan blickte zum Ausgang, wo der heldenhafte Hubschraubertyp verschwunden war, und Nina legte die Hand auf seinen Arm.

»Er hat bestimmt nichts gesagt, weil es nicht der richtige Zeitpunkt ist, um zu sagen: ›Hey übrigens, John, Alis und ich, wir haben uns getrennt.‹ Es steht schlimm um Alis, und er denkt sicher, dass das jetzt nicht wichtig ist, solange sie nur gesund wird. Es ist einfach nicht der richtige Moment.«

Das klang alles einleuchtend, doch Evan hielt es hier trotzdem nicht mehr aus. »Ich muss mir ein wenig die Beine vertreten.« Er wandte sich ab und ging mit großen Schritten davon. Was, wenn Alis und Matthew sich versöhnt hatten? Sie war am Dienstag ziemlich wütend gewesen, was, wenn sie telefoniert und beschlossen hatten, es noch einmal zu versuchen? Sie waren ja noch nicht lange getrennt gewesen, das hatte er gewusst, schließlich war der Hubschraubertyp bei ihrem Aufeinandertreffen vor der Station noch aktuell gewesen. Was, wenn Alis beim Heiratsantrag nur kalte Füße bekommen hatte, so wie sie in Pwllheli in Panik verfallen war? Was, wenn sie nur einen Blick ins Singleleben hatte werfen wollen, ein Abenteuer erleben, ehe sie sich auf ewig an Matthew band? Und selbst wenn sie sich nicht versöhnt hatten, würde die Wiedervereinigung nicht jetzt unweigerlich folgen? Evan sah es vor sich, wie Matthew in ihr Zimmer ging, ganz der starke Airforce-Typ, der ihr das Leben gerettet hatte, alte Gefühle flackerten auf, sie stellten fest, dass ihre Trennung ein Fehler gewesen war, dass das Schicksal sie einmal mehr zusammengeführt hatte.

Alis hatte ihm doch deutlich gesagt, dass es immer nur um Sex gegangen war, dass sie nichts Ernstes mit ihm wollte und dass das, was sie gehabt hatten, vorbei war. Was machte er hier überhaupt noch?

Weitere Leute strömten in die Notaufnahme, um sich nach Alis zu erkundigen, alles Männer und Frauen, die mit dem Lifeboat verbunden waren. Sie fielen sich in die Arme, bildeten eine Gemeinschaft, zu der er nicht gehörte. Es war ihre Familie, das hatte er immer gewusst. Die Farm, die Menschen dort, zu denen auch er gehörte, sie hatte sich schon lange davon getrennt, das hatte sogar Joan eingesehen.

Wenn man diesen Leuten im Warteraum in die Gesichter sah, gab es keinen Zweifel, wer Alis' wahre Familie war, sie hatte immer betont, dass sie für die Station lebte, dass sie ihr Zuhause war. Nie zuvor hatte Evan so deutlich gespürt, wohin sie gehörte. Und Matthew war Teil dieser Familie. Evan nicht. Er stand hier draußen und sah nur durch die Glasscheibe hinein. Er war das Abenteuer, der kurze Ausflug, und er war ein Idiot. Er war der größte Trottel seit Menschengedenken, dass er vor wenigen Stunden noch geglaubt hatte, er müsse einfach nur zu ihr gehen und sie würde ihm in die Arme fallen. Er steckte zu tief drin, er hatte gegen all seine Sicherheitsregeln verstoßen. Denn selbst wenn Matthew und sie wirklich getrennt waren und das auch blieben, erkannte er jetzt überdeutlich, dass er einen Fehler gemacht hatte, sich überhaupt auf sie einzulassen. Er hatte Ninas Nummer, er würde sie nachher anrufen und sich nach Alis erkundigen. Aber hier bleiben konnte er nicht, keinen Augenblick länger mehr.

✳

»Alis, wach auf.«

Sie kannte diese Stimme, sehr gut sogar, sie brachte lang vergessene Erinnerungen an ein kuschlig warmes Bett in ihrem Kinderzimmer, an den Geruch nach Kakao und eine Berührung an ihrer Wange, an Fingerknöchel, die ihr die Haare aus dem Gesicht strichen. Sie war nicht oft auf diese Weise aufgewacht, zärtlich umhüllt von Liebe und Fürsorge. Aber heute schwelgte sie darin, hörte dem Singsang der weiblichen Stimme zu, die sie sanft weckte.

»Nun komm schon, mein Liebling, genug geschlafen, du bist jung, was liegst du hier noch im Bett herum, mach die Augen auf, mein Schatz, die Sonne wartet auf dich.«

Alis wollte nicht, denn wenn sie die Augen öffnete, würde sie in die Realität zurückkehren. Sie wusste nicht, was genau sie im Wachzustand erwartete, wo sie sich befand, welche Menschen um sie herum waren, was sie heute vorgehabt oder gestern gemacht hatte. Sie war sich nicht einmal sicher, wer sie überhaupt war, welches Leben sie führte. Aber etwas in ihr ahnte, dass in der Realität nur Kälte und Einsamkeit auf sie warteten. Details, Gesichter, Stimmen und Umgebungen verschwammen, sie rannen zwischen ihren Fingern hindurch, ehe sie sie greifen konnte. Lieber schwebte sie weiter in dieser Schwerelosigkeit mit der lieblichen Stimme und der Wärme.

»Alis, Liebling, versuch es nur einmal. Sieh mich an, komm schon.«

Sie wand sich, wollte diesen Frieden beibehalten, aber andererseits war sie auch neugierig. Wenn die Stimme sie rief, konnte das Aufwachen nicht so schlimm sein, wie sie glaubte.

Sie öffnete die Augen und sah eine verschwommene Gestalt in viel zu grellem Licht. Sie beugte sich über sie, und als Alis blinzelte, erkannte sie eine Frau mit blonden Haaren, die in seidigen Wellen über die Schultern hinunterflossen, großen grünen Augen und einem Lächeln, das gelebte Jahre einfach so hinwegschmolz.

»Mum?« Sie versuchte sich umzusehen, aber das Licht war so hell, dass sie nichts erkennen konnte. »Wo bin ich, was ist …?«

»Sch, Alis, jetzt ist alles gut, du bist in Sicherheit.«

»Mum, was machst du hier?« Erinnerungen kehrten zurück, unklare Bilder und Bruchstücke von Gesprächen. »Du bist doch im Krankenhaus.«

»Ja, mein Liebling.« Sie ergriff ihre Hand, kniete neben ihrem Bett nieder, das babyblaue Kleid, das sie schon früher so gerne getragen hatte, raschelte dabei. »Du warst immer meine Prinzessin, das weißt du doch, oder? Du wirst es immer sein.«

»Mum, ich …« Sie versuchte sich aufzurichten, aber ihr Körper wollte ihr nicht gehorchen, sie war so schrecklich schwach.

»Du bist mein größtes Glück. Als du zur Welt gekommen bist, hat sich alles verändert. Du bist meine Sonne. Ich möchte, dass du das weißt. Es ist so wichtig, das zu wissen. Deshalb musst du es auch Reed sagen. Du musst ihm sagen, wie sehr ich ihn liebe.«

»Das kannst du selbst tun.« Sie wollte nach ihrer Mutter greifen, noch etwas sagen, ihr Mund öffnete sich, aber mit einem Mal wurde ihr schwarz vor Augen, die Ränder ihres Blickfelds zogen sich zusammen, da war nur noch das Gesicht ihrer Mutter, das sie lächelnd ansah und immer kleiner wurde. »Ich liebe dich, Alis.« Die Worte klangen durch den Raum, Alis konnte nichts mehr erkennen, sie blinzelte ... und dann öffnete sie die Augen.

Sie war irgendwo anders. Sie war wach, sie spürte es sofort. Nun wirklich. Ein stechender Schmerz fuhr ihr durch den Kopf, und ihre Schulter pochte und zog so sehr, dass ihr ein Keuchen entfuhr. Jemand war bei ihr, aber ihr tat alles so furchtbar weh, und ihr war so kalt, sie konnte sich nicht konzentrieren.

»Alis?«

Die Stimme eines Mannes, sie kam ihr bekannt vor, da war auch ein Piepen, es brannte sich wie glühende Nadeln durch ihren Kopf.

»Alis, bist du wach?«

»Matthew?«

»Gott sei Dank!«

Sie spürte eine Berührung auf ihrer Hand, Wärme hüllte sich um ihre Finger, und ihr fielen die Augen zu, sie war so schrecklich müde.

»Alis, sag nochmal was, sieh mich an.«

Erinnerungen strömten auf sie ein und jede einzelne brannte sich durch ihren Kopf, sie stöhnte auf vor Schmerz, als die Bilder vor ihrem inneren Auge vorbeisausten. Der Sturm, die Jacht, die Klippen, der Helikopter. Sie hatte nach oben gesehen, da waren Lichter über ihr gewesen, und dann war da aus dem Nichts Matthew zu ihr gekommen. Sie hatte gewusst, dass er es war, dabei hatte sie ihn mit dem Helm, dem Visier und dem Headset, das seinen Mund teils verdeckte, kaum sehen können.

Es war so tröstend gewesen, jemanden bei sich zu haben,

~ 335 ~

der ihr vertraut war, Matthews Stimme, die sie früher stets hatte beruhigen können, hatte auf sie eingeredet. Und jetzt war er wieder da.

Sie zwang sich, die Augen zu öffnen, der Schmerz war immer noch da, aber der Nebel lichtete sich etwas, sie konnte klarer sehen, Matthews haselnussbraune Augen, die von dunklen, langen Wimpern umrandet wurden, sahen sie mit Tränen darin an.

»Hey, mein Hubschraubertyp.« Sie brachte nicht mehr als ein Flüstern zustande, doch er hörte sie trotzdem, stieß einen Laut halb Schluchzen, halb Lachen aus.

»Hey, meine Bootslady.« Seine Hand hob sich an ihre Wange. »Bist von Bord gefallen, was? Und das, noch bevor deine Karriere als Bootsführer richtig begonnen hat. Echt peinlich.«

Ein Lachen bebte durch ihre Brust, und sie sog scharf den Atem ein, als ein bohrender Schmerz sie durchzuckte.

Matthew nickte verständnisvoll. »Du hast dir das Schlüsselbein gebrochen, sie wollen dich noch operieren, aber zuerst musste sich dein Zustand stabilisieren.«

»War ich denn nicht … stabil?«

Er schüttelte den Kopf, und Alis versuchte sich an irgendetwas von dem Moment, in dem sie Matthew im Wasser erkannt hatte, bis jetzt zu erinnern, aber da war nur Schwärze.

»Du bist hier.«

Ein sanftes Lächeln hob seine Mundwinkel. »Nicht nur ich, die anderen sind alle draußen und warten schon die halbe Nacht, dass du aufwachst. Dein Onkel, deine Tante, Nina, Dave, fast die ganze Station. Dein Onkel ist zu deiner Mutter, um ihr zu sagen, dass du über den Berg bist. Die anderen haben sich derweil alle darum gestritten, wer dich als Erstes sehen darf.«

»Wie … wie hast du …?«

»Sie alle geschlagen?« Er grinste, spitzbübisch und jugendlich, wie sie es gar nicht von ihm kannte. »Wir sind doch verlobt, Alis. Die Schwestern haben mich in meinem Outfit gesehen, unsere heldenhafte Geschichte gehört und mich sofort zu dir reingescheucht. Dein Onkel plant schon unsere Hochzeit.«

Alis kniff fest die Augen zu und stöhnte qualvoll auf. »Ich wollte ihm noch sagen …«

Er tätschelte ihre Hand. »Jaja, ich kenne dich. Nur nichts Privates preisgeben. Solange er es nicht wirklich in die Zeitung stellt, ist es ja jetzt auch nicht wichtig … Evelyn wäre von so einem Artikel nur wenig angetan.«

Alis hob ein Lid, sah ihn prüfend an. »Die Kindergärtnerin?«

»Genau die.«

Ein Lächeln breitete sich auf ihrem Gesicht aus und vertrieb einen Moment lang die Kälte und all die Schmerzen. Da war keine Bitterkeit, kein Verrat, nur Wärme. Sie drückte seine Finger, so gut es ging. »Ich freue mich für dich.«

Misstrauen lag in seinen Augen, aber auch unverkennbare Hoffnung. »Wirklich?«

Sie nickte schwach. »Du hast mir so viel gegeben, Matt, ich will, dass du glücklich wirst.«

»Das bin ich, Alis. Wirklich. Ich … ich bin dir so dankbar, dass du mich in die richtige Richtung geschubst hast. Du warst erwachsener als ich, du hast die richtige Entscheidung getroffen, die mutigere. Du warst schon immer die mutigste Person, die ich kenne, auch wenn du die Einzige bist, die das nicht sieht.«

Alis versuchte abzuwinken, auch wenn es enorme Kraft

brauchte, ihre Hand zu heben. »Du hast mein Leben gerettet, ich denke, wir sind quitt.«

»Jederzeit.« Er beugte sich über sie und gab ihr einen Kuss auf die Stirn. »Ich werde dich immer lieben, das weißt du, oder? Du wirst immer meine Freundin sein. Ich wünsche mir nichts mehr, als dass du dein Glück findest – abseits von einem Boot, meine ich.«

Ein Bild flackerte vor ihrem geistigen Auge auf, ein schelmisches Grinsen, Grübchen, windzerzauste hellbraune Haare, blaue Goldsprenkelaugen. Evan.

Sie sah sich im Raum um, auch wenn sie wusste, dass er nicht hier war. Hatte er erfahren, was geschehen war? Kümmerte es ihn? Wieso wollte sie Matthew mit ihm ersetzen? Sosehr seine Anwesenheit sie freute und berührte, sosehr wünschte sie sich jetzt Evan an ihre Seite. Sie erinnerte sich an ihren Streit von vor ein paar Tagen. An all ihre Überlegungen. Sie kamen ihr lächerlich vor, wenn sie bedachte, dass sie beinahe ertrunken und erfroren wäre. Hatten ihr Job und der Unfall ihres Dads sie nicht gelehrt, wie schnell es vorbei sein konnte? Wieso ließ sie sich von Angst leiten? Dachte sie nur auf diese Weise, weil sie noch ziemlich benebelt war, oder hatte diese Nahtoderfahrung ihr wirklich die Augen geöffnet? Würde morgen die Panik wiederkehren? Sie wusste es nicht, nur dass sie so vieles zu sagen hatte und er nicht hier war.

»Matthew, du hast gesagt … es sind alle draußen. War da auch ein …«

Die Tür schwang auf, Alis hob den Blick und sah ihren Onkel, der bleich wie ein Tuch dastand und sie ansah.

»Alis …« Er sah zu Matthew und wieder zurück zu ihr. »Du bist wach.«

Sie nickte, ließ ihren Blick auf ihm ruhen, die Kälte kehrte schlagartig zurück, ein Zittern überfiel ihren Körper. »Was ist los?«

Er sah sie ausdruckslos an, seine Finger schlossen sich so fest um die Klinke, dass seine Knöchel weiß wurden. Er schüttelte den Kopf, ein verzerrtes Lächeln verwandelte sein Gesicht in eine Grimasse. »Nichts! Nichts, Schätzchen, wir haben uns einfach alle Sorgen um dich gemacht. Es war eine harte Nacht. Du musst jetzt zu Kräften kommen, du ...«

Bilder eines Traums drängten sich aus ihrem Gedächtnis, und ihre Kehle wurde eng. »Mum ...«

Kapitel 15

Die Trauergäste schritten schweigend vom Friedhof, die Köpfe gesenkt und sich an den Händen haltend. Eine stille Fassungslosigkeit herrschte unter den Menschen, die auch von Rhys Besitz ergriff. Niemand hatte etwas geahnt, es war so plötzlich geschehen. Vorige Woche war sie noch in den Stall zu ihm gekommen, als er gerade ausgemistet hatte. Sie war so gut gelaunt gewesen, strahlend, hatte sich über Mirabelle, das neue Einstellpferd, gefreut und auf eine Touristengruppe, die Strandausritte unternehmen wollte. Sie war so voller Vorfreude und Pläne gewesen, wie war das möglich, wenn sie gewusst hatte, dass sie dem Tod so nahestand?

Wie an Fäden gezogen bewegte er sich in der Masse. Er spürte Siannas Hand in seiner, die ihm Trost spenden sollte, aber trotzdem konnte sie nichts gegen die Unwirklichkeit der letzten Tage ausrichten, die Hilflosigkeit, die sich in ihm ausgebreitet hatte. Er taumelte haltlos durch seine Existenz. Er hatte geglaubt, die glücklichste Zeit seines Lebens wäre für ihn angebrochen, doch dann entriss das Schicksal oder was auch immer, ihm die Frau, die ihm wie eine Mutter gewesen war. Seine echten Eltern, also eigentlich seine Adoptiveltern, warteten bei den Parkplätzen auf ihn. Sie waren zur Beerdigung gekommen, nicht nur weil sie Joan gut gekannt hatten, sondern auch weil sie wussten, wie viel sie ihm bedeutet hatte. Eigentlich hatte er den beiden diese Woche Sianna vorstellen

~ 340 ~

und seine Heiratspläne mit ihnen teilen wollen, aber es war alles anderes gekommen.

Sein Blick fiel zurück zum Grab, das noch keinen Stein hatte, da es sich erst senken musste. Alis war allein dort zurückgeblieben, und Mitleid kam in ihm auf – ein Gefühl, das ihm in Bezug auf Alis völlig fremd war. Er verspürte eine sonderbare Verbundenheit, wenn er sie so dastehen sah, dünn und blass, in ihrem schwarzen knielangen Rock und der schwarzen Jacke, ihr Arm in der Schlinge. Alle hatten von ihrer Heldentat gesprochen, sie sollte sogar eine Medaille für ihren Einsatz bei der Rettung der dänischen Familie bekommen. Und Rhys hatte angefangen zu verstehen, was sie machte, warum ihr der Job so wichtig war. Vielleicht war es auch Siannas Einfluss, der ihm ein wenig die Bitterkeit genommen hatte, der ihn dazu gedrängt hatte, Verständnis aufzubringen. »Es ist nicht immer alles so, wie es scheint«, hatte sie gesagt. »Urteile nicht zu früh, und urteile vor allem nicht mit den Augen des Teenagers, der du einmal warst.«

Alis hatte genauso wenig gewusst, wie schlimm es um Joan stand. Im ersten Moment war er zornig gewesen, da er geglaubt hatte, sie hätte es ihm verschwiegen, aber er hatte ihr nur in die geschockten Augen sehen müssen, als er ins Krankenhaus gefahren war, um zu erkennen, dass der Verlust sie genauso unvorbereitet traf. Schon da hatte er sich ihr zum ersten Mal nahe gefühlt.

Er drückte Siannas Hand noch einmal fest, sein Glück, seine Zukunft, alles, was er je gewollt hatte, und trotzdem ließ er sie jetzt los. Es zog ihn zurück zu Alis, in seine Vergangenheit, zu dem Menschen, der wusste, wie es gewesen war, auf der Farm aufzuwachsen, der nachvollziehen konnte, wie es sein würde ohne Joan. Er weigerte sich, länger hilflos und zornig zu sein, er konnte etwas unternehmen, er konnte Alis helfen, die Dinge zu regeln, sie brauchte jetzt seine Unterstützung.

»Ich komme nach, ja?« Er legte seine Hand auf Siannas Hinterkopf und küsste sie auf die Stirn. Dann drehte er sich um und ging zwischen den Leuten zurück zum Grab.

Alis sah nicht auf, sie starrte auf den Erdhaufen hinunter, hörte aber zweifellos seine Schritte über den Kiesweg.

»Dein Onkel hat gesagt, dass du dich selbst aus dem Krankenhaus entlassen hast.« Er trat an ihre Seite, die Hände in den Hosentaschen und nach den richtigen Worten suchend.

»Es ist ihre Beerdigung.«

Er nickte, sah ihr ins schmale Gesicht, in dem die türkisgrünen Augen riesig wirkten und unter zurückgehaltenen Tränen glänzten.

»Geht's dir gut?«

Sie antwortete ihm nicht, was er ihr nicht verdenken konnte, es war eine dämliche Frage. Wie sollte es ihr gehen? Sie war fast gestorben, ihre Mutter war aus dem Leben gerissen worden. Sie hatte in einem einsamen Krankenhauszimmer festgesessen, während die Beerdigung organisiert worden war und sie nicht in der Lage gewesen war, irgendetwas zu unternehmen. Alis' Onkel und Tante hatten das alles erledigt, aber er wusste, wie hart die letzten Tage für Alis gewesen sein mussten. Joan war nicht seine Mutter gewesen, und er hatte in den letzten Tagen wie auf Autopilot funktioniert. Als er davon erfahren hatte, war er schnell und weit ausgeritten, er hatte sich in Arbeit gestürzt, und vor allem war Sianna an seiner Seite gewesen. Er hatte alles gehabt, um mit dem Verlust klarzukommen, und trotzdem war es schwer. Und Alis war allein gewesen, nur die ewig gleichen Krankenzimmerwände, Schmerzen und ihre düsteren Gedanken.

Er dachte an das Mädchen von einst, an seine Eifersucht, an seinen Groll. Fast hätte er sie in den Arm genommen, die Person, die ihm eigentlich wie eine Schwester hätte sein sollen – eine nervige, ihn zum Wahnsinn treibende Schwester, und zum ersten Mal fühlte er diese Art von Nähe zu ihr. All die gemeinsamen Jahre, die Erinnerungen hatten plötzlich eine ganz andere Bedeutung.

»Hast du etwas von Evan gehört?« Sie sah ihn nicht an, und erst jetzt, da sie von Davies sprach, erinnerte er sich, dass zwischen den beiden irgendetwas gewesen war. »Ich hätte gedacht, er kommt. Ich meine, er kannte Mum und ...«

»Sianna hat gesagt, er ist ins Ausland geflogen, schon vor einer Woche. Urlaub oder so. Ich glaube, er weiß gar nichts hiervon.«

Ihre Hände ballten sich zu Fäusten, und Rhys hielt sich davon ab, sie zu ergreifen. Verdammt, was war los mit ihm? Er hatte sie stets verabscheut, wo war dieses Gefühl hin? Und wenn es durch gemeinsame Trauer so schnell vergessen war, was war dann überhaupt an dem Gefühl dran gewesen? Er ärgerte sich sogar für Alis über Evan. Da kam seine Freundin fast ums Leben, ihre Mutter starb, und er vergnügte sich irgendwo im Ausland, verschwand einfach, während Alis ihn am meisten brauchte. Er würde Sianna noch einmal fragen, was mit ihrem Bruder los war und was er verdammt nochmal trieb.

»Du und Evans Schwester ...« Sie sah zu ihm auf, ihr Blick müde und leer. »Ihr seid zusammen?«

»Verlobt.«

Sie nickte, kein frecher Spruch, kein verächtliches Schnauben, kein geheucheltes Mitleid für seine Zukünftige. Sie tat, als hätte er ihr gerade gesagt, dass der Himmel blau war.

~ 343 ~

»Glückwunsch.« Sie wandte sich wieder ab, und Rhys lehnte sich ein wenig nach vorne, versuchte ihr ins Gesicht zu sehen.

»Ich werde Sianna bitten, Evan zu kontaktieren, sie weiß bestimmt, wo er steckt.«

»Nein, bitte nicht. So nahe stand er Mum nun auch wieder nicht.«

»Aber dir.«

Ihr Körper spannte sich an, ihre Lippen pressten sich zu einer schmalen weißen Linie. »Wer weiß. Er ist schließlich nicht hier, Rhys.« Sie atmete tief ein, hob den Kopf und sah ihn an. »Das ist alles nicht wichtig, ich habe genug andere Dinge, um die ich mich jetzt kümmern muss. Ich habe versucht, Reed anzurufen, aber es ist nicht so einfach, einen Sportstar in Neuseeland zu erreichen. Und in der Station geht es drunter und drüber, Lloyd ist außer Gefecht, ich bin zu nichts zu gebrauchen ...« Sie hob ihren Arm in der Schlinge. »Es ist Hochsaison, und ich kann nicht rausfahren, nicht helfen.«

»Es gibt doch bestimmt andere, die das übernehmen, oder? Einen zweiten Bootsführer?« Er verstand sehr genau, dass es mehr darum ging, sich zu beschäftigen, sich abzulenken, so zu tun, als wäre das Leben noch wie zuvor. Also ging er darauf ein.

»Ja, schon. Na ja, nächste Woche fange ich wieder an, ganztags in der Station zu arbeiten. Nur wenn es wirklich darum geht, einen Einsatz zu leiten, übernimmt Chris für mich, bis ich wieder ... ganz bin.«

»Na, siehst du, alles geregelt.«

»Ja, aber da sind noch so viele andere Dinge ...«

Rhys legte ihr die Hand auf die Schulter und blickte mit ihr zusammen auf das Grab. »Du musst das nicht alleine machen, Alis, ich helfe dir. Ich habe mich lange genug um die Farm gekümmert, ich kann dir alles zeigen, Joans Unterlagen mit dir durchgehen. Wir kriegen das schon hin, zusammen, du musst noch nicht einmal allzu oft hier sein, die Farm läuft gut, du könntest vielleicht noch jemanden einstellen, und wenn es nur ein paar Stunden sind, du ...«

Alis trat einen Schritt von ihm zurück, sodass seine Hand von ihr glitt. »Rhys, ich weiß nicht, ob ich das kann.«

Seine Augen verengten sich. »Aber die Farm. Sie gehört jetzt dir.«

»Nein.«

Eine schreckliche Ahnung kam in ihm hoch. »Sag nicht, dass du ...«

»Rhys, ich wollte die Farm nie selbst führen, ich verbinde sie mit so viel Trauer, jetzt noch mehr. Mein Leben ist in Tenby.«

»Das kannst du nicht ernst meinen.« Das Mitleid wich Zorn, wich den Gefühlen, die ihn sein Leben lang begleitet hatten und besser zu seiner Beziehung zu Alis passten. Er hätte es wissen müssen, er hätte sich nicht von ihrer trauernden Erscheinung täuschen lassen dürfen, nichts hatte sich geändert. »Alles, was Seth und Joan je wollten, war, dass du ...«

»Ja, aber die beiden sind tot, und warum ist eigentlich immer allen egal, was ich will.«

Er zuckte zusammen, seine Hände ballten sich zu Fäusten, und wo er sie vorhin noch in die Arme hatte nehmen wollen, kam jetzt der erschreckende Wunsch in ihm auf, sie unsanft zu schütteln. Schnell trat er einen Schritt zurück. »Ich verstehe, dass die Farm dich an vieles erinnert, an Seths Tod und dass du dir die Schuld gibst, aber ...«

Alis flog auf ihn zu, packte ihn mit der heilen Hand am Hemd und schob ihn zurück, bis er mit dem Rücken gegen einen hochaufragenden Grabstein stieß. »Ich glaube, du meinst eher, dass *du* mir die Schuld gibst!« Sie funkelte ihn an, Tränen flossen ihre Wangen hinab, aber ihrer Stimme war nichts davon anzuhören. »Dad war nicht der, für den du ihn hältst, Rhys. Wieso nur hast du das nie gesehen? Er hat Reed das Leben zur Hölle gemacht und dadurch auch mir. Dads Tod war ein tragischer Unfall, er …«

»Er ist gesprungen, um dein Leben zu retten!«

»Mein Leben war aber nie in Gefahr! Ich bin dort schon dutzende Male hinuntergesprungen! War das blöd? Ja! Aber wie hätte ich wissen sollen, dass Dad mir nachreitet und sich sturzbetrunken hinunterstürzt?«

Rhys stand ganz ruhig da, Hitze- und Kältewellen rauschten durch seinen Körper, er hatte das Gefühl, die Kontrolle zu verlieren, aber damit war er nicht der Einzige, Alis war noch nicht fertig.

»Du stellst mich immer als so grausam und herzlos dar, aber in Wahrheit bist *du* das! Nicht einmal Mum warf mir Dads Tod vor! Du sagst, ich soll die Farm nicht aufgeben, dabei hast du mich doch seit jeher mit deinem Hass von dort vertrieben!« Sie drehte sich um, machte zwei Schritte von ihm weg, aber Rhys packte sie an der unverletzten Schulter und riss sie zu ihm herum.

»Benutze mich nicht als Ausrede, du bist doch gerne gegangen und hast Joan damit das Leben zur Hölle gemacht!«

Sie stieß ihn von sich. »Zur Hölle, ja? Dort war ich meine ganze Kindheit lang, nur du warst zu verblendet, um das zu sehen. Wie ein Welpe bist du Dad hinterhergelaufen und hast seine Schuhe vollgesabbert, während wir gelitten haben. Du hast nie auch nur versucht, uns zu verstehen, dahinterzukommen, warum wir uns so verhielten. Frag deine Schwester, frag Lynne, warum sie nie zur Farm zurückgekommen ist.«

Er biss die Zähne zusammen, sein Kiefer schmerzte schon. »Vermutlich weil sie gefürchtet hat, dass Reed hier sein könnte. Er hat sie gekidnappt, wollte mit ihr auf und davon, er hat ihr das Herz gebrochen, und nur meinen Eltern ist zu verdanken, dass sie heute frei von ihm ist.«

Alis sah ihn voller Verachtung an. »Du kannst einem leidtun, Rhys.« Mit diesen Worten drehte sie sich um und ging davon, aber nicht zu den Parkplätzen, sondern in die andere Richtung, fort von ihrer Verantwortung.

Kapitel 16

Das schmiedeeiserne Tor zur Farm war mit Papierschlangen, Herzluftballons und Blumen geschmückt. Die Weißdornbäume bildeten ein Spalier Richtung Haus, und von jedem Stamm sah ihr ein Bild von Rhys und Sianna entgegen. Beide strahlten mit der Sonne um die Wette, und Alis erkannte Rhys darauf fast nicht wieder. Sie hatte gar nicht gewusst, dass der verkniffene Mund überhaupt lächeln konnte.

Ihr Blick fiel auf das Paket mit der riesigen Schleife, das auf dem Beifahrersitz lag. Sie wusste nicht, was sie sich dabei gedacht hatte, die Einladung zur Verlobungsfeier überhaupt anzunehmen. Vermutlich hatte Rhys sie ihr nur geschickt, da der Veranstaltungsort streng genommen ihr gehörte, und vielleicht hatte auch Sianna ihn überredet. Alis hatte seit der Beerdigung vor zwei Wochen nur noch das Nötigste mit Rhys besprochen, meist am Telefon. Dabei war er so einsilbig gewesen, dass sie es sich nicht hatte nehmen können zu sagen, dass bald interessierte Käufer das Land besichtigen würden. Natürlich war er ausgeflippt, was ihr eine kindische Genugtuung bereitet hatte. Aber nachdem ihre Mutter gestorben war, sie Evan vertrieben hatte, fast draufgegangen wäre und immer noch über einem Haufen Papierkram für die Farm saß und ihren Bruder nicht erreichen konnte, hatte sie sich wohl ein wenig Unreife verdient. In Wirklichkeit hatte sie sich noch gar nicht nach Käufern umgesehen, sie wusste einfach nicht, was sie mit ihrem Erbe anstellen sollte, wie sie dazu stand. Sie konnte auch nicht darüber nachdenken, während sie immerzu von Erinnerungen heimgesucht wurde. Sie sah ihre Mutter im lichtdurchfluteten Schlafzimmer, wie sie ihr bei der Outfitsuche für ihr Date half, oder im Stall, dank Buttercup voll mit Blut besprüht. Sie sah sie in der Küche, kurz vor ihrem Zusammenbruch, und sie dachte auch immer wieder an ihren merkwürdigen Traum. War es ein Traum gewesen? Wie sollte man so einen Moment erklären? Sich selbst oder anderen gegenüber? Alis konnte nichts erklären, sie konnte ja noch nicht einmal begreifen, dass ihre Mutter wirklich weg war, dass sie jetzt allein auf der Welt war. Und allein war sie, auch Reed meldete sich nicht. Wie sollte sie über die Zukunft der Farm entscheiden, wenn ihr Bruder nicht da war, um die Verantwortung mit ihr zu tragen, es war auch sein Erbe.

Ihr ganzes Leben hatte sie versucht, von ihren Eltern und der Farm wegzukommen, und nun, da sie sowohl ihrer Mutter als auch ihrem Zuhause wieder nähergekommen war, hatte das Schicksal ihr alles entrissen. Vielleicht war das ihre Strafe, sie machte einfach alles kaputt. Die Frage war nur, ob sie noch etwas retten konnte, ob sie sich einen Hoffnungsschimmer erlauben durfte oder ob es auch dafür zu spät war.

Die Parkplätze vor dem Haupthaus waren voll, und sogar entlang der Straße zu den Ställen hatten sich Autos halb in die Wiese gestellt. Alis hielt nach einem bestimmten Geländewagen mit der Aufschrift »Tierarzt« Ausschau, aber sie konnte ihn nirgends entdecken. Dieser Wagen oder besser gesagt dessen Besitzer war einer der Hauptgründe, weshalb es sie doch zu dieser Party gezogen hatte. Sie hoffte, Evan zu treffen, mit ihm zu reden, herauszufinden, ob sie endgültig alles vermasselt hatte. Denn in der einsamen Zeit im Krankenhaus, wo sie ihn schmerzlich vermisst hatte, war ihr nur allzu klar geworden, wie dumm sie sich verhalten hatte. Da traf sie ihren Traummann, erlebte die Feuerwerke, Fanfaren und Trompeten, um die sie Nina und Dave stets insgeheim beneidet hatte, und dann machte sie einen Rückzieher. Sie konnte nicht einmal mehr genau sagen, wieso eigentlich. Seit ihrer Nahtoderfahrung und dem Tod ihrer Mutter erschien es ihr so unverständlich, dass sie der Liebe hatte aus dem Weg gehen wollen, dieser echten Verbundenheit, die sie in der kurzen Zeit mit Evan erlebt hatte. Auf einmal war ihr so klar, dass die meisten anderen Dinge im Leben schrecklich unwichtig waren. Es war beängstigend – die gewaltigen Empfindungen, die sie an manchen Tagen von den Beinen zu reißen drohten, gaben ihr immer noch ein mulmiges Gefühl, aber sie hatte genug davon, sich mit lauwarmen Emotionen zufriedenzugeben. Sie hatte diesen verdammten Sturm überlebt, sie würde auch mit Evan Davies umgehen können. Denn er war das Abenteuer, die Freiheit, nach der sie sich sehnte.

Trotzdem hatte sie auch ihren Stolz. Wie die Mutter, so die Tochter, fiel ihr wehmütig lächelnd auf. Er hatte sich nicht einmal nach ihr erkundigt, er hatte auch Fehler gemacht, und sie würde nicht betteln. Und welche bessere Möglichkeit gäbe es, um nicht allzu verzweifelt zu wirken, als sich zufällig auf einer Feier über den Weg zu laufen? Sianna war seine Schwester, er musste hier sein.

Alis lenkte den Wagen auf den Schotterplatz neben der Reithalle und sah zu dem weitläufigen Hof vor den Ställen hinüber. Bierbänke waren dort aufgestellt, Büfetts im Schatten unter weißen Zelten, unzählige Menschen tummelten sich inmitten einer weiteren Schar roter und weißer Herzluftballons.

Alis kannte kaum jemanden, die meisten waren wohl Besit-

zer von Pferden und Reitschüler. Vielleicht waren auch Rhys'
Eltern hier und Siannas Familie, wobei sie bezweifelte, dass
Nain den Weg auf sich genommen hatte. *Nain* … Alis atmete tief durch, sie konnte es nicht glauben, aber sie vermisste
sogar die alte Großmutter! Dabei kannte sie die Frau kaum.
Und sie vermisste Evan. Sie vermisste sein Grübchenlächeln,
seine blitzenden Augen, seine Stimme, den Singsang seines
Akzents, seine Hände … Sie vermisste es, ihn zu küssen, ihn
zu berühren, sich ganz mit ihm zu verlieren. Sie vermisste die
glückliche Zeit auf der Farm, in der für wenige Momente die
Vergangenheit in den Hintergrund getreten war, in denen sie
neue Erinnerungen geschaffen hatte.

Sie entdeckte Sianna kniend neben dem Stalltor, wo sie ei-
nen Border Collie kraulte. Sie sah hübsch aus, Alis hatte sie
bei der Beerdigung nur flüchtig gesehen, jetzt aber hatte sie
Zeit, nach Gemeinsamkeiten mit Evan zu suchen. Die Wangenknochen vielleicht, sie waren auch bei ihr ausgeprägt. Ihr
Haar war anders, ging vom Braun eher ins Rötliche als ins
Blonde wie bei Evan, und ihre Augen konnte Alis über die
Entfernung nicht sehen. Sie trug einen glitzernden Haarreifen, der ihr kinnlanges Haar zurückhielt, knielange, sehr enge
Jeans und ein weißes Top mit Rüschen. Sie sah so … normal
aus, und Alis fragte sich, wie sie nur bei einem Typen wie Rhys
hatte enden können.

Und da trat auch schon der Zukünftige ins Bild. Er ging neben Sianna auf ein Knie nieder, streichelte ebenfalls den Hund,
lehnte sich hinüber und küsste sie liebevoll auf die Wange. Es
war merkwürdig, dieses Bild war so idyllisch, dass es in einen
schnulzigen Film gehört hätte, aber nicht in die Realität. Wer
war dieser Rhys, der seine Verlobte nun so stürmisch küsste,
dass sie kreischend umfiel? Ein paar Gäste gaben zotige Sprü-

che von sich, die alle zum Lachen brachten. Die beiden richteten sich auf, und Rhys verneigte sich spöttisch, woraufhin Sianna ihm den Ellbogen in die Rippen rammte. Rhys beantwortete dies, indem er sie kurzerhand im Brautstil hochhob und drohend über dem Tisch mit den Torten schweben ließ.

Alle riefen durcheinander, Alis konnte vom Auto aus nicht wirklich verstehen was, nur dass manche Rhys anscheinend ermutigten, andere die Torten aber lieber heil sehen wollten. Sianna lachte und drohte, und schließlich ließ Rhys sie runter, stellte sie auf die Füße und küsste sie zum Applaus aller erneut.

Wer waren diese Leute, und wie war es möglich, dass hier alle so glücklich waren? Es kam ihr vor, als wäre die ganze Welt verrückt geworden und sie der einzig normale Mensch, der übrig blieb. Oder vielleicht waren auch alle anderen normal und sie mit ihrer düsteren, trauernden Seele absonderlich?

Ein Klopfen gegen die Scheibe an ihrer Fahrerseite riss sie aus ihren Gedanken. Sie fuhr herum, und ihr Mund öffnete sich, sie brachte aber kein Wort heraus. Sie musste blinzeln, aber das Bild änderte sich nicht, *Nain* sah zu ihr herein.

Alis ließ die Fensterscheibe hinunter und lächelte ehrlich erfreut. »Guten Tag … *Nain*.«

Die alte Dame, die ein konservatives Kleid und wie beim letzten Mal ein buntes Kopftuch trug, sagte irgendetwas auf Walisisch. Alis verstand schon wie bei ihrem letzten Treffen kein Wort.

»Schön zu sehen, dass Sie es hierhergeschafft haben.« Sie wies nach draußen zu den vielen Leuten. »Tolle Party.«

Nain sah sie prüfend an, dann stellte sie eine Frage, und diesmal ahnte Alis, was sie meinte, aber sie stellte sich dumm.

Schließlich konnte sie nicht erklären, was sie hier im Auto machte und warum sie sich nicht ins Getümmel warf.

»Na ja, ich lasse dann mal das Geschenk hier und mache mich wieder auf den Weg.« Sie griff nach dem Paket und reichte es *Nain* aus dem Fenster. »Würden Sie es bitte Sianna und Rhys geben? Ist nur ein Fotoalbum, mir ist nichts anderes eingefallen.«

Nains Augen verengten sich, die Falten vertieften sich noch. Sie trat einen Schritt zurück, nahm das Geschenk nicht entgegen und winkte ihr. »Komm.«

Okay, das war deutliches Englisch gewesen. Jetzt konnte sie nicht mehr so tun, als würde sie nichts verstehen, zumal *Nain* es deutlicher wiederholte: »Komm.«

»Ähm … eigentlich habe ich noch etwas vor, ich wollte das Geschenk nur schnell vorbeibringen. Glaub mir, mich will hier niemand haben.« Auch Evan nicht, selbst wenn er hier gewesen wäre. Was hatte sie sich nur dabei gedacht?

Nain sah sie ungeduldig an. »Komm.« Sie öffnete die Autotür und ergriff ihren Arm. »Komm.«

Sie hatte keine Chance, *Nain* zog sie förmlich mit Gewalt aus dem Wagen, sie war erstaunlich stark für ihr Alter. Alis überlegte kurz, sich am Lenkrad festzuklammern, kam sich dann aber doch albern vor. Sie fiel halb aus dem Wagen, das Geschenk glitt ihr fast aus den Händen, aber *Nain* ließ sie nicht los und zog sie durch die Menge, direkt zu Rhys und Sianna.

»*Nain*, ich kann selbst gehen.«

»Nein.«

Na super, jetzt holte sie ihr gesamtes Englisch hervor.

Direkt vor dem glücklichen Paar blieb sie stehen und verpasste Alis einen kräftigen Stoß in den Rücken, der sie beinahe nach vorne taumeln ließ. Rhys lächelte zaghaft bei ihrem Anblick, was der Merkwürdigkeit noch einen draufsetzte. Wieso verschwand seine gute Laune nicht sofort, wieso verwandelte er sich nicht augenblicklich in Mr Griesgram wie immer, wenn er sie sah?

»Alis! Du bist gekommen, wie schön!« Sianna warf ihre Arme um Alis' Hals und drückte sie fest, während der Border Collie von vorhin wild bellend um sie herumsprang.

»Ähm … ja … danke für die Einladung.«

»Schön, dass du hier bist.«

Hatte das wirklich gerade Rhys gesagt? Sie schob sich ein wenig von Sianna weg und sah misstrauisch zu ihm auf. Er erwiderte ihren Blick offen und ohne die übliche Missachtung. Was auch immer Sianna mit ihm machte oder ihm verabreichte, es war ihr unheimlich.

»Ist das für uns?« Sianna riss ihr das Geschenk aus den Händen und zog an der Schleife.

»Ja, aber du musst es nicht jetzt öffnen. Es ist nur eine Kleinigkeit, nichts Besonderes, und ich wusste nicht, ob …«

»Oh, das ist fantastisch!« Sianna befreite das übergroße Fotoalbum mit den kitschigen Rosen aus dem Papier und hielt es in die Luft, damit alle es sehen konnten. »Vielen Dank, Alis, das ist einfach perfekt!«

»Gern geschehen.« Peinlich berührt blickte sie zu Boden.

Nain sagte irgendetwas auf Walisisch an ihrer Seite, und Alis vernahm deutlich das Wort »Evander«. Ihr Kopf ruckte hoch, aber die beiden Frauen tratschten aufgeregt in dieser mystischen Sprache weiter und schienen sie vergessen zu haben. Sianna sah auf ihre Uhr und zuckte mit den Schultern. Was?, wollte Alis am liebsten rufen, was ist mit Evan, wo ist er?

Stattdessen sah sie mit hoffentlich neutraler Miene zu Rhys auf. »Ist Lynne auch hier?«

»Nein.« Rhys strich sich über das glatt rasierte Kinn und schien sich gar nicht daran zu stören, an ihr hängen geblieben zu sein. »Sie konnte nicht kommen. Die Arbeit ...«

»Ach so. Schade.«

»Ja.« Er ließ seinen Blick weiterhin auf ihr ruhen, stoisch und fast schon nachdenklich, und Alis fing an, ihre Hände nervös aneinanderzureiben. Der Gedanke an ihr letztes Zusammentreffen, an ihren Ausbruch auf dem Friedhof war ihr peinlich, besonders wenn sie ihn hier so absonderlich glücklich sah. Die Farm war sein Zuhause, war es immer schon gewesen, und ihre ablehnende Haltung hatte ihm vermutlich auch Angst gemacht. Er fürchtete, alles zu verlieren, das verstand sie jetzt, da sie selbst allein dastand. Aber Alis hatte nicht vor, ihm irgendetwas wegzunehmen. Ihre Mutter hätte gewollt, dass Rhys sich hier immer zu Hause fühlte. Vermutlich wurde es wirklich Zeit, erwachsen zu werden und ihre kindische Fehde zu begraben.

»Ein wirklich schönes Fest.«

»Ja.«

»Und wann soll die Hochzeit stattfinden?«

»Vermutlich im Frühling, wir hatten noch keine Gelegenheit, genauer darüber zu reden. Es ging alles so schnell und dann Joan ...«

Alis senkte den Blick. Ja, Joan. Ihre Mutter, die nicht mehr am Leben war. Es war immer noch sonderbar, sich daran erinnern zu müssen, sie war jetzt elternlos.

Anfangs hatte sie sich gewundert, dass Rhys so kurz nach dem Tod ihrer Mutter eine Party schmiss, aber da sie sich meistens über das wunderte, was Rhys tat oder nicht tat, hatte sie auch nicht genauer darüber nachgedacht. Jetzt dachte sie, dass es wohl nicht so falsch war, das Leben zu feiern und Glück anstatt Trauer zu verbreiten.

»Alis, ich habe mit Lynne gesprochen.«

Sie sah wieder zu Rhys auf, wollte etwas erwidern, doch da ergriff er plötzlich ihren Arm und zog sie etwas zur Seite, zu den Ställen hin. Alis hätte nicht verwirrter sein können, was war nur los mit ihm?

»Es tut mir leid.«

Okay, sie konnte viel, viel verwirrter sein. »Wie bitte?«

»Lynne … sie hat mir alles erzählt – sie hat mir von damals erzählt … von Seth und Reed … und dir.«

»Mir hat er nichts getan.«

»So wie es klingt, war es deshalb noch schlimmer für dich.«

Sie sah ihm in die Augen, sah das Bedauern und hielt es nicht aus. Sie wandte sich ab, kehrte ihm den Rücken zu und betrachtete die Feiernden. Sianna war schon wieder umrundet von Freunden, die sie abwechselnd umarmten.

»Du hättest mir viel eher davon erzählen müssen.«

Gott, es war unwirklich, Rhys so zu hören, nach achtundzwanzig Jahren der Uneinigkeit – und Alis hatte keinen Zweifel daran, dass sie sich schon als Säuglinge verabscheut hatten – verwandelte er sich plötzlich in eine ganz andere Person. Oder war er immer schon so gewesen? Kannte sie sein wahres Wesen nur nicht, weil sie es nie zugelassen hatte?

»Du hättest mir nicht geglaubt.«

»Vielleicht nicht. Vielleicht aber doch.« Seine Hand legte sich auf ihre Schulter, eine echte Berührung von Rhys, und sie wäre fast zusammengezuckt. »Wir sind zusammen aufgewachsen, Alis, du hättest zu mir kommen können. Ich hätte zumindest einiges besser verstanden, wäre nicht so ungerecht gewesen. Aber ihr drei habt mich total im Dunkeln gelassen.«

Sie starrte auf die Spinnweben, die sich auf den Holzpfosten breitgemacht hatten. »Es war nicht wirklich etwas, was man beschreiben konnte. Es hätte so geklungen wie die Beschwerden aller Kinder, die sich mit ihren Eltern nicht verstehen. Es war die Art giftiges Umfeld, die man erleben musste.«

»Es tut mir leid.« Seine Stimme in ihrem Rücken klang rau, sie hörte ihn einatmen. »Ich konnte nie verstehen, warum du die Liebe deiner Eltern nicht wertgeschätzt hast. Ich konnte nicht verstehen, warum du einfach so gegangen bist. Aber das entschuldigt nicht meine Vorwürfe. Du hattest recht. Dass ich dir die Schuld an Seths Tod gegeben habe, war schlichtweg grausam und ungerecht. Und es tut mir leid.« Die Worte standen in der Luft, und Alis konnte nicht glauben, dass sie sie hörte. Nicht von Rhys. Sie drehte sich zu ihm um, sah in sein vertrautes Gesicht, das bislang immer nur Wut in ihr geweckt hatte. »Ich will dir nicht zu nahe treten, aber wir beide konnten uns schon als Kinder nicht leiden, Rhys. Keine Ahnung, warum.«

»Vielleicht lernen wir es ja als Erwachsene?« Rhys sah ihr kurz in die Augen. »Vielleicht können wir uns mal zusammensetzen und über die ganze Sache reden? Mit ein paar Bier? Gerne auch mit Schiedsrichter, wenn du dich dann wohler fühlst.«

Ein zaghaftes Lächeln hob ihre Mundwinkel. »Ich glaube, das schaffe ich auch ohne.« Sie sah in die Richtung des Haupthauses, auch wenn sie es wegen der Zelte und der Bäume von hier nicht sehen konnte. »Ja, ich denke, wir haben so einiges zu bereden. Nicht nur über die Vergangenheit, auch die Zukunft.«

Rhys verstand, worauf sie hinauswollte, auf die Zukunft der Farm, und er nickte. Nur die Sehnen, die sich deutlich an seinem Hals abzeichneten, verrieten, wie sehr ihn das Thema traf. »Was auch immer du entscheidest … ich werde dir helfen.«

Sie sah ihn misstrauisch an. »Egal was?«

»Egal was. Ich kann nachvollziehen, warum du nicht hierbleiben willst, auch wenn ich es schade finde. Aber es ist dein Leben, deine Farm, ich bin nur der Stallmeister. Wir werden schon eine Lösung finden.«

Alis boxte ihm gegen den Arm und wunderte sich im selben Moment, wie natürlich sich das anfühlte. »Komm, lass uns zurück zur Feier gehen. Deine Zukünftige wird dich schon vermissen. Gott steh ihr übrigens bei.«

✴

Es waren erstaunlich viele Leute auf dem Küstenpfad unterwegs, hauptsächlich Touristen, die diese zweite Augustwoche nutzten, um die Schönheiten von Südwales zu entdecken. Für gewöhnlich hatte Alis nichts gegen die Menschen mit ihren »Ahs« und »Ohs«, die alles fotografierten. Doch gerade jetzt wollte sie allein sein, eine kurze Verschnaufpause von der Feier genießen. Sie musste über so vieles nachdenken, Rhys' Worte gingen ihr im Kopf um, und sie wusste, sie musste eine Entscheidung über die Zukunft der Farm treffen. Nur was sollte sie tun? Auch musste sie immer noch verdauen, dass sie ein derartiges Gespräch mit dem Stallmeister geführt hatte.

Ihr Blick wanderte über die Küstenlinie, die dramatischen Klippen, auf denen sich sattgrüne Weiden erstreckten, und über das unter der Nachmittagssonne funkelnde Meer. Es war wirklich ein wunderbarer Ort, der schönste, den es gab, und es wurde Zeit, dass sie mit derselben Euphorie über die steil abfallenden Felsen blickte wie all diese Touristen. Sie müsste begeistert auf die Vielfalt der Blumen hier zeigen, auf die Kälber und Lämmer auf den Weiden und dankbar sein, an solch einem Ort zu leben. So als würde sie all das zum ersten Mal sehen, ohne dass die Schatten der Vergangenheit das Bild trübten.

Jemand anderes schien einen ähnlichen Einfall zu haben, denn Alis sah schon von Weitem einen Mann auf dem zerklüfteten Felsen stehen, der steil nach oben aus den Klippen herauswuchs und über den Abgrund führte. Er war nur spärlich mit Gras bewachsen, das blasse Grau schaute immer wieder mit scharfen Kanten heraus. Ihr Absprungplatz. Hoffentlich genoss der Mann nur die Aussicht und hatte nicht vor zu springen, auch wenn allein das Abweichen des Pfades hier schon gefährlich war.

Wachsam ging sie näher, still betend, dass dieser Fremde keine Dummheiten beging, denn sie wollte einfach nur ihre Ruhe haben und niemanden retten oder bergen müssen. Gleichzeitig war da ein Funken Hoffnung, es könnte Evan sein. Dass er auch einen ausgedehnten Spaziergang unternommen hatte, um nachzudenken – oder um ihr auf der Feier zu entgehen.

Doch die Sonne stand in ihrem Rücken, und sie konnte den Mann immer besser ausmachen, er hatte nichts mit Evan gemein. Er war eher durchschnittlich groß, dafür aber umso mächtiger, was die deutlichen Muskeln betraf, über die sich ein dunkelblaues T-Shirt mit einem Schriftzug spannte. Er trug weite, knielange Hosen, die im Wind flatterten, genauso wie sein halblanges blondes Haar. Sein Blick war aufs Meer hinaus gerichtet, ein kurzer blonder Bart bedeckte Wangen und Kinn. Ein wenig sah er aus wie ein wilder Wikinger in moderner Kleidung, was sie normalerweise komisch gefunden hätte, aber stattdessen machte sich ein schmerzhaftes Ziehen in ihrem Bauch breit, ein leises Wiedererkennen, die Erinnerung an einen lang begrabenen Schmerz.

Sie ging näher, Strandhafer und andere wild verwachsene Pflanzen ragten an ihren Seiten so hoch auf, dass sie nicht mehr darüber blicken konnte, sie schlossen sie in ein golden wogendes Meer, aber der Mann dort vorne verschwand durch seine erhöhte Position nie aus ihrem Blickfeld. Ihr Herz schlug immer schneller, es glaubte etwas zu wissen, das ihr Verstand ihr verbot auch nur zu hoffen. Er konnte es nicht sein, das war nicht möglich. Sie wich vom Pfad ab, setzte einen Fuß vor den anderen über die Wiese, in der Gelb und Weiß und Lila tanzten, näher zum Abgrund, direkt zum Felsen. Ein Stein rutschte unter ihren Schuhen davon, ein winziges Geräusch, das über das Kreischen der Möwen und Rauschen der Wellen eigentlich hätte untergehen müssen. Aber der Mann drehte sich zu ihr um und sah sie aus vertrauten grünen Augen an.

Alis blieb schlagartig stehen, sie konnte sich nicht mehr bewegen. Und er verharrte ebenso regungslos, wandte den Blick nicht von ihrem Gesicht, und Alis wusste nicht, ob Sekunden oder Minuten vergingen, ehe er sich rührte. Ein zaghaftes Lächeln befreite sich, und von einem Moment zum anderen schienen die Jahre dahinzuschmelzen, er war wieder der Fünfzehnjährige, der mit ihr zu den Klippen geritten war.

»Lust auf einen Sprung?« Er sah mit hochgezogener Augenbraue auf sie hinab und streckte ihr auffordernd die Hand entgegen.

Alis stieß einen Laut aus, der sich verdächtig nach einem Schluchzen anhörte. »Du ... wie ... wann ... warum ...?«

»Wirklich ausgesprochen kluge Fragen.« Er kam vom Felsen zu ihr hinunter und ließ seinen Blick über sie wandern. »Du siehst immer noch genauso aus wie früher.« Er blieb vor ihr stehen und musterte sie. »Und doch auch wieder ganz anders.«

Ihre Hand hob sich, legte sich vorsichtig auf seine Brust, ihre Gedanken rasten, ihr Atem beschleunigte sich. Er war echt, keine Erscheinung. »Reed ...«

»Keine Umarmung, Sis?«

Etwas in ihr barst. Sie fiel ihm um den Hals, das war nicht möglich, das konnte nicht sein, er war wirklich hier. Mit starkem Griff hielt er sie fest, und sie begann, haltlos zu schluchzen. Das war einfach alles zu viel – ihre Mutter, Evan, Rhys und jetzt auch noch Reed. Ihr kleiner Bruder war wirklich hier, und er war ein richtiger Mann geworden!

Sie schob sich von ihm und sah durch einen Tränenschleier zu ihm hoch. »Wie war Neuseeland?«

Reed lachte erstickt, und als sie erkannte, dass auch in seinen Augen Tränen schimmerten, musste auch Alis befreit lachen.

»Ganz nett«, sagte er mit leicht neuseeländischem Akzent, der im letzten Jahrzehnt wohl auf ihn abgefärbt hatte. Er hob seine große, kräftige Hand an ihre Wange, ließ eine Haarsträhne um einen Finger gleiten. »Du hast mir gefehlt.«

»Du bist ein Rugbystar.« Sie lachte erneut und ließ ihren Blick über ihn schweifen, der Name seines Teams stand auf dem T-Shirt. »Und siehst auch so aus.«

»Tja, was soll ich sagen ...« Er strich sich über den Bart an seinem Kinn. »Ich bin halt einfach gut.«

Alis schubste ihn, und er stieß sie zurück, woraufhin sie sich dümmlich angrinsten, was sofort wieder neue Tränen bei Alis heraufbeschwor. Gott, sie stand wirklich kurz vor einem Nervenzusammenbruch.

»Ich kann es nicht glauben, du bist wirklich hier.« Sie sah an ihm vorbei zum Abgrund, über dem die Möwen klagend ihre Kreise zogen, und es war immer noch unwirklich, an dem Ort zu sein, an dem sie einst Hand in Hand in die Tiefe gesprungen waren. »Wieso bist du hierhergekommen? Wieso hast du mich nicht angerufen und …?«

Reeds Miene verdüsterte sich, er wandte ihr den Rücken zu und sah aufs Meer hinaus. »Ich hatte mir geschworen, nie wieder herzukommen.« Er warf ihr einen Blick über die Schultern zu. »Ich will ehrlich zu dir sein, selbst als ich von Mum hörte … ich wollte nicht zurückkommen.«

»Du hast meine Nachrichten also bekommen?«

Er nickte, und Alis sah auf ihre Schuhe. »Du hast nie geantwortet. In all den Jahren. Nicht ein Wort.«

Reed wandte sich wieder ab, sie hörte, dass er tief einatmete. »Ich konnte nicht, Alis. Ich musste einfach einen Schlussstrich ziehen. Wenn ich mit dir in Kontakt geblieben wäre … Es hätte mich zurückgezogen, ich hätte kein neues Leben beginnen können. Ein Leben, in dem ich stark bin und respektiert werde. Wo mich keiner bemitleidet oder mich als Opfer sieht. Inzwischen habe ich meinen Platz gefunden. Einen Platz, von dem ich auch für dich da sein kann.«

»Du weißt, was mit Dad geschehen ist? Dass er mir hinterhergesprungen ist und …«

Er fuhr zu ihr herum und packte ihre Schultern mit sanftem Griff. »Ja, auch damals habe ich deine Nachrichten bekommen. Aber du hast nicht zu verantworten, was mit ihm passiert ist, Alis. Es stimmt, die Nachricht von Dads Tod hat mich innerlich fast umgebracht, aber nicht weil ich bedauerte, dass er weg ist, sondern weil ich wusste, wie fertig du dich machen würdest. Du hast nichts falsch gemacht, niemand gibt dir die Schuld, ich am allerwenigsten. Vielleicht hätte ich kommen sollen, aber ich hielt es einfach für das Beste, wegzubleiben, die Wunde nicht neu aufzureißen. Und dann

Mum ... Ich überlegte oft herzukommen, und als ich hörte, dass sie gestorben ist ... verdammt, das tat weh.«

»Sie hat uns die Farm hinterlassen.«

Er trat einen Schritt zurück, seine Hände glitten von ihr. »*Uns?*«

»Sie hat dich geliebt, Reed.« Sie dachte an ihren Traum, in dem ihre Mutter sie gebeten hatte, ihm das zu sagen. Es spielte keine Rolle, wie der Traum zu erklären war, sie wusste nur, dass Joan Rivers ihr Sohn nicht gleichgültig gewesen war und dass er das wissen musste. »Sie hat sich immer heimlich deine Spiele angesehen, sie hat dich vermisst. Wir haben uns noch ausgesprochen, bevor ... Zumindest halbwegs. Es tat ihr leid.«

Reed sah sie schweigend an, die grünen Augen gläsern, dann wandte er sich abrupt um. »Die Farm gehört dir, ich wollte sie nie.«

»Aber ...«

»Ich habe ein neues Leben, Alis, ich will nicht zurücksehen, ich bin nur wegen dir gekommen. Die Farm ist dein, Dad wollte es auch immer so.«

»Dann sollten wir besprechen, was wir damit machen – ich hätte da auch schon so eine Idee, aber erst mal freue ich mich einfach, meinen Bruder wiederzuhaben.« Sie schlang ihre Arme um seinen Hals und legte ihre Wange auf sein T-Shirt. Dabei spürte sie Reed beben, sie dachte schon, er würde weinen, aber dann hörte sie sein leises Lachen.

»Nur wegen deines walisischen Prinzen, der mich verfolgt hat.«

Sie trat einen Schritt zurück. »Was?«

Er drehte sich zu ihr um und sah sie belustigt an. »Angefangen hat es mit Nachrichten auf so ziemlich allen sozialen Netzwerken, dann hat er welche an meine Fanadresse geschickt, schließlich hat er bei diversen Kontaktmöglichkeiten des Teams angerufen und dort alle wahnsinnig gemacht, und er drohte, sie noch verrückter zu machen, wenn sie seine Nachricht nicht an mich weitergeben würden. Irgendwie hat er dann meine Nummer rausbekommen, und von da an läutete es bei mir Sturm. Ich habe schließlich abgehoben, habe mir angehört, was er zu sagen hatte, und habe ihm klar und deutlich zu verstehen gegeben, dass er mich in Ruhe lassen soll. Zumindest dachte ich, dass ich mich klar ausgedrückt hätte. Aber dann tauchte er beim Training auf, einer der Jungs wollte ihn schon tacklen und die Cops rufen. Kurz gesagt: Er war ziemlich hartnäckig, und ein Nein wollte er nicht gelten lassen. Er hat gesagt, du brauchst mich.«

»Evan war in Neuseeland ...« Sie konnte es nicht fassen, sie fühlte sich plötzlich ganz schwach und wollte sich am liebsten hinsetzen. Sianna hatte gesagt, dass er im Ausland war, aber niemand hatte Genaueres gewusst. Alis war davon ausgegangen, dass er Urlaub machte, um mal den Kopf frei zu bekommen, um von ihr wegzukommen. Aber er hatte ihren Bruder hergeholt.

»Dem Typen ist es ziemlich ernst.«

Alis starrte Reed ungläubig an, dieser Tag war definitiv einfach zu viel. War sie in ein Paralleluniversum gefallen, das »Alles wird gut« hieß? Sie hatte ihre Mutter verloren, wäre fast gestorben ... War dies hier der Ausgleich für all das Schlechte? Es war mehr, als sie je zu hoffen gewagt hatte.

»Weißt du, wo er ist?«

Reed zuckte mit den Schultern, hob seine Hand an die Stirn, um seine Augen vor der Sonne abzuschirmen, und sah Richtung Westen. »Bei der Verlobungsparty seiner Schwester, nehme ich mal an.« Er wandte sich ihr wieder zu, seine Stimme senkte sich zu einem verschwörerischen Flüstern. »Sag mal, ist es wahr? Rhys hat wirklich jemanden zum Heiraten gefunden?«

Alis lachte und verdrehte die Augen. »Ich kann es auch immer noch nicht glauben! Du kannst dich selbst überzeugen, wenn du mich zur Party begleitest. Ich denke, Rhys hat auch dir etwas zu sagen. Er wird sich vielleicht sogar freuen, dich zu sehen.«

»Bestimmt. Und ich bin in Wirklichkeit eine Primaballerina.«

Alis kniff ihm leicht in die Seite, nahm seinen Arm und wollte ihn den Pfad zurück zur Party ziehen, aber Reed stemmte sich gegen ihren Griff. »Hey, Alis ... sag mal ... ist Lynne auch da?«

Alis sah zu ihm auf, versuchte in seinem Gesicht zu lesen, aber er sah nur über sie hinweg den Küstenpfad entlang. »Nein. Sie konnte nicht kommen.«

Er nickte, ihm war nicht anzusehen, ob er enttäuscht oder erleichtert war. Seine Jugendliebe von einst wiederzusehen wäre wohl, milde gesagt, etwas aufwühlend gewesen. Noch aufwühlender als diese ganze Situation ohnehin schon.

»Komm, lass uns zur Party gehen und Kuchen essen.« Und Evan finden. Sie musste ihn einfach sehen, jetzt noch mehr, nachdem sie wusste, was er für sie getan hatte.

Aber sie waren kaum ein paar Meter dem Pfad gefolgt, als ihnen etwas kleines Weißes entgegenraste, eine Wolke auf vier Beinen.

»Ist das ...?«

Alis schnappte nach Luft. »Sophie Grace!«

»Was?«

Aber Alis kam zu keinen Erklärungen, das Schaf mit dem

rosa Halsband donnerte wild mähend auf sie zu, und als es erkannte, dass der Weg versperrt war, schlug es einen Haken in die Böschung zum Abhang hin.

Alis fluchte laut. »Natürlich, du musst natürlich wieder direkt zu den Klippen laufen. Habt ihr keinen Zaun?« Sie rannte dem Schaf hinterher und schimpfte erneut, als sie erkannte, dass es direkt auf ihrem Absprungfelsen zum Stehen gekommen war. Wenn Alis sich ihm jetzt näherte, würde es vielleicht in Panik geraten, und die Geschichte würde sich wiederholen.

»Alis, geh da weg, lass uns jemanden anrufen.«

»Glaube mir, bis dahin ist es zu spät, dieses Schaf ist nicht gerade dafür bekannt, erdverbunden zu sein.« Beruhigend sprach sie auf das Tier ein: »Na, du kleines flauschiges Dummerchen. Bist du schon wieder ausgerissen?« Sie bewegte sich langsam auf den Felsen zu, kletterte seitlich darauf, um Sophie Grace genügend Platz zu lassen, an ihr vorbei zurück an Land zu laufen. »Ich muss echt mal ein ernsthaftes Wörtchen mit der kleinen Claire reden.« Sie ging langsam auf alle viere nieder, einerseits, um nicht so bedrohlich zu wirken, andererseits, da sie den schmalen Wiesenpfad hinauf für Sophie Graces Rückzug freihielt und seitlich über das schroffe Gestein hinaufklettern musste. Hier wäre es leicht, sich zu vertreten, die Oberfläche war zu unregelmäßig. Auf Händen und Füßen fühlte sie sich sicherer.

»Alis …«

Sie erstarrte, das war nicht Reed, der ihren Namen halb drohend, halb verzweifelt aussprach.

»Evan?« Sie konnte sich nicht zu ihm umdrehen, wollte Sophie Grace nicht aus den Augen lassen. »Was machst du hier?« Sie sprach immer noch in einem ruhigen Singsang, der Sophie Grace einlullen sollte, und kam sich selten dämlich vor.

»Dasselbe könnte ich dich auch fragen.«

»Ich spiele Fußball, das sieht man doch.«

Sie hörte leises Lachen hinter sich und nahm außer Evans und Reeds Stimmen noch eine wahr.

»Morgan, vermisst du mal wieder ein Schaf?« Sie sah immer noch nicht zurück, kletterte vorsichtig weiter, aber sie hatte die dritte Männerstimme erkannt.

»Schön, dich wiederzusehen, Alis.«

»Ähm ... ja, hi, nett. Ich würde dir ja die Hand schütteln, aber ich bin gerade ziemlich beschäftigt.«

»Das sehe ich. Und es würde mich sehr beruhigen, wenn du zurückkommen könntest, wir kriegen das Schaf da schon wieder runter.«

»Hab's gleich.«

»Es ist zu gefährlich.«

»Alis, bitte ...« Das war wieder Evan, aber Alis kletterte weiter das Halbrund des Felsens entlang, um an die Spitze zu gelangen, sie musste an Sophie Grace vorbei. Sie musste zwischen dem Abgrund und dem Schaf stehen, dann könnte sie es zurück an Land treiben.

»Alis, es ist nicht genug Wasser unten, die Gezeiten haben schon längst gedreht. Wenn du jetzt fällst ...«

»Danke, Brüderchen, das ist mir durchaus bewusst.«

Schweigen herrschte, es wagte wohl niemand mehr, sie in ihrer Konzentration zu stören, und allen war klar, dass sie sich nicht abbringen ließ. Sie erreichte den vorderen Bereich, Sophie Grace wich etwas zur Seite, und Alis riskierte einen Blick an Land, wo drei Männer bangend zu ihr herübersahen. Evan stand direkt am Fuß des Felsens an der Seite, um Sophie Graces Rückzug nicht zu versperren. Ihr Herz machte einen Satz beim Anblick seiner hohen Gestalt. »Bitte Alis ...

ich habe schon einmal zugesehen, wie du mit einem Hubschrauber aus dem Wasser gefischt worden bist, das brauche ich wirklich kein zweites Mal.«

»Keine Sorge, ich auch nicht.« Nina hatte ihr erzählt, dass er dabei gewesen war, als sie verunglückt war. Dass er auch im Krankenhaus gewartet hatte und wegen Matthew irritiert gewesen war. Aber sie hatte nie mit ihm sprechen können, da er dann schon verschwunden war – nach Neuseeland.

Alis bewegte sich wieder langsam vorwärts, das Donnern unter ihr kam ihr plötzlich unnatürlich laut vor, und der Wind schien aufzufrischen, er zerrte an ihr und löste ihr Haar aus dem Pferdeschwanz. Dies war genau der Ort, an dem ihr Vater gestorben war, dort unten, sie war nicht nur zu den Klippen zurückgekommen, sie war direkt an der Stelle, von der sie so oft weggesprungen war. Einmal zu viel. Das Entsetzen kehrte mit voller Wucht zurück, sie erstarrte. Sie hatte überhaupt nicht darüber nachgedacht, wie es sein würde, hier oben zu sein, da war nur Sophie Grace gewesen, doch plötzlich sah sie sich selbst Hand in Hand mit Reed springen, sie sah sich alleine und unter Tränen hinabstürzen, und sie sah ihren Dad. Auch das Bild ihrer Mutter flackerte vor ihrem geistigen Auge auf, und ihre Hände begannen zu zittern, sie musste sie fest gegen den Felsen pressen.

»Alis, komm zurück.« Wieder Reed, auch er klang jetzt beunruhigt. »Das hat keinen Sinn.«

»Nur noch ein kleines Stück.«

»Alis, komm da runter.« Diesmal Evan, aber Alis ignorierte sie alle und konzentrierte sich auf ihre eigene Stimme. »Nur noch einen Schritt weiter …« Ein Stein brach unter ihrem Knie weg, ihr Bein rutschte zur Seite, sie verlor das Gleichgewicht, neben ihr ging es steil bergab, sie krallte ihre Fingernägel in den Stein, wollte sich festklammern, aber sie glitt weiter. Das Herz sprang ihr bis in die Kehle, sie würde hier abstürzen. Nein! Ihre Zehenspitzen fanden Halt, eine kleine Unebenheit im Felsen. Mit voller Kraft warf sie sich herum, rollte sich zurück, blieb auf dem Rücken liegen. Sophie Grace machte bei ihrer plötzlichen Bewegung einen Satz zurück und startete los, wie irre rannte sie zurück an Land, in Sicherheit.

Alis atmete erleichtert auf, ließ ihren Kopf zurücksinken und starrte hoch in den Himmel, der von weißen Schlieren bedeckt war. Ihr Herz hämmerte.

»Alis …!« Von einem Moment zum anderen war Evan neben ihr, er packte sie unter den Achseln, zog sie noch ein Stück vom Abgrund weg in die Mitte des Felsens, dann kniete er neben ihr nieder und richtete sie auf, sodass sie ihn ansehen musste. »Verdammt, Alis, tu das nie wieder!«

»Aber es war Sophie Grace! Claire braucht sie …«

»Das ist egal, es war wahnsinnig und gefährlich und verantwortungslos und …«

Alis legte den Kopf schief, lächelte. »Singst du gerade mein Lied, Evan?«

Er verstummte, sah sie mit zusammengezogenen Brauen an und schloss dann resigniert die Augen. »Mach so was einfach nie wieder, okay?«

Alis nickte und versuchte, einen ernsten Ausdruck aufzusetzen, aber die Glücksgefühle, die sie überschwemmten, konnte sie nicht unterdrücken. Er sorgte sich um sie, er hatte Reed hergeholt, sie hatte es nicht völlig vermasselt. Ihre Gedanken wirbelten nur so in ihrem Kopf, als sie sich von ihm auf die Beine helfen ließ. Er hielt sie fest, bis sie wieder sicheren Boden unter den Füßen hatten und bei den anderen angekommen waren.

»Alis Rivers, nicht nur eine Heldin auf einem Boot.« Morgan McPhee kam zu ihr und schüttelte ihr die Hand. »Ich danke dir, auch wenn du mir so eine Angst gemacht hast, dass ich auch ein wenig zornig bin.«

Sie lächelte. »Gern geschehen. Wo ist Sophie Grace hin?«

»Nach Hause vermutlich – hoffentlich. Ich werde mich gleich auf die Suche nach ihr machen.«

»Ich gehe mit«, bot Reed an, was Alis ein wenig aus ihrem Adrenalinnebel holte.

»Aber die Party!«

Er warf ihr einen Blick aus seinen vertrauten grünen Augen zu. »Dort habe ich doch nichts verloren, Alis.«

»Aber du kannst jetzt nicht einfach gehen!«

Er lachte, kam auf sie zu und küsste sie auf die Stirn. »Ich verschwinde schon nicht gleich wieder, versprochen. Wir haben noch Zeit.«

Sie nickte, auch wenn sich alles in ihr dagegen sträubte, ihn wieder aus den Augen zu lassen. Am liebsten wollte sie ihn irgendwo festketten.

»Außerdem habe ich so ein Gefühl, dass ihr beide noch etwas zu bereden habt. Bis später, Evan.« Er sah zwischen Evan und ihr hin und her und folgte schließlich Morgan zu den Weiden.

Alis stand da und blickte ihm hinterher, sie spürte Evan neben sich auftürmen, und obwohl sie die ganze Zeit mit ihm hatte sprechen wollen, war ihr Kopf jetzt leer. So viel war seit ihrem letzten Gespräch passiert, allein schon an diesem Tag, sie wusste nicht, wo sie anfangen sollte.

»Ist es nicht äußerst dumm, sein Leben für ein Schaf zu riskieren?«

Sie sah zu ihm auf, er schaute ernst und müde auf sie hinab, und sie versuchte sich an einem Lächeln.

»Kommt auf das Schaf drauf an.« Sie erinnerte sich an seine Worte von ihrer ersten Begegnung, und ihr Herz schwoll an. »Du hast Reed zurückgebracht.«

Er zuckte mit den Schultern. »Ich wusste, du würdest ihn brauchen. Und ich hoffe, du kannst mir verzeihen, dass ich dir nicht vom Zustand deiner Mutter erzählt habe. Es war einfach nicht an mir, das zu tun.«

»Danke.« Sie presste die Lippen aufeinander, suchte verzweifelt nach Worten. Sie wollte ihm die Situation mit Matthew erklären. »Evan, Matthew und ich …«, begann sie, aber Evan hob die Hand, ließ sie nicht weitersprechen.

»Du musst mir nichts erklären, Alis.« Er trat einen Schritt zurück, da war immer noch kein Funkeln in seinen Augen, keine Freude, nichts Verschmitztes, und plötzlich wurde ihr bewusst, dass dies nicht der »Alles wird wieder gut«-Moment war. Sie hatte es wirklich kaputt gemacht. Endgültig.

»Ich bin nicht zu Reed gegangen, um dich für mich zu gewinnen.« Er sprach ruhig und gefühllos. »Wenn es nach mir gegangen wäre, hättest du nie erfahren, dass ich mit seiner Wiederkehr etwas zu tun hatte. Ich dachte einfach nur, er sollte hier sein, das ist alles. Ohne Gegenleistung.«

»Ach so.« Sie wusste nicht, was sie sagen sollte, sie kam sich blöd vor. Zu glauben, sie könnte es reparieren, dass es so einfach wäre, ihm zu sagen, was sie für ihn empfand, sodass er ihr auch glauben würde.

»Du hattest recht.« Jedes seiner Worte schnitt ihr direkt durchs Herz. »Als du gesagt hast, dass es nicht funktionieren kann. Ich habe deinen Job hautnah erlebt, und ich weiß nicht, ob ich das noch einmal aushalten könnte. Ich wäre wohl jedes Mal ein Wrack, wenn du rausfährst.«

»Ja.«

»Es war dumm von mir, dich so zu bedrängen, zu glauben, dass ich eine richtige Beziehung eingehen könnte, das war …«

Alis' Kopf fuhr hoch. »Evan, hör auf. Es war überhaupt nicht dumm von dir!«

»Was?«

Die Worte sprudelten nur so aus ihr heraus, sie konnte sie nicht aufhalten. »Wieso solltest du nicht fähig sein, jemanden zu lieben, die richtige Person zu finden, die einfach zu dir gehört, mit Pauken und Fanfaren und Feuerwerken und …« Sie warf hilflos die Arme in die Luft. »Ja, ich hatte Angst, ja, ich habe dich weggestoßen, weil ich ein Feigling bin, aber ich weiß jetzt, dass ich nicht nur feige, sondern auch schrecklich dumm war. Dass ich ohne dich nicht sein will. Ich meine … wieso soll man etwas Gutes einfach wegschmeißen, nur weil man Angst hat? Das Gute läuft einem schließlich nicht hinterher, da sind Schafe, die einen von Klippen stoßen, oder Wellen, die einen über Bord werfen, und zack, ist das Leben vorbei, und dann fragt man sich, was man versäumt hat. Kennst du nicht den Spruch, dass man am Ende des Lebens meist die Dinge bereut, die man *nicht* getan hat, anstatt die, die man getan hat? Ich glaube, es ist wirklich so, man muss etwas wagen, man …«

»Alis …« Er schüttelte kaum merklich den Kopf, wandte den Blick ab.

Sie starrte ihn an, ihr Atem ging schnell und stoßweise, ihre Brust hob und senkte sich rasend schnell. »Ich will eine Beziehung. Mit dir.« Sie wartete auf eine Reaktion, vielleicht auch irgendeinen witzigen Spruch, aber er reagierte überhaupt nicht. Eine Ewigkeit schien zu vergehen, in der die Möwen kreischten, die Wellen donnerten und das Gras rauschte. Schließlich richteten sich seine Goldsprenkelaugen todernst auf sie. »Ich habe dir doch gesagt, ich habe Reed nicht …«

»Das hat doch nichts mit Reed zu tun! Ich wollte heute mit dir sprechen. Bei der Party. Ich bin nur wegen dir gekommen. Aber du warst nicht da ...«

Sie sollte sich ärgern, weil er sie zwang, ihren Stolz aufzugeben, sie dazu brachte zu betteln. Aber was sollte sie ohne ihn und unglücklich mit ihrem Stolz? Das Leben war kurz, das wusste sie, und sie würde jetzt nicht aufgeben aus Angst, sich zu verletzlich zu zeigen, das zu sagen, was in ihrem Herzen war.

»Du hast gesagt, ich bin mehr als nur eine flüchtige Affäre. Gilt das immer noch?«

Er senkte den Blick, atmete sichtbar ein. Ihre Hände ballten sich zu Fäusten, wieso sagte er nichts? Wieso nahm er sie nicht einfach in den Arm? Wieso küsste er sie nicht, hier an dem Ort, an dem sie sich zum ersten Mal geküsst hatten? An dem Ort, an dem ihr schon hätte klar werden müssen, dass Evan mehr war.

»Ich will dir nicht nachlaufen, Alis.« Er sah sie wieder an, seine ungewöhnlichen Augen, die sich direkt auf ihre richteten, ließen ihr Herz schneller schlagen. »Ich weiß, du hast einen großen Verlust erlitten, aber ich will nicht nur eine Ablenkung sein. Ich will jemanden, der mich will. So einfach ist das.«

Sie schluckte, wollte seine Hand ergreifen, ihn irgendwie berühren, aber sie hielt sich davon ab. »*Ich* will dich.« Sie zuckte etwas hilflos mit den Schultern. »Ich kann dir nichts versprechen, und dass mein Job nicht beziehungsfreundlich ist, kann ich auch nicht ändern. Ich kann mich nicht ändern. Ich hatte Angst, ja, aber ich weiß jetzt eines ganz genau. Ich will dich. Ich will mit dir zusammen sein.«

Er machte einen Schritt auf sie zu, ihr Herzschlag beschleunigte sich sofort wieder, besonders, als das ihr so vertraute Funkeln die goldenen Sprenkel zum Leuchten brachte und sich ein Grübchen in seine Wange zeichnete.

»Keine Panikanfälle?«

»Nur einmal die Woche, nicht öfter, versprochen.«

Er lächelte. Endlich! Dann beugte er sich über sie und küsste sie. Endlich! Alis schloss die Augen. Sie lauschte dem Wind, den Wellen und den Möwen, sie atmete seinen vertrauten Duft ein. Es war einfach alles perfekt. Dieser Moment dürfte nie enden, aber Evan löste sich langsam von ihr und seufzte schwer. Er trat einen Schritt zurück und strich sich über den kurzen Bart am Kinn. »Ich bin froh, dass wir endlich einer Meinung sind. Wir sollten bald unsere Verlobung bekannt geben, so wie Rhys und Sianna, die Hochzeit im Herbst ...«

Ein entsetztes Keuchen entfuhr ihr, sofort spürte sie die eben noch angesprochene Panik als brennende Hitze in sich hochsteigen. Es war doch nicht alles perfekt, sie konnte das nicht, nicht sofort, aber wenn sie nicht zustimmte, würde sie ihn ganz verlieren, er ...

Ein Lachen riss sie aus ihren wilden Gedankengängen, sie sah zu ihm auf, wie er sich vor Lachen krümmte und wieder in sein altes Selbst zurückverwandelte, das ihr so vertraut war. Empört schnappte sie nach Luft.

»Du solltest dein Gesicht sehen!«, gluckste er, und Alis holte aus, rammte ihm ihre Faust in den Bauch, was ihn zusammenzucken ließ, aber er lachte immer weiter. »Überlassen wir das Verrücktsein Rhys und Sianna, die sich vermutlich dem trauten Heim widmen und schon nächstes Jahr Drillinge bekommen.«

Sie lächelte bei dem Bild, das sich vor ihrem inneren Auge bildete. Ein Gedanke, den sie schon eine Weile mit sich herumtrug, nahm Form an, fühlte sich genau richtig an.

Alis ergriff Evans Hand. »Komm, wir müssen auf die Party zurück.«

✳

Alis rannte fast den ganzen Weg, und Evan hatte Mühe, mit ihr mitzuhalten. Es war ein Marsch von einer guten Stunde, aber Alis schaffte die Entfernung in der halben Zeit.

Die Party war in vollem Gange, zwei Männer und eine Frau hatten Gitarren mitgebracht und spielten und sangen, während die anderen tanzten. Er hielt nach seiner Schwester Ausschau, gleichzeitig versuchte er die Verrückte im Auge zu behalten, die ihm gerade erklärt hatte, dass sie *ihn* wollte. Er hatte abgeschlossen gehabt, sich damit abgefunden, dass Alis und er einfach nicht zusammenpassten. Ihr Beinahedahinscheiden hatte es nicht besser gemacht, hatte ihm vor Augen geführt, wie nahe am Abgrund er stand, wie sehr sie ihn zerstören könnte. Aber all das war gewichen, als sie ihn mit ihren großen türkisgrünen Augen angesehen hatte. Er wollte sie, so wie sie war, mit allem Drum und Dran, dieses Wissen war das einzig Wichtige, alles andere waren nur Details, um die sie sich noch kümmern konnten.

Jetzt musste er aber erst mal herausfinden, was sie vorhatte, und so eilte er ihr hinterher durch die tanzende Menge, direkt zu Rhys, der sich gerade ein großes Stück Torte auf einen Teller lud.

Sie tippte ihm auf die Schulter. »Schmeiß das blöde Fotoalbum weg.«

Rhys wandte sich um und sah verwirrt auf Alis hinab. Evan konnte es ihm nicht verdenken.

Alis fuhr ungeduldig fort. »Das Fotoalbum, schmeiß es weg. Es ist ein dämliches Geschenk.« Ihre Wangen glühten, und sie hatte sichtlich Mühe, nicht im Stand umherzuspringen, auch als Sianna zu ihnen trat, mit neugieriger Miene. »Ich habe ein anderes Geschenk für euch, ein echtes, ein besseres.«

Rhys sah von Alis zu ihm, als hätte er eine Erklärung, aber Evan konnte nur mit den Schultern zucken, er hatte keine Ahnung, was vor sich ging.

»Okay ... Was für ein Geschenk?« Rhys verschränkte die Arme vor der Brust, und Alis trat ihm gegen das Schienbein.

»Du stehst darauf.«

»Was?« Er hätte nicht perplexer aussehen können, während Evan dämmerte, was vor sich ging. Ein Lächeln befreite sich auf seinem Gesicht, und er musste sich davon abhalten, sie in den Arm zu nehmen.

»Die Farm, Dummerchen! Ich möchte dich zum Teilhaber machen, sie soll offiziell auch dein Zuhause sein.«

»Bist du verrückt?«

»Alis, was meinst du damit?« Sianna sah zwischen allen hin und her, aber Alis fuhr schon fort.

»Die Farm gehört zur Hälfte dir, Rhys, du liebst sie, du verdienst sie, du hast all die Arbeit hier gemacht, seit du richtig laufen kannst, sie ist nicht nur mein Erbe, sie ist auch deins – dein Lebenswerk.«

»Aber ...« Er sah sich um und senkte seine Stimme, damit die anderen ihn nicht hören konnten. »Alis ... ich kann mir nicht mal die Scheune leisten, sonst hätte ich dir längst ein Angebot gemacht.«

»Ich will kein Geld. Ich will die Farm in den richtigen Händen wissen. Ich will sie in deinen Händen wissen.«

»Aber ...« Rhys wurde blass, und Evan sah sich nach einem Stuhl um, es sah so aus, als würde der Stallmeister gleich umkippen. »Das ist ... das kannst du nicht ernst meinen.«

»Alis ...« Nun regte Sianna sich, legte ihr die Hand auf die Schulter. »Vielleicht solltest du in Ruhe darüber nachdenken.«

»Habe ich schon. *Ihr* solltet darüber nachdenken, wie ihr die Wände im Haupthaus streichen wollt, die Tapeten sind schrecklich und müssen runter. Ich glaube, ihr wäret dort um einiges glücklicher, als ich es je sein könnte. Ich baue mir lieber woanders auf diesem Land ein Haus und fange ganz von vorne an.« Sie warf Evan einen Blick zu, dann wandte sie sich mit einem befreiten Grinsen dem Kuchenbüfett zu.

Evan sah zu seiner Schwester und zu Rhys, die beide wie vom Donner gerührt dastanden, und auch er musste grinsen. Er ging Alis hinterher, die auf eine der Bänke zusteuerte, und schlang einen Arm um ihre Taille. »*Rwy'n dy garu di*«, murmelte er und küsste sie auf den Scheitel.

Alis sah zu ihm hoch. »Was heißt das?«

»Das verrate ich dir, wenn du dafür bereit bist.«

Nachwort und Danksagung

Dies war eine Geschichte, von der ich untypischerweise noch genau weiß, wie sie mich gefunden hat. In Vorfreude auf meine Recherchereise in Wales 2014, die mir die Schauplätze meiner historischen Romane näherbringen sollte, machte ich Youtube unsicher. Ich sah mir unzählige Videos der Umgebung an und stolperte schließlich über eines des Tenby Lifeboats. Ich sah zu, wie die Crew einen von den Klippen abgestürzten Hund rettete, und war so beeindruckt, dass ich mehr sehen wollte. Bald klickte ich von einem Lifeboat-Video zum nächsten, die Faszination nahm weiter zu, und ich dachte mir: Darüber ein Buch zu schreiben wäre klasse. Es war nur eine leise Stimme im Hinterkopf, doch als ich dann tatsächlich in Wales war und die Tenby Lifeboat-Station mit eigenen Augen sah, nahm die Idee Gestalt an. Ich war auch gerade in Wales, als ein Interview mit mir online ging, das ich schon lange Zeit zuvor gegeben hatte. In dem wurde mir die Frage gestellt, ob ich mir vorstellen könnte, auch mal andere Genres als historische Romane zu schreiben. »Romantische Komödien«, antwortete ich, was meine Lektorin zu dieser Zeit las. Ich saß also in diesem süßen walisischen Cottage auf dem Bett und las die E-Mail meiner Lektorin, in der sie mich fragte, ob ich mir denn wirklich vorstellen könnte, auch in diesem Genre zu schreiben. Es fügte sich alles zusammen, und meine restliche Zeit in Wales verbrachte ich nicht mehr nur damit, in die Historie abzutauchen, sondern ich nutzte die Inspiration auch gleich für diesen neuen hypothetischen Roman. Auf meiner Reise begleiteten mich auch meine (Stief)schwester Klaudia und ihre Freundin Lydia, beide Tierärztinnen, und in unseren Gesprächen während langer Strandspaziergänge fügte sich der nächste Aspekt in die Geschichte. Bei unseren Fahrten die südwalisische Küste entlang dauerte es dann auch nicht lange, bis mir die wunderschönen Pferde auf den Weiden auffielen, direkt über den dramatischen Klippen, und ein weiterer Punkt nahm Gestalt an. Zumal ich seit meinem neunten Lebensjahr selbst reite.

Es wurde schnell ernst mit der Idee, und ein Jahr darauf kehrte ich erneut nach Wales zurück.

Hier beginnt nun auch meine Danksagung, denn dieses Buch wäre nicht zustande gekommen ohne eine Vielzahl grandioser Menschen in meiner Umgebung.

Die inspirierende Arbeit aller bei der »Royal National Lifeboat Institution« gab den ersten Anstoß, insbesondere die der Station in Tenby. Tag und Nacht auf Abruf bereitzustehen, um innerhalb weniger Minuten mit dem Boot rauszufahren und sich unbezahlt solchen Gefahren auszusetzen, verdient Würdigung. Einen besonderen Dank muss ich hier Mr Steve Lowe aussprechen, dem Mechaniker der Tenby Lifeboat-Station. Geduldig hat er meine Fragen ertragen, die ich ihm in E-Mails geschickt habe, und dann machte er mir auch noch das größte Geschenk: Einen Vormittag lang nahm er sich Zeit und zeigte meiner Familie und mir bei unserem Wales-Besuch die ILB-Station am Hafen – meine Kinder fanden es toll, im Inshore Lifeboat zu sitzen – und dann die große ALB-Station am Fuße des Castle Hill. Er brachte uns hinter die Absperrungen, und ich bekam die Gelegenheit, mich in der gesamten Station umzusehen, all meine Fragen zu stellen und mir jedes kleinste Detail erklären zu lassen. Der Höhepunkt war natürlich das sechzehn Meter lange Allwetter-Lifeboat, die »Haydn Miller«, und ich saß sogar im Sitz des Bootsführers, auf Alis' Platz. Also danke, Steve, es war ein unglaubliches Erlebnis, das ich nie vergessen werde.

Ein riesengroßes Dankeschön geht auch an Klaudia und Lydia. Nicht nur habt ihr auf unserer gemeinsamen Reise Ideen mit mir durchgesponnen, ihr habt auch meine vielen, vielen Fragen im veterinärmedizinischen Bereich über euch ergehen lassen. Immer noch bin ich fasziniert von der Tatsache, dass Schafe pinkeln, wenn man ihnen die Nase zuhält. Danke euch beiden!

Auch beim Verlag muss ich mich bedanken, der mir die Chance gegeben hat, mich an diesem für mich neuen Genre zu versuchen. Besonders hervorheben muss ich hier meine hochgeschätzte Lektorin Maria Runge. Nicht nur für ihre Mail mit der Frage, ob ich mir das Genre vorstellen kann, sondern für diese großartige Zusammenarbeit, die ich nun schon das vierte Mal erleben durfte. Es macht immer wieder Spaß, mit Ihnen tiefer in die Geschichte einzutauchen und alles rauszuholen. Ich wünschte, jeder Autor hätte eine Lektorin wie Sie, dann gäbe es die Gerüchte von Verschlimmbesserungen und den unterdrückten Autorenseelen, denen der Verlagswille aufgezwungen wird, gar nicht.

Danke auch meiner Agentur, die mich dabei unterstützt hat, etwas Neues auszuprobieren, und mich stets bei meinen Entscheidungen ermutigt.

Auch meiner Testleserin Anna ein großes Dankeschön, die wieder mal Jammer- und Euphoriestürme über sich ergehen hat lassen. Danke meiner Familie fürs Zuhören und Aufbauen, meinem Mann fürs Kinderhüten, meinen beiden Kindern für die Geduld und das »Bravsein«, wenn Mama schreibt. Tausend Dank meinem Schwager Tom, dem Computergenie, der das Dokument drei Kapitel vor dem Ende gerettet hat, nachdem ich beim Öffnen nur noch die Nachricht »Kann nicht gelesen werden« bekam und in »leichte« Panik verfiel. Ich verspreche Besserung und den Computer nicht wieder abzuwürgen – nur wenn er mich besonders ärgert.

Danke allen, die das Buch gelesen haben und meinen Charakteren damit Leben eingehaucht haben.

Unsere Leseempfehlung

340 Seiten
Auch als E-Book
erhältlich

Hannas Leben könnte so wunderbar sein. Hätte sie nur nicht diese Restaurantkritik geschrieben, wegen der eine italienische Gutsherrin einen Herzinfarkt erlitten hat! Als sie dann auch noch versehentlich in den Besitz der Urne gelangt, reist Hanna nach Italien – und wird zum unfreiwilligen Opfer eines Testaments, das es in sich hat. Denn selbst über ihren Tod hinaus verfolgt Giuseppa Camini nur ein Ziel: ihren Enkel Fabrizio endlich zu verheiraten. Eine Aufgabe, die ein toskanisches Dorf in Atem hält, ein Familiendrama heraufbeschwört und Hannas Gefühlswelt komplett durcheinanderwirbelt!

www.goldmann-verlag.de
www.facebook.com/goldmannverlag